滨州学院　中国语言文学一流学科资助

中国古典小说名著的现代阐释

武建雄　著

中国海洋大学出版社
·青岛·

图书在版编目(CIP)数据

中国古典小说名著的现代阐释/武建雄著.—青岛：中国海洋大学出版社，2018.4

ISBN 978-7-5670-1782-5

Ⅰ.①中… Ⅱ.①武… Ⅲ.①古典小说－小说研究－中国 Ⅳ.①I207.41

中国版本图书馆 CIP 数据核字(2018)第 094861 号

出版发行 中国海洋大学出版社
社　　址 青岛市香港东路 23 号 邮政编码 266071
出 版 人 杨立敏
网　　址 http://www.ouc-press.com
电子信箱 1922305382@qq.com
责任编辑 邵成军 电　　话 0532-85902533
印　　制 日照日报印务中心
版　　次 2018 年 4 月第 1 版
印　　次 2018 年 4 月第 1 次印刷
成品尺寸 170 mm × 230 mm
印　　张 14.625
字　　数 280 千
印　　数 1～1 000 册
定　　价 35.00 元

前言

古典小说，尤其是明清以来的长篇章回小说，诸如四大古典名著，是中国文学的瑰宝，也是流传至今中国老百姓最为耳熟能详的，与汉魏文章、李杜诗歌齐名的文学经典。经典永不过时，因其阐明了普世皆准的人生与自然法则。因此，对经典的阐释便成为历史长河中世代延续、不断重复，却时论时新的文学现象。对中国古典小说中的名著进行品鉴，其立意正在于此。

历史上，早期小说作为小道末流，偏重搜奇猎异，无法承担风化政教的表意功能，在儒家思想为主导的古代社会，一直受到歧视与冷落；又兼传播范围狭窄，叙事语言文雅，长期难以形成时空跨度较大的体制规模，难以为正统文人所关注，难以综合现代意义小说的要素，而停留在短篇小章的层面。唐宋以来，文人士大夫的参与、散文叙事语言的成熟，加之市民阶层的壮大，小说的消费成为现实需要以后，才得以快速成长并发展。小说至明清而达到顶峰，不仅挤掉了传统文学样式长期占据主流的地位，而且成功地承担起了政教风化的功能，成为寓庄于谐、寓教于乐的文学范本。

古典小说不仅在古代具有教育人心的作用，在今天，尤其是对当代青年大学生同样具有重要的教育意义。明清时期的古典小说名著所阐释的主题，不脱离传统文化中忠、义、仁、信、礼等伦理道德的核心要素。这些要素，是塑造中华民族人格精神最为重要的基因，也是传统文化核心价值观的重要成分，滋养了一代又一代的中国人自强不息、奋发进取，创造出辉煌的华夏文明。

21世纪以来，随着全社会逐渐摆脱西方文化影响，回归中华传统文化本位的理念达成共识，对传统文化，尤其是传统经典的阐释，成为社会生活中常态化的事件。十多年前，厦门大学易中天教授于央视百家讲坛讲授“品三国”，形成万人空巷观看的热烈场面，生动地说明了当代中国人对汲取自身传统文化的精神渴求与心理期待。当代青年大学生肩负着实现当代中国“两个一百年”的社会主义建设任务，树立健全的人格与正确的价值观，对于实现民族复兴的宏伟事业至关重要。2014年5月4日，习近平总书记在北京大学师生座谈会上讲道：“中华优秀传统文化已经成为中华民族的基因，植根在中国人内心，潜移默化影响着中国人的思想方式和行为方式。今天，我们提倡和弘扬社会主义核心价值观，必须从中汲取丰富营养，否则就不会有生命力和影响力。”习总书记对青年一代的期望，代表了全社会当前的思考焦点与共识。阐发中国古典小说名著中所蕴含的优秀传统文化要素，在教育教学中引导当代青年大学生形成正确的人生观与价值观，加强其对中华传统文化的认知，为社会培养合格的人才，一直是笔者从专业角度对这件事情进行思考的问题。

本书的编写，是笔者十二年讲授古典小说课程经验、心得与收获的总结。十二年来，笔者在古典小说各大研究名家的著作与论文之间穿梭，结合自我阅读小说原典的认识，力求以朴素简洁的语言，呈现给读者与受众。长期沉潜古典小说郁馥馨香的海洋中，笔者逐渐体会并深刻认识到，需要把自己平时的点滴顿悟与体验系统地梳理出来，以不致被流逝的岁月所消磨。因此，埋头资料、讲义，爬梳剔抉，刮垢磨光，心驰神骛，往往不辨寒暑，历时五年，终于完成。这部作品，也算是给自己学术生涯作一个阶段性的总结。

武建雄

2017年7月24日

目 录

第一章
中国古代小说发展的历史

在中国古代文学发展的历史中，小说是后起且晚熟的一种文学样式。以明清章回体白话长篇小说《三国演义》《水浒传》《西游记》《红楼梦》《儒林外史》为代表的作品风靡至今，相较于其他几种文学样式如诗歌、散文、戏曲，小说是最晚达到鼎盛的文体，而其一朝登顶，风头远盖过了其他文体。可以说，自《红楼梦》一出，世人几不知有诗文。

小说晚兴于世，其原因颇多。首先与古代中国人的文体观念有关。古人认为，小说这种文体是小道末流，琐屑言论，与政教风化无关。早在《庄子·外物》篇中即出现“小说”一词，庄子说：“饰小说以干县令，其于大达亦远矣。”① 庄子认为，小说就是花哨巧饰的言辞，只能用来讨好、巴结人，对于承载、阐发宏论高见是达不到的。后来《汉书·艺文志》也引孔子对小说的看法说：“虽小道，必有可观者焉，致远恐泥。是以君子不为也。”② 孔子虽然认为小说是小道，有一定的可读性，但是如果想承担进一步的文体功能，可能会受到拘限而无法实现，所以君子是不做小说的。孔子的说法代表了儒家的文体观念，即有关政教风化不语怪、力、乱、神的正统文体观。而以虚构、志怪、谈神、娱乐、消遣为目的的小说，显然在漫长的以儒家意识形态为主导的古代社会里，难以成为文学的主流。到汉代，班固在《汉书·艺文志》中将各类学说与著作进行分类，小说被归为可观者“九流十家”中最末一家，此可视为对儒家小说观的延续的明证。即使至宋代，小说体制已成

① 林希逸.庄子虞斋口义校注［M］.北京：中华书局，1997.

② 班固.汉书［M］.北京：中华书局，1962.

型，且以白话为主的话本甚为流行，儒家正统文人仍不屑于小说这类文体。北宋文人钱惟演说："坐则读经史，卧则读小说。"小说地位之低，显而易见。因此，小说对于载道功能的弱化，使得其文体的发展长期受到压抑与冷落。

其次，古典小说成长较慢，受到了传播范围的明显限制。至少在西周以前，学在王官，贵族垄断文化，使之不具有向下流动普及的可能。孔子兴办教育以后，广收门徒，底层人开始有机会学习文化，然而受众群体毕竟有限，且儒家文体观念对小说的歧视，限制了小说的发展。汉魏六朝时期，文人阶层壮大，小说成为传播于此一群体中供闲谈消遣的读物，趋附于正统社会的文人，不可能对小道闲谈的小说文体做出更多的发展。直至宋代，城市经济兴盛，学校教育普及，市民阶层壮大以后，小说的传播范围从贵族、文人扩展至市井细民，娱乐消遣、精神消费的需求刺激了作家创作的欲望，小说在题材内容、审美趣味、语言形式、艺术水平上才获得了质的提升与快速的发展。而明清时期，书商出版小说以满足大众精神消费的同时，刺激了其对利润的追逐，引导与激发着作家在兼顾儒家立言以名垂青史的同时，寻求小说的艺术性与商业性的最佳结合，于是先后出现了成就卓著的历史演义、英雄传奇、神怪小说、世情小说。消费决定着生产，小说发展的历史无疑是诠释这一定律的最好样本。

第三，古典小说发展的滞后，与其语言语体形式有重要关系。古典小说的语言形式，不外文言与白话两种。宋代以前以文言为主，宋代以后以白话为主。从语体形式上看，小说的语体为散体，是散文文学，与以韵文为主的诗词歌赋形成了明显区分。韵文文学因其讲究音律与节奏，句式整齐，用语对仗，篇幅较短，便于歌吟与记诵，因而其传播起来就要容易得多。而散文文学不同，由于句式长短不一，用词较为随意，不拘音律与节奏，无法歌吟，再加上篇幅较长，因而只便于朗读与阅读。在生产力水平较为低下，人们的物质需求尚未得到满足，双手尚未从劳动中解放出来，没有太多时间与闲暇追求精神消费的时代，以阅读为主的散文文学样式，尤其是小说，不可能有太大的消费市场。这就是古代社会相当长的时期里，韵文文学的发展一直盖过散文文学的原因。只有当经济发展达到较高的水平，人们有更多时间追求精神需求的时候，小说才有了发展的客观条件，否则，就只是逡巡于文人群体的案头消遣读物，而不能成为大众广泛接受的精神消费品。

中国古典小说发展的历史，呈现出由短制而至长篇，由文言为主而至白话风行，由志怪志人而至历史现实、爱情风月、帝王市民、神仙俗世等内容无所不包的发展轨迹。古典小说的发展，既受到社会发展变迁的影响，又受到艺术观念变化的左右，同时也是文体自身发展、演进的结果。梳理古典小说发展演进的历史，对于我们认识明清时期的长篇章回小说名著的价值与成就，有着十分重要的意义。

‖ 第一节　先秦神话、寓言与史传：小说的萌芽期 ‖

20 世纪以来，受西方文艺理论的影响，学界对于小说的定义为："以刻画人物形象为中心，通过完整的故事情节和环境描写来反映社会生活的文学体裁。"事实上，中国古典小说具有本民族的特点，如果排除对人物、故事情节、环境这些要素的简单认识，古代小说中对于人物言论的文学化描述，对于世俗生活之外神鬼怪异的记载，对于以说教为目的的寓言故事叙述，均是小说形成的不可缺少的要素。从这个意义上说，上古神话传说、先秦寓言与史传即为古代小说的滥觞。

1. 上古神话传说

神话传说源于原始社会人们对征服自然的天真想象与生存世界的单纯认识，是小说的远祖。神话传说对于现实的积极态度与进取精神，对人类自身力量的充分肯定与强烈夸张，形成了古代小说浪漫主义的萌芽。神话传说对于超自然力量的虚构与想象，成为志怪小说最早具备的因素。神话传说的故事题材，成为后世小说重要的原型与母题。

上古神话传说在流传过程中多数已亡佚，今天留存下来的，散见于《山海经》《穆天子传》《楚辞》《淮南子》《庄子》《列子》等典籍。

古代神话传说内容十分丰富，生动地表现了古人对于自然界的原始想象。比如记载于《淮南子·览冥训》中的创世神话《女娲补天》，女娲"抟黄土作人。剧务，力不暇供，乃引强于泥中，举以为人。故富贵者，黄土人；贫贱者，引亘人也"。这是解释人类起源的神话。除此之外，女娲还"炼五色石以补苍天，断鳌足以立四极，杀黑龙以济冀州，积芦灰以止淫水"。这是对人与自然斗争的想象，它与"夸父逐日""后羿射日""鲧禹治水"等神话一起，生动地表现了原始先民在自然灾害面前勇敢斗争、永不屈服的精神。神话的巨大想象，对于小说创作中超现实的遐想形成了重要的启发。

2. 寓言故事

寓言产生于春秋战国时期纵横捭阖的谋士游说诸侯、论战说理的过程之中。“寓言故事在当时是以一种论战说理的工具出现的，哲学家用它来阐发哲理，政论家用它来宣扬政见，士大夫用它来劝谏君王，外交家用它来游说诸侯。”[①] 从写作方法上来看，寓言是一种叙事文学样式。它对于后世的小说创作产生了较大的影响，主要表现在虚构人物、故事情节的方法与刻画人物、描述故事的艺术上。此外，一些寓言故事的题材内容也被后世采纳发展成为小说。例如，《搜神记》荀巨伯遇鬼杀二孙的故事，实际上是由《吕氏春秋·黎丘奇鬼》演化而来的。《聊斋志异·陆判》明显受了《列子·汤问》的影响。

“寓言”一词最早见于《庄子》，《庄子》一书“寓言十九”。除此之外，《孟子》《韩非子》《列子》《吕氏春秋》中也保存有大量寓言，据不完全统计，共有一千二百余则。

寓言多以故事类比来说理，多用巧妙的虚构、拟人化的方法、夸张的修辞、精彩的叙述来形成生动的艺术效果。比如，《孟子》中的“齐人有一妻一妾”，故事讲得首尾完整，跌宕起伏，善设悬念；《庄子》中的“逍遥游”对于大海、大鹏、彭祖、鼹鼠等意象的想象，别想天开，摄人耳目；《韩非子》中的“守株待兔”，故事讲述平易晓畅，生动有趣。这些寓言都是精品之作。它们对于后世的小说创作艺术，产生了重要的启发与影响作用。

3. 史传

先秦时期的史传，对后世小说创作具有极为重要的影响。中国早期的历史著作，特别是先秦两汉的史书《左传》《战国策》，虽然基本性质是历史，不是小说，但它们在实录的基础上，具有一些文学性。比如，通过典型事例刻画人物性格，注意故事的起伏变化和伏笔照应，语言个性化，甚至还有虚构。这些历史著作，既是“信史”，又是优秀的文学作品，可谓兼有二者之长。

《左传》是第一部编年体史书，叙事完整而翔实，尤其擅长描写战争，同时注重刻画人物，通过人物的言语行动表现人物的性格特征。《战国策》中有许多文情并茂、脍炙人口的历史故事，如《邹忌讽齐王纳谏》《冯谖客孟尝君》《触龙说赵太后》《荆轲刺秦王》。这些故事在人物描写上富有特色，人物语言又十分警策动

---

① 杨子坚．中国古代小说史［M］．南京：南京大学出版社，1990.

人，富有个性特征。

史传叙述故事的艺术及描写人物语言、心理的方法为小说创作提供了良好的示范，后世小说在很长时间里依附于史书写作，如蒲松龄的《聊斋志异》，每一则小说的结尾要加上"异史氏曰"，明显借鉴了《史记》"太史公曰"的写法。因此，说小说脱胎于史书也不为过。小说对史书的长期借鉴，在写法上、艺术上继承史书的传统，自然是情理中事。

‖ 第二节　汉魏六朝志人志怪：小说的雏形期 ‖

汉魏南北朝时期，小说开始显现雏形，其显著的标志是志人小说与志怪小说的出现。

1. 志人小说

志人小说是以写人物言行为主的小说作品。据宁稼雨研究，"三国魏代，出现了第一部志人小说《笑林》"。[①] 该书为《隋书·经籍志》"小说类"著录。唐长孺认为，《笑林》当为晋灭吴后晋人所著。该书继承了先秦寓言故事中的讽刺传统，故事不再是议论的手段，而是由一些短小的笑话组成。作者所阐发的道理，就寓含在这些笑话故事之中。这部书实际上是汉代宫廷文学的余风。它是中国俳谐、笑话文学的发端。

入晋以后，志人小说大批产生，西晋时有郭颁的《魏晋世语》，东晋时有裴启的《语林》、郭澄之的《郭子》、袁宏的《名士传》、葛洪的《西京杂记》。这些作品刻画了一些具有某些性格特征的人物，具有较高的文学色彩，对南北朝时《世说新语》的出现，具有直接的影响作用。

南北朝时，志人小说在内容素材、体例方法上都逐渐完善起来，两晋的清谈风气已告终结。在总结、汇集志人小说成果的基础之上，出现了集大成的作品《世说新语》。《世说新语》为刘义庆所撰，分为"德行""政事""言语""文学"等三十六门，主要记述东汉末至东晋间士族文人的言行轶事，内容大都采集汉魏以来小说和诸子、史传中的故事成分，广泛反映了当时上流社会的种种风尚，是一部中古文化的百科全书。《世说新语》具有极高的艺术成就，它记录的故事短小

---

① 宁稼雨．中国志人小说史［M］．沈阳：辽宁人民出版社，1991．

精粹，生动奇丽，即小见大，以一目尽传精神。鲁迅概括为“记言则玄远冷峻，记行则高简瑰奇”。[①] 作者以写人见长，善于抓住典型事件来勾画人物性格，同时注重把语言与情态结合起来表现人物性格，而且语言精炼、隽永传神。

《世说新语》对后世的笔记小说有很大影响，唐代王方庆作的《续世说新语》、宋代王说的《唐语林》、明代何良俊的《何氏语林》、清代王日卓的《今世说》均为仿《世说新语》而作的作品。它也为后世的小说戏曲提供了素材。

2. 志怪小说

志怪小说的成型以两汉时期的神仙小说为先导。汉代，中国本土宗教道教的广为流传，使得帝王开始笃信黄老之术，于是神仙方术始大兴于世。在这样的社会氛围下，诞生了第一部神仙家小说刘向的《列仙传》。《列仙传》共写了七十多位神仙，他们都有奇特的生活方式和法术功能。之后又产生了另外一部小说《列异传》。《列异传》的作者历来颇有争议，它的核心内容和精华所在，是使一批鬼的形象第一次在小说史上出现。

东汉和曹魏时期，比较集中地产生了一批神怪史话小说，也即《汉武故事》《汉武内传》《十洲记》《洞冥记》。它们的共同特点是借汉武帝和东方朔为由头，演绎神怪故事。这批作品的作者署名东方朔、班固、郭氏，实际上均为托名。真实作者究竟是何人，历来争论不休。这批汉魏托名小说对中国小说所做出的贡献就是，志怪小说的雏形已经生成。

东晋时，小说家干宝在汉魏神仙鬼怪小说的基础上，“考先志于典籍，搜遗逸于当时”，写成了小说集《搜神记》。据《搜神记进表》，干宝说他写此书的目的是为了“发明神道之不诬也”。《搜神记》所采辑的许多神话故事和民间传说，虽然袭用了神鬼的题材，染上了怪异的色彩，但却有不少篇章反映了普通人的愿望，其中还有一些赞美底层人善良、勤劳、聪明、勇敢的篇章，为后世代代相传。除《搜神记》外，两晋南北朝时还有《幽明录》《续齐谐记》。

魏晋南北朝时期的志怪小说是古代小说发展初期的产物，大多数作品属于记录怪异传闻，并非有意为小说。所以，“它一般只要求简约而不重辞采，大多数故事只可说粗陈梗概，略具规模，谈不上更多的写作技巧。但其中也有一些优秀篇章，短小精粹，形象生动，开唐传奇和宋元明清文言小说之先河”。[②] 它们的表

① 鲁迅. 中国小说史略 [M]. 上海：上海古籍出版社，2006.

② 杨子坚. 中国古代小说史 [M]. 南京：南京大学出版社，1990.

现方法，如情节结构完整，富于戏剧性，通过细节描写表现人物性格，以诗作为人物抒情语言等，往往为后世小说家所借鉴。

第三节　唐代传奇：小说的定型与成熟期

古代小说于唐代实现了成熟与定型，其标志就是唐代传奇的出现。鲁迅说："小说亦如诗，至唐代而一变，虽尚不离于搜奇记逸，然叙述宛转，文辞华艳，与六朝之粗陈梗概者较，演进之迹甚明，而尤显者在是时则始有意为小说。"[①] 鲁迅的评价中有两个方面值得关注：其一是唐代小说的描写叙事水平明显有了质的提升，摆脱了之前粗陈梗概的状态；其二为唐代的作家创作小说有了明确自觉的意识。

唐代传奇为数不多，以单篇传奇和文言小说集两种形式存在。单篇传奇今存有十余篇，包括王度《古镜记》、无名氏《梁四公记》、张鷟《游仙窟》三个中篇传奇和何延之《兰亭记》、郭湜《高力士外传》、萧时和《杜鹏举传》、无名氏《补江总白猿传》等十多个短篇传奇。文言小说集中的传奇小说有二十余种，大多数为笔记小说集，包括牛肃的《纪闻》、戴孚的《广异记》、张荐的《灵怪录》等。

传奇在唐代的成熟有一个渐进发展的过程。初唐时期的传奇作品如《古镜记》《补江总白猿传》内容大多和南北朝志怪小说相仿，艺术上虽还不够成熟，但情节多变化，结构较完整，描写也渐趋细致。中唐时期名作辈出，流传至今的名篇，多出于这一时期。这一时期的作品，如沈既济的《枕中记》、李公佐的《南柯太守传》、李朝威的《柳毅传》、白行简的《李娃传》，题材十分广泛，有的表现男女爱情的悲欢离合，有的表现文人举子热衷功名富贵，有的描摹怪异传闻，有的反映当朝人物的显赫行止。它们的特点在于，作品主题的现实意义大大加强，艺术上已臻成熟。晚唐时，六朝文风复炽，搜奇猎异、言神志怪类的作品又重新涌现，篇幅短小，文字粗糙，人物形象模糊，创作水平远不如前期。

唐传奇在艺术上达到了很高的成就。唐传奇作品将言神志怪、搜奇猎异的小说视野引入到现实人生，用精炼的笔墨表现社会生活的形形色色，塑造了栩栩如生的人物形象，表现出丰富奇特的想象，结构完整严谨，情节生动曲折，运用了精警华艳的艺术语言，表现出高超的语言技巧。唐传奇体制完备，叙事时空跨度

① 鲁迅. 中国小说史略 [M]. 上海：上海古籍出版社，2006.

空前延长，摆脱了单线静态的叙事方式，使小说进入丰满、立体的叙事阶段，从而达到了艺术上的成熟。

唐传奇对后世小说创作产生了重要影响。宋代传奇是唐人传奇的延续。宋代以后，古代小说分为文言与白话两支脉流，宋元明清的文言小说、笔记小说，与唐人传奇有一脉相承的关系。明代瞿佑的“三灯话”、高启的《南宫生传》、马中锡的《中山狼传》以及清代蒲松龄的《聊斋志异》，都是汲取了唐传奇的营养而发展成的文言小说。

唐人传奇对元明清时代的戏曲也产生了重要影响。元明清时一些著名的戏曲，其题材取自于唐传奇。如元代高文秀的《郑元和风雪打瓦罐》、明代徐霖的《绣襦记》取材于《李娃传》；元代尚仲贤的《洞庭湖柳毅传书》、明代黄帷楫的《龙绡记》取材自《柳毅传》；元代白朴的《唐明皇秋夜梧桐雨》、清代洪昇的《长生殿》取材自《长恨歌传》。

‖ 第四节　宋元话本：小说的裂变期 ‖

宋元两代，古代小说出现重大变革，采用白话语言、以讲唱为主的话本，取代了传奇的统治地位，并借助于印刷业的发达而向全社会迅速普及，成为之后数百年内主要的小说形式。鲁迅称之为“小说史上的一大变迁”。

1. 话本的产生

“话本”是说书人讲唱故事的底本。宋元时期，随着手工业与商业的发展，城市经济走向繁荣，市民阶层得以壮大，与之伴生的是精神娱乐消费的日益增长。当时的都市，出现了一些被称为瓦舍或瓦子的公共娱乐场所，分别演出说话、杂剧、傀儡戏、诸宫调等。“说话”(类似今天的“说书”)，是众多娱乐技艺中最受欢迎的一种。宋人对说话艺术的喜爱，有苏轼《志林》中一段记载为证：“王彭尝云：涂巷小儿薄劣，其家所厌苦，辄与钱令听古话。至说三国者，闻刘玄德败颦蹙眉有出涕者；闻曹操败，即喜畅快。”[①] 另据南宋史料记载，当时宫廷亦有专门机构罗致艺人为皇帝说书。宋元时代上自宫廷贵族，下自平民百姓，对说话艺术的喜爱，迅速促进了话本写作的繁荣与发展。

---

① 苏轼. 东坡志林 [M]. 北京：中华书局，2006.

2. 话本的分类

据南宋耐得翁《都城纪胜》“瓦舍众伎”载:“说话有四家,一者小说,谓之银字儿,如烟粉、灵怪、传奇;说公案,皆是搏刀杆棒,及发迹变泰之事;说铁骑儿,谓士马金鼓之事;说经,谓演说佛书;说参请,谓宾主参禅悟道等事;讲史书,讲说前代书史文传、兴废战争之事。”[①]按照这个记载,宋代说话按内容分为“小说”“说分案”“说铁骑儿”“说经”“说参请”“讲史书”六类。今人一般把说话分为小说、讲史、讲经、合生四家。四家中,以小说与讲史最受欢迎,也最发达。小说主要讲述短篇故事,有说有唱有伴奏;讲史主要讲历史兴亡成败的故事,只说不唱。适应说话市场需求的高涨,话本的创作就出现了非常繁荣的局面。

3. 话本的保存

据相关文献记载,宋元话本数量众多,但相当一部分已散佚,今存数量较少。现存讲史话本有《全相平话五种》《新编五代史平话》《大宋宣和遗事》三种;说经话本有《大唐三藏取经诗话》一种;小说有《京本通俗小说》《清平山堂话本》和冯梦龙《三言》中的共计四十余篇。

4. 宋元话本的思想与文学成就

宋元话本题材内容丰富,罗烨《醉翁谈录》的“小说开辟”条里把话本的题材分为灵怪、烟粉、传奇、公案、朴刀、杆棒、神仙、妖术八类。留存至今的话本故事中,以“烟粉”与“公案”类成就为最高。“烟粉”讲述的是爱情婚姻故事,“公案”讲的是断狱判案故事。

话本中的“烟粉”类题材,常通过女主人公的不幸遭遇,表现她们为争取婚姻自主与传统道德的斗争精神。较优秀者如《碾玉观音》《闹樊楼多情周胜仙》《快嘴李翠莲记》《志诚张主管》。“公案”类题材的话本,多通过离奇复杂的案情,反映当时复杂的社会矛盾,揭露当时吏制的腐败。较杰出的如《错斩崔宁》《宋四公大闹禁魂张》。

宋元话本大多取材于现实生活,主人公大多是市民阶层,表达的是市民的理想和愿望。“它情节曲折,结构完整,塑造了个性鲜明的人物形象,十分注意运用伏笔、悬念的方法增强故事性,也十分注意运用环境、心理和细节描写以增强形象性,从而取得了娓娓生动、引人入胜的艺术效果。……它采用通俗的口语,并

---

① 灌圃耐得翁.都城纪胜[M].杭州:浙江人民出版社,1983.

且直接从民间吸收了不少谚语、俗语，用以反映现实生活，大大丰富和扩展了小说语言的表现力。”①

宋元话本在小说史上的意义是非常重要的。从思想内容方面说，它具体生动地反映了市民的生活和思想，扩大了小说反映生活的领域，标志着古代现实主义文学的成熟。从形式上说，它继承了宋以前讲唱文学的成果，确立了以白话为主体的小说，开辟了中国古代小说的新纪元，为明清时期小说进入繁盛阶段奠定了基础。

宋元话本影响了明清时期短篇小说与戏曲创作，产生了一大批出自文人之手的拟话本，明末的传奇《十五贯》，就是根据《错斩崔宁》改编的。明清长篇小说创作，与宋元讲史话本、说经话本有一脉相承的关系。如《三国演义》源于《三国志平话》，《水浒传》源于《大宋宣和遗事》，《封神演义》源于《武王伐纣平话》，《西游记》源于《大唐三藏取经诗话》。

宋元话本以接近口语的语言形式，表现丰富广阔的社会生活，标志着文学领域由抒情时代向叙事时代的转变。诗与散文长期霸占统治地位的状况，让位于话本小说，并最终成为统治文坛的话语形式。宋元话本在文学史上具有划时代的意义。

‖ 第五节　明清：小说的繁盛期 ‖

小说至明清，达到了创作的巅峰。从题材内容看，明清时期分别发展出历史演义、英雄传奇、神魔志怪、世俗风情等类型，小说表现的领域空前扩大；从体制形式上看，长篇章回小说规模宏大、涵括甚广，拟话本小说短篇连缀、包罗万象；从语言形式看，长篇白话与短篇文言各擅其胜、各领风骚。从成书方式上看，有的是世代累积成书形成的，有的是文人独创而形成的。明清是小说的时代，这种长期受到歧视，不登大雅之堂的通俗文学样式，开始以压倒性的优势占据文坛的统治地位五百余年之久。

1. 历史演义

小说史上第一部历史演义题材的小说是《三国演义》，它也是第一部章回体

① 杨子坚.中国古代小说史[M].南京：南京大学出版社，1990.

长篇小说。历史演义小说讲述历史故事，或以事件为主，或以人物为主，借演义一段历史时期的史实来阐明作者欲表现的主题。所谓章回体，就是小说的完整叙事被切分为若干单元，这些单元之间前后连贯，每个单元叫一章或一回，每一章一回有标题，称为章目或回目，每一章结尾遗留话本的传统，有“欲知后事如何，且听下回分解”悬念式的话语作结。

《三国演义》的作者为元末明初人罗贯中，讲述东汉末年和魏、蜀、吴三国的历史。《三国演义》的素材来源广泛，其基本史实依据西晋陈寿《三国志》、南朝宋裴松之《三国志注》，其故事与人物塑造广泛采自宋代讲史话本“说三分”，元代诸如《单刀会》《赤壁之战》《三顾茅庐》等近五十种三国戏杂剧，还有元代的《全相三国志平话》。明代高儒在《百川书志》中将《三国演义》的成书过程概括为“据正史、采小说、证文辞、通好尚”。其依据真实史事与个人虚构的比例，清代章学诚称为“七实三虚”。

《三国演义》共一百二十回，从汉末黄巾起义写到西晋统一中国。它通过汉末动乱、军阀混战、三国鼎立的历史，反映当时社会的腐朽、黑暗，统治者的残暴、丑恶和百姓的灾难、痛苦；它按照民心向背，表达了拥刘反曹的倾向，反映了当时百姓的愿望和选择；它所宣扬的忠义思想，在古代社会曾具有重要影响。《三国演义》基本做到了历史真实和艺术真实的高度统一，描写了波澜壮阔的全景战争画卷，创造了粗线条勾勒人物的范例，锤炼出简练精粹、生动浅显的文学语言，为后世的历史演义小说树立了良好典范。

《三国演义》之后，从明代嘉靖、万历开始，兴起了历史演义小说创作的热潮，如周游的《开辟演义通俗志传》、钟惺和冯梦龙的《盘古至唐虞传》《有夏志传》《有商志传》、余邵鱼的《列国志传》、冯梦龙改编的《新列国志》、甄伟的《西汉通俗演义》、谢诏的《东汉通俗演义》，几乎将古代历史作了全盘演义。毫无疑问，后世的历史演义小说，无不受到了《三国演义》的影响。

2. 英雄传奇

英雄传奇是以描写英雄豪杰、绿林好汉的英雄事迹为主的小说。小说史上第一部英雄传奇小说是与《三国演义》同时出现的《水浒传》，它是英雄传奇小说发展的高峰，成就最高，影响最大。

北宋徽宗年间发生的宋江三十六人起义，是《水浒传》故事的历史根据。宋元时期，说话与杂剧大量演绎水浒故事。宋代说话中的《公案类石头孙立》《朴刀类青面兽》《杆棒类花和尚》已初具水浒故事的雏形。元代的杂剧如高文秀的《黑旋风双献功》、康进之的《梁山泊李逵负荆》、李文蔚的《同乐院燕青博鱼》,以及平话《大宋宣和遗事》均成为《水浒传》成书的重要素材来源。

《水浒传》是历史上第一部以农民起义为题材的小说,它生动地再现了农民起义从发生、发展至失败的全过程,深刻地揭示了起义失败的内在历史原因,为人们认识古代社会的农民起义提供了重要的参考资料。《水浒传》塑造了许多真实的、血肉丰满的英雄形象,在人物塑造方面取得了极大成功,叙事详实而精彩,语言通俗而生动,结构完整,各个叙事单元相对独立又前后连缀。

《水浒传》对后世英雄传奇类小说创作产生了重要影响。明清时期的《说唐》《说岳》《杨家将》《后水浒传》《水浒后传》《北宋志传》《杨家府演义》《大宋中兴通俗演义》《隋史遗文》等英雄传奇小说,无一不是受《水浒传》影响的结果。

3. 神魔志怪

神魔志怪小说通常借宗教传说和民间神鬼故事而敷演成神话小说。明代中期出现的《西游记》是小说史上第一部以神魔志怪为主题的长篇章回小说,它以浪漫主义的创作方法,开创了长篇章回小说的新天地,代表了古代神魔志怪类小说的最高成就。

《西游记》的作者为吴承恩,其成书经历了数百年西游故事的世代累积。《西游记》的本事为唐代贞观三年(629 年)的玄奘西行印度求法,历时十九年,取回佛经六百五十七部。玄奘回国后,根据他的口述,整理成《大唐西域记》以记述其取经风闻。玄奘去世后,其弟子彦悰与慧立根据其经历写了《大唐大慈恩寺三藏法师传》。宋元时期,说话艺术中"说经"一类大量演说玄奘取经故事,其说目有《狮子林》《树人国》《王母池》《长坑大蛇岭》等,并且杜撰出了猴行者与沙和尚的形象。金元时期,戏曲大量搬演玄奘取经故事,金院本《唐三藏》、元南戏《陈光蕊江流和尚》、杂剧《唐三藏西天取经》等,已经将取经故事的部分刻画得细致生动,形象传神。明代中期,吴承恩在平话《西游记》的基础上,吸取大量的神话传说、佛道传闻,并加以融会贯通,艺术地再创造,形成了流传至今的《西游记》。

《西游记》最为可贵的文学价值在于塑造了孙悟空的形象。作者通过孙悟空大闹天宫、反抗天廷的行动,赞美了他反抗束缚、要求自由、蔑视权威、敢作敢为、无法无天的性格。孙悟空勇敢无畏、狂放不拘的形象,在深受儒家礼教拘约的封建社会,让人耳目一新。从艺术上讲,《西游记》创造出一个神奇瑰丽的幻想世界，对于令人眼花缭乱的神魔形象的塑造，做到了神、人、动物三者的统一，寓庄于谐，充分实现了滑稽诙谐的特征。鲁迅说："《西游记》虽述变幻恍惚之事，亦每杂解颐之言，使神魔皆有人情，精魅亦通世故，而玩世不恭之意寓焉。"[①] 此外，《西游记》表现了高超的语言艺术，通俗生动而又富于文采。

《西游记》对后世神魔志怪题材的小说创作产生了巨大影响。明代成化、隆庆年间，受《西游记》影响，许仲琳写出《封神演义》。明末清初，董说的《西游补》借西游故事的人物，以讽刺时弊。明末，又出现了《四游记》《三宝太监西洋记通俗演义》。这些神魔志怪类长篇小说的出现，明显是受《西游记》影响的结果。

4. 世情小说

以现实日常生活与世俗人情为描写题材的小说，称之为世情小说。世情小说通常描写生活琐事、饮食大欲、恋爱婚姻、家庭人伦关系、家庭或家庭兴衰历史、社会各阶层众生相等内容。世情小说渊源甚早，按向楷的说法，唐前的志怪小说即"折射出现实生活的光彩"。[②] 入唐以后，中国的世情小说正式萌芽，唐传奇作家开始有意识地将世态人情写入小说之中。宋代至明代中期，"烟粉"类说话艺术的兴起，使得世情小说开始发展壮大，越来越多的平民百姓开始成为小说的主人公，越来越多的作品开始描述平凡人的细琐之事。明中叶至清代，世情小说创作进入高潮期，以《金瓶梅》、"三言二拍"、《红楼梦》《儒林外史》等为代表的一大批作品反映社会各阶层众生相，使得世情小说在所有题材类的小说中独领风骚，成就了小说史上的巅峰之作。

明代后期成书的《金瓶梅》，是小说史上第一部长篇章回体世情小说。《金瓶梅》的出现震动了文坛，人们把它与《三国演义》《水浒传》《西游记》合称为"明代四大奇书"，清代张竹坡称之为"第一奇书"。

《金瓶梅》一百回，以书中三位女性主人公潘金莲、李瓶儿、庞春梅名字中分别取一字命名。书的开头假借《水浒传》中西门庆与潘金莲的奸情故事，以后拓展为西门庆的全部生活道路的描写和其妻妾的故事。《金瓶梅》是一部具有深刻思想内容的现实主义小说，它以真实而细腻的笔触描绘了明朝后期的一个商人家庭，通过主人公西门庆以及其家庭的兴衰变化，反映了社会的腐朽与黑暗。它特别工细、具体、广阔地展示出了那个特定时代的社会风貌，可以说是一部明代

① 鲁迅. 中国小说史略［M］. 北京：中华书局，2006.

② 向楷. 世情小说史［M］. 杭州：浙江古籍出版社，1998.

后期的风俗史。《金瓶梅》在艺术上表现出极高的成就，它对日常生活描绘得细致而逼真，人物性格刻画得鲜明而活泼，语言生动而富于个性。《金瓶梅》标志着古代小说创作技法与思想已经达到一个全新的高度。《金瓶梅》的问世，深刻影响了之后世情小说的创作，清代的《红楼梦》与《儒林外史》都有借鉴《金瓶梅》的成分。

《金瓶梅》之后，作为受其影响而对其进行反省或继承，世情小说创作沿着两条截然不同的道路前进，一种是刻意涤荡色情成分专门表现郎才女貌的才子佳人小说，另一种是专门表现男女肉欲的艳情小说。

才子佳人小说是对明中期以来人欲横流的反思与拨正，也是对唐宋元以至明代描写才子佳人风流韵事的小说、戏曲的继承。它有十分明显的表征：主人公必是才子佳人，叙的是他们偶然相逢、一见钟情、传递私柬、私定终身的韵事，中间或因宵小拨弄，或由政事牵连出现若干波折，尔后则或由于才子金榜题名，或由于男女一方遇合圣主贤臣而终成眷属。

才子佳人小说的作家大多数身居下层，历经沧桑，身心受过煎熬，体味过世态的炎凉，所以作品中常常表露出对现实社会不同程度的揭露与批判。他们的作品往往偏重于理想，表现出一种新的审美情趣，但过分地偏重理想，又使得其作品往往出现脱离现实、忘怀人生的倾向，失去了《金瓶梅》那种描写世情“著此一家，骂尽诸色”的深度与广度。才子佳人小说最为风靡于清代顺治、康熙两朝，其代表作品有《玉娇梨》《平山冷燕》《宛如玉》《金云翘》《定情人》等。

艳情小说以写性爱为主，它的出现自《金瓶梅》之前的《天缘奇遇》《花神三妙传》已露出端倪。《金瓶梅》之后，一大批艳情小说诸如《浪史》《绣榻野史》《闲情别传》《痴婆子传》《昭阳趣史》《肉蒲团》相继出现。艳情小说在明代晚期的大量出现，与明代个性主义思潮的崛起有关，也与通俗小说的商品化有关。它们实际上是一批商贾有意迎合一些读者的低级趣味、刺激读者的感官而请人或亲自粗制滥造出来的。

从《金瓶梅》问世的明代万历到清代乾隆中期的一百五十余年间，世情小说完成了从创作经验到作品的思想意蕴、作品的艺术形式等方面的再一次累积、过虑、反思，进入了它历史上的第二个高潮，其标志是《红楼梦》的出现。比《红楼梦》稍早的《儒林外史》是它的前奏。

《儒林外史》是一部反映士林生活的世情书，通过写知识分子阶层来反映当时的世情世相，是写男女情爱婚姻、家庭兴衰荣枯等世情小说在题材方面的一个大拓展。从艺术表现上来说,《儒林外史》乃是一部讽刺小说,其源远溯可直达六朝,但以往的小说运用讽刺手法,词意浅露,形同谩骂,而吴敬梓却能做到“戚而能谐,婉而多讽,于是说部中乃始有足称讽刺之书”。[①]

《红楼梦》的出现,震动了文坛。虽然此书最初并不题撰名,但丝毫不妨碍它作为小说史上巅峰之作的地位。《红楼梦》出来以后,先以抄本流传,到乾隆五十六年(1791年),始以刻印本传播。《红楼梦》的描写,主要有三个方面的内容:一是它写出了宝玉、黛玉这一对青年男女深沉的爱情悲剧;二是它写出了一个大家族内部人物间的相互扶持、相互争斗的错综复杂的人事关系,写出了他们的喜怒哀乐,也写出了这个家族内一些人物的骄奢淫逸、腐败堕落;三是它写出了一个大家族由盛而衰的变化历程。《红楼梦》的出现,在小说史上具有突破性的意义,鲁迅说:“自有《红楼梦》出来以后,传统的思想和写法都打破了。”[②]《红楼梦》中的许多人物都是现实世界中的普通人,不是传奇英雄,不是神,不是某种理念的化身,不是某种哲理的符号,而是具有真正人的丰富性、复杂性、多变性。《红楼梦》打破了才子佳人小说大团圆的俗套,打破了从前代作品中寻找原型的做法,完全从现实生活中提取人物和故事情节,写出了与现实生活一样丰富、复杂的性格,叙述了精彩传神、具有典型意义的情节,运用了洗炼、流畅、表现力极强的文学语言。

《红楼梦》之后,世情小说创作开始走下坡路,后出的《歧路灯》《续红楼梦》《红楼复梦》为仿红续红之作,但艺术水平远较《红楼梦》为低。

5. 文言小说

用文言作小说,至宋而出现中断的状况,至明清时又逐渐复苏。

明代洪武年间(1368—1398年),瞿佑继承唐人传奇的传统,作《剪灯新话》,使人有耳目一新之感,随后仿效者众出,有李祯的《剪灯余话》、赵弼的《效颦集》、邱濬的《钟情丽集》。从统治者的立场来看,传奇之类的文言小说言情志怪,与他们所提倡的理学大相径庭,因而遭到禁止,一度沉寂冷落。及至清初康熙年间,蒲松龄“用传奇法,而以志怪”,写出《聊斋志异》,把文言小说推向新的高峰。

《聊斋志异》取材于古代志怪小说、民间故事传说和蒲松龄友人所提供的材料,极写花鬼狐妖的故事以反映世态人情。《聊斋志异》暴露统治者的罪恶,抨击

---

① 鲁迅. 中国小说史略[M]. 北京:中华书局,2006.

② 鲁迅. 中国小说史略[M]. 北京:中华书局,2006.

其腐败政治，批判科举制度，揭露科场积弊，提倡进步的婚姻观，表现出明显的现实性与进步性。《聊斋志异》在人物形象塑造与语言运用上表现出极高功力，为后世文言小说创作树立了良好的典范。

《聊斋志异》以后，仿效者多出，有纪昀的《阅微草堂笔记》、袁枚的《子不语》、沈起风的《谐铎》和邦额的《夜谭随录》等。这些作品或者反《聊斋志异》之道而行，不言鬼怪，或仿效追随，极写妖狐，艺术水平各不相同，但均可明显看出《聊斋志异》影响的痕迹。

6. 狭邪小说

清代晚期，世情小说中逐渐形成一个狭邪小说群。狭邪小说是才子佳人小说与艳情小说结合，又掺杂了战争、神魔、公案、侠义等内容的结果。

狭邪小说最早出现的作品是《品花宝鉴》与《风月梦》，前者以写梨园生活为题材，以青年公子梅子玉与男伶杜琴言、书香子弟田春航、名伶苏惠芳的同性恋故事为中心，连带着描写了一些名伶与一批名士黑相公与无赖、恶棍交往的情形。《风月梦》全书假托过来人极言嫖娼之恶，嫖妓者或下大狱，或钱财为妓者骗光，只有妓女甄双休与狎客袁猷相洽，袁猷身死，双休殉情，得到了旌表。

《品花宝鉴》与《风月梦》带动了狭邪小说创作的热潮，之后《青楼梦》《海上花列传》《海天鸿雪记》相继出现。这些小说创作，重理想建构，暴露世情，语多夸饰，重世相描绘，言多质朴。晚期的狭邪小说，开始接受西方小说的影响，具有浓郁的与传统小说有别的资本主义都市特点和市民情结，逐步带上了市民小说的色彩。

中国古代小说至 1840 年鸦片战争，走向了漫长历史的终点。近代中国社会沦为半殖民地半封建社会，社会性质发生了根本性变化，社会思潮也随之更新，古典小说的内容思想与表现方法上均出现了与之前根本不同的变化。小说与政治的关系更为紧密，反帝、反封建成了近代小说的重要表现主题，表现方法上，更多地接受了西方小说的影响，再现出新的面貌。近代小说的种种新变，宣告了古典小说时代的终结，也标志着小说创作新时代的到来。

第二章 历史演义的开山之作《三国演义》

《三国演义》的出现在古典小说发展史上具有里程碑式意义,小说从此摆脱了讲唱文学话本与平话的体制,开始走上章回体长篇白话叙事的道路。《三国演义》也是历史演义小说的开山之作,引领了后来历史小说创作的狂潮,但没有哪一部后起之作可以与之媲美。《三国演义》早在元末明初即表现出来的成熟的创作艺术,为长篇章回体白话小说创作树立了明确的美学规范。

第一节 《三国演义》的作者、成书过程与版本流传

与其他世代累积型的章回小说一样,《三国演义》的作者在学术界是个尚存争议的问题,虽然争议并不像《西游记》《水浒传》《金瓶梅》那么大。明清时期,人们倾向于认为罗贯中是《三国演义》的作者,与此同时,也有作者为王实甫的说法。"王实甫之说"至今没有得到证实,"罗作之说"一直较为盛行。20 世纪 80 年代以来,学术界又出现了否定罗贯中为作者的提法。"罗贯中说"与"非罗贯中之说"的争论,一直持续至今,迄无定论。

《三国演义》的作者为罗贯中的证据来源于《三国演义》明代嘉靖壬午最早的刻本《三国志通俗演义》,"晋平阳侯陈寿史传,后学罗本贯中编次",早在 80 年前即 20 世纪 20 年代前期,北京大学新潮社出版了鲁迅先生的《中国小说史略》,鲁迅综合了各方面的材料之后将《三国演义》的著者断为元末明初人罗贯中。接着不久,郑振铎先生在《青年界》上发表了《罗贯中及其著作》等文章,亦肯定罗贯中是《三国演义》的写定者。自此,中国古代小说研究界普遍认同这一观点,

罗贯中是《三国演义》的作者似成定论。关于罗贯中其人，文献资料记载极少，仅有明代无名氏编著《录鬼簿续编》记述："罗贯中，太原人，号湖海散人。与人寡合，乐府、隐语极为清新。与余为忘年交，遭时多故，各天一方。至正甲辰复会，别来又六十余年，竟不知其所终。"这段记述极其简短，从中难以对罗贯中的生平个性产生较清楚的判断。后来的学者根据"至正甲辰"（1364 年）这个时间点来推断出罗大约生于元代延祐二年（1315 年），但卒年尚无法推算。据此可以认定，罗贯中为元末明初的一位文人。

关于罗贯中的另一争议是他的籍贯问题。大多数明代《三国演义》的刊本及《隋唐两朝志传》等均署名"东原罗贯中"，加上其他一些文字记载，是为"东原说"的主要依据。1931 年，郑振铎等人发现天一阁收藏的《录鬼簿续编》其中有"罗贯中，太原人"一语，人们认为罗贯中是今山西太原人。1949 年以来，几部比较权威的文学史、小说史均持"太原说"。一般认为，罗贯中原籍太原，他的祖先可能是随宋王朝南迁至杭州的，故又称杭州人。《录鬼簿续编》的作者是罗贯中的"忘年交"，他关于罗贯中的记载该是最权威、最可信的。罗贯中创作的小说、戏曲，在选材上也都与山西太原有瓜葛。元代在晋阳（今太原）有一个罗氏家族，罗贯中很可能属于这个家族。20 世纪 80 年代，山西清徐县发现的《罗氏家谱》中，罗氏第六代罗锦的次子即罗贯中。虽然这一证据论定清徐罗贯中与太原罗贯中为同一人尚存争议，但不失为一种可资参考的有力佐证。

关于罗贯中籍贯的另外说法是"东原说""杭州说"，其中以"东原说"呼声较大。主张"东原说"是因为嘉靖元年本《三国志通俗演义》卷首的庸愚子（蒋大器）《三国志通俗演义序》称罗贯中为东原人，从而有人认为《录鬼簿续编》作"太原人"系因传抄者少见东原，习知太原，故而所误。《三国演义》最早的几种版本大都署名"东原罗贯中"，罗贯中创作的其他小说《隋唐两朝志传》《三遂平妖传》和一百一十五回本《水浒传》，也都署名"东原罗贯中"。主张"杭州说"是因为明代学者郎瑛的《七修类稿》云"杭人罗贯中"、田汝成的《西湖游览志余》云"钱塘罗贯中"、周亮工的《因树屋书影》云"越人罗贯中"等，所以有了此一说。

《录鬼簿续编》记载的罗贯中是元代一位优秀的戏曲作家。罗贯中所著曲目有《风云会》（赵太祖龙虎风云会）、《蜚虎子》（三平章死哭蜚虎子）、《连环谏》（忠正孝子连环谏）。通过现今发现的史料，罗贯中还是一位优秀的小说作家，尚有小说《隋唐两朝志传》《残唐五代史演义》《三遂平妖传》为罗贯中所著。如果这些记述资料确凿可信，再加上《水浒传》也有为罗贯中所著之嫌，那么罗贯中不失为元末明初一位天才式文人。他的著述不但涉及了小说、戏曲两个领域，而且在小说领域，他的创作包含了历史演义、英雄传奇、神魔志怪三类题材。纵观小说史上所有作家，恐怕无人能出其右。

关于《三国演义》的作者，有否认罗贯中著作权的观点。反罗派学者的基本理由和观点主要有四条：一是文学有其自身的演进规律，元末明初是古代长篇小说发展的草创时期，没有成熟的小说理论，产生伟大小说的条件尚不具备；二是从元末明初到明代中叶有近两百年的时间，而这么长的时间里却在文献中见不到《三国志演义》的踪影，这近两百年的空白如何解释？因而只能说明《三国演义》是明中叶成弘年间的作品；三是明中叶各种《三国演义》刊本署名罗贯中不过是书商为了抬高身价而假借罗贯中的大名而已；四是贾仲明所记元末明初的罗贯中只是个戏曲家，同明代中叶写《三国演义》的罗贯中并非一人。但是，笔者认为，从现有的材料看，元末明初的文人罗贯中具备创作《三国演义》的时间、艺术气质和艺术素养以及足够丰富的生活阅历，他是那个多难的时代培育出的伟大作家。我们看问题不能只看表象，应透过表象对问题的实质进行综合研究和评估，否则就会做出轻率的论断。在没有发现令人信服的新材料之前，罗贯中对于《三国演义》的著作权是不能被否定的。

三国故事由于极具传奇色彩，经典人物形象性格鲜明，个性迥异，所以早在宋元时期就在中国民间流传颇广，几乎家喻户晓，在老百姓中影响极深。关于《三国演义》的成书过程，鲁迅在《中国小说史略》中说："《三国演义》讲三国底事情的，也并不自罗贯中起始，宋时里巷中说古话者，有'说三分'，就讲的是三国故事。因为三国底事情，不象五代那样纷乱，又不象楚汉那样简单；恰是不简不繁，适于作小说。而且三国底英雄，智术武勇，非常动人，所以人都喜欢取来做小说底材料。再有裴松之注《三国志》，甚为详细，也足以引起人之注意三国的事情。至罗贯中之《三国演义》是否出于创作，还是继承，现在固不敢草草断定。但是现在的《三国演义》却已多经后人改易，不是本来面目了。"[①] 今天我们来看，罗贯中正是以陈寿所撰的《三国志》和裴松之注的史料为蓝本，并结合民间三国故事传说和戏曲、话本等民间艺人的创作成果，"据正史""采小说""证文辞""通好尚"，尤其是博采各种典籍，包括史注、笔记、传说、平话、剧本、诗文等，共冶一炉，

① 鲁迅．中国小说的历史的变迁［M］．北京：人民文学出版社，1973．

根据其感悟和喜好，创作了被誉为“第一才子书”的《三国志通俗演义》。

最早系统记载三国时期历史的是西晋著名史学家陈寿(233—297年)的《三国志》。《三国志》是一部纪传体史书。陈寿在记载三国的历史时，态度比较公允持平，基本上能秉笔直书。《三国志》也有不足之处，主要缺点是记载过于简略，对一些重要的历史事件和人物，有的语焉不详，有的甚至遗漏。当时人的若干记载，他都没有采用。到了南朝刘宋时期，史学家裴松之(372—451年)广泛搜集资料，于元嘉六年(429年)写成《三国志注》。裴注引书多达二百余种，主要是补充缺漏，记载异说，矫正谬误，辨明是非，并对有关史家和著作予以评论，极大地弥补了《三国志》之不足，表现了史实的丰富性、生动性和多样性，往往能够以事见人，情趣盎然。除了《三国志》和裴注之外，有关汉末三国历史的重要史书还有南朝宋史学家范晔的《后汉书》、东晋史学家常璩的《华阳国志》、东晋史学家习凿齿的《汉晋春秋》、北宋史学家司马光的《资治通鉴》等。

到了宋代，随着城市经济的发展和市民阶层的扩大，各种通俗文艺都得到长足发展，出现了更多的三国题材作品。戏曲方面，当时的“院本”已有《赤壁鏖兵》《刺董卓》《襄阳会》《大刘备》《骂吕布》等剧目。苏轼的《东坡志林》有这样一条记载:“王彭尝云:‘涂巷中小儿薄劣，其家所厌苦，辄与钱，令聚坐听说古话，至说三国事，闻刘玄德败，颦蹙有出涕者，闻曹操败，即喜唱快。’以是知君子小人之泽，百世不斩。”这说明，在宋代三国故事已经深入人心，有着广泛的群众基础，并为人们所喜闻乐见。

元代的三国题材创作有了更大的发展。戏曲方面，元杂剧中的三国戏相当丰富，我们今天知道的剧目就有将近六十种之多。元代许多著名的杂剧作家，如关汉卿、王实甫、高文秀、武汉臣、王仲文、尚仲贤、郑光祖，都创作过三国戏。这些作品艺术表现力强，故事完整，情节曲折，人物性格鲜明，语言生动流畅，富有感染力。其中一些优秀之作，如关汉卿的《关大王独赴单刀会》、高文秀的《刘玄德独赴襄阳会》、郑光祖的《虎牢关三英战吕布》，数百年来一直脍炙人口。小说方面，元代出现了汇集“说三分”成果的长篇讲史话本，今天我们能够看到的就有至治年间(1321—1323年)建安虞氏刊刻的《三国志平话》，以及在此前后刊刻的《三分事略》。《三国志平话》第一次将众多的三国故事串连在一起，为《三国演义》的创作提供了一个简约的雏形。

在史传文学与通俗文艺这两大系统长期互相影响、互相渗透的双向建构的基础上，元末明初的伟大作家罗贯中依据《三国志》(包括裴注)、《后汉书》提供的历史框架和大量史料，参照《资治通鉴》的编年体形式，对通俗文艺作品加以吸收改造，并充分发挥自己的艺术天才，写成了举世名著《三国演义》，成为三国题材创作的集大成者和最高典范。《三国演义》开创了历史演义小说的先河。自此以后，明清时期文人纷纷效仿，撰写了甚多类似的历史演义小说，但成就都无法与《三国演义》相提并论，更加凸显了《三国演义》高超的创作手法和巨大的艺术价值，所以也铸就了《三国演义》在中国历史演义小说中的崇高地位。

《三国演义》作为历史演义小说的开山之作，其刊刻印行的版本非常复杂。1996 年，英国学者魏安"遍访欧美、中、日诸国图书馆"，对《三国演义》的版本进行了全面调访，写成专著《三国演义版本考》，查知世界各地迄今存世的《三国演义》版本三十五种，详细记录了每种版本的刊行情况、扉页、序目、卷回、行款、字数、卷端版心题记、碑记、图像、评语及藏本情况。

从版本形态演变的角度来看，《三国演义》众多的版本可以分为四个系统：通俗演义系统、志传系统、批评本系统、毛本系统。[①] 如果按照版本产生的时代先后给它们依次排序，则通俗演义系统居首，志传系统次之，批评本系统又次之，毛本系统属末。

通俗演义系统的版本包括明嘉靖壬午元年（1522 年）嘉靖本、明万历十九年（1591 年）金陵万卷楼周曰校刊本、明代末年夷白堂刊本、日本藏夏振宇刊本等。各本均为二百四十则，每则又列有一单句标目，只是嘉靖本和夷白堂本为二十四卷，每卷十则，周曰校本和夏振宇本为十二卷，每卷二十则。周曰校本同于嘉靖本，卷首亦有蒋大器、张尚德两人序文；夏振宇本又从周曰校本出，二者在书名前增添了同样的附属语："校正古本大字音释"，同样把嘉靖本的二十四卷合并为十二卷，同样保留了蒋、张的序文。夷白堂本行款与嘉靖本同。

志传系统包括余象斗本、余评林本、诚德堂本、忠正堂本、乔山堂本、天理图本、联辉堂本、杨闽斋本、郑云林本、汤宾尹本、黄正甫本、朱鼎臣本、忠贤堂本、杨美生本、魏某本、美玉堂木、北图本、种德堂本、雄飞馆本、三余堂本、聚贤山房本、嘉庆本等等。该系统基本以《三国志传》作书名，形式上表现为上图下文，内容上则多插增关索或花关索故事，因绝大多数刊刻于万历年间的福建，尤集中在建阳一带，故又称闽本或建本。

批评本系统包括吴观明本、宝翰楼本、藜光楼本、绿荫堂本、钟伯敬本、芥子

① 厚艳芬.《三国演义》版本演变述略 [J]. 北方论丛，1996（4）：82.

园本、两衡堂本、遗香堂本等。该系统与志传系统的建本间存在着一定的血缘关系，吴观明本的刊行地是福建建阳；藜光楼本虽题作《李卓吾先生批评三国志》，然第一百回回末却袭用建本书名，作《李卓吾先生批评三国志传》；志传系统的朱鼎臣本书名本为《三国志史传》，但封面却袭用建本特有的书名：《李卓吾先生批点原本三国志传》。不过，宝翰楼本、藜光楼本和绿荫堂本的刊刻地点已从建阳移到苏州；它们不但与志传系统决裂，同时也有别于通俗演义系统，其中最重要的标志是将二百四十则改为一百二十回，并借助增加李卓吾、李笠翁或钟伯敬的批评来抬高自己的身价。

毛本系统由毛纶、毛宗岗父子批评本及其派生本组成。该系统流传至今的版本约有七十种之多。

在《三国志演义》的众多版本中，最引人注目的当推嘉靖本和毛宗岗本。嘉靖本因其卷首附有明嘉靖壬午元年修髯子（张尚德）引言而得名。因《三国演义》表现出成熟的小说创作技巧，所以有人以此臆测，在嘉靖本之前，还刊刻过更早的弘治本。不过，从现存的资料看，并没有发现弘治本的存在。毛氏父子对《三国演义》的修订非常引人注目。鲁迅先生在《中国小说史略》中对毛氏父子的修订概括为“一者整顿回目，二者修正文辞，三者削除论赞，四者增删琐事，五者改换诗文”。毛本更加突出地宣扬了尊刘抑曹的正统观念和封建伦理道德，同时又加强了儒家的民本思想；在表现技巧、文辞修饰等方面也有显著提高。

在《三国演义》的众多版本中，《李卓吾先生批评三国志》以其特色独树一帜。事实上，李卓吾评本并非出自李贽之手，一般认为是比李贽略晚的明代小说评点家叶昼。尽管《李卓吾先生批评三国志》其实该称作“伪李卓吾评本”或“叶昼评本”，但其版本价值和学术价值却丝毫不逊色。李卓吾评本首次将《三国志演义》由二百四十则合并为一百二十回，回目也由单题变为双题。虽然合并得很简率，回目亦长短参差不齐，但一百二十回的形式却被后来大多数版本所沿袭。李卓吾评本开《三国志演义》系统批评之先河。历史上，最早公开标榜“批评”《三国演义》的是余象斗本。此前的嘉靖本，虽也有小字夹注，对正文进行解释、说明或补充，然并非表述评点者观点的批评。到了李卓吾评本，则不仅有眉批，且每回回末还有总评，总计字数多达数万，因而形成了比余本完整得多的批评系统。李卓吾评本在批评的内容上敢于标新立异，独树一帜，正是以之为底本，才有了后来盛行不衰的毛本。

第二节　天道循环中的一统观念的表达

《三国演义》是我国第一部历史演义类的长篇白话小说。它由宋元时的长篇讲史“说三分”和平话小说《三国志平话》发展而来，兼采民间传说，同时依据了陈寿的《三国志》及裴松之的注。小说所遵循的是“按鉴演义”的原则，其宗旨是忠实于历史。庸愚子的序说：“若东原罗贯中以平阳陈寿传，考据国史，自汉灵帝中平元年，终于晋太康元年之事，留心损益，目之曰《三国志通俗演义》。文不甚深，言不甚俗，事纪其实，亦庶几乎史。”①

《三国演义》所描写的故事跨越年代虽然不长，自其开篇写到的汉灵帝建宁二年（169年）到晋咸宁六年（280年）晋灭吴而统一中国，总共不过百余年的时间，但其中所涉及的场面之大、人物之多、故事情节之复杂，是中国古代任何一部演义性的小说无法与之相比的。《三国演义》在文本上有嘉靖本与毛宗岗本的不同，不同版本的思想倾向与意识表达并不相同。作品文本内容的复杂性、版本的差异性决定了其阐释的诸多可能性。

1. 对现有主题说之陈述及批判

《三国演义》研究的主题说法历来聚讼纷纭。据黄霖等编著的《中国小说研究史》的统计，关于小说的主题有五类、二十种之多。另据邓绍基、史铁良主编的《明代文学研究》统计，关于《三国演义》主题的说法有十五种之多。如此众多的提法固然与研究者视角、方法的不同有关，更重要的是由文本内容的复杂性决定的。现将目前学界最为流行的几种观点及对其偏颇的批判列举如下。

“歌颂理想英雄说”。这种观点认为，《三国演义》歌颂了“明君”的典型刘备、“贤相”的典型诸葛亮，对其他仁厚、智勇、忠义之士，也竭力进行了歌颂。这些歌颂，构成了《三国演义》的基本内容。它抓住了《三国演义》塑造人物的基本原则，因而抓住了其思想内容的主要方面，值得充分重视。但是《三国演义》是一部规模宏大的历史演义小说，除了塑造生动的历史人物形象之外，还描写了风云变幻的历史事件。只着眼于作品对人的塑造是不足以全面概括主题的。况且，作品对一些正面光辉的人物形象在褒扬的同时，也间杂用了批判之笔。如对

① 罗贯中．三国志通俗演义［M］．上海：上海古籍出版社，1980．

刘备，作者强调了他长厚爱民的优点，同时通过他始则拒绝徐州太守陶谦的让权、继则拒绝孔明进兵刘表的策略，以至于一再错失崛起时机的情节描写，隐微地批评他妇人式的懦弱和迂拙。更重要的是借关羽之死，刘备盛怒伐吴，刚愎自用，导致夷陵之战全军覆没的详细描写，批评了刘备目光短浅，意气用事，而忘却联吴抗魏的国家“大义”。这种观点明显没有关注从汉末动乱到三国归晋这一情节主线。

“拥刘反曹说”。这种主题说法出现较早，影响较大。持“拥刘反曹说”观的学者认为《三国演义》虽最初的明代弘治年间的刻本名为《三国志通俗演义》，并署有“晋平阳侯陈寿史传，后学罗贯中编次”之名，但从其内容情节上来看，《三国演义》并没有按照《三国志》把曹魏作为正统来描写，而将史书中的“非常之人，超世之杰”封建地主阶级的政治家、军事家曹操描写成一个奸诈、多疑、诡谲、骄横残暴、野心勃勃的反面形象；而史书中并不十分杰出的人物刘备，在《三国演义》中则成了一个深得民心、人心所向的明君。因此，“不能把《三国演义》看作一般的历史演义，它不过是借用了《三国志》所记载的其人其事作为小说的素材而已，作者对其中的人物、事件的评价标准、立场却并未受《三国志》一类史书的制约”。[①] “拥刘反曹说”概括的其实是作家的创作意图及其表现，它是作品的倾向性而非主题。主题是蕴涵于作品中的思想核心，它有一定的客观性，是作品客观上和实际上显现出来的东西。倾向性虽然与主题有一定联系，但倾向性不等于主题则是可以肯定的。作家的意图与作品实际显现出来的思想未必一致甚至矛盾，这在文学史上并不鲜见。“拥刘反曹说”概括的是小说的人民性，也并非主题。

“悲剧说”。该说认为，在《三国演义》中，以曹操为代表的封建社会的恶德和以刘备为代表的美德之间的尖锐对立，构成了全书最基本的矛盾冲突，冲突结果是邪恶战胜了正义，暴政强奸了仁政，兽性代替了人性。这不仅是三国时期的悲剧，也是我们民族的悲剧。应当承认，罗贯中确实是把曹操和刘备作为一组对立的形象，作为“奸臣”与“仁君”典型代表来刻画的，表现了“拥刘贬曹”的思想倾向。但是，把魏胜蜀败视为全书的结局是不准确的，因为蜀亡后仅仅两年，魏就亡于晋，应该说全书结于三家归晋。该说抓住了全书的主要情节线，并概括了作者“拥刘贬曹”的倾向，但是它的立论基础显然是把蜀败魏胜看作全书的结

① 叶维四，冒炘. 三国演义创作论[M]. 南京：江苏人民出版社，1984.

局，而作品实际结尾却是三国归晋，因而也是片面的。同时，它不尽符合作品实际，罗贯中虽然为蜀汉的灭亡而惋惜，但对率兵灭蜀的魏国大将邓艾却热情地赋诗赞美，而且在写到邓艾死时流露了悼惜之情。因此，用“悲剧说”来概括作品的主题是不恰当的。

“仁政说”。此说的主张者认为，《三国演义》的“尊刘抑曹”倾向，反映了挣扎在封建制度残酷压迫之下的民众对仁政的歌颂和向往，对暴政的批判和鞭挞。它抓住了《三国演义》思想内容的一个侧面，但却忽略了一个基本事实：作品虽然在一定程度上反映了封建统治阶级与底层民众的矛盾和斗争，表现了对暴政的鞭挞和对“仁政”的向往，但全书描写的重点却是魏、蜀、吴三个国家的统治集团之间的矛盾和斗争，是他们斗智斗勇，竭力图王兴霸，以便由自己来统一天下的复杂过程。此说概括的仍属于作品表层或者说浅层的意蕴，因为作品客观显示出来的是：无论仁政还是暴政，都被某种深层的力量支配着。“仁政说”未能概括出此种深层次的内涵，仍难堪任主题。

“天下归一说”。此说的主张者认为，《三国演义》表现了汉末至西晋统一这一段历史的真实面貌，表现了“合久必分，分久必合”的历史辩证法，表现了“天下归一”的理念，是历史发展的必然趋势。而且毛本《三国演义》开头的第一句即是“话说天下大势，分久必合，合久必分”。应该说，这一主题说法抓住了《三国演义》的叙事结构主线，揭示了罗贯中通过一系列曲折复杂的历史事件所表现出来的向往“天下归一”的思想，触及了作品主题思想的核心。但是一个必须承认的事实是，最早的嘉靖本《三国志通俗演义》没有“话说天下大势，分久必合，合久必分”这句话，这句话是毛宗岗后来加上去的。“天下归一说”的不足之处在于，作者在人物塑造这个重要方面所表现的观点和倾向未能被充分注意，所以用它无法解释为什么积极进行统一战争的曹操却往往遭到作者的鞭挞这样的问题。因此说，“天下归一说”尽管已经很具有主题概括力，然而终不全面。

2. 天道循环观念与对天下一统的向往

前面我们对学界提出的有代表性的主题说法进行了分析与批判，一个明显的结论是，没有哪个主题具有统摄全篇的力量。《三国演义》的成书跟《水浒传》《西游记》一样，是一个世代累积的过程。较之后两部作品，《三国演义》的累积时间更为漫长，有一千余年之久。在漫长的成书过程中，民间百姓、说书艺人、文人学者、官史修订者等不同阶层的人都参与了“三国”故事与素材的创作与丰富，因而渗透在基本历史事实框架之中的各类作者的思想倾向、审美观念、价值取向就丰富复杂得多。既然作品本身就是一个开放的、多元的文本表意主体，那么读者对其主题的阐释与解读，妄图通过单一的观点来统摄文本全部命意的做法就显得过于主观。所以，笔者更趋向于认为，《三国演义》的主题是复合的。

如果说《三国演义》有着复合式的主题，那么这个复合主题里所包含的最主要的成分是什么？笔者认为，首先是天道循环的历史观，其次是向往天下一统的社会观。

首先来谈第一个问题，《三国演义》对天道循环的历史观的表现。中国王朝兴废更替的历史发展到《三国演义》成书时期，经过了数千年。历史的起落变幻，会给人以时空转换的沧桑感与存亡兴废的浩叹，更会引起一些哲人的深沉思考。那么历史的变迁是否有某种超越人的力量或内在的规律在主宰着呢？古人中的智者对此一问题思考的答案是天道循环。这一观念看似有机械唯物主义的倾向，把历史发展的规律简单概括为一种循环的圆圈，没有进步积极的意义，但是我们不能用今天人的历史观去要求与评价古人，何况每个人的观念都会受时代的局限。

《三国演义》中是否有天道或天命观念？首先，从小说开头与结尾的结构框架上来看。小说开篇第一段即是"话说天下大势，分久必合，合久必分。周末七国纷争，并入于秦。及秦灭之后，楚、汉分争，又并入于汉。汉朝自高祖斩白蛇而起义，一统天下，后来光武中兴，传至汉帝，遂分为三国。"小说结尾说："自此三国归于晋帝司马炎，为一统基业。此所谓'天下大势，合久必分，分久必合'者也"。小说从叙述的大结构走向上，非常明晰地概括了汉室王朝至三国并立再到晋演变的历史轨迹。这两段议论表明了作者的一种历史观，也即人类社会的历史，是"分"与"合"的重复交替。这种观点，是对历史演变现象的一种概括，它勾勒出了历史演变的周期性变化规律，是古人对于历史规律的一种典型认识，是一种"历史循环论"。从现代人的进步历史观来看，"历史循环论"是一种简单而直观的认识与概括，它单纯从"分"和"合"的历史表层着眼，没有认识到历史变迁过程中内在质的变化与提升，所以具有明显的局限性。但不可否认，作品中明显存在着这样一种对历史发展规律的认识与观念。

《三国演义》的"天道循环"的历史观念除了思想结构以外，还渗透在小说的局部描写中。第一百零九回写司马炎"受禅"，也即以插诗直接点明道："魏吞汉室晋吞曹，天道循环不可逃。"这里的"天道循环"，无疑是对小说主题的直接明示。这里所说的"天道"，与小说中经常出现的"天运""天数""天理""天命"

等词语的内涵是一致的，都出于对历史发展存在人力不可抗的主宰力量，因而凡使用这些词语的地方，也隐含在“循环”之中。另外，小说第十四回“曹孟德移驾幸许都”写曹操移驾许都后，挟天子以令诸侯，刘汉王朝名存实亡，三国鼎立的局面开始形成。写到曹操与谋士密议迁都之事时，描写道：“……又密奏献帝曰：‘天命有去就，五行不常盛。代火者土也。代汉而有天下者，当在魏。’操闻之，使人告立曰：‘知公忠于朝廷，然天道深远，幸勿多言。’操以是告彧。彧曰：‘汉以火德王，而明公乃土命也。许都属土，到彼必兴。火能生土，土能旺木：正合董昭、王立之言。他日必有兴者。’操意遂决。”此段描写中的“五行不常盛”“火能生土”“代火者必土”等，均源于邹衍的“五德终始说”这种古人的“历史循环论”。“五德终始说”认为：“天地剖判以来，五德转移，治各有宜，当符应若兹。”按照此说，五德周而复始地循环，每个朝代与五德相配，因而朝代的更替即是五德的更替，亦周而复始地循环。这明显是一种“天道循环”的观念。

《三国演义》在历史事件的描写中，往往将其与历史上以往发生过的类似事件相较，从而表达着“天道循环”的历史观念。如曹操和司马昭在掌握朝政大权后，均严酷镇压异己力量。曹操曾先后两次揭穿汉献帝的密谋活动，从而杀了董承、董贵妃、伏完、伏皇后等人，司马昭后来篡权时，也揭穿了魏主曹芳的密谋活动，诛杀了张缉、张皇后等人。曹操和司马昭追求权力的手段如出一辙。对这样一种相似的现象，作品用一首插诗来解释：“当年伏后出宫门，跌足哀号别至尊。司马今朝依此例，天教还报在儿孙。昔日曹瞒相汉时，欺他寡妇与孤儿。谁知四十余年后，寡妇孤儿亦被欺。”我们今天来看这样的历史相似，会觉得其中的主因在于政治人物个性相似或历史形势所决定的谋略的雷同，而《三国演义》的作者却将这种相似的偶然性归结为因果报应、循环往复的历史的必然性。

《三国演义》在描写政权的覆亡的历史变迁时，也流露出“天道循环”的观念。作品写蜀国将亡时，魏国邓艾兵临绵竹，诸葛瞻、诸葛尚父子战死，魏军即将攻取成都，蜀主刘禅惊恐万状，惶惶不可终日。这时，作者发表议论道：“试观后主临危时，无异刘璋受逼时。”“无异”一词，点明了历史变迁的相似性，说明作者认为刘禅今日之临危，和当年刘备临成都时刘璋之受逼，政权覆亡前表现出同样的一种惊恐。小说在客观上揭示了刘禅之临危，是刘璋受逼的报应与循环。由此可见，在作者的历史观中，“天道循环”具有强大的支配力，无论正统还是非正统，无论仁政还是非仁政，在“天道循环”这个规律面前都无能为力，都无法走出循环之路。难怪作者在《三国演义》卷末的插诗中浩叹“鼎足三分已成梦，后人凭吊空牢骚”。

如上所论，如果说《三国演义》的主题思想并不单一的话，那么处于最高层次而且能涵盖其他主题成为若干思想中的核心思想的，那该就是“天道循环”的历史观念。这样一种历史观念有着明显的局限性与落后性，但它看到了人类社会是周期性地演变的积极一面。《三国演义》表现“天道循环”的历史观，不仅是为了表达作者对三国那一段历史走向的规律性总结，更是为了警告后来弑君篡位者、施暴行恶者等不忠不孝、不仁不义之徒，以使“乱臣贼子惧”。

在明确了《三国演义》具有“天道循环”这样一种位于作品高级层面的主观命意表达后，我们再来看另一层重要的创作命意，“向往天下一统”的社会观。

维护国家统一，渴望社会和平安定，一直是古代中国老百姓的社会观，是一种牢不可破的优良传统，这跟儒家文化的社会理想熏染有着密切关系。几千年来，古代中国曾经屡次被强行分裂，百姓饱受分裂战乱之苦。但是，每次分裂之后，人民总是能以惊人的毅力促成重新统一的实现。在那“出门无所见，白骨蔽平原”的汉末大动乱时期，以及罗贯中生活的扰攘不安的元代末年，人们对国家安定统一的向往定会是特别强烈。罗贯中敏锐地把握了时代的脉搏，通过对三国时期历史的艺术再现，鲜明地表现出统一是大势所趋，人心所向。这是《三国演义》的政治理想，也是它的人民性的突出表现。

《三国演义》通过极力歌颂的正面人物表达了统一天下的理想。刘备蜀国集团可以算是作者描写的正面典型。蜀国一开始就提出“上报国家，下安黎庶”的口号，以匡扶汉室相标榜，在曹魏代汉以后又以继承汉室的正统自居。他们从来没有忘记恢复汉家的一统天下，尽管由于历史条件的限制，他们的目标没能实现，但他们对益州的治理，对南方的平定，毕竟也为统一做出了贡献。除了刘备集团之外，孙坚、孙策父子胸怀大志，颇有荡平天下之气概。孙权的进取精神虽然不及其父其兄，但他联刘抗曹，侍机而进，治理江南，也是争取重新统一这场角逐中的佼佼者。可以明显见出，作者对凡是有国家一统理念的人物均持正面肯定态度。

与对持一统理念的人物肯定的态度不同，《三国演义》对那些心怀分裂汉室思想的人均加以谴责与否定。一心分裂汉室江山的最突出的是董卓集团和袁术集团。董卓“常有不仁之心”，杀太后，鸩少帝，败坏朝纲，残害百姓，以至“两朝帝主遭魔障，四海生灵尽倒悬”，造成天下大乱，实为不忠不义的元凶巨恶，罗贯中对他自然是痛加贬斥。董卓余孽李榷、郭汜之流，也是一伙狐群狗党，混世魔王，为天下所不容，也为罗贯中所嘲骂。袁术狂妄自大，轻薄无能，急于过皇帝瘾，却既无统一天下的本领，又不顾百姓死活，忠义两亏，同样为罗贯中所不齿。

即使《三国演义》中作者作为反面典型来塑造的，但只要有天下一统理念的人物形象，作者均予以肯定。众所周知，《三国演义》具有拥刘反曹的倾向，作者把曹操塑造为奸雄的典型，写他"名为汉相，实为汉贼"，其所作所为违背了儒家的伦理秩序。罗贯中也不惜笔墨地对曹操加以谴责。但是，曹操毕竟统一了北方，并为国家统一奠定了坚实的基础。对于这样的历史功绩，罗贯中并没有因为曹操为负面人物形象而随意贬低。《三国演义》写曹操擒吕布、扫袁术、灭袁绍、击乌桓、败马超等重大战役，都毫不隐晦地描写了他过人的胆略和智谋。曹操去世之时，罗贯中引用后人的四诗三文，既肯定了曹操的历史功绩，又鞭笞了他的不道德行径。如"雄战魏太祖，天下扫狼烟。动静皆存智，高低善用贤。长驱百万众，亲注《十三篇》。豪杰同时起，谁人敢赠鞭？"这是对曹操功绩明显的赞扬与歌颂。而"杀人虚堕泪，对客强追欢。遇酒时时饮，兵书夜夜观。秉圭升玉辇，带剑上金銮。历数好雄者，谁如曹阿瞒"，这样的态度明显是贬斥。可见作者既没有把历史道德化而抹煞某些人物的历史功绩，又没有忘记文学艺术宣扬真善美、鞭挞假恶丑的使命，把人物一一放上道德的天平。尽管他的认识摆脱不了历史的局限，这样的创作态度却使他笔下的主要人物既有厚重的历史感，又有深刻的美学意义。这正是《三国演义》为后代的多种历史演义小说难以企及的根本原因。

即使魏、蜀、吴三家三分汉室天下以致形成三足鼎立局面以后，作者在某种程度上也是肯定三国鼎立局面的。因为这种局面标志着天下由大乱走向小合，形成以中原、东南、西南为中心的三个相对稳定的地区，有利于广大百姓的休养生息，这自比天下大乱要好。但是对于期盼国家统一的作者来说，小合终究不是理想之局。正是基于这一思想，所以作者虽对阴鸷、狠毒的司马懿、司马师、司马昭父子三人并不喜欢，但对司马炎的取代曹魏，削灭吴国，统一全国，建立西晋王朝却持肯定态度。由此可以看出，作者是主合而不主分的，期盼尽早结束社会的分裂、混乱局面，迎来国家的重新统一。

罗贯中对三国归晋、天下一统的历史进步走向充满着积极、肯定的情感态度。作品描写三国灭亡，当蜀汉后主刘禅向邓艾投降时，写道："成都之人，皆以香花而迎。"这里没有亡国的深哀巨恸，有的却是对统一事业的衷心拥护。当司马炎接受魏主曹奂禅让时，《三国演义》又写道："此时魏亡，人民安堵，秋毫无犯。"可以看出，在作者看来，国君姓什么是无关紧要的，国家的统一与安宁才是至为重要的。当吴国最后灭亡时,同样是“吴人安堵”。尽管西晋统一只是短暂的,但这种统一比起国家四分五裂的状况来,却是一个巨大的进步。因此,罗贯中写道:“自此三国归于晋帝司马炎,为一统之基矣。”三家归晋,天下一统,这不仅是当时老百姓的愿望,更是几千年来深植于中华文化中的天下一统的社会理想的体现。《三国演义》的作者,正是在其所处的历史背景之下,借三国的历史来委婉地描绘了时代的呼声。

综上所述,根据小说的题材特点和作品中所透露出来的主观创作意图,可以肯定地说,《三国演义》所表现的当是历史主题,而且是由多方面组合而成的复合主题。它至少有两个层面:通过三国历史来表达抽象的“天道循环”的历史观,并且在三国分合的历史走向中表现歌颂历史走向统一的社会观。这两个层面的主题不是简单的叠加,而是有机地融合在一起的。“天道循环”的历史观是一种形而上的、抽象的理念,它深隐于文本叙事的深层,是隐性的。而“国家一统”的社会观是显性的,它浮于文本叙事的表层,是普通读者都可以触摸到的。两个主题虽有各自的意蕴,在作品中的表现亦有显隐、轻重之别,但都反映出作者深厚的历史情结,以及对三国这段历史的独到认识和理解。从小说情节内容较为外露的意思看,作者似乎是要向读者清晰地展示三国兴亡的历史过程,反映这一时期国家由合而分、又由分到合的具体状态,但其中却蕴含着一种更为深刻、更为本质的东西,也即历史的兴亡关合着国家的统一与分裂,历史的分合关合着国家的治乱:治世则兴,乱世则亡;治世则国家统一,乱世则国家分裂,这种统一不仅是自秦汉以来历史发展的主旋律,也是广大人民群众的共同愿望,更是作家面对乱世而萌生的一种美好心愿。因此,小说的主题当是以歌颂国家统一为中心,包容了历史兴亡和历史分合两大思想意蕴,表现了作者对“天道循环”这样一种历史发展规律的深层认识,具有鲜明历史特征的复合主题。

第三节　“忠、智、仁、勇”——儒家道德的宣扬意旨

作为第一部成书的长篇章回体白话小说,《三国演义》取得的成就是毋庸置疑的。但是不能否认,彼时长篇小说创作的艺术尚处于探索阶段,与后来出现的经典小说作品相比,还稍显稚嫩。《三国演义》在人物塑造上,明显存在着符号化、概念化、类型化的倾向,也即人物的设置带着作家表意的使命,使得人物像是一

个个表意的符号或概念，在作家组织的叙事空间中来完成作家赋予的表意任务，从而显得人物形象缺乏立体生动，趋于平面化。鲁迅先生在《中国小说史略》中评价《三国演义》写人的特色时说："欲显刘备之长厚而似伪，状诸葛之多智而近妖"，一语中的，形象地概括了小说塑造人物的特点。

《三国演义》以表现历史为题材，彼时的传统社会还没有突破传统道德的封禁，商业资本主义的幼芽尚未萌发，心学还未能冲出宋元理学厚重的茧壳，个性主义似乎还遥不可及。在这样的思想语境中，《三国演义》的创作意旨便不可避免地要背负上宣扬传统道德的重要使命。我们从作品林林总总的人物形象塑造上，可以清晰地解读出"忠""智""仁""勇"这样几个传统道德的核心要素。不论作家的立意是否如此，但不可否认，儒家道德的命意是作品思想意蕴的客观存在。

1. 尽忠守义——关羽形象的道德命意

《三国演义》对关羽形象的设计，尽显其"忠义"主题的命意。清人毛宗岗认为《三国演义》有三绝：孔明智绝、关公义绝、曹操奸绝。关羽之"义"，贯穿了作品始终，从第一回刘关张桃园结义，直至刘备、张飞为关羽殉义的结局为止。在关羽身上，体现了"义"的生动的道德内涵，展示了一个既集中传统道德又能为市井百姓所认同的古代名将的人格力量。

在古代立言的道德家眼中，"忠"与"义"往往合二而为一。"忠"的本义指"忠诚，尽心竭力"。《论语·学而》："为人谋而不忠乎？"《左传·庄公十年》："公曰：'小大之狱，虽不能察，必以情。'对曰：'忠之属也。'"以后引申为特指忠于君主，有了"忠臣、忠良"一说。《战国策·秦策》："昔者子胥忠其君。""义"本作"谊"，"谊"从宜，故《礼记·中庸》说："义者宜也。"宜即适宜，不上不下，不左不右，一切做法，正合其"度"，即有一定的尺寸，故做得恰如其分，就是义，否则，即是不义。因此，就有君臣之义、老幼之义、贤愚之义、尊卑之义。就"忠"和"义"而言，南宋时朱熹曾对"忠"做出解释，所谓"忠"，就是竭尽所能去做自己应做的事，去尽自己应尽的义务，这可以说是忠的最基本定义。而当此基本定义体现在《三国演义》一书中的人际关系上时，所谓"应该做的事"和"应尽的义务"往往是指由下而上的一种关系，是指属下对主人的忠，臣子对皇帝的忠，百姓对国家的忠等等。至于义，根据杨伯峻先生对《论语》和《孟子》二书中这一字的解释，有"合理的、有道理"以及"合于某种道和理"的意思。这一解释也可以说是义的最基本定义，而当此基本定义体现在小说中的人际关系上时，义往往是平辈之间坚贞不移的情谊和感恩图报的念头。

关羽的出场便已被作者定位于忠义的化身。刘关张桃园三结义时誓言“同心协力，救困扶危，上报国家，下安黎庶，不求同年同月同日生，只愿同年同月同日死”即已为忠义设定了具体的框架。关羽的一生便是实现这一誓言的过程。关羽在全书中的地位非常突出，作者称他为“公”，在小说中绝无仅有。第二十五回，写他中了圈套，处于困境。曹操派张辽去劝降，可关羽决意不肯。他大义凛然地说:“吾仗忠义而死，安得为天下笑？”当张辽说他一负盟誓，二负刘备依托之重，三不思匡扶汉室，而以匹夫之勇相拼杀，是三大罪时，他动了心。然而针对这三条，他提出三约：一是只降汉不降曹，二是对二嫂好生招待，三是一旦知道刘皇叔去向必当辞去，三者缺一不可。结果，曹操答应了他的要求，才使他暂留下来。曹操为了笼络他，收买他，让皇帝封他官爵；并三日一小宴，五日一大宴，想使他乐不思返，还赠他战袍，送他赤兔马和金银，用功名利禄来诱惑他。可是他丝毫不为所动，新战袍外仍罩上旧袍；送他美女，他不为所惑，全都送进内府去服侍二位嫂嫂；一旦得知刘备下落便挂印封金。他的想法集中到一点，就是留别曹操信上的两句话:“新恩虽厚，旧义难忘。”之前曹操也知道关羽不易收买，当初安排他和刘备的两个妻子同处一室，为的是诱逼关羽乱伦，好使他断绝与刘备的关系，但是关羽却伫立户外，自夜达旦，显得十分光明磊落。因此，他走后连曹操也不能不赞颂他“真义士也”。

毛宗岗在评关羽形象时说:“历稽载籍，名将如云，而绝伦超群者莫若云长。青史对青灯，则极其儒雅；赤心如赤面，则极其英灵。秉烛达旦，人传其大节；单刀赴会，世服其神威。独行千里，报主之志坚；义释华容，酬恩之谊重。作事如青天白日，待人如霁月光风。心则赵抃焚舌告帝之心而磊落过之，意则阮籍白眼傲物之意而严正过之。是古今来名将中第一奇人。”① 鲁迅在《中国小说史略》里说:“至于写人，亦颇有失，……惟于关羽特多好语，义勇之概，时时如见矣。”“然而究竟它有很好的地方，像写关云长斩华雄一节，真是有声有色；写华容道上放曹操一节，则义勇之气可掬，如见其人。”② 由此足以见出《三国演义》对关羽“忠义”形象塑造的成功。

当然，用今天的眼光来看，关羽的“忠义”道德观念是有局限性的。关羽终

---

① 朱一玄，等. 三国演义资料汇编 [M]. 天津：百花文艺出版社，1983.

② 罗贯中. 三国演义 [M]. 北京：人民文学出版社，1989.

究是三国时代封建割据势力的一个代表人物，他所矢忠的刘备，虽然暂时无权，后来却还是霸据一方的封建皇帝，和市井百姓在封建统治下为争取切身权利而要求团结的重义品质并不相同。他的忠义可以说只是尽义于私，尽义于个人。而且他所尽义的个人，又不是为了正义的事业，而是为了统治者争天下。在关羽的“义”的品质里，有其“兄弟而君臣”的忠的一面，曹操把它叫作“事主不忘其本”。刘关张的设誓共扶汉室，和关羽的降汉不降曹，带有浓厚的封建忠君思想。忠义观念在这个人物身上复杂的交织关系，就使他的“义”带有可以被统治者所利用的内容。“明万历年间朝廷极力推崇关羽，便与九边战事特别是辽东威胁有关。……清朝末年，封建统治者还叫缙绅先生在城门附近讲解《三国演义》。理由很简单，封建统治阶级企图利用关羽的形象，麻醉人民，造就为封建王朝效力的忠实奴才。”①

2. 斡旋天地，补缀乾坤——“智绝”的孔明

《三国演义》中塑造的诸葛亮是非常令人印象深刻且极为成功的形象。毛宗岗称诸葛亮的形象为“智绝”。诸葛亮在作品中的重要性，郑振铎甚至认为《三国演义》就是一部“诸葛孔明传记”②。《三国演义》写了诸葛亮一生辅佐蜀汉，为兴复汉室努力奋斗的悲壮历程。在他身上表现的不惧艰险力挽狂澜的执著，鞠躬尽瘁死而后已的忠诚，给自己留下了极高的美誉。

诸葛亮在《三国演义》中体现为“智者”的形象，他斡旋天地，补缀乾坤，把“人谋”的作用发挥到了极致。他的智慧主要体现在决策、军事、外交、治国等方面。譬如在决策上，他是在小说中第三十六回“元直走马荐诸葛”始出场的，然而人尚未露面，就通过徐庶之语，从侧面渲染了诸葛亮的过人才智。徐庶说：“此人不可屈致，使君可亲往求之。若得此人，无异周得吕望、汉得张良也。”“此人有经天纬地之才，盖天下一人也！”当时，恰逢刘备兵败，不得不寄人篱下，守护着弹丸小城新野。然刘备终非普通人物，为图大业，他四处访将寻才。听闻诸葛亮的才智后，他立即“三顾茅庐”，恳请诸葛亮出山相助。诸葛亮虽然长久隐居山野，但殊不知“秀才不出门，全知天下事”，他对刘备说的一番话不过寥寥三四百字，却简明扼要、异常清晰地为刘备理清了天下庞杂大势，并点出了联吴抗曹“三足

① 杨彭荔.《三国演义》关羽形象所表现出的忠义观念 [J]. 榆林学院学报，2005(3)：81.

② 姚秋霞. 理想典范的形成及其精神误区——《三国演义》中诸葛亮形象透视 [J]. 汉中师范学院学报：社科版，1997(1)：67.

鼎立”的绝妙对策，其聪明才智由此可见一斑，非普通人可比。就连小说作者也不禁赞叹，诸葛亮“未出茅庐，已知三分天下，真万古之人不及也！”

诸葛亮的智慧在军事方面更是展现得淋漓尽致。如第四十回“诸葛亮火烧新野”、第四十九回“七星坛诸葛祭风”、第五十回“诸葛亮智算华容”、第七十二回“诸葛亮智取汉中”、第八十四回“孔明巧布八阵图”、第八十五回“诸葛亮安居平五路”、第九十五回“武侯弹琴退仲达”、第九十九回“诸葛亮大破魏兵”等等，皆为诸葛亮军事“才智”过人的表现。

诸葛亮智者的形象还表现在外交上。诸葛亮出山辅佐刘备之时，刘备刚刚兵败，驻军小城新野，可谓势单力薄，在诸侯中更是人微言轻。为了能够实现“三国鼎立”的战略决策，诸葛亮不得不亲自出马去东吴说服孙权联合抗曹，于是才有了第四十三回“诸葛亮舌战群儒”的精彩场面描写，并最终巧妙地驳倒了东吴的主和派；又如第五十六回“孔明三气周公谨”中，诸葛亮察言观色，通过智激孙权和周瑜，促使他们下定决心，形成了孙刘联合共同抗击曹操的局面，最终不辱使命，满意而归。

诸葛亮在用人方面的智慧同样令人佩服。作为“军师”，诸葛亮手下勇将众多，又性格各异，这就给他如何使用这些将领提出了较高要求。诸葛亮在这方面也充分展现了他的用人艺术。他用人的原则是知人善用、因人而异。对于心高气傲的关羽，诸葛亮采用的方法是，给他“戴高帽”，多表扬。如刘备收了猛将马超后，关羽不服气，要求跟马超比武。诸葛亮劝他说，马超虽然勇猛，但只能跟张飞争先，哪里比得上你这位“绝伦逸群”的美髯公呢？关羽听了此话自然心平气和。对于莽撞的张飞，诸葛亮则经常用激将法，明明要派张飞出战，却故意说，这个敌将，你张飞对付不了，得调关羽回来才行，这样往往能激起张飞更大的斗志。而对于忠诚细心的赵云，诸葛亮却是好言勉励。

诸葛亮卓绝的智慧千百年来让人叹为观止，然而诸葛亮真正打动人心的，还是他身上体现出来的儒家忠义的美德。与关羽一样，诸葛亮对于蜀国的事业一生忠贞不贰，鞠躬尽瘁，死而后已。诸葛亮一生恪守着对蜀主刘备的君臣之义。在刘备在世的时候，一些关系到集团利益上的重大决策，还是由刘备决定，诸葛亮只是起辅佐的作用，尽一个军师、谋士的职责。刘备去世时，白帝城托孤，他从此便完全抱着为忠义等道德目的而为蜀国鞠躬尽瘁。平定西南蛮夷的战争中，他不顾惜损寿而火烧藤甲兵，对蜀国的政事，事无巨细，必亲自过问，唯恐有一点疏忽而不义于先帝不忠于后主。虽然这一切最终都将是徒劳的，但他却毫不在意，执意死而后已。诸葛亮身上，体现了古代臣子对君王至为高尚的道德，毛宗岗评价他是“古今贤相中第一奇人”。

尽管集智慧与忠义两种品质于一身，但诸葛亮在《三国演义》中遭遇的却是悲剧性的命运。虽然诸葛亮为了蜀国的事业殚精极虑、尽忠竭力，但他所效忠的后主刘禅却并不领情，不但没有为他提供一个稳固的后方，甚至还在北伐的紧要关头，听信谗言猜忌他，以智慧和忠义为突出特征的诸葛亮最终只能“出师未捷身先死”，在“再不能临阵讨贼矣！悠悠苍天，曷此其极！”的悲怆感慨中遗憾地结束了自己的一生，以自己悲剧英雄的色彩让后人无尽地唏嘘感叹。“他所坚持的忠义尽管未能施行于天下，然对个人而言，求忠义而得忠义之名，也算得其所求。但以谋略智慧而言，其本质的指向应该是事业的成功和理想目标的实现，诸葛亮以超绝的智慧和‘鞠躬尽瘁，死而后已’的牺牲精神追求的事业最终趋向失败，这无论如何应该是一场智谋的悲剧。悲剧既起于智谋和历史发展趋势的逆向，也起于乱世之中智慧和忠义的悖离。作为世代累积型作品，《三国演义》中的诸葛亮这一人物形象承载着一代代的文化积淀，对其悲剧性质的探讨也就格外地具有文化意义。当诸葛亮的智慧和忠义这两方面按照民间趣味各自被层层堆垛而沿着自身的逻辑方向被大力强化时，人们却忽略了人物性格被二者间过大的张力所分裂的必然。”①

3. 仁政而王——刘备的明君形象

《三国演义》表达了明显的政治理想，这种理想是通过蜀汉集团来体现的。具体而言，《三国演义》由于其明显的“天下一统”的理念，决定了其在所描写的魏、蜀、吴三个集团中必将立其一作为正统。很显然，刘备所领导的蜀国正是作者表达其正统观念的不二选择。

在《三国演义》中，作者按照自己的“明君”理想对刘备进行了塑造。古代儒家倡言“仁政王道”“以仁义治天下”，仁君应“以民为本”“行仁政而王”。在《三国演义》中，作者描绘的刘备是一个“仁君”的典范，他施行仁政，爱民如子，深信“民为邦本”，时时注意表现自己的仁义、忠厚，希望通过道德感化来赢得民心、征得天下，代表了儒家欲以道德理想转化政治、改革社会的理性信仰和思想路线。在“刘玄德携民渡江”一回中，作者运用妙笔生花，将刘备的“仁德爱民”

---

① 谢遂联．智慧与忠义之间——论诸葛亮的“人谋”悲剧［J］．西南交通大学学报：社会科学版，2006（4）：39．

形象展现得无以复加。曹操兵临樊城，诸葛亮建议速弃樊城，但刘备却不忍舍弃相随已久的百姓："奈何百姓相随已久，安忍弃之？"两岸之民大呼曰："我等随死，亦愿随使君！"作者正是借百姓的言语、举动，从侧面烘托出刘备的爱民形象。看到两岸百姓扶老携幼，哭声不绝，他大恸曰："为吾一人而使百姓遭此大难，吾何生哉！"欲投江而死，左右急救止。后刘备率领数万军民，来到襄阳城下，但没想到刘琮已经投降曹操，拒不开门。为了不惊扰百姓，他毅然放弃入城的机会，奔赴江陵。在去江陵的路上，有人劝刘备暂弃百姓，先行为上。刘备为此泣曰："举大事者，必以人为本。今人归我，奈何弃之？"及当阳，曹兵掩至，刘备及众将士死战。看到此情此景，他大哭曰："十数万生灵，皆因恋我遭此大难；诸将及老小，皆不知存亡。虽土木之人，宁不悲乎！"面对曹操南下荆州重兵的围追堵截，刘备全然不顾妻离子散，更不惧刀在其项之危，携十万百姓一道草行露宿，虽每日只行十余里，但他仍与百姓共度鱼游釜中之险。以上刘备的三次哭，作者写得张弛有序，陡然之间，一个仁德之君的形象跃然纸上。在第三十六回中，曹操胁持徐庶之母逼迫徐庶，徐庶不得已，只得投降曹操。刘备心中自是不舍。当时，孙乾向刘备秘密进言，建议强行将徐庶留下，迫使曹操杀其母，这样就可以使徐庶与曹操结为死敌，而对刘备死心塌地。刘备却义正词严地加以拒绝："使人杀其母，而吾用其子，不仁也；留之不使去，以绝其子母之道，不也。吾宁死，不为不仁不义之事。"众皆感叹。作者运用衬托的艺术手法，以孙乾来映衬刘备，使刘备的仁德形象表现得更加鲜明、突出。第三十四回写道，刘备有一匹叫"的卢"的骏马，有人说此马妨主。徐庶建议刘备先将此马送给与他有仇怨的人，待妨过此人，然后乘之。刘备闻言变色，对徐庶说道："公初到此，不教吾以正道，便教作利己妨人之事，备不敢闻教。"当然，徐庶只是以此言相试而已，并非让刘备真的那样做。不过，我们通过刘备的行动可以看出，他并未将马嫁祸于别人，或自己弃而不骑。他对徐庶建议的反应正是他个性中正直和仁善的自然流露。另外一个表现刘备仁德的就是不乘刘表之病危夺取荆州。 刘表病笃，诸葛亮建议刘备趁此机会取荆州为安身之地，以拒曹操。而刘备却不忍图之，"吾宁死，不忍作负义之事。"（第四十回）刘表病重，遂向刘备托孤，但刘备却说"竭力已辅贤侄"，决不取荆州。他三番五次放弃获得荆州的机会，这种君子作风，在三国时代实在难找。此外，"怒鞭督邮""赚斩车胄""刀斩蔡阳"都乃刘备所为。而《三国演义》作者为保护好刘备的仁君形象，以突出其仁德之心，都将其转移到张飞、关羽二人身上，从而使刘备的仁德的君主形象表现得更加完美。

将刘备塑造成一个仁德君主的形象，符合作者将其定为汉室继承者的政治逻辑。然而历史上的真实刘备，本不是小说所描写的样子。历史上的刘备被很多人称为“枭雄”，他少好结交豪杰，早年兵讨黄巾，有雄才而不甘于人下，敢于见利忘义。所以刘备虽然很有魄力而且有所作为，但他也跟普通大众一样，性格具有多面性，并不像小说那般“欲显刘备之长厚而似伪”。刘备虽然对兄弟诚笃忠厚，对人民弘毅宽厚，但他也有不甚信义的一面。他曾先后投靠公孙瓒、陶谦、吕布，而后走归曹操、袁绍、刘表。最后，刘备受刘璋之邀自荆州入川，却与刘璋兵戎相见，迫其出降，占据益州，虽偏居一隅，却以此成就帝业。荆州本属东吴孙权，建安二十年时，孙权因为刘备已取益州，故遣使向其索要荆州。刘备却说得凉州后再行交付荆州，孙权为此十分气恼，但当曹操平定了汉中，刘备深感威胁时，又和孙权讲和、结盟，把荆州的江夏、长沙、桂阳划归东吴。这种做法就不符合仁人义士的作风，有过河拆桥、只求自保之嫌。《三国演义》中“张翼德怒鞭督邮”这一情节为人熟知，但陈寿的《三国志》曾载：“督邮以公事到县，先主求谒，不通，直入缚督邮，杖二百，解绶系其颈着马仰，弃官亡命。”[①] 这件事居然是儒雅的刘备所为，有些让人觉得不可思议。《三国演义》是为了塑造刘皇叔宽宏仁慈的形象才张冠李戴给张飞的，史实被改变的同时，狂悖不法的面目也被移花接木，一个宽厚仁慈的刘备和一个胸怀坦荡、正义鲁莽的张飞也由此诞生。

《三国演义》中的刘备是儒家仁政爱民的政治理想的化身。刘备形象的成型，有作者明显的宣扬儒家道德理想的意图，也是宋代以来民间“拥刘反曹”态度的反映。刘备形象所代表的道德符号，鲜明地体现了小说传统道德宣扬的意旨，也构成了小说表意的一个重要版块，强化了人们对历史上的真实刘备被民间、文人合力进行道德改造的认识。

4. 勇者不惧——理想英雄赵云

“勇”是儒家提倡的一种重要品德。孔子说：“仁者不忧，知者不惑，勇者不惧。”（《论语·宪问》）在儒家先哲那里，“勇”于个人修身是如此重要，以至于被认为是人至高无上的一种品德，“知仁勇三者，天下之达德也”（《中庸》）。儒家还认为，“仁者”往往兼有“勇”的品德，“仁者必有勇，勇者不必有仁”（《论语·宪问》）。可见，儒家之勇是依附于仁的一种品德，而仁正是贯穿儒家全部思想的核心。

从儒家提倡的“勇”来考察小说《三国演义》，可以发现作者有意识地以许

① 陈寿．三国志［M］．哈尔滨：哈尔滨出版社，2004.

多人物形象来全面地阐释“勇者”的内涵。《三国演义》里，有骁勇善战的关羽、英勇神武的张飞、智勇双全的黄忠、忠义沉勇的陈宫、有勇有谋的赵云等。这些人物形象中，近乎完美地诠释了儒家“勇”德的是赵云。

赵云是蜀汉集团的五虎将之一，他在小说中的出场就给人以神勇的气势。当公孙瓒在磐河被袁绍大将文丑战败后，“文丑直将公孙瓒赶出阵后山谷而逃……瓒弓箭尽落，头盔坠地，披发纵马，却转山坡，其马前失，瓒翻身坠于坡下。文丑急捻枪来刺。”在这万分危急之时，忽见“草坡左侧转出一将，马上须无铠甲。拈枪直取文丑……大战文丑五六十回合，胜负未分。瓒部下救军到，文丑拨马回去了。那少年也不赶去。”这时，死里逃生的公孙瓒才定下神来打量自己的救命恩人，只见他“身长八尺，浓眉大眼，阔面重颜，相貌堂堂，威风凛凛”。这个侧面描绘给我们展示的赵云神勇无比，异常出众。

儒家认为，仁者兼而有勇，赵云作为武将，勇力自不必说，那么他是否兼而有“仁”呢？身为人臣，赵云的“仁”该首先表现在尽忠节义上，赵云是否是这样呢？小说写赵云“本袁绍麾下之人，因见绍无忠君救民之心，故特弃彼而投麾下”。他弃袁绍而投公孙瓒，并不是盲目的，皆因他见公孙瓒有“忠君救民”之心。所以在他遇见汉皇室之后、忠君爱民的刘备时，也不舍弃公孙瓒而去，只有在瓒死后，“袁绍屡次招云，云想绍亦非用人之人，因此未往”，而投麾于刘备，不变的是他誓死忠君的品德。他可以为刘备的事业而置自身于不顾。他忠于刘备，还因他觉得刘备是个拥汉帝、爱黎民的明主。他跟刘备出生入死，也算得上情同手足，但更多的是臣对君的忠。《三国演义》中最能体现赵云忠君品质的情节当属当阳长坂坡突围救主一事。当时，刘备大败于曹操，并舍弃了妻小，向南逃走。赵云看到刘备为了逃命已经无法顾及妻小的安危，于心不忍，就策马返回，在乱军中寻找刘备的弱子刘禅及刘备的妻子，找到以后，就保护着刘禅的母亲甘夫人，一边力战追兵，一边追赶刘备。刘备对赵云无限感激，众人则感到无限惭愧。由于赵云保护刘禅有功，被提拔为牙门将军。

儒家认为，勇不是逞力之勇，逞强好勇，只有凭仁与知之勇，才是大勇。《三国演义》中，赵云即是有勇力且有智谋之士。当蔡瑁邀请刘备到襄阳赴会，企图借机加害时，赵云带领三百人马随刘备而行。到了襄阳，“云带甲挂剑，行坐不离”。次日宴会，赵云仍是“带剑于侧”，只是由于刘备下令，才勉强到外厅就席。饮了一会酒，他放心不下，入内观看，发觉刘备已经逃席，他便马上率三百人马出城寻找。找来找去，不见刘备踪影，“子龙欲入城中，恐有埋伏，遂引军投新野而归”。回到新野仍不见刘备，他又连夜到处寻找，直到找到刘备才算放心。事情的全过程都可以看出他的机警和精细。正因为如此，刘备和诸葛亮对于他办事都特别放心。诸葛亮出使东吴，指名要赵云按约定日期去接他；刘备到江东娶亲，诸葛亮明言：“吾定了三条计，非子龙而不可行也”；周瑜死后，诸葛亮到柴桑吊丧，又是由赵云保护……赵云从来不像关羽那样傲慢自大，也不像张飞那样鲁莽粗心，总是胆大心细，兢兢业业，一次又一次地圆满完成任务。赵云有他自己行军打仗的策略，他熟读兵书又懂灵活运用，他熟知地形又能高瞻远瞩，指挥军队镇定自若，游刃有余。在孔明失街亭传令退兵时，赵云谓邓芝曰：“魏军知吾退兵，必然来追。吾先引一军伏于其后，公却引兵打吾旗号，徐徐而退。吾一步步自有护送也。”为军队的利益他考虑得十分周密，因他的深谋远虑，打退了追上来的魏兵，不损一人一骑，既斩将又保护了军器粮草。关羽死后，刘备欲伐东吴，赵子龙立刻上谏：“国贼乃曹操，非孙权也。今曹丕篡汉，神人共怒。陛下可早图关中，屯兵渭河上流，以讨凶逆，则关东义士，必裹粮策马以迎王师；若舍魏以伐吴，兵势一交，岂能骤解。”他对政局深刻客观的认识，是多么独到的政治家的眼光。

阐释清赵云兼有忠君与智谋的勇者之“仁”德后，我们最后来看赵云仁者之“勇”。《三国演义》成功地塑造了赵云武将的形象。他的武艺绝不逊于关羽、张飞，他身随刘备南征北战，东讨西伐，每每危急关头都挺身而出，第一个跃马的是他，第一个刺枪的是他，第一个冲入敌阵的也是他。《三国演义》中表现赵云之勇，莫过于当阳单骑救主。他单身匹马，手持一枪一剑，就直闯曹操百万雄兵中寻找小主人阿斗。他遇将斩将，撞卒杀卒，面对层层敌将，依然临阵不惧，近者剑斩，远者枪刺，直杀开一条血路，硬是身护小主人冲出曹阵。汉水抗曹兵。赵云区区三千人面对曹兵二十万，依然挺枪骤马杀入重围斩魏将，先救黄忠，再救张著，如入无人之境。赵云勇武，年轻时可以吓破敌胆，老来也一样力斩五将。他一句“赵子龙在此”就足以吓退敌兵。一句话就有如此威力，皆因赵云太神勇了！勇者，精益求精，尽显其才。赵云作为一名闯将，充分展现了其勇武，一个活生生的横戈马前的勇将形象油然而生。

勇而有仁，《三国演义》通过赵云这样一个理想的武将形象阐释了作者对儒家之“勇”的认识与理解，数百年来，深受读者喜爱。作家金庸先生曾说过：“《三国演义》人物中我最喜欢的是赵云，我一直觉得他远远胜过了关羽、张飞。他在长坂坡曹军中七进七出，勇不可挡，比之关公斩颜良、诛文丑、过五关斩六将难得多，也精彩得多。同时赵云人品很高，精细而有智谋。”

《三国演义》对儒家仁者之德的诠释使用了“忠”“智”“仁”“勇”这样四个核心要素，借助了关羽、诸葛亮、刘备、赵云等人物形象进行了形象的表达。作家对作品大结构走向与人物符号化的设计，尽显儒家的政治理想与道德理想。《三国演义》在心学个性主义的狂潮高涨的前夜，完整地保留了最后一线传统道德的光辉。

‖ 第四节　千姿百态的战争描写美学 ‖

《三国演义》写了大小上百次战争，每次战争都写得各具特色，独呈异彩，为读者展开了一幅幅三国时期斑斓绚丽的战争风云画卷，再现出各个封建统治集团之间近百年间种种复杂尖锐的矛盾斗争。由于对战争的大量叙写，《三国演义》也被视为中国古代军事战争小说的经典之作，其战争场面描写之波澜壮阔、战略战术运用之神机鬼测、人物形象刻画之鲜明生动，不仅在中国古代，而且在世界战争小说史上也是不可多得的佳作。毛宗岗在《三国演义》的评说中多次提到《三国演义》可当兵书读，“三国一书，直可作‘武经七篇’读”（第三十回评说）；“或迟、或速、或战、或不战。用兵之道，变动不拘。可当孙子十三篇读”（第六十七回评说）。

《三国演义》对战争的艺术描写，形成了美学特色。纵观《三国演义》，有关军事战略战术的描写几乎无处不有、无所不在，全书所描写的大大小小的战争，既有关乎魏、吴、蜀三国命运的大决战，也有过关斩将的小冲突，但无不运用智慧谋略克敌制胜。其智谋描写密度之高、决策形式之多样，堪为中外古今战争小说之最。因此，《三国演义》又被人们誉为“审美的兵书”。

在《三国演义》作者的笔下，战争是如此丰富多彩：无论是两军对垒、二将出马的交锋，还是短兵相接、刀光剑影的厮杀；无论是火光冲天、人喊马嘶的混战，还是诡谲狡诈、突如其来的奇袭，无不以其动人的魅力勾勒出一幅幅撼人心魄的战争画图。《三国演义》中的战争描写具有丰富的美学内涵。如果我们细细分析这些描写，可以发现它们在美学上呈现出以下几方面的特征。

1. 战争中人的雄壮美

人是战争的主角，战争是人的战争，写战争最根本的是写人，这是中国古代小说的优良传统，《左传》《史记》都是如此。《三国演义》同样始终把人物放在中心位置，通过战争的进程，着眼于人物的活动和人物间的关系，避实就虚，采用对比、烘托、渲染等手法，刻画人物形象，写出了人物性格。这也符合战争风驰电掣、紧张激烈、不能精雕细琢的实情。如“温酒斩华雄”中关羽的形象，采用的就是虚写、侧面烘托的手法。整段文字没有一句从正面直接描写关羽如何英勇，战斗场面如何惊险紧张，而是通过人物之间的关系，运用烘托、映衬等手法加以表现。先是写关羽的对立面华雄，把他写得高大、英勇、了不起，这从侧面衬托关羽的更加高大、英勇、了不起，接着写关羽不同寻常的出场，孙坚损兵折将后“伤感不已”，袁绍闻讯后则“大惊”，诸侯“并皆不语”。而此时刘关张三人却只是“冷笑”：既笑对华雄束手无策的诸侯，也笑猖狂一时的华雄。在这种情形中关羽出场则尤为引人注目，无比的沉稳、无比的自信。再往下来仍未进入战斗本身，而是从酒上点染，曹操为关羽酾酒，是为了预祝他胜利，寄希望于他，也是为了鼓励他，为他壮壮行色胆气。但关羽并未喝酒，只说“某去便来”，平常而又不同凡响的四个字，使一个高大自信的英雄形象跃然纸上。具体的战争只有六十三个字，极为精炼、简洁，“鸾铃响处”，关羽已斩下华雄的人头，而此时“其酒尚温”。直接写战争的，却是一个字也没有，但读者从帐外天摧地塌、岳撼山崩的鼓声、喊声，从诸侯闻声失色的表情，便可见战斗的激烈紧张，关羽的高大威武、沉着自信以及英勇善战。

《三国演义》里面许多战争中的人物都有超乎常人的力量，他们可以动辄大战几百回合，可以在百万军中取上将人头如探囊取物，可以一声断喝而吓退万千大军。作者常通过描绘这些人物之间的直接对抗，向人们展现人的力量的壮美。当我们欣赏“虎牢关三英战吕布”“太史慈酣斗小霸王”等章节时，不禁深为古人那种超凡的勇力和热烈、激情的生命力所折服。第五十九回“许褚裸衣斗马超”是个极精彩的片断，“……许褚拍马舞刀而出，马超挺枪接战。斗了一百回合，不分胜负。许褚性起，飞回阵中，卸了盔甲，浑身筋突，赤体提刀，翻身上马，来与马超决战。两军大骇，两个又斗了三十余回合，褚奋威举刀便砍马超。超闪过，一枪望褚心窝刺来。褚弃刀将枪挟住，两个在马上夺枪。许褚力大，一声响，拗断枪杆，各拿半节在马上乱打……”他们似乎有使不完的力量，精力也永不衰绝。《三国演义》这类描写很多，都在激烈冲突的争斗中表现出人类力量的壮美，令人产生由衷的赞叹和崇敬。

2. 叹为观止的战术运用

在战争中，虽然环境对胜败具有外在的影响力，但胜负的关键主要取决于战略战术的运用。《三国演义》非常注重战争的客观本质规律。作者准确认识到了战略战术对战争胜负的决定作用,所以在战争描写中充分体现了"兵不厌诈"的人谋智慧,令人叹为观止。

书中写到的三次大战役——官渡之战、赤壁之战和夷陵之战,都是因为交战一方善于用计谋与智斗而最终以少胜多、以弱胜强。这种"用兵在于智"的思想贯穿于小说的始终,全书一百二十回中使用"奇谋""智激""密计""巧授"等词语的标题就有二十八回,如"用奇谋孔明借箭""玄德智激孙夫人""献密计黄盖受刑""庞统巧授连环计",处处闪烁着智慧的光芒,足见作者对于胜负取决于"智斗"的深刻认识。作者在每一场智斗中都树立了智者的形象,书中刻画的诸葛亮就是智慧的化身,曹操代表了狡诈的典型,司马懿则是深谋的"老狐狸"。可以说,《三国演义》就是一部充满智慧的奇书。尤其是在赤壁之战中,这种"兵不厌诈"的智谋较量几乎到了白热化的程度,让人紧张而又兴奋。大战之前,曹操号称拥有百万大军,孙刘联盟加起来都不足十万人马,力量悬殊。为了挽回颓势和争取战争的主动权,孙刘联盟就策划与酝酿了一系列的计谋,如周瑜施"反间计"、黄盖的"苦肉计"和"诈降计"、庞统献"连环计"、孔明的"草船借箭计",一环扣一环,情节跌宕起伏,气势夺人,最终以智慧大败曹操,赢得了胜利。同样,在夷陵之战中,蜀方刘备原本力量强大,但他报仇心切,心浮气躁,而且一意孤行,不听建议,理智几乎丧失殆尽,将军队驻扎在茂林之中且连营七百里,犯下兵家之大忌。而东吴主帅陆逊摒心静气,稳中求进,坚守不出,寻找战机,终于抓住机会"火烧连营七百里",使刘备七十多万大军所剩无几。官渡之战中的曹操开始时也处于劣势,但他善于听取计策,准确地分析了袁绍的心理特征与性格特点,制定出火烧袁绍后方粮草的奇谋,且速战速决,变被动为主动,终于以七万兵力挫败了袁方的七十万大军。这些都是"智斗"决胜负的典型。

在大战役中"智斗"相当重要,在小型战斗里"智斗"也同样如此。《三国演义》不仅集中笔力生动展现了官渡之战、赤壁之战和夷陵之战的精彩智斗,而且也细致描写了一系列斗智斗勇的小战斗。如诸葛亮"七擒孟获",欲擒故纵,次次使计;他与司马懿过招,导演"空城计"惊退对方二十里。这些大大小小的战斗都凝聚了主帅和主将的智慧,他们往往群策群力,果断勇敢,最终因智获胜。

3. 精彩绝伦的谋士策略

《三国演义》吸收了《左传》长于记言的特点,对谋士的计策言论进行了具体生动的描述，突出了谋略对于战争胜负的重要作用。

在三大战役中，谋士的智慧成为取胜的关键，小说对谋士分析形势的言论描写得十分详细具体。例如，在官渡之战中，对于这场战争的特点和各自应采取的战略战术，双方的谋士做了基本相同的分析，主帅能否听取谋士的建议也就成为战争胜负的关键。曹操的谋士荀攸进言说："绍军虽多，不足惧也。我军俱精锐之士，无不以一当十，但利在急战。若迁延日月，粮草不敷，事可忧矣。"袁绍的谋士沮授也分析说："我军虽众，而勇猛不及彼军，彼军虽精，而粮草不如我军。彼军无粮，利在急战；我军有粮，宜且缓守。若能旷以日月，则彼军不战自败矣。"立场不同，但分析的敌我双方的特点、面临的形势和双方应该采取的战略和战术，可以说是英雄所见略同。因此，双方的谋士都认为：这场战争对曹操来说，利在急战，应该速战速决；而对袁绍来说，则利在缓守，应该采用拖延战术，时间一长，曹军没有了粮草，不战自败。但两军统帅对谋士的献计采取了不同的态度，这为战争的胜败奠定了基础。曹操正是抓住了事物的主要矛盾，抓住了战争的关键，火烧袁军粮草而取得胜利。

在赤壁之战中，诸葛亮的智慧通过他的语言行动充分地展现出来。曹操大军压境，孙、刘两家都没有能力独力抵抗曹操，只有联合起来才有取胜的可能。但孙权内部却出现了主战和主降两派，所以说服孙权既是一项艰巨的任务，又是一场外交斗争。诸葛亮以大无畏的勇气和超人的智慧，孤身入吴，舌战群儒，将东吴主降派驳斥得无言以对，这一笔精彩的语言描写，充分展现了诸葛亮智勇双全的形象——诸葛亮利用孙权既害怕曹操，但又不甘心投降曹操的心理，故意夸大曹操实际军力和突出曹操挥师南下的目的在于消灭东吴，并故意劝他投降曹操，以此来激发起孙权抵抗曹操的意志；而在孙权基本上下定了抗曹的决心以后，才具体地向他分析了曹军远来疲惫、北军不习水战和不能得到荆州人民的拥护等重大弱点，以帮助他正确认识形势，进而坚定他抗曹的决心和信心。诸葛亮知道孙权能否痛下决心抗曹，周瑜的态度是很关键的。因此，他根据周瑜虽然很有军事才能，但心胸狭隘，对个人利益看得极重的特点，也是采用了"智激"的方法。先是极力劝他降曹，但内容又有所不同。他对周瑜说，如果投降了曹操，一"可以保妻子"，二"可以全富贵"，并佯装不知小乔是周瑜的妻子，故意说曹操举兵南下的目的就是想要得到江东二乔，劝周瑜主动献上二乔作为投降的献礼。周瑜听后勃然大怒，大骂"老贼欺吾太甚矣！"便下定决心抗曹。由此可以看出，诸葛亮的智慧辩才是建立在对人的深入了解的基础之上的，虽然都是智激，但面对不同的人所采用的方法也是不一样的。这些描写虽然是赤壁之战的准备阶段，但对于战争的全局具有非常重要的意义，是整个战役的重要组成部分。作者以精彩的笔墨，生动地写出这场尖锐复杂、惊心动魄的外交斗争，表现了谋略在战争中的重要作用。

4. 精妙细节凸显同中之异

《三国演义》善于抓住两军阵前厮杀的各自特点，对某些具体细节做精细的描写，来展示人物不同的特质，从而避免人物性格的雷同。作品中的张飞、许褚、马超都是勇猛暴烈的将领，尤其是许褚和张飞，性格极为相近，都同马超有过恶斗。但作者却抓住他们之间的差异，写得各显神彩。写许褚与马超的一场恶斗，写出了许褚性起，卸甲赤体来与马超决战的激烈拼搏场面，突出了斗勇斗力的特点；而写张飞夜战马超，则着重写两人斗勇又斗智的细节，作品中写道：

> 马超见赢不得张飞，心生一计，诈败佯输，赚张飞赶来，暗掣铜锤在手，扭回身觑着张飞便打将来。张飞见马超走，心中也提防，比及铜锤打来，张飞一闪，从耳边过去。张飞便勒回马走时，马超却又赶来，张飞带住马，拈弓搭箭，回射马超，超却闪过。(《三国演义》第六十五回)

这样的描写表现了两场厮杀都不寻常，又表现了不同人物之间拼杀的细微差别。

《三国演义》描写战争同样不是呆板地、千篇一律地铺叙作战双方的两军对垒，而是善于根据战争的不同情况进行不同的艺术概括，使之摇曳多姿，各具特色。《三国演义》在向读者点明每场战争的相似之处的同时，又以高超的艺术手法来剖析彼此之间的千差万别。赤壁之战、夷陵之战，都是以少胜多，作战方式都是火攻，但都各具特色，各有其妙。赤壁之战的主帅是周瑜，他年轻有为，智勇双全，锋芒毕露，程普倚老卖老，轻视他。夷陵之战，东吴主帅是陆逊，是书生为帅，儒雅沉稳厚道，外弱内强，韩当也不买账，这些都十分相似，但作者都能用生花妙笔精雕细琢，来描绘出两次战争的不同点。周瑜为帅人人敬佩，陆逊督师多为不服。周瑜用兵多为攻势，陆逊则重在坚持。周瑜积极主动，设谋制敌，不断创造战机。陆逊则含机不发，“稳”字当头，静观其变，凭敌方失误而坐享功勋。前者水战，有水战的特色，后为陆搏，有陆搏的精彩。赤壁之战，着重描写战争的准备，重在斗智，多写外围矛盾斗争。夷陵之战，则着重表现将帅的心理素质。

刘备报仇心切,“躁”字当头,一意孤行,不听劝阻,感情多于理智,结果一败涂地。陆逊则稳中求进,在接连失利的情况下,以逸待劳,养精蓄锐,坚守不出,寻找最有利的战机出击,最终大获全胜。赤壁之战曹操在败走中,几处仰天大笑,险些丧了性命。而刘备七十多万大军仅存百余,丢魂落魄逃入白帝城中聊作喘息,给蜀汉事业带来了不可弥补的损失。

通过细节刻画来凸显相同类型的人与事之间的差别,体现了《三国演义》高超的创作水平。把一个人、一件事写得精彩并不难,难的是把同一类型的人与事写得各不相同、各自精彩。《三国演义》显然抓准了细节这个有力武器,为读者精彩地展示了千姿百态的人物与战争。

5. 张驰有致、动中有静的节奏美

《三国演义》对战争的描写,还运用了“张驰有致、动中有静”的艺术手法,把激烈紧张的战斗过程写得舒缓相宜。例如,第九十五回写的“武侯弹琴退仲达”中,面对司马懿的十五万大军,只有两千五白人的诸葛亮却潇洒地“焚香操琴”。又如赤壁之战中庞士元挑灯夜读一段,写得非常有情趣:“是夜星露满天,独步出庵后,只听得读书之声。信步寻去,见山岩畔有草屋数椽,内射灯光。干往窥之,只见一人挂剑灯前,诵孙吴兵书。”在战火即将燃起,长江两岸已是一派杀气之时,却有人在山间草屋中挑灯夜读。这忙中偷闲、有急有缓的描写,将战争场面表现得更加丰富多彩、曲折生动,极富艺术感染力。再如第四十八回“宴长江横槊赋诗”,同是描写战争,作者并没有一味地刻划肃杀惨烈的氛围,却为人们安排了一个“月夜赋诗”的优美场面:

“……天色已晚,东山月上,皎皎如同白日,长江一带如横素练……时操已醉,乃取槊立于船头,以酒奠于江中……歌曰:‘对酒当歌,人生几何……’。”

这是一段意境悠远、充满抒情笔调的描写,显得那么和谐、宁静。这类意境优美的描写极大地丰富了作品的审美内蕴,增添了它的艺术魅力。

《三国演义》常在紧张惊险、剑拔弩张的气氛中,不时加入恬静、安闲抒情的情调,点染缓冲紧张的气氛。如第七回叙写袁绍、公孙瓒、孙坚、刘表紧张激烈的混战,到第八回却插进了貂蝉的故事。又如草船借箭,这是周瑜设计谋害诸葛亮。在这异常危急的情况下,诸葛亮却不慌不忙,在漫天大雾的夜间,乘船临近曹营“借箭”,面对强大的曹军,泰然自若,在船中饮酒取乐,表现得何等轻松。群英会

中的蒋干中计的描写，不能不使人哑然失笑，使读者在紧张的心理状态中得到缓解，使之互相补充，互相调剂，获得更深厚的美感。

6. 战争场面的恢宏之美

《三国演义》给人们描述了多次大的战争，如官渡之战、赤壁之战、夷陵之战。查阅历史资料可知，这些战争事实上并没有非常大的规模，而在小说中，经过罗贯中的笔墨渲染，却显得场面壮阔，气势恢宏。

如官渡之战，袁绍起兵七十余万来攻曹操，一时间"旌旗遍野，刀剑如林……东西南北，周围安营，连络九十余里"。又如赤壁之战，曹操拥军百万，屯于江上，沿江一带共有二十四座水门，以大船居于外为城郭，小船居于内，可通往来，至晚上点灯，气势更加辉煌。旱寨三百余里，烟火不绝。曹操采纳庞统的连环计后，把各船只用铁链锁起，平稳如地，气势更加宏大。火烧赤壁时黄盖迎着东风向曹军进攻，距曹操水寨只两里水面，黄盖用刀一挥，前船一齐发火，火趁风威，船如箭发，烟焰涨天，二十只火船撞入水寨，曹寨中船只一时尽着起火，江面上，火逐风飞，一派通红。这些战争场面的描写更是紧张奇险，惊心动魄。又如在夷陵之战中，对战斗场面的描写也是宏大的，波澜壮阔。刘备移营夹江横占七百余里，前后四十营寨，昼则旌旗蔽日，夜则火光连天，阵势森严，气势磅礴。在战争中，陆逊火烧连营时大火燎天，万箭齐发，杀声震天，死尸重叠；吴军更是乘胜追击，遮天盖地，紧追不放，把战争描写推向了高潮。

当一个事物在形状上或数量上大到使人惊惧的时候，我们的意识则会体验到一种快感，从而引起我们的赞美。《三国演义》对这些大战场面的渲染描绘，令人不由地惊叹于其壮烈的声威和宏大的气势，感受到这些战争在数量上的巨大之美。

总之，无论从书写战争的数量看，还是从描写战争手法的多样性看，或者从描写战争的角度看，《三国演义》都堪称一部经典的战争小说。在对战争描写的精度和细度方面，它体现出高超的艺术水准。《三国演义》以宏伟的结构和严整性，以厚重的时代感和历史感，塑造了一批可歌可泣的英雄形象，他们穿越千年，赢得了无数读者的尊敬和喜爱。《三国演义》对战争千姿百态的艺术描写方法，使得作品呈现出独特的审美风貌，其对战争描写的艺术手法也被后世作家所借鉴。《三国演义》的战争描写艺术，达到了历史演义小说的新高度。

第三章
英雄传奇《水浒传》的绿林世界

《水浒传》是中国古代小说史上第一部英雄传奇小说。由于它揭露了封建统治的黑暗，官逼民反，歌颂了农民起义的英雄，成为后世武侠小说的滥觞，因此这部小说一经问世便备受欢迎，在民间广为流传，影响极大。

‖ 第一节 《水浒传》的作者、成书时间与版本流传 ‖

关于《水浒传》的作者、成书时间、版本等问题一直在学术界争论不休。一般读者认为，《水浒传》的作者为施耐庵，这一结论似乎了无疑议，实则不然。最早的《水浒传》刻本明嘉靖年间(1522—1566 年)武定侯郭勋刻本《明容与堂刻水浒传》署名为“钱塘施耐庵的本，罗贯中编次”，这一署名为后世留下了巨大的争议空间。

早在明清之际，关于《水浒传》的作者，就有“罗贯中说”“施作罗编说”“施作罗续说”“施耐庵说”等。20 世纪又出现了“施作罗改说”“罗作施改说”“山东罗贯中说”“明中叶同名小说家说”“罗著某续说”“非罗非施说”“集体创作说”等。

《水浒传》作者定论的模糊与复杂，源于中国古典小说署名的传统。中国古代的小说家，大都不署名或用别号署名，如漱六山房、花也怜侬、兰陵笑笑生。《水浒传》是中国最早的白话小说，写的人物又都是土匪强盗，宣扬“善杀人者即英雄”，鼓励造反，所以作者不敢署名也在情理之中。在“正人君子”们看来，《水浒传》作者是“误人子弟”的罪人恶孽，不但要受到世人责骂，还要受到天谴、遭到报应的。例如，明代人田汝成在《西湖游览志余》中说：罗贯中因为编《水浒传》，“其子孙三代皆哑”，以此证明这是“天报应”。清代的铁珊在光绪十五年（1889年）刊印的《增订太上感应篇图说》中说得更其邪乎：“施耐庵作《水浒传》，其子孙三代皆哑。”因为作者不敢署自己的真实姓名，所以导致后来人的无数猜测与争议。

既然关于《水浒传》有确切作者的看法多集中于施耐庵与罗贯中二人，那么不妨来了解下二人的生平情况。关于施、罗二人的现存史料极其稀少，现代人研究的结论一般倾向如下。

施耐庵，名子安，号耐庵，原籍钱塘（今浙江杭州）人或苏州人，后来迁居江苏兴化或淮安，元代至顺二年（1331年），与刘基同榜得中辛未榜进士，并与刘基结识，曾在钱塘做官两年，后来退出官场，终生不再仕，立志著书。生卒年月大约为元元贞二年至明洪武三年（1296—1370年）。也就是说，他考中进士的年龄大约是三十五岁，做官的年龄是三十六七岁至三十八九岁，著书的时间共有三十多年。终年七十五岁。

罗贯中，名本，一说名贯，字贯中，号湖海散人，山西太原人，一说钱塘人或庐陵（今江西吉安）人，生卒年月约为1330—1400年，终年七十一岁。也就是说，罗贯中比施耐庵小三十五岁，施耐庵中进士的那一年，罗贯中刚出生；施耐庵死的那一年，罗贯中四十一岁。罗贯中的著作比施耐庵多：有《三国演义》《三遂平妖传》《隋唐志传》《残唐五代史演义》《粉妆楼》《龙虎风云会》等共几十种。

关于施、罗二人之间的关系，史料记载施耐庵为罗贯中的老师。明人胡应麟《少室山房笔丛》中说罗本（罗贯中）是施耐庵的门人，“然元人武林施某所编《水浒传》，特为盛行……其门人罗贯中亦效之为《三国演义》，绝浅陋可嗤也。”明人高儒《百川书志》说：“《忠义水浒传》一百卷，钱塘施耐庵的本，罗本贯中编次。”意思是说：《水浒传》是施耐庵写的，罗贯中编的，也可以理解为两人合作的。但是施、罗为师生关系的说法似乎不合常理。因为施耐庵辞官不做，开始著述的年龄是四十二岁左右，思想水平和文字水平都已经成熟了，这时罗贯中只有三岁。等到罗贯中成人，施耐庵的小说已经写了近二十年，早应该定稿了。施耐庵著述三十多年，一生只编撰了一部《水浒传》，而罗贯中一生却写了几十部书；罗贯中写《三国演义》，战争场面写得十分生动，地理位置也大都与实际相符，而《水浒传》所写的战争场面大都出于想象，地理位置更是错误百出；《水浒传》如果经过罗贯中编辑整理，战争场面应该写得比现在的版本更好一些。作为学生，而且参与“编次”，总不会眼睁睁地看见老师的作品中错误百出而无动于衷吧？因此，施、罗二人为师生关系的说法不可信，如果说二人为忘年之交，似乎还能说得过去。

主张《水浒传》是世代累积型作品的学者认为，《水浒传》最早的蓝本应该说是南宋时代的民间说书艺人的说唱底本，这些本子大多是批评南宋小朝廷北面称臣的政治策略。这样带有“泄愤”性质的说书，自然深受人民群众的欢迎，其流传的广泛性可想而知。而且在流传的过程中，难以计数的说书人和听众都参与了创作。元人无名氏撰写的《大宋宣和遗事》为《水浒传》的流传奠定了事实基础，而元人数不清的“水浒”戏曲为《水浒传》的最后成书准备了艺术框架。到了明中叶以后，资本主义开始萌芽，一些书商为了获取更大利润，把这些民间创作收集起来，请文人进行加工，然后刻印成书，将原来供听众“听”的说唱本变成小说卖给读者，最后又经过许多才华横溢、睿智进取的文人再创造，才形成现在我们读到的《水浒传》。

《水浒传》的作者到底是谁，其实并不是一个十分重要的问题，重要的是我们拥有一部完整的文学作品《水浒传》，这就够了。

《水浒传》是如何写成的？学术界一直以来有两种观点：“累世成书说”与“文人独创说”。因为《水浒传》描写的史实源于北宋末的宋江起义，宋江在史上实有其人，而从宋代至元，大量的“水浒故事”与“水浒戏”在民间出现并流传，尤其是元代的“水浒戏”中的某些人物形象、故事情节与后来《水浒传》中对应人物、情节几无二致。因此，这部作品属文人独创的可能性并不大。

如果说《水浒传》是累世成书的，那么其中经历了一个什么样的过程？关于此一问题，民国时期的学者即已着手进行了研究。1920 年胡适先生作《水浒传考证》，指出“《水浒传》乃是从南宋初年到明朝中叶这四百年的梁山泊故事的结晶”，率先提出《水浒传》成书为世代累积的结果。鲁迅在《中国小说史略》中对《水浒传》之形成过程做了简要概括：“意者此种故事，当时载在人口者必甚多，虽或已有种种书本，而失之简略，或多舛迕，于是又复有人起而荟萃取舍之，缀为巨帙，使较有条理，可观览，是为后来之大部《水浒传》。”① 这样的论述具体说明了《水浒传》成书是在前代故事资料基础上整理加工而成。不久之后的 1925 年，李玄伯在《水浒故事的演变》中就把《水浒传》的成书更加具体明确地分为三个阶

① 鲁迅. 中国小说史略 [M]. 北京：人民文学出版社，1976.

段：第一是口传时期，在梁山泊、太行山、两浙流行的笔记体水浒故事，并成为元代水浒剧取材的渊薮；第二个时期，约在元明之交，许多的短篇笔记，连贯成了长篇；第三个时期，约在明代，即将水浒长篇故事，或二传，或三传，或四传，合成更长篇的《水浒传》。

1949 年以后，一些学者继续致力于《水浒传》成书的研究，他们的研究成果丰富与深化了人们对《水浒传》成书的认识。1953 年，聂绀弩《〈水浒〉是怎样写成的？》指出《水浒传》成书经历了三个阶段：人民口头创作阶段，民间艺人讲述、演唱和记录阶段，编辑、加工、改写阶段。到了最后这一阶段，《水浒传》才变成真正的文学作品，奠定了长篇小说的基础。之后严敦易、何心也从不同角度对《水浒传》的成书过程进行了论述，大致不出编辑、加工、改写这样几个阶段。

20 世纪 80 年代以来，关于《水浒传》成书研究又不断有突破和创新。1982 年，王利器在《〈水浒全传〉是怎样纂修的？》中提出："《水浒全传》所根据的底本，大致有三种：一是以梁山泊故事为主的本子，二是以太行山故事为主的本子，三是以述及方腊故事的施耐庵的本。"马成生认为："《水浒》成书，除了吸收宋元以来的民间传说和各种文艺形式的有关作品之外，还就地取材，因事立题，融汇了元末明初的不少时事，其中《水浒》中的'征方腊'就是以朱元璋征伐张士诚的一些事迹为素材，予以融化而成。"① 侯会又提出"梁山泊"乃"洞庭湖"之说，认为洞庭湖钟相、杨幺起义影响了《水浒》创作。② 石昌渝则对《水浒传》成书研究进行了比较全面的总结和系统梳理，指出南宋以来宋江故事按地域分成太行山、山东梁山和江南几个分支流传，第一次将各分支故事聚合在一起的是《宣和遗事》，它以梁山泊的分支故事为主，拼合痕迹宛然。③ 由元入明，水浒故事仍是民间说书的热门话题，特别是民间秘密宗教和流民问题，乃是催生《水浒传》的现实土壤，《水浒传》所表现出来的精神特征，最突出的如江湖义气、复仇观念以及对女性的畸形偏见，其实都是流民意识。《水浒传》成书之初的状况应当是前七十回的内容加上最后覆灭的部分。这个最初的成书，是在《宣和遗事》的格局上吸收了太行山分支和江南分支的内容。至于"征方腊"故事，并非成书时所有，而是从明人吴从先所见的《水浒传》中移植改编的。"征辽"虽为百回本《水浒

① 马成生. 水浒通论 [M]. 杭州：浙江古籍出版社，1994.

② 侯会.《水浒》源流管窥 [J]. 文学遗产，1986(4)：65.

③ 石昌渝. 中国小说源流论 [M]. 北京：三联书店，1994.

传》所有，但也是后来加入的。

关于《水浒传》的成书年代，因其版本复杂，作者身份说法各异，因而有不同观点。目前学术界主要形成的观点有“元末说”“元末明初说”“明代说”，“明代说”又有成书于洪武年间与成书于嘉靖年间的分别等。

在这些关于《水浒传》成书时间的观点中，“元末明初说”影响最大。学者以《水浒传》中“白秀英说唱诸宫调”一段情节为内证，认为《水浒传》的成书年代“下限为元末或者明初，而绝不可能再晚”。[①] 但是主张成书于明代嘉靖年间的代表学者石昌渝先生认为，《水浒传》成书于元末明初只是一种推论而已。因为“嘉靖前没有人知道有《水浒传》其书，《水浒传》所描写的士兵也是正德以后的情状，《水浒传》写人们交易广泛使用白银，这种情况不可能发生在正统（1436—1449 年）之前，很可能在弘治、正德之后，《水浒传》描写的腰刀是明代中期才有的新式兵器，而凌振使用的子母炮，则是正德末才出现的新式火炮”。[②] 主张《水浒传》成书于明代嘉靖年的学者王丽娟，更进一步论证“《水浒传》成书时间当在嘉靖三年（1524 年）至嘉靖九年（1530 年）之间。此前尚未发现有任何文献记载过《水浒传》；此后很快就有李开先、崔铣等的评论，高儒的著录，之后又是郭勋的仿《水浒传》为《国朝英烈记》（见郑晓《今言》卷一），都察院刊刻的《水浒传》。从下到上，掀起一股‘水浒热’。如果《水浒传》早就成书，那么我们就难以解释为什么嘉靖三年之前无人提及《水浒传》，而此后的几年中《水浒传》却受到人们如此热切的关注，合理的解释只能是，《水浒传》正是在嘉靖三年至嘉靖九年之间成书并迅速流传开来的”。[③] 王文论证严密，方法科学，在学术界影响颇大。

《水浒传》的版本比较复杂，大致可分简本、繁本两个系统。简本文字简略，细节描写少。繁本描绘细致生动，文学性较强。就内容来说，简本包括大聚义、受招安、征辽、平田虎、平王庆、平方腊直至宋江被害。繁本无平田虎和平王庆故事。

现知和现存《水浒传》较早刻本都是明代年间的刊本。明代正德、嘉靖间人李开先《词谑》最早记有二十册本的《水浒传》，有的研究者认为“二十册”即“二十卷”。一般认为，嘉靖时郭勋刊刻的武定板《水浒传》比较接近于原本，但

---

① 冯保善. 从白秀英说唱诸宫调谈《水浒传》成书的下限 [J]. 南京师范大学学报，2006（1）：141.

② 石昌渝.《水浒》成书于嘉靖初年考 [J]. 上海师范大学学报，2001（5）：56.

③ 王丽娟.《水浒传》成书时间新证 [J]. 湖北大学学报：哲学社会科学版，2001（1）：59.

郭勋原刊本已没有保存下来,有的研究者认为今残存五回的嘉靖刊本《忠义水浒传》即郭本,并且由此认为郭本是二十卷本。明嘉靖年间高儒《百川书志》所录《忠义水浒传》为一百卷,今天所能见的比较早而又比较完整的一百回本是天都外臣序本,序文撰于万历己丑年(1589 年)。天都外臣序本从郭本出,不过分卷不同,郭本是二十卷一百回,天都外臣序本是一百卷一百回。这个本子于排座次之后紧接受招安、征辽、平方腊,而无平田虎、王庆故事。明代万历年间又出现了杨定见的一百二十回本,主要是根据一百回本,又插增平田虎、平王庆的故事(文字和繁本不同,或是吸收简本而加以润色)。明末金圣叹删去了排座次以后的部分,添了卢俊义做噩梦作为结尾,梦中一百单八人全部被杀。又把原来的第一回改为楔子,作成七十回本。这个本子,入清以来最为流行。

今存较早的简本有明刊《新刊京本全像插增田虎王庆忠义水浒全传》和明刊《忠义水浒志传评林》,二本都为残本。清刊本十卷一百一十五回《忠义水浒传》是今存比较齐全的简本。1949 年后,陆续整理出版过七十回本及一百二十回本、一百回本等繁本,并影印过一百回本,并排印过几种繁本。

关于简本和繁本的先后问题,历来意见不同,或认为简本在先,或认为繁本在先,而简本是由繁本删节而成,至今没有定论。民国时期,鲁迅认为简本在先,而胡适认为繁本在先。孙楷第也认为繁本先于简本。1949 年以后,主要形成三种观点:简本先于繁本,简本出自繁本,简本、繁本自成系统。而新时期以来,又出现了"删繁为简说""简繁相互递嬗说"和"繁本和简本的先后问题难以断定说"。另外,对于金圣叹是否"腰斩"过《水浒传》也有不同争议,现在一般倾向于七十回本是金圣叹腰斩《水浒传》的结果。

第二节 "弘儒"或"诲盗"——《水浒传》的主题争议

《水浒传》是一部主题非常复杂的作品,至今人们对其主题的理解有"忠义说""诲盗说""农民起义说""忠奸斗争说""市民说""游民说"等。《水浒传》主题的多种说法,源于宋江等起义者在长期的流传中,已经与历史和社会现实中的起义英雄有了较大的距离,而被赋予了丰富的传奇性。这一方面是由于民间的说话艺术家、剧作家和那些街谈巷议的传播者们"作意好奇",另一方面也是由于接受者的猎奇喜异,体现着读者的民族文化传统意识。

宋江起义的史实原型在民间与文人群体中逐渐远离了事实,而被传奇化。

首先,《水浒传》中宋江起义的规模和头领的人数被夸大。宋江义军的首领,在史书上只说是三十六人,且只列举了宋江一人的姓名。到《大宋宣和遗事》和宋末元初的《癸辛杂识》所记,虽然仍是三十六人,其姓名却已全部列出。元杂剧中又变成了"三十六大伙,七十二小伙",其姓名比前又多出燕顺一人。而《水浒传》中一百单八位好汉则是全部有名有姓的了。人数的增多,规模的增大,首领的增加和具体化,适应着人们以多以大为奇的心理,唯其多且大,才显得引人注目,勾人心魄。其次,梁山好汉的身份和故事在小说中明显带上了传奇色彩。《大宋宣和遗事》中,宋江起义的三十六人身份有朝廷将官、下级军官、县衙押司差吏以及庄户地主、农民、渔人、流浪汉、僧人之分。元杂剧中水浒好汉又增七十二人。到《水浒传》中,梁山好汉已成为整整齐齐的一百单八人,人人有其姓名。其身份上自失势的帝子王孙、朝廷将军、下层军官小吏,下至农民、猎户、渔人,以至于屠儿、刽子、游民等,应有尽有,几乎包揽了封建社会除去在位的皇帝和当权的贵官之外的各个阶级、阶层的人物。再次,起义人物的思想性格在流传过程中逐渐被传奇化。以宋江为例,史载宋江"横行河朔、京东,官军数万无敢抗者",乃是一个横戈跃马、英姿勃勃、奋勇反抗的英雄形象,并无显示出对官府有什么留恋之意。侯蒙虽有"招降"之策,却并没有真正实施。宋江之败,乃是被张叔夜"伏兵乘之""乃降",宋江还是在实力的抗衡中不敌,于无奈下屈服的。在《大宋宣和遗事》中,宋江仍不失为一个血性汉子,杀了阎婆惜就直接上了梁山,并无什么思想犹豫和曲折。唯天书中令宋江"广行忠义,殄灭奸邪"之语,无疑是人为地加上了流传人或记录改编者的意识,这使宋江起义具有了宗教性的上应天意的正义性和合理性,也留下了宋江等后来受招安的伏笔,使宋江的思想性格开始复杂起来。《水浒传》中的宋江,经过施耐庵的再塑,已几乎是侠气顿消,浑身灌注着儒教"忠义"的气息,在性格上与历史上的宋江不可同日而语了。宋江形象的最终定型,有着历史的因由、民间的加工,但更多的应该说是由于士大夫阶层特别是最后《水浒传》加工者的思想意识的注入。这诸方面的因素,逐步使宋江的形象在发展演化中由狂侠归入了"正"途。

宋江起义的史实在民间与文人中长期流传的过程中,不同职业身份、文化层次、审美品味、价值取向的人们对故事的丰富与传播做了不同程度的贡献,也将其个人思想、立场、审美等因素灌注入其中。因此,《水浒传》的最后加工整理修订者在面对前代累积的丰富资料的时候,其观点倾向一定是非常丰富多元的。再加上读者群的眼光层次与品味本身就参差不一,因而《水浒传》主题的复杂多元的解读就是在所难免的了。

在诸多关于《水浒传》主题的解读中，反差最大的莫过于诲盗说与忠义说，因为这是两种截然相反的观点。《水浒传》通过写宋江一百零八人起义表达的是弘扬儒家“忠义”道德的主题，抑或是宣扬强盗事实与逻辑的主题？这直接影响了对《水浒传》思想价值的评判。对此，不能不做细致分析。

1.“诲盗”主题的由来及批判

《水浒传》主题为“诲盗”的说法从什么时候开始出现的呢？这要从“水浒”故事的流传过程说起。宋江等人起义的史实，发生在北宋，而反映宋江等人起义的故事，则产生于南宋。在南宋最早出现的水浒单篇故事，有“花和尚”“武行者”“青面兽”等名目，这在南宋人罗烨编的《醉翁谈录》中有记载。之后，宋末元初人周密的《癸辛杂识·续集》里又记载着宋末画家龚开写的《三十六人画赞并序》，从龚开写的序中可以看出，当时的宫廷画家李篙已经为水浒人物图形画像，龚开正是根据这三十六人图像写了赞语。这说明当时口耳相传的水浒故事已具有相当的规模，而且有了较大的影响。再后，就有了元朝人无名氏抄录整理的宋人话本《大宋宣和遗事》，其中有“梁山泊聚义本末”。这里的“梁山泊聚义本末”，可说是《水浒传》的雏形。它基本具备了水浒故事的大体格局，也即上梁山—受招安—征方腊这一情节结构。这是水浒故事流变过程中口耳相传的阶段。在这个阶段中，并没有出现过称《水浒传》是“诲盗”之作的文字记载。

明代中期，《水浒传》成书并刊刻印行，在社会上广为传播以后，称《水浒传》为“诲盗”之作的文字也随之而出现。最早有记载的是明代中叶的文人汪道昆和张凤翼。汪道昆(1525—1593 年)，戏曲作家，他在《水浒传序》里托名天都外臣写道：

“……或曰：子叙此书，近于诲盗矣。余曰：息庵居士叙《艳异编》，岂为诲淫乎？《庄子·盗拓》，愤俗之徒；仲尼删诗，偏存郑、卫。有世思者，固以正训，亦以权教。如国医然，但能起疾，即乌喙亦可，无须参苓也。”①

从汪文来看，他似乎在为《水浒传》而正名，但是他首次提出了“诲盗”一说，反倒把读者的思维引向了这一方向。和汪道昆同时代的戏剧作家张凤翼(1527—1613 年)，也写了《水浒传序》。他说：

① 忠义水浒传 [M]. 明万历十七年原刻，清康熙五年石渠阁补修本.

"……兹传也，将谓诲盗耶，将为诲盗耶？斯人也，果为寇者耶，御寇者耶？彼名非盗而实则盗者，独不当弭耶？传行而称雄稗家，宜矣。"[①]

从张序所写内容来看，在明代中期，当时社会有人直接批评《水浒传》为"诲盗"之作了。汪、张二人虽提到了当时社会批评《水浒传》为"诲盗"之作的情况，但是二人都在为《水浒传》而正名，都肯定作品的正面价值。

明中后期，批评《水浒传》为"诲盗"之作的声音日渐增多。"公安派"文人袁中道（1570—1623年），在《游居柹录》中曾说："追忆思白言及此书（指《金瓶梅》——引者）曰：'决当焚之'。以今思之，不必焚，不必崇，听之而已。焚之亦自有存之者，非人之力所能消除。但《水浒》，崇之则诲盗。此书诲淫，有名教之思者，何必务为新奇以惊愚而蠹俗乎！"袁中道文中直截了当地指出《水浒传》为诲盗之作，人们不该推崇它。而明末清初的金圣叹则观点鲜明地进行了批评，他说："观物者审名，论人者辨志。施耐庵传宋江，而题其书曰《水浒》，恶之至，迸之至，不与同中国也。而后世不知何等好乱之徒，乃谬加以忠义之目，呜呼！忠义而在《水浒》乎哉？……妄以忠义予之，是则将为戒者而反将为劝耶！……由今日之忠义《水浒》言之，则直与宋江之赚入伙，吴用之说撞筹，无以异也。无恶不归朝廷，无美不归绿林，已为盗者，读之而自豪，未为盗者，读之而为盗也。"[②]金圣叹是借批评《水浒传》为"诲盗"之作而为其"腰斩"《水浒传》找理由。一直到清末，如燕南尚生、梁启超等人，还在其文中批评《水浒传》为"诲盗"之作。

"诲盗说"的提出有着明显的官方立场，是社会上层统治阶层出于维护其统治地位而对底层民众有意识地炮制的思想导向。明朝中叶，朱明王朝的统治开始逐渐式微。这种式微趋势，英宗朝已露端倪，代宗、孝宗朝虽经两度改良，稍趋稳定，但自武宗开始，就江河日下了。这时的农村，两极分化加速，经济急剧崩溃，农民处于水深火热之中。成祖朝永乐年间那种"宇内富庶，赋入盈羡"的景况已一去不复返了。与此相应，农民暴动遍及各省，山东有蒲台农民暴动，福建有沙县农民暴动，湖北有荆襄流民暴动，四川有赵铎起义，河北有"二刘"农民军起义，江西有抚州暴动，此起彼伏，连延不断，一直酿成了明末农民大起义。这些农民起义，往往以《水浒传》中的梁山英雄为榜样，有的举起《水浒传》"替天行道"的大旗，有的学习《水浒传》三十六大伙、七十二小伙的组织形式，更多的是用

① 张凤翼．处实堂集续集卷六十四［C］// 马蹄疾．水浒资料汇编．北京：中华书局，1980:170.

② 施耐庵，金圣叹．第五才子书施耐庵水浒传［M］．北京：中华书局，1975.

《水浒传》英雄的绰号作为自己的绰号以号召群众。明王世贞的《明朝通纪会纂》中就有农民义军运用“一丈青”绰号的记载,《明季北略》一书中也有“黑旋风”“王矮虎”“一枝花”等绰号的记载。明末农民大起义中,这种借用梁山英雄的混名则更多。这就自然而然地引起了封建统治者的恐惧,他们下令禁毁《水浒传》。明崇祯十五年(1642 年)六月,崇祯帝曾因此下了圣旨:“降丁各归里甲,勿令仍有占聚,着地方官设法清察本内,严禁《水浒传》。”[①] 到了清代,禁《水浒传》就更为频繁。顺治、康熙、乾隆、嘉庆等朝,都三令五申申饬禁毁,如“乾隆十九年议准:《水浒传》一书,应饬直省督抚学政行令地方官,一体严禁”。道光年间,反动文人俞万春干脆自己动手写了《荡寇志》,妄图来抵消《水浒传》的巨大影响。正是在上述社会历史背景下,出现了批《水浒传》、禁《水浒传》、改《水浒传》的现象,这现象一方面说明了《水浒传》影响的日益扩大深入,直接鼓励、指导着起义农民的武装斗争,直接引起了封建统治阶级的极端惊恐和仇恨。于是,“诲盗”之一说甚嚣尘上,禁、改《水浒传》成风。

主张“诲盗说”的传统文人,明显有着为统治阶级利益服务的动机。长期以来,文人学者对“诲盗”一说进行了诸多分析论辩。既然《水浒传》为“诲盗”之作,那么谁为“盗”?汪道昆、张凤翼认为蔡京、童贯、高球辈是“窃国大盗”,是无刃而戮、不火而焚的“大盗”,而宋江等人只是“窃钩小盗”。相比之下,蔡京辈才是真正的盗。而明末骂《水浒传》为贼书的左懋第在《题本》中就“以宋江等为梁山啸聚之徒,其中以破城劫狱为能事,以杀人放火为豪举,日日破城劫狱,杀人放火,而日日讲招安以为玩弄将吏之口实”(《张文襄公全集》),明确骂宋江等人为盗贼。而金圣叹更是鲜血淋漓地指出:“其幼,铸豺狼虎豹之姿也;其壮,皆杀人夺货之行也;其后,皆敲朴劓刖之余也;其卒,皆揭竿斩木之贼也。”[②] 应该说,说梁山英雄是“盗”者,着眼于农民起义对封建秩序的破坏性,都是封建时代文人从封建统治阶级利益出发而产生的思想上的立场。

把《水浒传》主题定性为“诲盗说”的做法在《水浒传》主题类别中属于小众化的观点和行为,并不占多数。“诲盗”是封建统治阶级的说法,是以否定农民起义为出发点,以消除《水浒传》影响、维护地主阶级统治利益为归宿点的观点。但是诲盗说的出现,毕竟能给我们对这部作品的认识以些许启示。《水浒传》作

① 李鸿章.李文忠公全书奏稿[M].光绪三十一年至三十四年刻本:卷九.

② 施耐庵,金圣叹.第五才子书施耐庵水浒传[M].北京:中华书局,1975.

者原有把梁山英雄纳入忠义藩篱的创作意图，而那些卫道者们却确实尽力发掘《水浒传》中忠义的微旨。但作品本身产生的客观力量，却呈现了完全不同的情状。尽管读者对作品可以见仁见智，但是农民和统治阶层这两个对立阶级的读者却从《水浒传》中看到了同样的一个事实：造反。前者由此而得到鼓舞，后者由此而惊恐万分。诲盗说正好从反面证实了这一点。

2. "忠义"主题的渊源及命意

《水浒传》主题的忠义说一直以来有很大的市场。作品的这一主题因何而来？体现了作者怎样的创作命意？

如果我们对比《水浒传》的几个主题的话，就会发现，"忠义说"与"农民起义说"是矛盾的，因为作品既写了宋江一百零八人的农民起义，带有明显颂扬与赞美的色彩。但是《水浒传》最后的结局却是宋江为了忠义而招安于朝廷，这二者反映出来的作者的立场明显是矛盾的。如果从作品成书的世代累积方式来看的话，这个问题也并不难理解，因为《水浒传》的创作者是宋、元、明三代的老百姓，包括"说话"艺人、杂剧作家和演员，后来才由文人整理、编订成书。在水浒故事广为流传、不断演变以及《水浒传》艰难成书的过程中，忠义思想逐渐渗入到农民起义的故事整体，从而使作品呈现出复杂的思想倾向。

《水浒传》的忠义思想是如何形成的？还是先从《水浒传》的成书过程中开始探寻。宋江起义的史实散见于宋、元、明几代的正史和野史之中。李埴《十朝纲要》说："宣和元年十二月，诏招抚山东盗宋江……宣和三年二月庚辰，宋江犯淮阳，又犯京东、河北路，入楚州界。知州张叔夜招抚之，江乃降。六月辛丑，辛兴宗、宋江破贼上苑洞。"[①] 这段史实记述明确地反映了两个事实：宋江招安投降与宋江投降后征方腊。

宋江投降于宋室朝廷与之后的征方腊行为，成为《水浒传》忠义思想的最早来源。可见，后来民间流传的故事即使再夸大、虚构，还是尊重了历史的基本真实的。"历史人物和历史事件所含蕴的思想内容，对于口头流传的水浒故事的影响是深刻的，甚至是决定性的。而且，历史上的宋江投降并充当鹰犬，这类事情在当时可能并没有什么很复杂的内容，只不过是他们被官军打得走投无路了，就投降；既然投降了，叫去打方腊就只好去打，如此而已。但是，历史上这种投降、打方腊的事迹非常适合于用忠义思想来解释，而在烽火遍地的宋、金、元时期，饱

① 李埴. 十朝纲要［M］. 北京：中华书局，2013.

尝国破家亡之苦的人民群众，对于忠义思想的呼唤尤其强烈。他们对水浒故事的最早贡献之一，就是使其不断地向忠义思想靠拢。”①

宋元时期流传的水浒故事，其思想内容还明显地保留着宋江起义由反抗斗争逐步向忠义思想靠拢的痕迹。宋代龚开《宋江三十六赞·序》说：“不假称王，而呼保义，岂若狂卓，专犯忌讳”，赞扬宋江虽然造反，但并不像方腊那样僭称帝号。宋江赞词的内容同他在《宋江三十六赞》中排列的位置之间这种显而易见的矛盾，说明宋、元水浒故事的思想内容还处在由反抗斗争向忠义思想演变的过程中。龚开抓住宋江虽然造反，但无追逐皇权的野心这一主要问题为其辩护，认为宋江心存忠义；并将宋江与柳盗跖相提并论，认为宋江也是“盗贼之圣”，也即“忠义强盗”。龚开为“造反而忠义”这一命题找到了“理论”根据，使之变得合乎逻辑起来。

由于宋、元时期民族斗争激烈，社会形势的变化，使得忠义成为一种集体心理需求，流传中的“水浒”故事便不可避免地掺入了明显的忠义思想。宋、元时期的话本《大宋宣和遗事》把宋江等造反同权奸误国、民族危亡联系起来，从而把梁山泊的反抗斗争纳入了忠义思想的轨道，按照时代给予的逻辑推理方法，为“造反而忠义”的命题做了充分的、合乎情理的解释。其后的《梁山泊聚义本末》把宋江上梁山的过程写得比较曲折，写他在成为梁山义军领袖之前，就已经有了浓厚的忠义思想，更加明显地强化了忠义思想的倾向。可见《水浒传》忠义思想的形成，在宋、元阶段，经历了民族矛盾斗争社会背景的促进。

元代“水浒戏”大量出现，在异族统治的背景之下，元代人对于恢复汉族统治有着强烈的渴望，忠义思想的表达诉求较之以前就更为突出。元人水浒杂剧中第一次出现了杏黄旗和忠义堂。在水浒故事的发展过程中，这是具有里程碑意义的。如《三虎下山》中宋江上场时说：“忠义堂溯杏黄旗一面，上写着‘替天行道宋公明’。”《李逵负荆》中宋江说：“杏黄旗上七个字：‘替天行道救生民’。”杏黄旗和忠义堂的出现，赋予水浒故事以更丰富、更有思想深度和艺术内蕴的情节，标志着水浒故事已经形成并趋于成熟，为水浒故事的忠义思想充实了更具体、更形象化的表现手段，甚至成为忠义思想的一个有机部分。与此同时，水浒杂剧中以忠义思想为主要性格特征的宋江这一艺术形象有了较大的发展，开始变得丰满了。元杂剧中，在宋江的绰号“呼保义”之外，又增加了“及时雨”的绰

① 佘大平.《水浒传》忠义思想源流概说［J］.湖北大学学报：哲学社会科学版，1992(1)：40.

号,《还牢末》说他"平日度量宽洪,但有不得已的英雄好汉","便助他些钱物"。这就为宋江的忠义思想填充了具体的情节,为这一艺术形象的塑造增添了重要而细致的一笔。

《水浒传》成书以后,将前代"水浒"故事流传过程中形成的忠义思想加以集中提炼,使得作品的表现意味更加强烈。在"梁山泊英雄排座次"以前,梁山好汉的"'替天行道"主要表现为惩恶除暴,救困扶危。"鲁提辖拳打镇关西""大闹野猪林"是"替天行道","武松醉打蒋门神""大闹飞云浦""血溅鸳鸯楼"是"替天行道","吴用智取生辰纲""宋公明三打祝家庄"同样是"替天行道"。在作者看来,打击奸臣恶霸,惩制滥官污吏,都是为了"替天行道""忠心报答赵官家"。在"梁山泊英雄排座次"之后,梁山义军的忠义则体现为力争招安,辅国安民。在作者看来,梁山义军只有"赦罪招安""瞻依廊庙",才能在赵家天子的旗帜下名正言顺地"替天行道""同心报国,青史留名"。因而,梁山义军排座次之后,一方面通过李师师打通枕头关节,以文的方式,主动争取招安,一方面抵抗征剿部队,以武的方式实行"自身防卫",为招安创造条件。在作者看来,梁山义军征破辽国,抵抗外侮,保境安民是忠义。他们征剿方腊,平定内乱,打"不替天行道的强盗",同样是忠义。

明代著名评论家李卓吾在《忠义水浒序》等序跋评点中,对《水浒传》忠义的主题表达给予了盛赞:

> 谓水浒之众,皆大力大贤,有忠有义之人可也,然未有忠义如宋公明者也。今观一百单八人者,同功同过,同死同生,其忠义之心,犹之乎宋公明也。独宋公明者,身居水浒之中,心在朝廷之上,一意招安,专图报国,卒至于犯大难,成大功,服毒自缢,同死而不辞,则忠义之烈也!

正是从忠义思想出发,李卓吾对宋江等梁山英雄给予了高度的评价和热情的赞扬。《水浒传》作者正是在总结与继承前代形成的忠义思想的基础之上,进一步阐发与强化这一主题,从而构成这部作品以忠义思想为内容、伦理判断为主体的思维方式。

3. 儒家伦理道德的创作表达

在古代的中国,以伦理思想为核心的意识形态构成了文化心理的特质。这一特质,一方面深刻地影响着社会生活,同时,也密切地支配着人们的思维方式。这二者的碰撞,必然会给古代小说留下鲜明的伦理印记。古代小说的这一传统在《水浒传》中不无例外地得到了显示。

今天论争《水浒传》的主题为忠义或诲盗其实已经没有太大的意义，一则因为诲盗说的提出本身便具有明显的阶级局限；二则从几百年来读者的审美选择看，《水浒传》从来就没有失去过其巨大的魅力。大众的审美眼光是具有客观公正性的，《水浒传》正面主题的价值不容否定。

一部《水浒传》作品的命意表达，带有明显的儒家思想的色彩，这种儒家的思想，最主要的体现在忠与义上。忠义是儒家关于君臣关系及社会道德的重要思想与主张。忠义既是以臣事君的最基本准则，又是为人处世的美德之一。《论语·八佾》载："定公问：'君使臣，臣事君，如之何？'孔子对曰：'君使臣以礼，臣事君以忠。'"为臣者的职责是事君要忠，矢志不移。义即正确合理的行为。仁、礼、智、信是义，忠君更是义：君主以俸禄豢养大臣，使大臣养尊处优，大臣理应无条件地为君主服务，甚至献出生命，即所谓舍生取义。因而，忠是义的内涵之一，这是忠义常常连称的原因。先秦儒家之所以倡导对君主的忠义，是因为春秋战国时期不忠不义、惟利是图、看风使舵、为所欲为是当时许多大臣存在的普遍现象，也是"礼崩乐坏"的重要原因之一。因此，儒家认为臣民只有忠义于君，惟君主马首是瞻，才能团结一致、力量强大；失去臣民对君主的忠义，天下将会大乱。

《水浒传》通过宋江起义与招安表达了对宋徽宗皇帝的忠心，这一点毋庸怀疑。此外，《水浒传》还通过宋江以及其他人物形象全面而丰富地表达了儒家的其他伦理道德思想。在作品中，作者将先秦儒家的人伦道德作为评价标准，对梁山好汉的品行做出了评价，赞颂了其高尚的品质。在儒家学派看来，人之所以能够区别于禽兽，就在于其懂得人伦道德。在作品中，晁盖、宋江等梁山好汉对仁义、孝悌、忠良等十分赞赏并切身行之，这与高俅等封建统治阶层形成了鲜明的对比。晁盖为人仗义，待人真诚，总会慷慨解囊救人于危难，很多英杰都十分敬仰他；而且他对封建统治者十分痛恨，对人民的疾苦十分关注，敢于反抗黑暗统治，智取生辰纲，沉重地打击封建统治阶层，尤其是那些贪官污吏；而后来与众兄弟聚义梁山后，便举起反抗官府、为民除害的大旗，威望越来越高。宋江在作品中是仁、义、礼、智、信的典型代表，第一，讲仁，同晁盖一样，慷慨解囊，助人摆脱危难，被称为及时雨；第二，讲义，为了救出晁盖等七条好汉，自己担负血海般的干系；第三，讲礼，以礼待人，最后连李逵这般的人物，也甘愿跟随他，保护他的安全；第四，讲智，取得不少战役的胜利，如智取无为军、三败高俅；第五，讲信，他一旦答应别人的事情，就决不失信，努力完成。作品中他集仁、义、礼、智、信于一身，成为儒家思想的忠诚坚守者和践行者。在征讨辽国的战役中，宋江毅然拒绝辽国的诱降以及吴用的劝说，明确表明，就算宋朝最终背负自己，自己也不会背叛宋朝，要誓死忠心朝廷，这样还得以留名青史；倘若背叛宋朝，将天下难容。由此，不难看出其忠君思想。另外，在作品中，李逵、雷横、公孙胜等也是十分孝顺父母；而从武松身上“悌”则得到了充分的体现。这些人都是由于奸臣当道，昏君无能，最终被迫上梁山，背负了所谓的“犯上作乱”的罪名。在作品中，施耐庵通过具体的描写表现了以天下为己任的精神，这也是对儒家思想的体现。

《水浒传》在继承儒家传统伦理道德思想的同时，也发展了儒家的传统思想。如《水浒传》强调忠君，却又大胆地对忠君思想进行了拓展与深化。作品中打出了“替天行道”的大旗，将造反与忠君完美地统一起来。《水浒传》包含了强烈的民族感情。作品自然地将忠于君主、报效朝廷的思想与保卫国家、抵抗外族入侵联系起来了。并且在这里，抗击辽国已经不仅仅是“为皇上分忧”了，而是由好汉们内心油然而生的爱国之情及民族自尊心作为后盾的。《水浒传》也体现了宝贵的民本思想。在《水浒传》中，水浒英雄们却代替封建君主履行了“爱民”的职责。梁山好汉以“杀尽贪官”“保境安民”为己任，虽然并没有直接地提出要为普通百姓造福，但抵御外族侵略、铲除贪官污吏却是间接地给平民百姓带来了利益，使百姓免于战争之苦和贪官盘剥。

《水浒传》在刻印之初，便冠以“忠义”二字，可见当初出版商与受众的心理接受氛围对这一主题的认可。今天我们探讨《水浒传》创作命意表达，更多时候，需要把作品还原于当时的背景与氛围之下去考察。诞生于封建时代的《水浒传》，作者的审美立意不可能超越时代的范围，而势必背负着沉重的传统道德命意，更何况元末明初的时代氛围对传统道德的回归有着强烈的呼唤，宋江农民起义的题材是表达时代呼声再好不过的素材了。《水浒传》是我国传统儒家伦理道德诉求的经典范本，它所放射的思想光辉将是普世的。

‖ 第三节　史传传承与传奇立范 ‖

英雄传奇，是我国章回小说中的一种独特类型，由《水浒传》开其端，《杨家府世代忠勇通俗演义》《水浒后传》《说岳全传》《说唐演义全传》等继其后，成为明清小说的重要支派。

《水浒传》在写法上传承了《史记》以来所开创的传记传统，并加以发扬广大。金圣叹评点《水浒传》时曾说:“《水浒传》方法,都从《史记》出来,却有许多胜似《史记》处。若《史记》妙处,《水浒》已是件件有。”[①] 明代学者也多有把《水浒传》与《史记》相联系者。李开先在《词谑》一书中说:“崔后渠、熊南沙、唐荆川、王遵岩、陈后岗谓:《水浒传》委屈详尽,血脉贯通;《史记》而下,便是此书。”此后,明人袁宏道、天都外臣、李贽、叶昼等人也相继发表了相同的意见。可见,《水浒传》对长篇白话小说中英雄传奇类的立范,与我国文学中史传传统的发达不无关系。

1.《水浒传》对史传的继承

在中国文学史上,传记文学是以刻画人物为主的一种文学形式,但又具有历史的真实性、可靠性。中国古代传记的发展,以唐代为枢纽,形成两个不同的重心。唐代以前的传记,以史书中的传记(即史传)为主流,代表作如《左传》《国语》《战国策》,尤其是《史记》《汉书》《三国志》《后汉书》的出现,使史传文学呈现出勃勃生机。魏晋以后,文学与史学分道扬镳。史学著作从总体上淡化了文学性,又由于统治者对修撰历史的重视与控制,使史学著作思想性也明显减弱,因此,史传文学逐渐衰微。而从西汉末年开始,由于受史传的影响,各种杂体传记逐渐兴盛,尤其是唐代韩愈、柳宗元掀起的古文运动,有力地推动了杂体传记的发展,使之成为唐代以后传记的重心。

我国文学史上,屡以“传奇”做文学体裁的名称。唐代文言小说、宋之诸宫调、元之杂剧和戏曲,都曾被称为“传奇”。王国维先生说:“盖传奇之名,至明凡四变矣。”(《宋元戏曲考·余论》)即谓此。不过,所称“四变”,均与章回小说没有关系。中国古典小说,以唐代传奇为成熟的标志。最早使用“传奇”一词的是晚唐裴铏,裴铏将其小说集定名为《传奇》,宋以后人遂以之概称唐人小说。著名的有蒋防的《霍小玉传》、沈既济的《枕中记》、李公佐的《南柯太守传》、李朝威的《柳毅传》、白行简的《李娃传》、元镇的《莺莺传》等。从内容看,这些传奇多传写奇事与传示奇异。小说在其发展过程中,始终与历史传记有密切的关系。唐代传奇以史传笔法为主,同时融进了志怪、志人小说的一些特色,成为中国小说成熟的标志。

作为中国古典小说开山之作的《水浒传》,在写法与思想上广泛借鉴了《史

① 金人瑞.读第五才子书法[M]//朱一玄.水浒资料汇编.天津:南开大学出版社,2002:219.

记》以来所开创的传记文学的特点，形成白话小说鲜明的特色。《水浒传》对史传文学思想的借鉴，首先体现在其强烈的批判现实主义的精神上。中国古代传记是历史的重要组成部分，一般都倾向于现实主义，真实描绘历史发展中的人和事，以达到褒善贬恶的目的，尤其是史传作品，如《左传》《国语》《战国策》，敢于揭露统治阶级内部的矛盾斗争，敢于批判邪恶、歌颂正义。司马迁的《史记》，以"不虚美，不隐恶"的"实录"精神，敢于冲出为尊者讳的藩篱，把如椽之笔伸向统治阶级内部，揭露其罪恶行径，剔除皇帝头上的神圣光圈；敢于把热情洋溢的笔墨付诸贱微的下层人物，对刺客、游侠等表示极大同情，并且赞扬他们的一些优良品德；敢于肯定农民起义的作用，歌颂农民起义领袖陈胜、吴广，把他们比作汤武、孔子，如此等等。正是由于《史记》敢于批判现实，所以统治者视之为"谤书"，这也从反面说明《史记》所具有的强烈的批判现实的精神。《水浒传》继承发展了史传文学的现实主义精神，把高俅发迹和徽宗皇帝宠信他的一段故事放在作品的开端来写，以表明"乱自上作"。这种大胆批判现实的精神，是史传精神的再现。正因此，统治者视之为洪水猛兽，把《水浒传》也列为禁书。《史记》是"谤书"，《水浒传》是禁书，足见其精神是一脉相承的。

《水浒传》对史传文学的继承，还体现在其强烈的反抗精神上。由于专制制度的压迫，人的生命活力受到抑制。反抗强暴，乃是人的生命活力的释放，体现了生命的价值。《史记》中记载的荆轲刺秦王、张良狙击博浪沙，尤其是秦末农民起义中涌现出的陈胜、吴广、项羽、刘邦、萧何等人，掀起一场历史的巨浪，摧毁了暴虐的秦王朝，在中国的史册上写下了辉煌的一页。这些反抗的精神中，也包含着一定的个人、家族、社会的复仇因素，有一定的历史局限性，但其精神却深深地感召着后人。《水浒传》所描写的宋江农民起义，也正是这种反抗精神的继续。开始是零星的个人复仇，逐渐地发展为一股强大的集体力量，向封建社会挑战，不向官府低头，轰轰烈烈，写出了一部悲壮的史诗。"逼上梁山"，是由被压迫到反抗这条道路的形象化的高度概括，其中明显渗透着我国史传文学反抗精神影响的痕迹。

《水浒传》对古代史传文学的继承，还体现在其"侠义"精神上。古代传记记载了大量的英雄人物。从上古时代的黄帝开始，有数不清的英雄，上至帝王将相，下到平民百姓；既有白发苍苍的老英雄，也有初出茅庐的少年英雄。他们在某个领域有过辉煌业绩，轰轰烈烈地干出了一番事业。仅秦汉之际而言，秦始皇横扫六国，一统天下；项羽叱咤风云，灭掉强秦；陈胜、吴广揭竿而起，反抗强暴；

汉高祖起于贱微，终登帝位；汉武帝雄才大略，威震四海；韩信受胯下之辱，终成大将；还有张良、萧何、陈平、卫青、霍去病等，真是英雄辈出。而像三国时代的曹操、刘备、孙权、诸葛亮、关羽、张飞、赵云等，更是家喻户晓，人人皆知。众多的英雄出现在传记之中，形成一幅波澜壮阔的历史画卷。传记因为有了这些英雄而显出勃勃生机。司马迁曾说作七十列传的原因："扶义俶傥，不令己失时，立功名于天下。"(《史记·太史公自序》)传记作品记载的就是这些"俶傥非常之人"，是英雄者的颂歌，充满着英雄主义精神。《水浒传》从某种意义上说，也是一曲英雄主义的颂歌。一百零八人，个个都是英雄，天不怕，地不怕，具有顽强的斗争精神。《水浒传》以悲剧结束，但它留给后人的并不是哀伤，而是那气壮山河的英雄主义精神。

《水浒传》对史传文学写法上的继承，首先体现在其个性化的人物塑造上。中国古典传记，从《左传》开始就注重刻画个性化的人物，到《史记》显得更为突出："子长同叙智者，子房有子房风姿，陈平有陈平风姿。同叙勇者，廉颇有廉颇面目，樊哙有樊哙面目。同叙刺客，豫让之与专诸，聂政之与荆轲，才出一语，乃觉口气各不同。《高祖本纪》，见宽仁之气于纸上；《项羽本纪》，觉喑噁叱咤来薄人。"(《史记会注考证》)《水浒传》继承和发展了传记的这些特点，也写出了极有个性的人物。金圣叹评《水浒传》说："《水浒传》写一百八个人性格，真是一百八样。若别一部书，任他写千个人，也只是一样，便只写得两人，也只是一样。《水浒传》所叙，叙一百八人，人有其性情，人有其气质，人有其形状，人有其声口。"(《读第五才子书法》)

《水浒传》在叙事方法上，采用了传记的形式。金圣叹在《读第五才子书法》中说："《水浒传》一个人出来，分明便是一篇列传，至于中间事迹，又逐段自成文字。亦有两三卷成一篇者，亦有五六句成一篇者。"纪传体例是由司马迁《史记》开创的，这种形式有几个明显的特点：其一是以写人为中心，写故事先从主人公家世、来历写起，对人物的姓名、籍贯以及外貌、性格等做简要介绍，然后叙述人物的生平事迹，一直写到人物的死，乃至于写他的后代子孙；其二是写人物时不是纯记流水账，而是每篇有一个"主脑"，围绕人物的性格特征选择几件典型事例，有重点、有层次地叙写；其三是情节起伏多变，引人入胜，但又写得有头有尾；其四是结构独特，《史记》《汉书》《三国志》《后汉书》等史传著作中的人物传记，从总体上看属于史书的一个部分，但各篇之间又有相对的独立性，每篇传记都有作者的评论，以"太史公曰""赞曰"等形式出现，或在文后，或在文前，有时在叙事中直接评论，夹叙夹议。《水浒传》深受这种形式影响，每个主要人物出场，作者都要先介绍一番此人的姓名籍贯、绰号武艺，像晁盖、宋江出场时的介绍，都非常细致。小说中的故事极富生动性、曲折性，大小事件都写得腾挪跌宕、变化多端，每个人都有一些动人的故事。《水浒传》在结构安排上，主要是单线发展，但又一环紧扣一环，互相勾连。每个人的故事基本上都可以成为一个完整的中篇或短篇，通过不同英雄被逼上梁山的不同道路来展示起义斗争的壮阔画面。《水浒传》中也明显地带有作者的思想感情，对人物进行评论，有时借他人之口评论，有时直接评论，有时在某个英雄事迹完全结束时也有类似"太史公曰"的评论以韵文形式出现。这种正面、侧面评论人物的方式，无疑也是受到纪传体例的影响。

《水浒传》继承了传记虚实结合的写法。一般来说，传记作家根据历史事实，在符合生活逻辑、人物性格的前提下，要对所写事件进行合理的艺术发挥，使历史的"真"显得更为形象、生动。为此，作者设身处地，替人物拟言代言，使读者如闻其声，如临其境。传记在刻划人物形象时往往采用以虚补实、以艺术之真补充历史之真的方法，这给古典小说虚实相生、寓实于虚的方法创造了良好的基础。在这一点上，传记与小说是相通的。小说的特点，正如金圣叹所说，是"因文生事"，可以进行虚构，具有更大的想象自由，不像传记那样是"以文运事"，要受到历史事实的限制。虚实结合还体现在对那些奇人奇事的描绘上。传记中的奇人奇事，颇具浪漫主义色彩，他们在某些方面总有超人之处。《水浒传》中的英雄人物，不仅根植于现实的土壤之中，而且又是被高度理想化了的，这比传记有更大的发展。作者把英雄们的反抗性格和道德情操提到很高的境界，并把自己的爱憎感情熔铸在人物身上，使他们具有叱咤风云的英雄气概和不畏艰险的乐观精神。虚实结合还表现在对人物行为的渲染和夸张上。传记中写人物，在真实的前提下适当进行艺术夸张，如《史记》写项羽，多处用夸张手法，写巨鹿之战时，连用几个"无不"，渲染气氛；写到楚汉相争时，项羽"瞋目而叱之"，使对方人马俱惊、倒退几里。《水浒传》继承并发展了传记的夸张手法，写吴用的机智过人、李逵的赤胆忠心以及武松打虎、鲁智深倒拔垂杨柳等，极富浪漫特征。

2.《水浒传》对英雄传奇的立范

《水浒传》继承了文学传统中史传的思想与写法，在此基础上开拓了长篇白话小说中英雄传奇类的创作领域，并为此后同类小说树立了明确的规范。作为古代英雄传奇小说的第一部作品，《水浒传》在题材选择的角度、重点、虚实处理以及结构组织等方面，表现出区别于其他小说的鲜明特质。

《水浒传》沿续宋元“讲史”话本与古代史传的纪实传统，在尊重历史的前提下进行了合理的想象发挥。《水浒传》以北宋末年宋江领导的农民起义为题材。水浒人物在《宋史》及其他史书中有过零星记载。较之《金瓶梅》《红楼梦》等世情小说，《水浒传》具有明显的历史性和历史的真实形态。然而，《水浒传》与“七实三虚”的历史演义小说《三国演义》在选材角度及处理史实与虚构的关系上，存在着明显差异。历史演义据正史而敷演，实多虚少，而《水浒传》与之不同，作品不受正史束缚，多采撷野史、传说加工创作。许多人物事迹，于史无稽。虽或不离真人真事，有一定历史依据，但传之于众口，辗转衍变，已成奇闻异说。作者以卓越的艺术才能荟萃取舍之，进而以其“珠玉锦绣之心”驰骋想象，“因文生事”，小说必然虚多实少。全书故事，与《宋史》的记载相去甚远。所以，虽可与历史演义同隶于“讲史”，如鲁迅先生《中国小说史略》即如此将《水浒传》归为“讲史”类，但由于写历史题材不受正史束缚，故而在体制上仍应与历史演义视为不同类型。

《水浒传》确立了以为英雄豪杰立传为主的传奇叙事传统。古人这样解释“英雄”，如魏刘邵《人物志》：“夫草之精秀者为英，兽之特群者为雄。故人之文武茂异，取名于此。是故聪明秀出谓之英，胆力过人谓之雄。此其大体之别名也。”由此观之，可见《水浒传》所传所写一百零八位好汉，都该称得上是英雄。他们“善运筹”“广结纳”，都是大力、大贤、大忠、大义之人，集中体现了底层民众战胜邪恶势力的精神和力量，是人民群众理想中当之无愧的英雄人物。全书着力塑造英雄形象，重在为英雄豪杰立传，选材重点，与世情小说及历史演义重在叙述历史事件截然不同。多数历史演义类小说，如《东周列国志》《西汉演义》《隋唐演义》，更侧重广泛涉及历朝政治、经济、思想、文化、军事、外交以及宫廷生活与风物人情，塑造多种多样的艺术形象。故此类小说多称某朝某代之“演义”，而不是“传奇”。

《水浒传》仿效《史记》开创了连环列传式的小说结构。与历史演义、世情小说相比，《水浒传》有其独特的结构方式。作品既不侧重于全朝史事的敷演，也不着意于社会生活全貌的完整再现，而是专注于英雄人物的斗争生活这一个侧面的重点描写，力图通过英雄形象的典型创造来反映时代精神和历史动向，故而“叙一时故事而特置重于一人或数人”，仿效《史记》而采用连环列传体的结构，“为一百八人作列传”。“聚一百八人于水泊，而其书以终。”全书把人物置于结构的中心位置，围绕主要人物主要事件组织材料展开描写，数回集中写一人物为一环节，在行动上和人物关系上又与别一环节相扣相续，一个个人物的英雄故事，由聚义梁山这一基本情节有机串联起来，构成农民起义全过程的艺术长卷。

《水浒传》树立了英雄传奇小说独特的审美风格。把英雄形象塑造得超凡绝伦，是《水浒传》鲜明的特征。金圣叹评价武松时说："人人未若武松绝伦超群。"(《第五才子书》第二十五回批语）单拿李逵来说，小说描写他反客为主，"把手去碗里捞起鱼来，和骨头都嚼吃了"的质朴粗鲁的气质；江州劫法场"脱得赤条条"，"大吼一声，却似半天起个霹雳，从半空中跳将下来"的惊人气魄；沂岭杀死四只老虎，奋不顾身打死殷天锡，置"条例"于度外的冲天豪气；扯诏谤徽宗，拽拳打钦差的凛凛英风；"轮起双斧，径奔上皇"，吓得天子梦中"浑身冷汗"的巨大威力，等等。李逵把纯朴率真得出奇、粗卤耿直得出奇、勇猛莽撞得出奇的个性与坚定、彻底的斗争精神融为一体，构成他性格中最光辉最本质的部分，无不使人惊奇、倾倒、赞叹不已。其他如鲁智深、林冲、晁盖、吴用、花荣、石秀、阮氏三雄等，无不集中了人民群众的智慧和力量、反抗封建压迫的精神和理想。"《水浒传》对人物的塑造既植根于现实的土壤之上，又超越于现实生活；既含有生活中常人的因素，又超越于常人；既有客观生活的现实性，又有主观理想的幻想性。夸而不丑，佼佼不群，组成光彩夺目的英雄画廊，为作品染上绚丽多姿的传奇色彩，给人以强烈的雄伟、刚健、粗犷、豪放的传奇美感。"①

《水浒传》开创了故事情节惊险离奇的美学风格。作品描写的众多的英雄，大都有一番曲折惊险的经历。如"三打祝家庄"，描写石秀探路、杨林被捉、宋江两次失利、解珍解宝双越狱、吴用两次用连环计，最后获胜。英雄的历险，重重的悬念，紧张的拚杀和出奇制胜的斗智斗勇，使情节曲折多变又格外惊险。又如晁盖石碣村大破官军，晁盖等不过六人，仅着十数个打渔人，就为官军布下天罗地网，有开、有合、有诱、有劫、有伏、有应，奔腾驰骤，势如千军万马，将五百官兵、五百公人打得落花流水。情节的惊险离奇，为表现英雄性格提供了丰富多样的场面和充分而具体的依据。

《水浒传》在人物刻画上确立了奇而不幻的写法传统。与其他类别的小说不同，英雄传奇小说对人物形象的塑造，要求采取"传奇"的艺术描写方式。作家需要"把生活中英雄人物所具有的奇特和崇高美经过提炼，集中为英雄理想，

① 罗德荣.英雄传奇的开山之作——《水浒传》[J].贵州文史丛刊，1984(2)：131.

创造比生活形象更完美、更奇特的‘超人式’的英雄形象。因而，特别强调对客观对象超越常态的摹写，更多地倾向于理想地表现对象，常以奔腾狂放的艺术想象对生活原型进行大胆改造。对比原型，人物的神勇、力量、智慧、武艺、行动等，均被夸张、渲染、放大到常人难以企及的程度，惊险离奇曲折多变的情节也常常把现实中的矛盾冲突和偶然性巧合浓缩到令人难以置信的地步。艺术描写往往具有更多的假定性，不以外在逼真为胜，而务求内在精神实质的把握和主观精神情趣的寓托，具有似现实而非如实写照的外貌特点，给人以奇异之感。浓郁的传奇美迥异于写实之作纯朴的自然美。”[①] 较之《西游记》一类好用奇幻之笔的的神魔志怪类作品，《水浒传》既超越常情，又基本上保持生活本身的形态。其人物似人而非常人，超人而又非神，其故事似现实而非如实写照，超常态而又非怪诞幻化。奇而不神，奇而不幻。既区别于纯朴的自然美，又区别于神奇的幻诞美。

《水浒传》以其特质鲜明的典型形态，独具魅力的审美风格，给英雄传奇小说的创作做出了光辉示范，为英雄传奇小说的兴盛发展奠定了坚实的基础。明清英雄传奇小说，尽管思想艺术性参差不齐，都未能逾越《水浒传》的高峰，但在体制上都遵从《水浒传》所开创的原则。清代英雄传奇小说的作者更加自觉地大胆虚构，注意塑造英雄形象，体现强烈的时代精神。与明代相比较，作品更具英雄传奇小说的特质。如《说岳全传》序中金丰倡导“实者虚之，虚者实之”，不仅从理论高度总结了自《水浒传》以来的创作实践，而且赋予英雄传奇小说以质的规定性。可见《水浒传》对后世英雄传奇类小说的深刻影响。

《水浒传》之后，明代中后期和清代前期，英雄传奇小说在《水浒传》的巨大影响下得到迅速发展。嘉靖、万历以降，相继出现了《杨家府世代忠勇通俗演义》《大宋中兴英烈传》《隋唐两朝志传》《隋史遗文》以及《英烈传》《于少保萃忠全传》等十余部作品。清初至乾隆年间，《水浒后传》与《说岳全传》接连问世。稍后的《说唐演义全传》《说唐后传》《征西说唐三传》《反唐演义》等作品，形成一套从隋到五代的英雄故事系统。此外，还有《北宋金枪全传》《飞龙全传》《万花楼杨包狄演义》以及许多无名氏撰写的作品，如《说呼全传》《五虎平西前传》《五虎平南后传》。从这些作品中，无不可以看到《水浒传》所开创的英雄传奇类小说创作规范的影子。

《水浒传》在史传基础上所开创的传奇纪事的独特的美学规范，使之成为英

---

① 罗德荣.英雄传奇的开山之作——《水浒传》[J].贵州文史丛刊，1984(2)：132-133.

雄传奇体的典型形态，为后来英雄传奇类小说的创作提供了范本。《水浒传》对古典小说创作艺术的丰富与拓展，是功不可没的。

第四节 强人世界的荒谬逻辑——《水浒传》的审美批判

《水浒传》描写的是一个游走江湖的绿林好汉组成的强人世界，他们的身体物理特征、生活方式、气质精神、思想观念都迥异于世俗社会的常人世界。他们从世俗社会一个个地走来，在梁山取义，从而形成了一个独立于常人世界的特殊群体。《水浒传》的作者描写了强人这个特殊群体的语言、思想和行为方式，其中替天行道、公平仗义的行为体现着古代道德传统的光辉积淀与传承，但是不容否认的是，《水浒传》对女性歧视性的塑造与对血腥暴力行为的崇尚，也体现出强人世界中不符合人性的荒谬逻辑。正视《水浒传》审美中负面价值的存在，对客观理性地评价一部作品有着重要的意义。

1.《水浒传》对女性的歧视

跟《三国演义》近似，《水浒传》同样是一部男性书，这部作品(一百二十回本)共写了七百八十七个人物，但其中只有七十六位女性，有名有姓且着墨描写的女性只有二十九位，这个数量与一百零八位好汉的数目相比都少得可怜，更遑论在整部作品庞大叙事人群中的占比了。《水浒传》所描写的这二十九位女性，大体看来可以分为两类：一类是为读者所熟知的“四大淫妇”形象；另一类是梁山好汉式的女英雄形象。这两类女性形象所传达出来的作者妇女观，是强人世界女性观的真实反映，但是明显带有贬损与歧视的意味，彰显着那个时代女性群体地位的弱势与男权主导下的社会对女性权利的漠视。

我们先来看《水浒传》所描写的负面女性群体——“四大淫妇”。这四位女性分别是潘金莲、潘巧云、阎婆惜、卢俊义之妻贾氏。这些女性无一例外都是貌美的女子，其中潘金莲“眉似初春柳叶，常含着雨恨云愁；脸如三月桃花，暗藏着风情月意。纤腰袅娜，拘束得燕懒莺慵；檀口轻盈，勾引得蜂狂蝶乱。玉貌妖娆花解语，芳容窈窕玉生香。”阎婆惜“花容袅娜……金莲窄窄，湘裙微露不胜情，玉笋纤纤，翠袖半笼无限意……酥胸真似截肪。”然而这些貌美出众的女性，作者都赋予了她们古代社会对女性最恶毒的道德评价——“淫”的品质。

《水浒传》作者的笔下，四位“淫妇”均不本分，不守妇道。其中写潘金莲原是张大户家的使女，颇有姿色，张大户想占有她未成，恼羞成怒，将她嫁给“身不满五尺，面目生得狰狞，头脑可爱”的三寸丁谷树皮武大郎。后来她随武大搬离清河县，因为她“爱偷汉子”。再后来潘金莲经过王婆撮合与西门庆成奸，并毒死了亲夫武大郎。事情败露后，被武松“胳查一刀，便割下那妇人头来”。阎婆惜是东京人氏，一家三口到山东郓城投亲，经人介绍做了宋江的外室。阎婆惜长得漂亮，但是“宋江于女色上不怎么要紧”，所以她与眉清目秀的张文远很快就打得火热了。后来她发现了宋江与梁山的关系，便对其进行敲诈，宋江为求自保，在万般无奈下杀了阎婆惜。潘巧云，当然也是美貌如花，却心如蛇蝎。她与和尚表哥暗度陈仓，被石秀发现，反诬石秀对她有非分之想，致使杨雄与石秀关系破裂，石秀被杨雄逐出家门。最后事情败露，她被杨雄和石秀残忍地杀害。当然卢俊义的妻子贾氏也不例外。由于卢俊义着意于使枪弄棒，而贾氏倍感孤单，所以与府上门人勾搭成奸，遭到卢俊义的杀害。

《水浒传》赋予美貌女性最败坏的道德品质，作者明显存在着对女性歧视的心理。这里不得不说，我们古代社会一直对容颜美丽的女性有着严重的偏见，也即“红颜祸水论”，中国古人认为美色即祸水。女性，尤其是美丽的女性会将男人引入万劫不复的地狱。早在夏、商、周时期，就有把这三个王朝覆灭的原因归咎于妹喜、妲己、褒姒这三个女性的说法。唐代时期，唐玄宗晚年爆发了“安史之乱”，时人又把罪过算在杨玉环的头上，说是她迷惑皇上所致。这种对美女的偏见就是在儒家大师那儿都未能例外。孔子在《论语·阳货》中说：“唯女子与小人难养也。”宋代儒学大师黄大光在《积善录》中说：“大抵妇人女子情性多淫邪而少正，易喜怒而多乖。率御之以严，则事有不测，其情不知，其内有怨，盖未有久而不为害者；御之以宽，则动必违礼，其事多苟，其心无惮，盖未有久而不乱者。”[①]漫长的封建社会中作为正统文化的儒家文化一直在忽略妇女在社会中的意义，回避妇女对这个社会的进步所起到的作用，甚至还不断地造就不利于妇女形象的舆论。因此，世世代代很多百姓和文人墨客心中，女人就是祸水。

即使《水浒传》中所描写的正面女性形象也带有明显的歧视性色彩。梁山一百单八位好汉中，孙二娘、顾大嫂、扈三娘是女性。其中孙二娘、顾大嫂是充分男性化了的女性，生得相貌粗丑，性格暴躁。孙二娘“眉横杀气，眼露凶光”，绰号“母夜叉”；顾大嫂“眉粗眼大，胖面肥腰”，“有时怒起，提井栏便打老公头；忽地

① 黄大光．积善录［M］．台北：台北新文丰出版社，1974．

心焦，拿石锥敲翻庄客腿"，人称"母大虫"。她们没有女性的妩媚与温柔，只会弄棒舞枪，杀人放火，在梁山泊这个男人统治的世界中，她们被彻底地同化了，她们本质上已与男性没有多少区别。即使作为女性，她们虽处处强过丈夫，却时时从属于丈夫。就是那容貌美丽、武艺高强的扈三娘也没有好的命运。她本来许配给祝家庄的三公子祝彪。祝彪是一个"年少壮士"，不仅相貌堂堂，而且武艺不凡，与扈三娘堪称才貌相当的一对佳偶。可是梁山好汉打下了祝家庄，杀了她的未婚夫及她的全家，使她无家可归，最后宋江把她当礼品送给了好色、丑陋、无能的王矮虎，如同潘金莲嫁给武大郎一样，同样是一朵鲜花插在了牛粪上。

《水浒传》对女性的歧视符合作品所描写的强人世界中的逻辑。《水浒传》一百零八将中，除了扈三娘、孙三娘、顾大嫂三个女头领外，其余的全是男性。他们是打家劫舍、杀富济贫的绿林豪杰，是闯荡江湖、替天行道的好汉。他们大碗喝酒大块吃肉，杀人越货，唯独不可以亲近女人。至于像王矮虎、周通那种喜欢女人的人，被视为好色之徒，在梁山上始终是低人一等，抬不起头来。《水浒传》中触目所及，到处都充斥着对女性（尤其是平民女性）的咒骂声，上自宋江，下至李逵，开口"贱人""淫妇"，闭口"婊子""贱母狗"。这些称呼固然带有民间口语的色彩，但更表现出赤裸裸的侮辱性和轻蔑性。女色何以会成为梁山好汉的禁忌呢？梁山好汉拒斥女色，一是怕人耻笑，坏了英雄的名声。如同骑士爱惜自己的荣誉一样，梁山好汉极重个人名声。二是梁山好汉是一个强人的世界，大家比的是勇力、气力的大小，武艺的高下常常是衡量一个好汉的具体标准。在中国传统观念中，男人属阳，女人属阴，男人如沉溺女色，阳气就会被阴气所耗，导致阴盛阳衰，丧失意志与精力。《水浒传》中也说："销金帐里无强将，丧魄亡精与妇人。"为了做好，就必须打熬气力，练功习武，梁山好汉们也就不得不远离女色。例如，晁盖"最爱刺枪使棒，亦自身强力壮，不娶妻室，终日只是打熬筋骨"。卢俊义也是"平昔只顾打熬气力，不亲女色"。

《水浒传》中描绘了两个世界：一个是梁山好汉代表的男性世界；一个是市井女性代表的女性世界。男性世界是明朗的，女性世界是灰暗的；梁山好汉是无情的英雄，市井女性是多情的淫妇。作者赞美的是男性英雄，贬斥的是市井女性。女性是男性的陪衬，是英雄屠宰的羔羊。《水浒传》对女性的歧视观念受到了古代男权社会中"男尊女卑"思想的影响，糅合了历史发展中各个阶段的社会意识，同时也真实反映了游走江湖的流民这一阶层的人们的价值体系。闻一多先生之所以把《水浒传》称为"匪魂颂"，就在于对女性视如草芥的贱视，正是流民这一阶层的价值观念。《水浒传》对女性的歧视，也离不开当时社会思潮的影响。宋代以来，以朱熹为代表的儒学对女性贞节更加苛刻，炮制出了“饿死事小，失节事大”的谬理。元明时期的文化政策强化了宋儒思想对社会的控制，形成了对女性的更进一步桎锢。《水浒传》中对失节女性血淋淋的非人道惩罚可以看出程朱理学对女性摧残的恶果。《水浒传》中对女性的歧视观念同时也与宋明新兴市民文化有一定的关联。从宋代开始，随着商品经济的不断发展，市民阶层不断壮大，他们多注重世俗享乐，其审美趣味也与传统的文人有所不同。《水浒传》属于章回体小说，同时又是英雄传奇小说的代表作，这类小说产生的最直接目的就是作为说书艺人的底本娱乐大众，帝王将相和英雄豪杰的故事又是市民最喜爱的，说书人为了自身生存的需要，将故事描绘得绘声绘色，离奇曲折，而“淫妇”这类的“插曲”无疑正对市民阶层的胃口，使艺人招徕更多的听众。作品中有关几个“淫妇”的描写，除对阎婆惜、贾氏的文字描写还比较守本分之外，对潘金莲、潘巧云二人的叙述则大有喧宾夺主之势，作者将潘金莲与西门庆、潘巧云与裴如海的奸情大书特书，洋洋洒洒，极尽铺陈。他有意识地在男英雄的拼杀之外点缀这些女色风情，不仅迎合了市民阶层的趣味，又平添了几分生活情趣。

总之，《水浒传》对女性的歧视性塑造与描写，削弱了作品本身超时代的思想性。它虽然客观上真实反映了古代男权社会对女性普遍存在的认识与心理，并且满足了对创作对象精神世界塑造的真实需要，但是从今天两性平等权利的角度来看，不得不说《水浒传》对女性的态度是其创作上明显的弊病。

2.《水浒传》对血腥、暴力的渲染

《水浒传》中有大量的暴力、血腥描写的文字，这些描写不但形象生动，而且细腻逼真，从现代人本主义理念的角度来看，这是完全不能接受的。然而正是这些暴力、血腥的描写，构成了《水浒传》文本一个极为重要的部分。如果将其从作品中抽离出去，英雄好汉们的形象以及作品的美学效果势必要大打折扣。《水浒传》诞生以来，明清两朝都将之列为禁书，认其为“诲盗”之书。“诲盗”是因为其所描写的绿林豪杰通过暴力的方式试图推翻既有的社会统治秩序，有引导民众效法的作用，因而遭到了权力阶层的抵制与禁毁。事实上，能引起世俗读者所关注的并不全是那些宏大的集体暴力场面与行为，更多的是兵匪战争、市井冲突中血腥打斗、暴力杀戮的场面。这些描写如此之多、之细，以致使作品带上了浓郁的暴力色彩。《水浒传》为什么要将常态生活中为人们所恐惧的极端血腥暴

力现象掺入文本描写中？这样的描写对于作品美学效果会有什么样的作用？下面且进行分析。

《水浒传》对暴力的渲染有着极为广泛的领域，可以说从家庭到市井，再到正邪相斗、兵匪战争等各个层面，无不充斥着暴力血腥的色彩。在家庭生活方面，作品第二回写到镇关西强媒硬保，以虚钱实契纳金翠莲为妾，不出三个月却将金翠莲赶出，并追讨原典身银；第二十九回写到张都监假意将养娘玉兰许配武松，却设计陷害，意欲置武松于死地。这两起事件均涉及世俗社会中再平常不过的婚姻领域，但是作者无一例外地均安排其以暴力的方式来结局，最后鲁提辖三打镇关西，场面惨烈；武松血溅鸳鸯楼，遍地横尸。作品中描写的另外一些婚姻关系的缔结本身就属暴力事件，如文本几次写到的抢亲、逼婚。桃花山的小霸王周通率领众喽罗强娶桃花庄刘太公之女，清风寨的头领王矮虎见上坟的轿子中抬着个妇人，便杀下山去抢来充作压寨夫人。而在家庭纠纷处理的事件中，暴力与血腥更是成了当仁不让的主角。比如，第二十六回武松为哥哥报仇而杀嫂："那妇人见头势不好，却待要叫，被武松脑揪倒来，两只脚踏住他两只胳膊，扯开胸脯衣裳。说时迟，那时快，把尖刀去胸前只一刻，口里衔着刀，双手去挖开胸脯，抠出心肝五脏，供养在灵前。喀嚓一刀，便割下那妇人头来，血流满地。"第四十六回杨雄杀出轨的妻子潘巧云："向前把刀先挖出舌头，一刀便割了，且教那妇人叫不得"，然后"一刀从心窝里直割到小肚子下，取出心肝五脏，挂在松树上"，最后竟索性"将这妇人七事件分开了"。再如第二十一回写宋江杀自己的妻子阎婆惜："左手早按住那婆娘，右手却早刀落，去那婆惜颡子上只一勒，鲜血飞出，那妇人兀自喉哩。宋江怕他不死，再复一刀，那颗头，伶伶仃仃，落在枕头上。"这样把杀人当作宰杀动物一样的血腥描写，完全看不到人性的存在，可谓是让人心惊胆战、不寒而栗。如果连该最温暖最富有人情味的家庭中都充满着这样的暴力，那么整个社会会弥漫着怎样一种氛围，就可想而知了。

《水浒传》的笔下，市井小民的生活中同样充满着暴力的气息。且不说鲁提辖当街打死镇关西，武松醉酒痛打蒋门神，就是在偏远、幽僻的乡村、江湖，截江鬼张旺谋财害命，将客商砍死丢下河去；母夜叉孙二娘、混江龙李俊都开黑店，人肉作坊"壁上绷着几张人皮，梁上吊着五七条人腿"。在清净的佛门净土，醉酒的鲁智深闯山门、掀供桌、打翻金刚像，抡起拳头在僧侣的"光脑袋上哔哔剥剥只顾凿"；鲁智深、史进与恶僧道崔道成、丘小乙捉对厮杀，"望下面只顾肐肢肐察的拥"。在拥有丹书铁券的王孙贵胄之家，柴皇城被殷天赐"推抢殴打"；在地方豪强张都监的府邸，武松连杀死男女十五名，“杀得血溅画楼，尸横灯影”。杨志杀泼皮牛二，“一面挥起右手一拳打来，杨志霍地躲过，拿着刀抢入来，一时性起，望牛二嗓根上搠个着，扑倒了。杨志赶入去，把牛二胸脯上又连搠了两刀，血流满地，死在地上。”在这里，暴力几乎成了梁山好汉生存的基本法则，他们的勇力所逞，显现在表面的，便是刚硬的暴力与血腥。在芸芸众生的丛林中，他们存在的价值，便是靠暴力的手段形成对其他生命的威胁与迫害。

《水浒传》的笔下，正邪之间的斗争往往使用暴力的方式。例如，写林教头风雪山神庙一节。林冲得罪高衙内，误闯白虎堂遭陷害，发配沧州。林冲雪夜听到山神庙外富安、陆虞侯和差拨三人的言谈，怒火点燃，新仇旧恨迸发，将杀人的激情和诱惑步步安排到了最高潮：“林冲举手，胳察的一枪，先搠倒差拨。……那富安走不到十来步，被林冲赶上，后心只一枪，又搠倒了。翻身回来，陆虞侯却才行得三四步，林冲喝声道：‘好贼，你待那里去！’劈胸只一提，丢翻在雪地上，把枪搠在地里，用脚踏住，身边取出那口刀来，便去陆谦脸上阁着……把陆谦上身衣服扯开，把尖刀向心窝里只一剜，七窍迸出血来，将心肝提在手里。回头看时，差拨正爬将起来要走。林冲按住喝道：‘你这厮原来也恁的歹！且吃我一刀。’又早把头割下来，挑在枪上。回来，把富安、陆谦头都割下来。把尖刀插了，将三个人头发结做一处，提入庙里来，都摆在山神面前供桌上……”这样的暴力场面描写非常形象逼真，使得读者在欣赏英雄报仇雪恨的英武行为时完全忘却了其残酷的暴力行为所带来的血腥震撼。而《水浒传》里像这样的描写比比皆是。再比如作品中杀人最多的李逵，江州劫牢救宋江时，“只见他第一个出力，杀人最多”。后来，连晁盖也觉得他杀人太过，喊他收手，可“那汉哪里肯应，火杂杂地抡着大斧，只顾砍人”。突围时，李逵领着一帮梁山好汉，“当下去十字街口，不问官军百姓，杀得尸横遍野，血流成渠，推倒倾翻的，不计其数”。攻打祝家庄时，李逵“杀得手顺，直抢入扈家庄里，把扈太公一门老幼尽数杀了，不留一个。叫小喽罗牵了马匹，把庄里一应有的财赋，捎搭有四五十驮，将庄院一把火烧了，却回来献纳”。在宋江责他杀人过多时，黑旋风竟笑道：“虽然折了功劳，也吃我杀得快活！”

《水浒传》在战争中所使用的暴力描写较之世俗社会便更加平常了。《水浒传》第一回隐寓的“官逼民反”本身就是对暴力基调的铺垫。作品中大大小小地写了数十次梁山集团与官府的暴力对抗，这些对抗最后以招安的方式得到化解。

从作品中大量充斥的暴力描写来看，《水浒传》作者叙述语言中对暴力持崇尚的态度。纵观《水浒传》全篇，无一处表现出作者在他人面临暴力时有所悲悯或对暴力的施用有所厌恶。恰恰相反，作者在描写杀人施暴的情景时，常喜欢用一些非常快意酣畅的词来表达杀人的快感，给暴力以美化与艺术化。如鲁智深拳打镇关西时，作者用油酱铺、彩帛铺、全堂水陆的道场来比喻肉体遭创破碎时的色彩和声响，让读者在畅饮复仇之乐时，忘却了对暴力本身的理性反思。再如此类描写："把刀去刘高心窝里只一剜，那颗心献在宋江面前。""迎儿见头势不对却待要叫，杨雄手起一刀，挥作两段。""石秀……杀人似砍瓜切菜。走不迭的，杀翻十数个。""把这婆子推上木驴，四道长钉，三条绑索，东平府尹判了一个剮字，拥出长街。两声破鼓响，一棒碎鸣，犯由前引，混棍后榴，两把尖刀举，一朵纸花摇，带去东平府市心里，吃了一剮。"可问题的严重在于，"不仅作者与众多读者在阅读这样的暴力场面时没有丝毫的恐怖与忧虑，就连守望社会良心的众多知识分子，在评《水浒传》各文本中的暴力描写时，也为杀戮时酣畅淋漓的快感所激荡，而对生命的毁灭与人道的缺失这一问题视而不见。"[①] 如李卓吾对李逵江州劫牢一部分的眉批为："晁盖也须十七人才来干事，张顺亦是九人方来劫牢，那里如李大哥，独自一个，两把板斧，便自救人，是如何胆略！如何忠义！""此李大哥所以不可及也与！此李大哥所以不可及也与！"李逵为赚朱仝上山，竟把天真烂漫的四岁小衙内砍作两段，而李卓吾嫌朱仝事后过于较真，说："即小衙内性命，亦值恁么，何苦为此匹夫之勇、妇人之仁，好笑好笑。"他在评李逵屠扈家时，居然批了一字："佛"！"水浒"故事中，不只李逵，许多好汉在杀人时，常不分良贱老幼，无辜与否，只顾快意恩仇，以杀戮为乐。可怖的是，在文本的主题与读者的接受观念中，杀人反而是好汉的标志和胆识表现，也是英雄们"替天行道""除暴安良"的行止。综观整部《水浒传》，从文本到读者到评点家，对暴力都是肯定与赞美，对暴力的残酷与血腥却没有进行必要的反省与深思。何清围捕时，阮小七所唱"老爷生长石碣村，禀性生来要杀人"，就是一个非常绝妙的写照。另如武松，他在鸳鸯楼所杀之人有蒋门神、张团练、张都监、两个亲随人员，另后槽一个，厨房丫环两个，夫人、玉兰、两个小的及其他两三个妇女。可以看出，即使像武松这样深受民众喜爱的英雄，有时也实为一个杀人魔头，全无半点是非观念与怜生之心，为了复私仇，竟可对无辜之人大开杀戒！在《水浒传》中，如果说与官军对抗、杀贪官时的杀戮尚有反抗暴政的内容的话，而一些所谓好汉如张青、童威、童

① 董斌，郑林丽．暴力崇尚与制度缺失："水浒"故事文化传播的法学反观［J］．长春大学学报，2014（5）：633．

猛等人落草前的杀人就只是强盗行径，个中无任何善念在里头，他们都因为拥有暴力并加入了梁山集团而成为好汉。可见，在“水浒”故事的文化传播影响之下，民众心目中所谓的“好汉”就只能是暴力的拥有者与恐怖的制造者了。

《水浒传》对暴力不遗余力的描写，首先与话本小说的传统有关。早期的话本小说中的“朴刀杆棒”类，就是靠暴力、惊险、刺激的情节来吸引听众的，迎合的是市井细民的审美趣味。“《水浒传》作为明代白话长篇小说，继承了宋元小说话本中‘朴刀杆棒’的传统题材，并且形成了一系列独特的暴力叙事技巧和表现方式。它往往制造动人心魄的画面感和形象感，在给读者带来视觉震撼、情感冲击的同时，达到不同的艺术效果，带给读者特殊的审美体验。”①《水浒传》对暴力的渲染，也与作品所反映的社会环境有关。《水浒传》塑造的好汉都充满“匪气”，好汉们动辄放泼撒野，甚至杀人放火。然而，小说反映的梁山故事发生在北宋末年的徽宗时期，这一时期的严酷现实是，朝政腐败，是非颠倒，赃吏纷纷据要津，以致盗贼蜂起，外敌凭陵，天下失控。这样的社会环境下，对不被主流社会接纳的梁山好汉来说，只有两个选择：要么任凭摧残被赶尽杀绝，要么做强人用暴力回报暴力。这个社会本来就是一个以强凌弱、缺乏温情、不讲文明的黑暗专制社会，梁山好汉习惯凭借自己的双拳主持公道，热衷使用暴力解决问题，“匪气”十足，正是公道不存的黑暗专制社会的产物。

《水浒传》对暴力行为的大量描写与渲染不符合生活的常态，即使是英雄，也没有人喜欢他们大肆杀戮的行为，但不得不承认，梁山英雄的杀戮行为常附带着一种率性而为、快意恩仇、自由洒脱、慷慨豪迈的精神境界，有一种刚健、勇烈、智慧之美，这是我们现实生活中所缺乏的，但又是我们渴望自由的本性所心仪的，是我们潜意识所渴望的。《水浒传》满足了多数读者追求勇力、刚健、自由的审美理想。《水浒传》作者将自由洒脱的精神境界和刚健勇烈的智慧之美与杀戮行为捏合在一起，使杀戮行为本身披上了一件华丽的外衣，“除恶就是向善”，自然使杀戮的血腥残酷在一定程度上被消解了。

《水浒传》中的暴力化倾向是当时的社会历史条件所赋予的，因此，具有一定的局限性。现代民主法制社会，大力宣扬人本主义，暴力化倾向已渐渐受到批判。但是，不可否认的是，梁山好汉们的暴力行为中确实有些值得后人学习的地方，那就是这种行为背后的侠义与忠义。在其后的社会中，这种高贵的品质已经

---

① 吕小蓬. 论《水浒传》中的暴力描写 [J]. 人文丛刊，2007（2）：247.

渐渐流失，因此，对《水浒传》梁山英雄行侠仗义精神的审美品读，也是对我们灵魂本真一面的现实呼唤！

《水浒传》对女性的歧视态度与对暴力的崇尚与渲染，虽然具有一定的历史真实性，在一定程度上也是创作的客观需要，但是以现代主张女性主义与非暴力的角度来看，作品这样的描写显然消解了其积极正面的主题意义与审美价值，同时对社会，尤其是对分辨能力较弱的青少年具有不良的导向作用。当然，我们不能脱离小说创作的语境，以现代文明的标准来苛责《水浒传》。任何作家都不可能超越他所生活的时代局限，表达出超时代的价值观念。与作品中对儒家忠义道德的宣扬以及对宋江农民起义的详实描写相比，女性观念的落后与血腥暴力的崇尚，还不足以遮掩作品思想闪耀的光芒。《水浒传》作为英雄传奇类长篇白话小说的巅峰之作，其独到美学价值将继续延续。

第四章
神魔志怪的杰作《西游记》

中国小说从宋代话本时起有“讲经”一类，出于寺院长老为僧众讲解佛家经文，后来说话艺人向世俗大众敷演高僧取经故事，于是形成了“讲经”话本。《西游记》无疑是众多讲经话本中发展为后来白话通俗小说的最杰出、最经典作品。《西游记》为长篇白话小说神魔志怪类题材树立了光辉的典范，深刻影响了之后小说创作。

第一节 《西游记》的作者、成书时间与版本流传

《西游记》的作者问题至今仍是个未解之谜。从《西游记》公开出版至今的四百余年以来，作者问题一直论争不断，迄今仍无定论。学术界对《西游记》作者问题提出的说法有十余种，包括“出今天潢何侯王之国说”“邱长春说”“吴承恩说”“李春芳说”“陈元之说”“鲁府说”“周府说”“樊山王府说”“史志经说”等等，但没有哪一种说法具有压倒性的说服力。

《西游记》作者问题之所以如此复杂而无定论，是因为现存所有的《西游记》明代繁本刊本，全都没有注明作者姓名。现存最早的繁本刊本明代世德堂本卷首，载有陈元之的《刊西游记序》，谈到《西游记》的作者时这样说：“《西游》一书，不知其何人所为，或曰出天潢何侯王之国，或曰出八公之徒；或曰出王自制。余览其意，近滑稽之雄，卮言漫衍之为也。”可见，最早的世德堂本刊刻时，明代人对其作者已不可知。

清代以来，几乎所有《西游记》刊本又都明确署为“长春真人邱处机著”。历史上，元代全真道士长春真人邱处机的确曾应元太祖成吉思汗的召请，远赴西域大雪山朝见成吉思汗。但是邱处机本人并没有写过《西游记》，只是他的弟子李志常记述此次行程，写了《长春真人西游记》一书。此后，元樗栎道人秦志安《金莲正宗记》“长春邱真人”条，直接把《长春真人西游记》置于邱处机名下，并径称之为《西游记》。元人陶宗仪《辍耕录》“邱处机”条亦有类似记载。清代初年，评论者汪象旭即根据此类记载，将邱处机的大名冠于其所评点的《西游证道书》卷首，所以清代的《西游记》刻本便都采用了汪象旭的说法。

否定“邱处机说”在清代已出现，与此同时，“吴承恩说”也应声提出。清代学者纪昀、钱大昕、萧山毛大可根据《西游记》中的片断记述、《道藏》《辍耕录》中的记载，认为《西游记》成书于明代，不可能为“邱处机说”。到清代乾隆年间吴玉搢编《山阳志遗》时，第一次提出了《西游记》的作者是吴承恩的说法。这一说法虽然一开始就得到了一批淮安同乡的响应，但毕竟并未产生太大的影响。后经鲁迅在《中国小说史略》中的考定和胡适的赞同之后，《西游记》作者是吴承恩的说法就几乎成了定论。

“吴承恩说”后来亦受到广泛置疑，最早提出怀疑的是1933年俞平伯的《驳〈跋销释真空宝鉴〉》。之后，部分港台地区、日本、英国、美国学者纷纷提出置疑。20世纪80年代以来大陆学者黄霖、章培恒、孙国中、张锦池等也在怀疑“吴承恩说”的基础上提出不同的主张。“吴承恩说”被置疑，主要是因为《淮安府志》对吴承恩著作《西游记》的记载并不详细，也没有说明吴著是什么性质的书，大多推断吴承恩所著述的《西游记》只是一部地理类的游记。学者章培恒还提出，《西游记》中所引用的淮安方言其实并不多，实际上是“长江北部地区的方言与吴语并存”。其他驳“吴承恩说”者大都持此类主张。

“吴承恩说”受到置疑以后，关于《西游记》作者为非吴承恩的其他人的主张纷纷提出。非吴承恩的说法不下十种。这十数种说法之中，除“久寓泰安者说”可资确定作者身份的参照之外，其他如“鲁府说”“周府说”“樊山王府说”只是“出今天潢何侯之国说”的具体化，而“史志经说”则是“邱长春说”的推衍。所以到今天，《西游记》作者论争，根本的分歧，只集中在“出今天潢何侯之国说”“邱处机说”“吴承恩说”“李春芳说”“陈元之说”等五家之间。从目前学术界讨论的情况来看，从民国以来形成的似乎已成定论的“吴承恩说”已经受到了极大的挑战与置疑。近二十年国内外越来越多的学者持“非吴承恩说”，并参与了讨论与研究，且提出了不同的说法与主张，诸种新的说法的相继提出，大大开拓了研究的思路与视野。尽管目前还没有哪种说法可以为大家所一致接受并达成广泛共识，但是，我们可以期待，随着时间的推移和学者们持续不断的努力，达成新共识的可能性将日益增长。

《西游记》是世代累积型作品，跟《三国演义》《水浒传》一样，其成书经历了漫长的过程。《西游记》故事的本事来源为唐代贞观年间的玄奘取经故事，彼时到明代《西游记》的最后成书，其间相距900年左右。在这900年中，出现了各种各样的关于唐僧取经的民间传说和文学作品。在长期的发展过程中，不断有新的人物加入进来，故事情节逐渐丰富，神话色彩日益浓厚，最后终于出现了吴承恩《西游记》这样集大成的作品。

唐僧取经，历史上确有其事。玄奘俗姓陈，本名祎，今河南堰师县喉氏镇人，生于隋文帝开皇二十年。少年早慧，因父母双亡，家境困难，十三岁出家，二十一岁受具足戒。其后遍游各地，广求名师，几乎穷尽了各家学说。但是在这过程中，他发现了不少问题：各地流传的佛经，由于版本不同，差异很大，不但影响了人们对佛经的理解，更重要的是使人对自己能否借助现有的佛经修炼成佛产生了怀疑。因此，玄奘决心亲赴印度，求取真经。贞观三年(629年)，玄奘离开长安，私自西行。西行途中，历经千辛万苦，九死一生，到达毗邻北印度的迦毕试国，并在随后的几年内遍访北印度、中印度、东印度、南印度到西印度的十多个国家，接触并研究了印度佛学的各家各派，成为印度佛教最高权威那烂陀寺精通五十部经论的十位“三藏法师”之一。玄奘回国后，由他亲述取经的经历，弟子辨机记录整理了《大唐西域记》。几乎是与此同时，玄奘的另两个门徒慧立、彦琮又专门撰写了《大唐大慈恩寺三藏法师传》。两者互为补充，为后来西行取经的故事奠定了基础。

作为《西游记》成书的最早蓝本，《大唐西域记》介绍了西域诸国的山川地理、政治历史和宗教文化等情况；《大唐大慈恩寺三藏法师传》在叙述时穿插了许多神异的故事。“《大唐西域记》诉说的对象是唐太宗，是向渴望了解国外风土人情的唐太宗介绍西域诸国的情况；《大唐大慈恩寺三藏法师传》陈述的对象是佛教徒，为了吸引受众，有意识地添加了佛教中的神变故事，以便于向佛教徒及民众更好地宣扬佛法。”①

① 张强.论《西游记》成书过程中的文化取向历史局限[J].明清小说研究,2006(1):158.

南宋时期是西游故事发展的重要阶段，这一时期出现了《大唐三藏法师取经诗话》，是《西游记》故事成型最重要的转折。该书第一次将取经由唐僧独立完成改成由唐僧师徒共同完成，西天取经的队伍开始形成。尤其重要的是，作品中出现了一个神异人物——白衣秀士猴行者。在本书中，唐僧本人也由普通的僧侣转化为神仙中人物了，降妖捉怪已经取代旅途见闻成为故事的主体。

宋元之际，关于西天取经的文学作品大量出现，如戏文《陈光蕊江流和尚》、金院本《唐三藏》和吴昌龄的杂剧《唐三藏西天取经》《西游记平话》。经过民间艺人长期的不断加工，"唐三藏西天取经"系列故事已经丰富多彩，具备了产生集大成作品的条件。虽然这些作品大多已经散佚，但从辑录的某些佚文来看，早在元代，"西游记"故事的主要框架已经形成，唐僧师徒四人均已出现。尤其是《西游记平话》，已经初步显示出将传统西天取经故事集大成的倾向。它不仅包括了唐僧西天取经的内容，更重要的是出现了孙悟空大闹天宫的故事，而且故事的主体部分是西行途中孙悟空与各种各样妖魔鬼怪斗法的神奇经历。后来的"西游记"系列故事只是在遇险的数量上有所增加，凑成八十一难而已。

经过唐、宋、元三朝900年左右的时间积累，小说《西游记》在明代终于成书。《西游记》成书的过程是不断将异国见闻和宗教神异故事进行民族化、世俗化改造的过程。作者广泛吸收中国古代神话中的营养，除了通过离奇的故事、突转的情节表现对生活理想的追求外，又以丰富的想象、幻想和联想赋予《西游记》以浪漫主义的情调，从而开创了长篇章回小说中审美风格迥异于历史演义与英雄传奇的神魔志怪小说。

《西游记》的版本非常复杂，目前存世刻本、抄本有十三种，典籍所记已佚版本有十种。此外，还有学者推测曾经存在的版本数种。

现今存世的版本中，共有明代刻本六种，清代刻本六种，清代抄本一种①。六种明代刻本包括：《新刻出像官板大字西游记》，此本是现存诸多版本中最为重要的，因其中有"金陵唐氏世德堂校梓"字样，故称为"世本"；《新镌全像西游记传》，因其书题"清白堂杨闽斋梓行"，故简称其为"清白堂本"或"杨闽斋本"；《唐僧西游记》，简称为"唐僧本"，此本今存两本，其一有"全像书林蔡敬吾刻"的木记，简称"蔡敬吾本"，其二有"书林朱继源梓行"字样，简称"朱继源本"；《李卓吾先生批评西游记》，又称"李评本"；《唐三藏西游释厄传》，因其中有"羊城冲

① 曹炳建，齐慧源.《西游记》版本研究小史[J].河南教育学院学报，2005(5)：26-27.

怀朱鼎臣编辑书林莲台刘求茂绣梓”字样，故称为“朱本”或“刘莲台本”;《西游记传》，此本有明刊单行本和《四游记》本，学界称其为“杨本”或“阳本”。

六种清代刻本包括《西游证道书》，简称为“证道本”;《西游真诠》，简称为“真诠本”;《新说西游记》，简称为“新说本”;《西游原旨》，简称为“原旨本”;《通易西游正旨》，可简称为“正旨本”;《西游记评注》，简称“含评本”。一种清代抄本为《西游记记》，因其中有“怀明手订”等字样，故简称“怀明评本”。

‖ 第二节　寓理或戏谑？——《西游记》的主题之争 ‖

《西游记》想表达什么样的主题？这是个聚讼不休的问题。《西游记》是一部神魔小说，它既不取材于原始神话，也不取材于现实生活，在唐僧师徒四人西天取经的神幻故事中和诙谐的笔墨外，是否蕴含着某种深意？这是个很值得研究的问题。《西游记》诞生以来，关于作品的主题，历史上各家说法仁者见仁、智者见智。在阐述论者观点之前，先梳理一下学术界对此问题的种种看法。

1. 阐释不尽的主题命意

迄今为止，关于《西游记》林林总总的主题提法，可以归纳为三类：“游戏说”“现实寓意说”“哲理说”。

所谓的“游戏说”，意指《西游记》的主题是戏谑性的，纯粹是为了游戏、好玩而随意写作的文字。这种观点在明清以至民国时期有着很大的市场。“游戏说”早在明清有关《西游记》评点中已有所提及。在世德堂本《西游记》卷首陈元之序中就有“余览其意近跅弛滑稽之雄，卮言漫衍之为也”。李卓吾评本的评点中也说：“游戏之中，暗传密谛。”清代张书绅在《新说西游记》夹批中也说“纯以游戏写意”。含晶子《西游记评注自序》中提到“世传其本以为游戏之书，人多略之，不知其奥也”。野云主人《增评证道奇书序》中所设的长老语：“此游戏耳，孺子不足深究也”。清代学者焦楯说：“然此特射阳游戏之笔，聊资村翁童子之笑谑，必求得修炼秘诀，亦凿矣。”[①]清末民初时的冥飞在《古今小说评林》中也认为《西游记》乃一游戏之作，作者“随手写来，羌无故实，毫无情理可言，而行文之乐，则纵绝古今、横绝世界，未有如作者之开拓心胸者矣”。[②]不可否认，《西游记》

① 朱一玄，刘毓忱.西游记资料汇编[M].郑州：中州书画社，1983.

② 同上。

行文中有大量诙谐幽默之笔，同时通过孙悟空形象传达了玩世不恭的态度，对传统认为神圣的儒、道、佛都进行了嘲弄，“游戏说”主题的提出多据于此。明清学者对于《西游记》“游戏”主题说的推崇，为后世留下了深刻的注解。

民国时期，鲁迅、胡适等学者对于《西游记》“游戏说”进一步推波助澜。鲁迅在《中国小说史略》中说：“作者禀性，‘复善谐剧’，故虽述变幻恍惚之事，亦每杂解颐之言，使神魔皆有人性，精魅亦通世故，而玩世不恭之意寓焉。”“或云劝学，或云谈禅，或云讲道，皆阐明理法，文词甚繁。然作者虽儒生，此书则实出于游戏，亦非语道，故全书仅偶见五行生克之常谈，尤未学佛，故末回至有荒唐无稽之经目，特缘混同之教，流行来久，故其著作，乃亦释迦与老君同流，真性与元神杂出，使三教之徒，皆得随宜附会而已。”鲁迅在否定“劝学”“谈禅”一类旧说的同时，明确提出此书“实出于游戏”。同时期的学者胡适也在其文《西游记考证》中曾断言：“《西游记》……至多不过是一部很有趣味的滑稽小说、神话小说，并没有什么微妙的意思，它至多有一点爱骂人的玩世主义，而不用深求。”[①] 鲁迅、胡适的研究结论在学术界有着很大影响力，以至于1949年后、新时期以来一直有其拥护者。如江苏学者吴圣昔，他在著作《西游新解》中就论证了《西游记》“是一部游戏之作”，是作者“游戏笔墨的艺术结晶”。

然而，与“游戏说”相对立，更多学者主张《西游记》在创作命意上是有现实所指的，因为任何作家都不可能脱离其所生活的时代之外而生存。一部文学作品必然要留下作者生存的环境与作者个人思想与经历的印记，就连明代著名哲学家李贽也说《西游记》“游戏之中，暗传密谛”。那么这个“密谛”是什么？学者们进行了各种各样的解读。1949年以来，先后有各种说法被提出，有“人民斗争说”“歌颂市民说”“个性解放说”“诛奸尚贤说”“破心中贼说”等。有些说法带有明显的时代烙印，如“人民斗争说”，游国恩主编的教材《中国文学史》就认为，《西游记》中的孙悟空代表反封建的劳动人民，孙悟空大闹天宫、降妖伏怪等情节“体现着苦难深重的人民企图摆脱封建压迫，要求征服自然，掌握自己命运的强烈愿望……因此，孙悟空的抗魔斗争……意味深长地寄寓了广大人民反抗恶势力，要求战胜自然、克服困难的乐观精神，相当曲折地反映了封建时代的社会现实。”[②] 这样的观点带有明显的阶级分析方法，是特殊政治时期的产物，并不

---

① 俞吾金．疑古与开新——胡适文选[M]．上海：上海远东出版社，1995.

② 游国恩，王起等．中国文学史（第4册）[M]．北京：人民文学出版社，1964.

完全切合作品主题的真谛。

对《西游记》主题解读的另外一种影响较大的说法是“哲理说”。明代学者谢肇淛在《五杂俎》中说:“《西游记》虽极幻妄无当,然亦有至理存焉。”他认为《西游记》是一部寓言作品,在神幻滑稽中寓含着某种哲理。那么《西游记》中寓含着什么样的哲理呢?关于这一问题,学界也有多种说法,其中有代表性的有“明心见性说”“自由说”。其中“明心见性说”的提出有着悠久的历史。明代陈元之在世德堂所刊《西游记》中阐释“其叙以为孙,狲也,以为心之神。马,马也,以为意之驰。八戒,其所戒八也,以为肝气之木。沙,流沙,以为肾气之水。三藏,藏神藏声藏气之三藏,以为郛郭之主。魔,魔以为口耳鼻舌身意恐怖颠倒幻想之障。故魔以心生,亦以心摄。是故摄心以摄魔,摄魔以还理,还理以归之太初,即心无可称”[①]。此旧序开“心猿意马说”之先河,把《西游记》中与妖魔的种种斗争都视为心魔之争,揭示其中所蕴藏的一些哲理,后来的论者大多在此基础上加以发挥。袁于令在《〈西游记〉题辞》中也说:“魔非他,即我也。我化为佛,未佛皆魔。魔与佛力齐而位逼,丝发之微,关头匪细。摧挫之极,心性不惊。此《西游》之所以作也。”[②] 谢肇淛将《西游记》的主题归结为“求放心”。而新时期以来,学者们对“求放心”一说颇多发挥。一些学者由“求放心”“心生种种魔生,心灭种种魔灭”之说发挥,进一步提出“心性修炼说”,认为孙悟空从大大的“放心”追求无限制的自由幸福到四处碰壁,最后在紧箍儿的约束下收了“放心”终成正果的历史,是一条完整的人生道路,是一部很典型的精神发展史。还有的研究者认为《西游记》“心猿意马”的真实含义却是人心人意,书中所要表达的中心思想乃是人类心灵中的欲念臆想的放纵与收束。也有学者认为“西游不是写实地之游,而是写人的精神漫游,写厚德载物与自强不息的精神漫游。孙悟空的故事及全书形象体系,寓言般地概括了人的心性修持、人格完善的心路历程。”[③] 主张“自由说”的学者认为,“《西游记》是一部表现中国古代人民追求自由的文明理想的

① 陈元之.刊《西游记》序[M]// 刘荫柏.《西游记》资料汇编.上海:上海古籍出版社,1990:556.

② 袁于令.《西游记》题辞[M]// 刘荫柏.《西游记》资料汇编.上海:上海古籍出版社,1990:557.

③ 郭明志.西游:厚德载物与自强不息的精神漫游——《西游记》寓意浅释[J].北方论丛,1996(6):75.

作品，哲理和审美意义上的自由即是作品的主题。”① 自由是一个人类文化史上反复出现和被反复印证的母题，也必然是文学作品反复歌咏的“永恒”的主题，一部《西游》，正是围绕这一古老的母题展开的。《西游记》写孙悟空对自由的大胆追求便寄寓着这样的深刻涵义。

20 世纪 90 年代中后期至今，除上述三个方面的主题以外，部分研究者还认为《西游记》主题是表现佛、道、儒“三教”的思想。有的学者根据《西游记》中许多目录和回目诗词中含有大量道教的内丹术语，认为《西游记》的主题是道教的“金丹大道”；也有的学者认为《西游记》表现的是佛教禅宗的思想；有的学者认为《西游记》表现的是儒家的理学或心学思想。关于宗教主题说在学界引起了不小的反响，但反对的声音也很多。至于宗教主题说能否达成共识，还有待学者们做进一步讨论。

2.“心性修炼”主题的文本推断

关于《西游记》的主题，学界虽然众说纷纭，观点林立，但是大多对文本本身的重视程度不够。从作者的探究与古人的评点中是触摸不到主题的真谛的。说《西游记》一部大书，纯为了游戏，了无深意，这样的观点显然站不住脚。说《西游记》是为了布道，宣扬宗教义理，这样的观点恐怕也有失偏颇。《西游记》一部百回大书，四百余年来为什么能引起古今中外那么多世俗读者持续不断的兴趣？显然不会是因为宗教思想。笔者认为，为了准确而客观地探究《西游记》的主题，而不是抓住某个片段或部分来按图索骥，有必要从《西游记》文本的大结构框架与文本叙述的重心来探寻《西游记》的主题。

《西游记》一百回文本写的是理想英雄孙悟空的传奇，作品写了他从出世到成正果的全过程，也即《西游记》以写人生为重点，不是以批判社会为重点。当然，理想英雄的人生并非脱离社会而存在，即使是神话英雄，其大闹天宫造反史、其西行建功立业史，无不是人间社会的反映。但这些是从属于英雄史的，它是使作品得以成功的地方，却并非重点所在。如果说《西游记》作者在文本结构上有表意的核心的话，那么很明显，一个是孙悟空的成长史，一个是西天取经的过程。而这两个重点其实又是融合在一起来描写的。探究《西游记》的主题，必须要从孙悟空的成长史与西天取经过程这两个板块中去寻找。

① 竺洪波．自由：《西游记》主题新说［J］．上海大学学报：社会科学版，1996(2)：45.

我们先来看孙悟空的形象。孙悟空本来生活在“不伏麒麟辖，不伏凤凰管，又不伏人间王位所拘束，自由自在”的乐园里，但这种丰衣足食、无忧无虑的生活竟不能使他满足，为什么呢？因为“暗中有阎王老子管着”，总有一天要死去。为了“躲过轮回，不生不灭”，“学一个长生不老”，他决心离山出世，“云游海角，远涉天涯”。(《西游记》第一回)孙悟空就是从这里开始他的人生征途的。这是他人生开始奋斗追求的阶段。很显然，孙悟空所追求的，乃是一种无限制的幸福，一种绝对的自由，一种内在的心灵与外在的身体不受任何约束与限制的自由。于是，他离开了花果山水帘洞，开始了奋斗的征程。先去拜仙求道，然后大闹龙宫、大闹冥府、大闹天宫，一番上天入地的紧张战斗，最后竟以失败告终：被如来佛压在五行山下，五百年不得翻身。追求“放心”的结果是跌跤碰壁。这是他人生奋斗中遭遇挫折与失败的阶段。这一回是第七回，作者在回前诗中说道：“些些狂妄天加谴，眼前不遇待时临。问东君因甚，如今祸害相侵？只为心高图周极，不分上下乱规篇。”其后，唐僧取经，解救收徒，用紧箍箍住，皈依佛法，一路上除恶行善，历尽磨劫，同时，一次次地逐渐除尽自己的邪根，最后功成行满，终成正果，永生于极乐世界。这是人生三部曲的最后一部：成功。这是“收放心”的结果，这是“求放心”的胜利。

孙悟空的成长历史，是一条完整的人生道路，是一部很典型的心灵修炼发展史。从这个角度来看，《西游记》可以说是中国的《浮士德》。每一个人人生的历史，大概都会经历过这样一段开始追求、然后遭遇挫折、最终获得成功的过程。有谁没有尝受过“放心”的苦头？又有谁能不从中得出“收心”的教训呢？

《西游记》形象曲折地描述了孙悟空这条典型的人生道路，同时，又生动地表现了这条人生哲理。它不但体现在孙悟空身上，也体现在猪八戒、沙僧、白龙马甚至许多妖魔身上。成功的文学作品都是离不开表现现实人生的，《西游记》同样如此。《西游记》文本中常把孙悟空称做“心猿”，白龙马称做“意马”。“心猿意马”，今天已经成为人们习用的成语了。此语原来出自佛经。《维摩经·香积佛品》云：“心如猿猴，故以若干种法，制御其心，乃可调伏。”古人意识到，人的思想无拘无束，任意驰骋，就像活泼的猿猴和放纵的奔马一样。《西游记》作者正是按这个寓意去写作的。同时，我们从大量的回目中也可以看出作者的这一用心：第七回“八卦炉中逃大圣，五行山下定心猿”写如来佛收伏孙悟空；第十四回“心猿归正，六贼无踪”写孙悟空拜师唐三藏，登上取经正途；第十五回“盘蛇山诸神暗佑，鹰愁涧意马收组”写收伏白龙马；第三十回“意马忆心猿”、第三十四回“魔王巧算困心猿”、第五十六回“道迷放心猿”、第九十八回“猿熟马驯方脱壳，功成行满见真如”，则更直接地表明了全书旨意。从这些直接的证据可以看出，作者塑造孙悟空的立意，的确着眼于其与“心”之间的关系。孙悟空的狂放不羁、任性桀骜代表着人早期个性与心灵的不甘约束，孙悟空取经修成正果皈依佛门象征着人心性修炼晚期可以“从心所欲不逾矩”的修养境界。

对人心性修养的关注，在中国文化中有着悠久的源头。《尚书·毕命》云：“虽收放心，闲之维艰。”“放心”，就是人的自由放纵之心；“收放心”，就是把那不受拘管的精神约束起来，收敛回来，不让它任意地胡思乱想。孟子主张“人之初，性本善”，认为人的本心都是好的，有些人放纵自己，就迷失了本心，结果走上歧途。他说：“人有鸡犬，放则知求之，有放心而不知求。学问之道无他，求其放心而已矣。”（《孟子·告子上》）在这里他用“求”字。其实，“求放心”和“收放心”的意思基本上是一样的，都是要人们管束住自己的精神“心”，不要任其自由泛滥。

鲁迅先生在《中国小说史略》中探求《西游记》主旨时说：“评议此书者有清人山阴悟一子陈士斌《西游真诠》……或云劝学，或云谈禅，或云讲道，皆阐明理法，文词甚繁。然作者虽儒生，此书则实出于游戏，亦非语道……假欲勉求大旨，则谢肇淛（《五杂组》十五）之‘《西游记》曼衍虚诞，而其纵横变化，以猿为心之神，以猪为意之驰，其始之放纵，上天下地，莫能禁制，而归于紧箍一咒，能使心猿驯伏，至死靡它，盖亦求放心之喻，非浪作也’数语，已足尽之。作者所说，亦第云‘众僧们议论佛门定旨，上西天取经的缘由……三藏箝口不言，但以手指自心，点头几度，众僧们莫解其意，……三藏道：‘心生种种魔生，心灭种种魔灭……’而已。”[①] 可以看出，鲁迅先生虽然主张《西游记》主题的“游戏说”，但他认为孙悟空的形象塑造是有寓意的，孙悟空是人的精神的一种化身，它一开始无拘无束，放任自流，后来纳入正轨，才终成正果。《西游记》是在通过神话故事形象地喻明一个“求放心”的道理。

在阐明了《西游记》中主要人物形象孙悟空的主题寓意以后，我们再来看取经故事。《西游记》所描写的主要是唐僧师徒一行去西天取经的故事。唐僧西天所取真经的内容，在《西游记》中只出现过三次。第八回如来佛说：“我今有三藏真经，可以劝人为善。”“三藏共计三十五部，该一万五千一百四十四卷，乃是修真之径，正善之门。”第十二回观世音菩萨在寻找取经人时，对陈玄奘说：“你这小乘

① 鲁迅.中国小说史略[M].北京：人民文学出版社，1976.

教法，度不得亡者超升，只可浑俗和光而已。我有大乘佛法三藏，能超亡者升天，能度难人脱苦，能修无量寿身，能作无来无去。”在第九十八回，如来说道：“我今有经三藏，可以超脱苦恼，解释灾想。……真是修真之径，正善之门。”在《西游记》中，如来往东来过两次，一次是在救驾上天的安天大会上，定伏心猿；一次是降伏大鹏怪，救唐僧一行。平常他是不动的，只在灵山大雷音寺讲经说法。观世音则不同，他要救苦寻声，慈航普度。如来造经传极乐，要找一个取经人，使之传扬东土，自然这件任务就落在了观世音的肩上。如来对他说：“别个是也去不得，须是观世音尊者，神通广大，方可去得。”（第七回）他不仅要找到一个东土僧人，还得保证取经成功，因此他首先帮助僧人收伏了沙悟净、猪悟能、白龙马、孙悟空，而且要试一试取经人的禅心（第二十二回），每次遇到劲敌时，都由他出面救难，还不要说他为取经僧人安排的磨难，以及孙行者向他诉苦求救等细节。在去西天取经、一体拜真如的事件里，如来可说是个台主，而观世音则是主谋。观世音的广大神通和无边法力，主要是修心而得。第十九回《摩诃般若波罗密多心经》全文，被乌巢禅师传给了唐僧。唐僧受了《心经》之后，一路上吟在口里，记在心里，时刻没有停辍，而且不止一次地同孙行者进行探讨。在第二十回里，玄奘法师悟彻了《心经》，还写了一篇“法本从心生，还是从心灭”的偈子；第四十三回里，悟空用《心经》来解释唐僧的乡愁；第八十回里，唐僧“明心见性，讽念那《摩诃般若波罗密多心经》”，而且也只有孙悟空解得《心经》真意，在第九十三回里，三藏对悟能、悟净说：“悟空解得是无言语文字，乃是真解。”当他们师徒真正解悟了《心经》的无言语文字之后，也就到了西天极乐，顿见真如。从观世音领旨到缴旨，唐僧师徒经过九九八十一难，荡尽邪魔，明心见性，由领受《心经》，到文字的解悟，直到悟出无语言文字的真解，唐僧所走的路，正是观世音成就的道路，亦即心的历程。观世音修心得自在，唐僧取经见真如。可见所取之经，该是心经，亦即第九十八回白手所取的白经。可惜的是“东土众僧愚迷，不识无字之经，却不枉费了圣僧这场跋涉”，所以只好再去换了五千零四十八卷有字真经。

《西游记》的作者，借助陈玄奘印度之行的历史事实，但并没有重视他的学术活动，而是以“三界唯心，万法唯识”和“转识成智”为理论依据，铺叙他西天路上的艰难。很明显，这是作者在写自己悟道修真的个人体验，也即修持心性、转识成智的人生历程。陈玄奘西去印度，只身一人，但到宋元时期刊行的《大唐三藏取经诗话》里，便虚构了一个猴行者，也即自称是“花果山紫云洞八万四千铜头铁额猕猴王”化成的白衣秀士，来辅助法师取经，而且遇上了一个“深沙神”

的帮忙。明初杨景贤的包括取经始末的二十四出大戏《西游记杂剧》，已经具备了小说中的基本人物和情节了。《西游记》这本小说的成书是在前人的基础上，丰满了人物的性格和故事的情节，以之来体现作者儒、释、道三教合一的宗教思想，特别是对于孙悟空大闹天宫的描写，更加丰富完整地表现了人心善恶、佛与魔只不过一念之差的人生哲理。唐僧一个是人身，孙悟空、猪八戒、沙和尚同白龙是仙妖，飞腾变化，看不见的，他们四众却是唐僧的护法。百回本《西游记》中更给他们四众规定了各自的角色，第五十回的回目便是“情乱性从因爱欲，神昏心动遇魔头”，说的是孙悟空前去化斋，怕唐僧等人遇上魔头，遂送了他们个安身之法，用金箍棒绕着他们划了一圈。结果八戒怂恿他们出了圈子，并且进了魔窟去穿妖精的背心，沙僧也跟着穿了一件，没想到是捆人的绳索，唐僧一下着了慌，却惊动了妖魔。这情是猪八戒，性是沙僧，神该是唐僧，那动了的心，肯定是出去化斋的孙悟空了。在《西游记》中，这样明显的提法，还有很多，更不要说作者对这几个人物的个性塑造了。

由此可见，《西游记》所着意描写的应该是这几个点：心猿牢拴，意马收缰，推情归性，金蝉脱壳。唐僧的原身，本是如来佛座下第二大弟子，名唤“金蝉”，只因他不听佛讲法，被贬投胎，再来第二次修行，脱去凡胎，以成正果，正应着了“脱壳”。要脱胎换骨，必得推情合性，断魔归本，使心猿还正，意马收缰，所以在功成行满之后，才会有“猿熟马驯方脱壳”的比喻。从《西游记》文本表意来看，一个人想要“功成行满见真如”，取得真经，实现人生的意义和价值，的确需要从自身的神、心、意、性、情等诸方面下手，都是实实在在的功夫。但在这各种因素之中，最关键的是心的作用，正如唐僧在法门寺对僧众讲的：“心生，种种魔生；心灭，种种魔灭。”（第十三回）观世音菩萨也曾对悟空说道：“菩萨妖精，总是一念。若论本来，皆属无有。”（第十七回）成佛成魔，皆在一心，觉时为佛，迷时遭魔，即心即佛，乃至无心无佛。心之重要，也体现在《西游记》的结构中。唐僧出现之前，先出场的则是心猿，从第一回“心性修持大道生”到第一百回“五圣成真”，孙悟空是贯穿始终的，《大唐三藏取经诗话》里的主人公唐三藏，在《西游记》中让位给了孙行者。行者，是行脚僧，走路的人，所以我们可以把一部《西游记》称作“心路历程”，也即心性的修炼过程。

《西游记》对于“心路历程”的着意，在文本中有明确显示。第七十九回，妖精说要用唐僧的“黑心”做药引，孙行者便变作唐僧，在大殿之上，“解开衣服，挺起胸膛，将左手抹腹，右手持刀，唿喇的响一声，把腹皮剖开，那里头就骨都都的滚出一堆心来。……假僧将那些心，血淋淋的，一个个检开与众观看，却都是些红心、白心、黄心、铿贪心、利名心、嫉妒心、计较心、好胜心、望高心、侮慢心、杀害心、狠毒心、恐怖心、谨慎心、邪妄心、无名隐暗之心、种种不善之心，更无一个黑心。”他现出本象后，对那昏君说道：“陛下全无眼力！我和尚家都是一片好心，唯你这国丈（妖精）是个黑心，好做药引。你不信，等我替你取他的出来看看。”他虽然没有黑心，但那么多的心不能够寂灭，就无法达到“心无挂碍”，难以圆觉成佛，非得经过种种磨难，灭去一切心识，后天返先天，心即成佛。这些道理，《西游记》的作者在书中反复强调。第十四回“心猿归正”一开篇，便引用了宋代紫阳真人张伯端《悟真篇》中的《即心即佛颂》。即心是佛，乃至非心非佛，无有分别，始是真佛。人们往往识神用事，心中无限挂碍，本性泯灭，原心难复，寂灭难修，所以才要历尽艰辛，演出一部惊天地而泣鬼神的《西游记》。

《西游记》是一部结构宏大、气势不凡的煌煌巨著。众多读者习惯上将作品分为两大部分，其一是金猴出世，包括闹三界，重点是大闹天宫；其二是唐僧取经，包括唐僧出世、唐王入冥以及取经的具体过程。过去有读者对这一艺术构架常常表示异议，认为在前部分，行者大闹天宫，是一个不折不扣的反抗英雄，而在后部分则皈依佛教，追随唐僧取经，并且终成正果，与前判若两人，因此，两者前后矛盾，结构割裂，致使作品成了“两截子”。也有的研究者虽然肯定作品的结构是一个完整的整体，但只是简单地从情节联系上来解释作品结构上的“错裂”，而并没有涉及作品的内在意蕴对艺术结构的决定作用。把作品看作“两截子”，当然与未能准确认识作品的主题有关，而这样的解释也似停留在现象的表面，缺乏说服力。如果将《西游记》的主题归结为心性修炼的历程，那么这一疑问便可迎刃而解，因为如从这一主题出发，作品前后两部分完全是一个相辅相成的有机统一体。金猴出世表现为对心性自由的追求，大闹三界即根源于这种心灵自由的追求，其中闹幽冥界是为了勾销生死簿，达到与天齐寿的目的，捣龙宫则是为了抵御外界异族的侵略而去向龙王索取防身兵器，以后的大闹天宫由冥王、龙王状告天庭，玉帝偏信、亲贤所致。孙悟空反抗天帝的旗帜即是“齐天”，可见完全是出于对心性自由的追求。这与作品后部分追求心性自由的理想是完全吻合、一致的。而且，这样从对个体心性自由的追求开始，到精神自由的追求，正符合了人一生心性修炼从低级到高级、从片面到全面的发展规律。可见，在作品中，思想内容和艺术形式达到了完整的统一，历史和逻辑也达到了真正的统一。当然，不必否认，作品中行者大闹天宫以失败告终，被如来镇压在五行山，后来皈依佛教，人物形象的个性突变给读者会造成明显的不适。这是因为跟《水浒传》一样，《西游记》也是世代累积型的作品，作者在整合前代积累下来的丰富资料为一个完整的艺术体的过程中，难免会留下衔接的缝隙与痕迹，这在创作学上都是很正常的事情。

综上所述，从《西游记》核心文本叙事来考察作品的主题，文本中“求放心”“心生种种魔生，心灭种种魔灭”的文字明示了“心性修炼”这一主题，孙悟空从大大的“放心”追求无限制的自由幸福到四处碰壁，最后在紧箍儿的约束下收了“放心”终成正果的历史，是一条完整的人生道路，是一部很典型的精神发展史。现代学者石麟也指出：“《西游记》的主题就是：心猿意马的放纵与收束。……而‘心猿意马’的真实含义却是人心人意，书中所要表达的中心思想乃是人类心灵中的欲念臆想的放纵与收束。”[①] 郭明志则说：“西游不是写实地之游，而是写人的精神漫游，写厚德载物与自强不息的精神漫游。孙悟空的故事及全书形象体系，寓言般地概括了人的心性修持、人格完善的心路历程。”[②] 从《西游记》所反映的心性修炼的人生哲理来看，作品的主题具有普世性与历时性，这也就是四百多年来《西游记》深受古今中外读者喜爱的深层次原因。

从《西游记》主题之争的历史来看，对一部作品的阐释必然要受到时代的制约，随着每一时期历史文化情境、主流意识形态的不同而变化。作为研究者，一方面，对作者的创作意图要力求客观真实的把握；另一方面，对一部意蕴丰富的杰作来说，作品本身就给后人提供了多种阐释的可能性。而且作品一经产生，便成为一个开放的系统，读者可以根据自己的生活经验、知识阅历、思想情感和审美需求对作品进行感知、体验、思考和评价，所谓“诗无达诂”“一千个读者就有一千个哈姆雷特”。因此，对作品主题的接受不必强求一解，应该允许阐释的多样性存在，而且随着时代的变化，阐释是无止境的。但是，阐释的多样性并不意味着阐释的随意性，阐释不能脱离文本而随意附会，作品还是有其基本旨意的。不论如何，对一部作品题旨的阐释，最基本的出发点永远应该是文本本身。《西游记》“心性修炼说”的主题提出属一家之言，不强求别家接受。我们相信，随着研究方法与意识形态的变化，《西游记》主题在已有林立的提法之外还会有别的

① 石麟．心猿意马的放纵与收束——《西游记》主题新探［J］．湖北师范学院学报，1995（2）：73-77．

② 郭明志．西游：厚德载物与自强不息的精神漫游——《西游记》寓意浅释［J］．北方论丛，1996（6）：75．

提法，这都是文本阐释的正常现象。

第三节　魔幻浪漫主义的典范——《西游记》的艺术独创性

在中国古代文学的长河里，《西游记》是独树一帜的。它以魔幻浪漫的方法开辟出一个仙、人、妖共生的新奇玄幻的世界，体现出中国人非同凡响的想象力。这在有着悠久“重史”传统的古代社会，无疑具有划时代的意义。《西游记》在艺术上的独创性，引领了其后神魔志怪小说的创作，丰富了长篇白话小说的审美表现与艺术风格。

1. 艺术结构的独创性

《西游记》在艺术结构的设计上是非常独特的。《西游记》成书以前，《大唐三藏取经诗话》、《西游记》杂剧、《西游记》平话均以玄奘身世开篇，显示其在取经故事中当仁不让的主角地位。但是，《西游记》的作者更动了传统的结构方式，把“大闹天宫”提到全书的开端，次写“取经缘起”，再写“西天取经”。这显然是要突出孙悟空在形象体系中的地位，把作品写成孙悟空的英雄传奇。

《西游记》的主体部分是“西天取经”，它是孙悟空成年时期的建功史。“大闹天宫”是全书的序幕，它是孙悟空青少年时期的英雄传记。二者同属孙悟空的英雄传奇，而却犹如一座峻岭为横云所断，那横云便是“取经缘起”。这是一种独具匠心的艺术结构形式，它完美地传达了作品的主题思想。唐僧西天取经的目的是要使“法轮回转，皇图永固”，这是种崇高而宏伟的目标与事业。然而，到灵山雷音寺，不仅水远山高，峻岭陡峭，而且路多虎豹，毒魔恶怪难降。谁能保唐僧取回真经？唯有那屡反天宫而在仙佛的联合围剿中被压在五行山下，却为观世音菩萨慧眼所识的具有“童心”的“真人”孙悟空。“法轮回转，皇图永固”的希望，没有寄托在“忠心赤胆大阐法师”唐僧身上，而是寄托在具有“异端”思想的英雄孙悟空身上，作者的这种人才观，在当时具有不同凡响的意义。它与明代中期主张个性主义的哲学家表达的思想，是如出一辙的。而“取经缘起”却于无字处写出了这一问题，以此上承“大闹天宫”而下启“西天取经”，体现了作者绝妙的艺术构思。“‘大闹天宫’‘取经缘起’‘西天取经’，三者是个有机的整体，而一以贯穿这一整体的，则是作者对人性与人才的看法问题。既期望封建统治者能重用孙悟空式的人物，又期望孙悟空式的人物能检束身心去效力于‘法轮回转，皇图永固’，这便是作者为疗治百孔千疮的现实社会而开的一贴‘补天’药方。”①

《西游记》在情节的安排和开展的方式上也有其自己的特点，并形成了它在艺术结构上独创性的另一面。《西游记》故事的三大组成部分是一个有机的整体，但又都具有相对的独立性。三大部分本身又由若干小故事所组成，其中每一个小故事也都有相对的独立性。“西天取经”作为全书的主干，它所包括的四十一个小故事更是如此。不论“白虎岭”“火焰山”“盘丝洞”，还是“黄风岭”“平顶山”“金映洞”，或者‘枯松涧”“黑松林”“狮驼山”，每一座山、每一处岭、每一个洞都有不同的事件，不同的妖怪各具特色，这类故事完全可以当作优秀的短篇小说来鉴赏。但是由于结构上经过作者的精心安排，百回大书仍然是一个有机的整体。这样的结构是金线穿珠式的。“珠”就是相对独立的众多的短篇，“金线”就是孙悟空以及唐僧等取经人的形象。

《西游记》之所以能将众多相对独立的小故事连缀成一个有机的整体，与作者善于在情节安排上前后响应有关。比如，作为孙悟空的英雄传奇，小说以“灵根育孕源流出”开篇，而以主人公封斗战胜佛作结；小说以“我佛造经传极乐”引出正文，而以唐僧取得真经归东土作结。又如，写如来佛赐予观世音三个箍儿，往东土去寻取经人，事在第八回；写观世音将“紧箍儿”交给唐僧，制服了孙悟空，事在第十四回；写观世音以“禁箍儿”收了黑风山的熊黑怪，事在第十七回；写观世音以“金箍儿”收了枯松涧的红孩儿，事在第四十二回。此外，写唐僧师徒自我介绍身世，就更屡见于各种适当场合。凡此种种，使作品前后情节有应接而无敷衍，百回故事便更有利于形成一个整体而牢不可破。

《西游记》的真正主人公，无疑是孙悟空。但是，作为主线贯穿取经故事的，也可以看作是唐僧师徒四众。作者以孙悟空为核心，在人物安排上具有多层次性，而唐僧与猪八戒及沙和尚则是距孙悟空最近一个层次上的形象，与孙悟空的形象具有星月文辉、寓庄于谐的美学效用。唐僧师徒四众之间的关系，与其说他们是佛门师徒，毋宁说他们像成员间时而不睦时而和谐的小家族。徒弟三人中，孙悟空在哪方面都比猪八戒与沙和尚强，其中尤以神通之广大最为人公认。唐僧却偏疼猪八戒与沙和尚而苛求孙悟空，这在师徒关系是理之所必无，而在父子关系却情之所实有。其原由就在于，一般做父母的，往往偏疼他们所认为的子女中的弱小者或老实人。唐僧总是冤枉孙悟空，不仅是由于他被“慈悲”二字冲昏

① 张锦池．论《西游记》艺术结构的完整性与独创性［J］．文学遗产，1987（5）：97.

了头脑，错把孙悟空棒打变化为人形的妖魔看作是行凶作恶，还由于他具有宗法式的迂腐和固执，认为猪八戒“他两个耳朵盖着眼，愚拙之人也”而好听其“诂言诂语”。作者将唐僧师徒间的关系作如此艺术处理，并使其居于作品艺术结构的中心地位，可以使其作为一种以喜剧性的方法塑造唐僧师徒四众形象的手段，给作品造成一种令人忍俊不禁的美学意境而不致对情节发展产生单调感，还可以由此而加强作品总体艺术结构的整体性与紧凑性。

《西游记》的艺术结构形式具有诸多的独创性，它完美地传达了作品的主题思想，是成功的艺术结构形式。

2. 神话式的魔幻想象

中国的神话、童话与诗赋中不乏奇幻情节，但以长篇小说作宏大的奇幻叙事的《西游记》是开山之作，此后神话式的小说大多滥觞于此。任何幻想神奇情节皆源于现实的底版，只不过作者利用想象的逻辑，把现实情景加以变形，达到实以虚出，如按迹循踪，在折光中寻求现实，也不难辨认其幻象的由来。

在《大唐三藏取经诗话》里，完全没有提到闹天宫的事，只是写到猴行者曾偷吃西王母的蟠桃受罚：“猴行者曰：‘我因八百岁时，偷吃十颗，被王母捉下，左肋判八百，右肋判三千铁棒，配在花果山紫云洞。至今肋下尚痛。我今定是不敢偷吃也。’”有长达八百岁的寿命，被打三千铁棒仍旧打不死，这是够令人惊奇的了。然而人们在惊奇之余，却不能不怀疑：这个猴行者真的会有这么长的寿命吗？他怎么能经得起三千铁棒的毒打呢？他既然有这么神奇的本领，可是他的行为却只不过是卑劣的偷盗，他得出的教训却只不过是“不敢偷吃”。戒偷盗，这种逼真实在平庸、卑下得很。它本是佛教《沙弥十戒法并威仪》《沙弥尼戒经》规定的十戒之一，是为维护封建的私有制效劳的，自然谈不上有什么积极的令人震惊的社会意义。

吴承恩的《西游记》写孙悟空的偷蟠桃、盗金丹，却不是一般的偷盗行为，而是为了表示他对“玉帝轻贤”、不会用人的愤恨不满。他的大闹天宫，目的不是为了“与夫人穿着”等个人私欲，更不是为了“庆仙”，而是为了实现“皇帝轮流做，明年到我家”的“政治纲领”；其斗争方式，也不再是什么偷盗，而是武装的暴力斗争。这就使看似魔幻的想象有了合理的现实基础与内容，也使一部作品不至流于荒诞不经。

《西游记》中的孙悟空，作者不只是用能活“八百岁”，经受得住“三千铁棒”

之类的夸张，来使他具有令人“惊奇”的本领，更重要的是赋予他那非凡的本领以社会斗争的现实内容。《西游记》不是宣扬神对人的统治天经地义，不可冒犯，而是歌颂孙悟空对神魔的压迫和侵害敢于反抗、斗争，敢于向天宫地府的一切神佛挑战，大闹天宫，把貌似不可侵犯的神圣权威尽情加以践踏。因此，他写孙悟空有七十二变化的神奇本领，足以把十万天兵天将打得落花流水。任凭“刀砍斧剁，枪刺剑刳，莫想伤及其身”。即使“火部众神，放火煨烧，亦不能烧着”，“雷部众神，以雷屑钉打，越发不能伤损一毫”。太上老君把他推入八卦炉中，炼了“七七四十九日”，可是他乘老君开炉取丹之机，却“唿喇一声，蹬倒八卦炉，往外就走”。如来佛用五行山对他实行长达五百年的残酷镇压，迫使他过着“饥餐铁丸，渴饮铜汁”的痛苦生活，也终究未能把他压垮。作者赋予孙悟空这般令人惊奇的本领，尽管纯属神奇的幻想，但它并没有给我们以失真、不可信的感觉。因为它由此所体现出来的孙悟空那种藐视神魔、敢于反抗斗争的骁勇精神、无穷智慧和巨大力量，是完全符合广大群众的理想和愿望，反映了那个社会的内在真实，所以它使人读了就像自己取得了伟大胜利一样，感到欢欣鼓舞，大快人心。

《西游记》善于在神奇的幻想中，穿插一些真实的细节，在艺术上显得神奇而不荒诞，幻想而又真实，夸张而又可信。如孙悟空善于变化，也不免要露出破绽。有一次猪八戒就发现他“虽变了头脸，还不曾变得屁股”，那屁股上还是两块红的。他随后到厨房“锅底下摸了一把，将两臀擦黑”。八戒看见，又笑道：“那个猴子去那里混了这一会，弄做个黑屁股来了。”孙悟空和二郎神赌变化，孙悟空变做一座土地庙儿，“只有尾巴不好收拾，竖在后面，变做一根旗竿”。二郎神就想：“我也曾见庙宇，更不曾见一个旗竿竖在后面的。断是这畜生弄喧。”孙悟空会变化，这是神奇的幻想，然而，猴子的屁股是红的，锅底是黑的，庙宇的后面不会竖旗竿，这一切却又都是符合生活真实的。正是这些细节的真实，使它的幻想不是成为飘渺在神洲仙府之上的幽灵，令人不可捉摸，而是如同人间所常见的彩霞在天边幻化成海市蜃楼般的奇景，它既是虚幻的，又给人以真实之感，引人无限神往。

除了对孙悟空进行了神奇魔幻的想象以外，作者还用想象构建起了一个妖怪的世界。这些妖怪，来路清楚，类别分明，有的是被贬之神下放而一时为妖，这是可以转而为结善缘、走正路的一类。那个犯了骚扰错误的天蓬元帅，被贬下凡，误投猪胎而以相貌为姓的猪刚鬣，在云栈洞入赘卵二姐家，卵二姐死后，他生活无着，只靠吃人度日，受观世音指点只等取经人。那个打碎了玉皇大帝玉盏的卷帘大将军，因责任事故过失贬在下界，在流沙河吃人度日，把人头骨串为项链戴在脖子上为饰物，只等取经人上正道。还有西海龙王敖闰之子，因纵火烧了殿上的明珠，叫父王告了忤逆，吊在空中，玉帝将诛，观世音说情，遣送鹰愁涧，免死，令等取经人随去。悟空保师父等来到鹰愁涧，所骑之马被此龙吃掉，经过一番波折，小龙皈依唐僧门下。这些妖精是有宿命的，他们改恶向善，有上方政策保障，所以一旦得遇取经的唐僧，就可以云开雾散，走上正途。

有的妖怪是地方土生土长的山精树怪、狼虫虎豹、白骨精灵、牛鬼蛇神之类，他们都想为害取经人，有的想吃唐僧肉，有的雌性的则看中了大唐的这位帅哥；有的则与孙悟空早有恩怨，如牛魔王一家。他们的妖法一般都有限，党羽也较少，出身和档次都不高，上边也没有保护伞。对于这些，孙悟空和两个师弟终可以自力解决，孙悟空打死他们也没有什么神佛来讲情，一般都被彻底解决了。只有牛魔王一家三口，在被打败之后，知悔改，或归顺佛家，或隐姓修行，终成正果。

另外一类妖怪是从上天神佛那里下来并且都带来了非凡的宝物的妖怪，这让齐天大圣招架不了，他们不仅妖法大、党羽多、为害久，到最后靠上天之助战胜他们时，孙悟空欲举棒打杀，总有天上神仙喝令“悟空住手！”如第二十二回里的黄风怪是释迦所在灵山脚下的老鼠，被降服后悟空欲打死，被灵吉菩萨救下，拿回灵山发落。第四十回中写文殊的青毛狮子下来为妖，在乌鸡国弄得乌烟瘴气，把国王浸在水中泡了三年，占了后宫。孙悟空与两个师弟围住他正欲下手打杀时，只听“一朵彩云里面，厉声叫道：‘孙悟空，且休下手！’”来的是文殊，他收走了狮子，又说了狮子下界为害乃是因果报应的理所当然的话。第六十七回中写的小雷音妖怪是弥勒佛尊前伺罄的黄眉童子，偷了后天袋子、敲罄槌，到人间兴妖作怪，孙悟空被弄得应付不了。收他时佛祖叫孙悟空变西瓜，黄眉怪吃下去，痛得受不了才告饶，孙悟空要打死他，弥勒佛叫悟空：“看我面上，饶他命罢。”所有这些有来头的妖精占踞一处，总是结成妖群，成帮成伙地为害，最后被打死的只能是总头招募的那些没有来头的小妖，没有一个来自上天的妖精会损伤一根毫毛。

《西游记》神话式的魔幻想象，体现了古代中国人巨大而丰富的想象力。一部作品中，孙悟空神通广大、能上天入地的超凡本领，神仙世界中超凡脱俗、仙音飘绕的世外天堂，妖魔界域中光怪陆离、险象丛生的牛头蛇马，无不体现出中国人卓绝的智慧与超凡的想象。《西游记》用游走式的叙事方式组织起一个庞大的想象空间，其中合理而真实的现实隐喻牢牢地吸附着飘扬的想象使其奇幻而真实，并不流于荒诞不经。

3. 戏谑诙谐的语言风格

《西游记》是一部奇书，清代乾隆年间张书坤在《新说西游记总批》中将其概括为“五奇”，即所写环境“皆奇地”，人物“皆奇人”，故事“皆奇事”，时空“皆奇想”，再者便是书中的“诗词歌赋，学贯天人，文绝地记，左右回环，前伏后应，真奇文也”[①]。张氏从行文角度指出了《西游记》语言的奇特。其语言之奇，在于《西游记》以大量生活化、口语化、戏谑化的语言来设计人物语言，在整个古代小说中独具特色。对于《西游记》的语言风格，鲁迅先生评价道：“作者禀性，‘复善谐剧’，虽述变幻恍惚之事，亦每杂解颐之言。”[②] 由于游戏笔法的大量运用，《西游记》的语言滑稽幽默、诙谐俏皮，呈现出独特的艺术风貌。

《西游记》用语的戏谑性不仅表现在形容描述的过程中对词语的精心选择，同时也体现于人物姓名的选取和仿词手法的运用上。《西游记》为了营造语言的幽默、戏谑风格，在人物语言的用词方面，常采用离奇、风趣的词语。如第七十六回中，孙悟空巧制狮魔，竟然钻进狮魔肚子里，不住地支架子、打秋千、竖蜻蜓、翻跟头乱舞。孙悟空后来出来了，却还将一根绳子系在其心肝上，把“不扯不紧、扯紧就痛”的绳儿弄出体外，智斗妖魔。众小妖远远看见，齐声叫道：“大王，莫惹他！让他去罢！这猴儿不按时景：清明还未到，他却那里放风筝也！”这里借小妖之口，用“放风筝”借喻孙悟空站于远处高山头，动绳儿以控制、玩弄狮魔的生动情景，形象而贴切，新鲜而巧妙，同时又充满了儿童的趣味。《西游记》在人物姓名的选取上颇费心思，作者不仅善于准确概括人物的特点，而且擅长喜剧氛围的营造。比如，乱石山碧波潭中两鱼精名叫“奔波儿灞”“灞波儿奔”，作者将这四个字颠倒重复使用，虽然没有什么特别的含义，却将鲇鱼怪、黑鱼精遇到孙悟空时那惊慌失措、慌不择路的神情刻画得栩栩如生、跃然纸上。又如小说中六个拦路抢劫的盗匪，作者称他们为“眼看喜”“耳听怒”“鼻嗅爱”“舌尝思”“意见欲”“身本忧”，这些人名是由宗教术语组合而成的。按宗教的教义，“六贼”显然是人的各种贪欲的象征。人们只有收伏“六贼”，消除了种种欲望，做到“耳不听”“心不烦”“眼不观”“意不动”“鼻不闻”“舌不舔”，才能功成行满、举步飞升、荣登仙阶。小说《西游记》中的唐僧正是恪守这一宗教教义的典型，孙悟空则恰恰

① 朱一玄，刘梳忱．西游记资料汇编［M］．天津：南开大学出版社，2002.

② 鲁迅．中国小说史略［M］．上海：上海古籍出版社，2004.

与之相反，他具备主动战斗的精神，毫不犹豫地将“六贼”一棍子打死。小说对这些宗教术语的借用仅仅是一种游戏笔法。正是由于这种笔法的采用，作品的遣词造句才非常新鲜别致，具有很强的戏谑性。

《西游记》善于运用汉语的一词多义、多音、谐音等现象来设计诙谐幽默的语言，营造奇趣动人的表达效果。如第四十二回，在五庄观中，二位道童奉师父之命取二枚人参果款待唐僧，谁知肉眼凡胎的唐僧不识宝贝，看那果子像小孩子一般，于是将“人参果”误认为“人生果”，连连责备道：“胡说！胡说！他那父母怀胎，不知受了多少苦楚，方生下未及三日，怎么就把他拿来当果子？”这里作者利用“生”与“参”两字之间的谐音穿插成文，使这一微小的细节描写没有因平铺直叙而显得寡淡无味，而是营造出妙解人颐的风趣氛围。又如第十四回写：“老者道：‘你虽是个唐人，那恶的，却非唐人。’悟空厉声高呼道：‘你这个老儿全没眼色！唐人是我师父，我是他徒弟！我也不是甚‘糖人’‘蜜人’，我是齐天大圣。’”作者巧妙地借用孙悟空故意对“唐”“糖”谐音的误解，设计出幽默生动的语言，引人哑然失笑。

《西游记》常利用儿童视角来进行描写，其语言文字天真烂漫、童趣十足。例如第二回中，悟空道：“我今姓孙，法名悟空。众猴闻说，鼓掌忻然道：‘大王是老孙，我们都是二孙、三孙、细孙、小孙——一家孙，一国孙，一窝孙矣！’”花果山众猴根据孙悟空初得之“孙”姓法名，利用顺序关系，由“老孙”临时仿拟出“二孙”“三孙”，又推及“细孙”“小孙”，再推及“一家孙”“一国孙”“一窝孙”。如此层层仿词，引出一连串新词，真是妙趣横生，逗人发笑，那群猴的天真活泼亦同时跃然于纸上了。又如第五回写了这么一个场景：好大圣，捻着诀，念声咒语，对众仙女道：“住！住！住！”这原来是个定身法，把那七衣仙女，一个个愣愣怔怔，白着眼，都站在桃树之下。第四十七回描写了如此一个情形：“小孩儿那知死活，笼着两袖果子，跳跳舞舞的，吃着耍子。”人物的动作、语言、使用的手段都与孩童极为相似，充满着天真活泼的趣味。

《西游记》的人物语言，多有吸收古代的谚语、俗语的，不仅丰富了白话小说语言的表达，而且往往显得风趣幽默、妙趣横生。《西游记》中近三百条俗语、谚语分别出于不同人物之口。出于孙悟空之口最多，近百条，然后依次为猪八戒、唐僧等。其俗语、谚语设置有一个明显特点，也即因人设语，语如其人，不同人物口中的俗语、谚语，往往显示了人物的性格身份和精神面貌。《西游记》第三回叙龙宫借宝，东海龙王对孙悟空这一不速之客不恭不敬，故意推托龙宫无宝。孙悟空笑道:“古人云:愁海龙王没宝哩!”得到了金箍棒,孙悟空又向东海龙王强索披挂,并说,“一客不犯二主”,“走三家不如坐一家”,“赊三不敌见二”,如不给的话,他就要在龙宫里比试比试金箍棒。一连四句俗语、谚语,把孙悟空藐视龙王,又有些刁钻难缠,不达目的誓不罢休的性格充分表现了出来,非常生动有趣。又如第五回叙孙悟空从天宫偷回仙酒,在水帘洞与七十二洞妖王共饮,天兵天将围了花果山,孙悟空公然不理道:“今朝有酒今朝醉,莫管门前是与非。”又说:“莫采他,诗酒且图今日乐,功名休问几时成。”孙悟空打败天兵天将回到水帘洞,见七十二洞妖王皆被捉去,仍然笑道:“胜败乃兵家常事。古人云:‘杀人一万,自损三千。’”毫不在乎地继续与群猴共饮。几句俗语、谚语,表现了孙悟空处险不惊、安如泰山、轻松自如的气度。尤其是第七回大闹天宫,玉帝请来如来佛,孙悟空竟在如来佛面前要求玉帝把天宫让给自己而狂妄大叫:“因在凡间嫌地窄,立心端要住瑶天。灵霄宝殿非他久,历代人王有分传。”又云:“常言道:皇帝轮流做,明年到我家。只教他搬出去,将天宫让与我,便罢了。若还不让,定要搅攘,永不清平。”在这之前,孙悟空败于二郎神而被押入八卦炉,虽受挫折,仍然雄心不减,又提出夺取政权的人生追求,丝毫不减英雄豪气和乐观精神,让人读了非常振奋、提神。

《西游记》是中国最伟大的一部神魔小说,充满了浓郁、奇丽的浪漫主义色彩。它创造出了一个光怪陆离、神奇瑰丽的魔幻世界,体现出中国人无与伦比的丰富想象力。整部《西游记》作品无论是生动有趣的故事架构、曲折离奇的情节设计、丰富诡谲的人物性格刻画,还是诙谐讽刺的艺术风格,以及戏谑、幽默、极富个性化的语言的运用,都体现出了作者吴承恩具有像他笔下的石猴一样“横空出世”的艺术想象力,显示出前所未有的艺术功力。《西游记》在这些艺术领域大胆地开拓与探索,对长篇白话小说审美表现领域的开拓,做出了巨大贡献,同时也为后世同类小说创作树立了光辉的典范。

第五章 石破天惊的市井风俗画《金瓶梅》

《金瓶梅》在明代的出现是惊世骇俗的。这部突破了传统中国人审美底线的作品在那个时代一直被视为洪水猛兽，直至今天，不少人面对这部作品的时候，仍然不能以一种理性的眼光与平和的心态去对待。究其缘由显而易见，因为作品中充斥着一定比例的不洁描写文字。道学横行的中国封建社会时代，讲究男女关系要“发乎情，止乎礼仪”，把闺房私事公开摆到台面上来谈，必然是犯天下之大忌而不韪了。然而，从文学的角度看，对于人称明代“四大奇书”之一的《金瓶梅》，郑振铎说：“如果除净了一切的秽亵的章节，她仍不失为一部第一流的小说，其伟大似更过于《水浒》，《西游》《三国》更不足和她相提并论。”①

‖ 第一节 《金瓶梅》的作者、成书、版本、时代背景 ‖

《金瓶梅》诞生的年代大致在明代嘉靖、万历年间（1522—1582 年）。历史上最早对《金瓶梅》一书问世的记载，见于袁宏道《锦帆集》卷四致董其昌一信，中云：“《金瓶梅》从何得来？伏枕略观，云霞满纸，胜于枚生《七发》多矣。”② 后世学者多以此作为考察《金瓶梅》成书年代的重要依据。袁宏道（1568—1610 年），明穆宗隆庆至明万历年间著名散文家。鉴于古代长篇小说成书后，初期多以手抄本形式流传，因此可以推断，《金瓶梅》的成书当早于明代隆庆朝。明代隆庆朝

---

① 郑振铎. 谈《金瓶梅词话》[M]// 吴晗，郑振铎. 论金瓶梅. 北京：文化艺术出版社，1984:49.

② 钱伯诚整理. 袁宏道集 [M]. 上海：上海古籍出版社，1979.

之前为嘉靖朝（1522—1531 年），且《金瓶梅》中描写的社会风尚与嘉靖朝颇为相符，因此一般学者认为《金瓶梅》当成书于明代嘉靖朝。又明代沈德符在《万历野获编》卷二五中说："闻此为嘉靖间大名士手笔，指斥时事。"此处记录为《金瓶梅》的成书时间提供了文献佐证。

《金瓶梅》一书的作者是至今都未解开的一个谜。忌于该书内容隐晦，因此，迄今为止《金瓶梅》的几个版本均无作者真实署名。最早的刻本《金瓶梅词话》作者署名为"兰陵笑笑生"。"兰陵笑笑生"显然不是一个人的真实姓名，一般理解为"兰陵"是作者所在之地名，然而历史上称为"兰陵"的有两个地方，一为山东峄县，一为江苏武进。作者究竟是山东人还是江苏人，本身就让人迷惑不清，而"笑笑生"为何人，就更是让人摸不着头脑了。因此，关于这一部大书作者为何人的问题，数百年来，耗尽了无数学者大量的精力去探究。

《金瓶梅》作者的研究探索走了一个漫长的过程。迄今为止，学界对《金瓶梅》作者的提法一共有百余种，这些提名中包括汤显祖、王世贞、徐渭、贾三近、屠隆、李开先、冯梦龙、胡宗宪等。其中，从明末清初以来的三百多年中，王世贞说是最为流行的观点。王世贞（1526—1590 年），字元美，号凤洲，江苏太仓人，明代文学运动"后七子"之一，官至刑部尚书。"王世贞说"的提出是因为在《金瓶梅》刻本未问世之前，明人屠本畯曾云："王大司寇凤洲先生家藏全书，今已失散。"谢肇淛云："唯弇州家藏者为完好。"前人据此认为《金瓶梅》抄本或稿本或多或少地与王世贞有些关系。清康熙年间，谢颐《第一奇书序》直言："《金瓶》一书传为凤洲门人之作也，或云即凤洲手。""王世贞说"至此开始明朗。此说一出，附会之论群起，揣测王著《金瓶梅》动机为"苦孝说""复仇说""伪画致祸说"。直到 20 世纪初，王昙的《金瓶梅考证》与蒋瑞藻的《小说考证》仍主"王世贞说"。不过，1924 鲁迅在其著作《中国小说史略》中谈到作者时说："作者不知何人，沈德符云是嘉靖间大名士，世因以拟太仓王世贞，或云其门人。由此复生谰言。"后来在《明清小说两大主潮》中又说："一种推测之辞，不足信据。"①20 世纪 30 年代，史学家吴晗用其论文《金瓶梅的著作时代及其社会背景》依次驳斥了王世贞创作的动机，彻底否定了"王世贞说"。至此，"王世贞说"逐渐淡出学界。不过，随着研究的开放与深入，新时期以来，王世贞说又有抬头的趋势，如 2008 年 5 月中央电视台科教频道《探索·发现》栏目"谁是兰陵笑笑生"节目中就又重提"王

---

① 鲁迅．中国小说史略［M］．上海：上海古籍出版社，2006．

世贞说”。其论据之一是李时珍请王世贞为《本草纲目》作序，而王十年之后才写出。《本草纲目》中，李时珍首次提到中药“三七”，但让人吃惊的是，《金瓶梅》刻本中竟然也写到了这种中药。王世贞是否用了十年时间读《本草纲目》，同时创作了《金瓶梅》？着实引人猜想。

“王世贞说”之后，1962年，吴晓铃首倡“李开先说”，但此说证据不力，仅凭《金瓶梅》原作引李开先剧作《宝剑记》中文字较多而立论，难以服众。20世纪八九十年代，在《金瓶梅》作者研究的诸说中，黄霖提出了国内外影响较大的“屠隆说”。黄霖首先发现了一条重要的内证材料：《金瓶梅》第五十六回的《哀头巾诗》与《哀头巾文》出自《山中一夕话》。此书的参订、校阅者曾题为“一衲道人屠隆”或“笑笑先生、哈哈道士”。据此，黄霖认定“屠隆”都是同一人，也即笑笑先生就是一衲道人屠隆，屠隆就是《金瓶梅》的作者“兰陵笑笑生”。1984年，张远芬《金瓶梅新证》一书又提出“贾三近说”，其立论的依据是《金瓶梅》中多数方言源于山东峄县，而山东峄县古称兰陵，而贾三近正是山东峄县人。此说的问题在于，《金瓶梅》作品中的方言杂采各地，而并非单源自山东，因此不足为信。1999年，潘承玉又在其著作《金瓶梅新证》中提出“徐渭说”，他从《金瓶梅》所描写的地理环境、绍兴酒与绍兴的民俗风物、绍兴的方言、《金瓶梅》抄本的流传过程等方面，论证《金瓶梅》的作者就是明代著名文士徐渭。新时期以来学者们又陆续提出“丁耀亢说”“李渔说”“臧晋叔说”等，甚至有“集体创作说”与“集体创作一人写定说”，真可谓热闹非凡。但迄今为止，没有哪一种说法能够在学界占据主流。《金瓶梅》作者的研究，势必还将在学者们的争论中经历漫长的探索过程。不过，有的学者对此一问题表现出了达观的态度：“与其捕风捉影，进行徒劳的考证，不如索性把中国通俗小说家们的署名只当作一个文化符号，在不影响理解文本内容、意义与艺术成就的基础上，给予更宽容的处置。”①

《金瓶梅》的成书过程也是一个争议颇多的问题。中国古典小说的成书过程历来有文人独创与世代累积成书两种方式。前者指的是作者本人独自完成小说故事与情节的创作加工，并没有借鉴或吸收前代积累下来的素材与资料。而世代累积型成书则主要指的是小说的素材来源多依靠前代口耳相传的故事，或保存遗留下来的文献资料，在此基础上，最后由一位或几位作者，再加上个人的创造综合而成书。在中国古典小说作品系列中，《三国演义》《水浒传》与《西游

① 宁宗一，付善明．金瓶梅百问［M］．北京：文化艺术出版社，2011．

记》都是世代累积型成书的典型。

《金瓶梅》属于世代累积型成书，还是文人独创成书？这是一个自20世纪50年代就开始争论的问题。主张世代累积型成书的学者认为，《金瓶梅》采用宋元以来产生的平话体裁来叙述故事，并且文本中大量夹杂作品问世以前即已存在的戏曲、曲词，同时故事的人物与背景本身就取材于元末明初成书的《水浒传》。美国学者韩南就曾指出，《金瓶梅》第四十七回“王六儿说事图财，西门庆受赃枉法”与第四十八回“曾御史参劾提刑官，蔡太师奏行七件事”与《百家公案》第五十回的“琴童代主人伸冤”和《喻世明言》第三卷的“新桥市韩五卖春情”在内容、情节、人名、地名等各个方面都基本相同或相近。可以肯定，它们属于同一故事源流。此外，据有的学者考证，作品中大量的淫秽词语也源于明代中期的盛行的其他淫秽小说作品，如《如意君传》。另有，现存最早的版本为《金瓶梅词话》，词话就是说书人编的演唱脚本，书中可以看出说话体的特点。《金瓶梅词话》一书中讹误、错乱、重复等破绽百出。元明两代的章回小说大多是在艺人流传的基础上再由文人写定的，《金瓶梅》大约也不例外。

主张《金瓶梅》为文人独创的学者认为，小说的语言和风格比较统一、情节结构浑然一体，应该出自一人之手，明代文人大多也持此看法。作为词话体裁的文学作品，在明中期以前，没有任何关于《金瓶梅》一书讲唱的记载。且作品虽衔接《水浒传》写宋代的事情，但明眼人都能看出，其实作品叙述的都是明代的社会生活。《水浒传》诞生于明初，从明初到《金瓶梅》问世的明中叶，区区百年，不足以称为世代累积。况且作品为世情小说，主要以细腻、琐碎的社会、家庭生活面为描写对象，不像传统的历史演义、英雄传奇、神魔志怪小说一样以情节取胜，因此，不具备世代传唱累积的可能性。作品虽然跟前代或当代的话本小说有语言、人物、故事等方面的部分相似性，但全书浑然一体、情节连贯、人物典型、叙述有致，是一个完整有机的整体。

在《金瓶梅》成书方式的问题上，近年来有新的观点提出。一种观点是《金瓶梅》是集体撰写成书的。这种观点认为《金瓶梅》是由嘉靖末年至崇祯初年六七十年间众多文人集体创作的一部章回小说。明代嘉靖末年，某个下层文人根据《水浒传》中武松杀嫂的故事，写出了《金瓶梅》的原本，大约六十回。万历二十四年到万历四十三年(1615年)间，谢肇淛就对抄本作过加工，使之达到八十回左右。万历四十五年(1617年)，东吴弄珠客将《金瓶梅》抄本增补五回，达一百回[①]，并略做修订，刊刻出版，这就是《金瓶梅词话》初刻本。[②]另一种观点认为《金瓶梅》是世代累积型向文人独创型过渡的作品。持此观点者认为，世情小说多描写当时社会生活，作为开山之作，《金瓶梅》作者创作时可能广泛取材于当代的小说、戏曲、诗词等文学作品。也就是说，《金瓶梅》作为第一部世情小说作品，还不能做到全部内容属个人独创，但这并不足以否定其个人独创的性质。作品中各地方言杂陈，大量时间、地点、情节上的错乱与讹误是作家"博取"过多而缺乏润色的结果。

现存《金瓶梅》的版本皆为刊刻本，主要有"词话本""绣像本""第一奇书本"与"洁本"四种。"词话本"即《金瓶梅词话》，是现存最早的刻本。初刻于万历四十五年，一百回，正文前有《金瓶梅词话序》、廿公《跋》和东吴弄珠客《金瓶梅序》。"绣像本"全名为《新刻绣像批评金瓶梅》，刻于明崇祯年间（1628—1644年），一百回，有插图二百幅，卷首有东吴弄珠客序。"绣像本"对"词话本"在回目与内容上做了大量的增删、修改、润饰工作。"第一奇书本"全名为《皋鹤堂批评第一奇书金瓶梅》，一百回，刊刻于康熙乙亥年（1695年），为清初文人张竹坡评本。正文前有《竹坡闲话》《冷热金针》等几篇批评文章，正文中有眉批、旁批、夹批，每回前有回评。"洁本"为1985年人民文学出版社出版的《金瓶梅词话》，戴鸿森校点，有木刻插图三十六幅，共删不洁文字19 174字，一百回。

《金瓶梅》是一部现实主义作品，作品所描写的是明代中晚期市井社会侈靡淫荡的生活。作品以批判的笔法，暴露了当时官僚阶层与新兴的商人阶层勾结，进而导致社会风气败坏的历史事实。明代嘉靖时期，土地高度集中于大地主与官僚贵族手中，农业遭到了前所未有的破坏，农民赤贫，农村凋敝。与此同时，由于倭寇的肃清，海禁放开，海外贸易的增长促进了国内手工业与商业迅速发展，再加上计亩征银的一条鞭法税赋制度的施行，使得农产品商品化过程加快。所有这一切都促使商人阶层迅速崛起。由于他们掌握着大量的财富，从而在社会生活中的地位快速上升，再加上农业经济的破坏所导致的政府财政状况恶化，大量的官僚开始接受商人的贿赂或直接从事商业。官商勾结的现状使得中国早期的资本主义从诞生伊始便走上了官僚资本主义的道路。传统的以士农工商为主的社会结构被打破了，商人在社会生活中异常活跃，其所代表的道德与价值观也

① 引文如此。——编者注

② 傅承洲.《金瓶梅》文人集体创作说[J].明清小说研究，2005(1)：83.

逐渐成为社会的主流与风尚。

官僚资本主义对明代的传统社会生活造成了极大的破坏。商人历来看重现实的物质利益，追求自身价值的实现与人生欲望的满足。当时商人的价值观总结起来有两点：好货，好色。他们一方面疯狂追求金钱财富，另一方面不顾一切地追求感官欲望的满足。在这种状况下，明代官方的统治思想，也即宋明以来讲究的“存天理、灭人欲”的程朱理学，在商人为主导的社会中被完全颠覆了，就连当时的思想界也出现了主张“穿衣吃饭皆是人伦物理”的哲学家李贽。思想上的禁锢被冲破，官商阶层无所顾忌地追求“货”与“色”，整个社会的道德风气迅速地败坏。明代中期上至皇帝，下至市侩，不少人穷奢极欲，荒淫无度。明穆宗纵欲而亡于酗酒妇女之手，明神宗深居宫中生活糜烂，几十年不接见朝臣。社会上的商人阶层，狎妓、酗酒、赌博成为家常便饭。

《金瓶梅》正是诞生于这样一个传统社会面临新兴商业资本主义严峻挑战，正常的社会结构被打破，社会道德风气严重败坏的时代。作品透过西门庆的个人生活，由一个破落户而土豪，而乡绅，而官僚的逐步发展，通过西门庆与官府、市井、底层各色人物的社会关系，逼真地反映了明代中期资本主义兴起之初，社会生活各个层面所发生的巨大而深刻的变化，也完整而生动地反映了以西门庆为代表的商人穷奢极欲、荒淫无度的糜烂人生。作品的主人公西门庆不但勾结官吏、偷税漏税、营私舞弊、放高利贷、行贿买官、疯狂追逐名利，而且淫人妻女、嫖妓欺仆、勾搭良妇，肆无忌惮地放纵自我感官欲望。通过对西门庆的典型描写，作品真实地反映了那个时代商人阶层的穷奢极欲与荒诞人生，进而揭示了官僚资本主义盛行的时代社会的病态，预示了这样的时代必终将走向灭亡的命运。

‖ 第二节　从金、瓶、梅三位女性的悲剧命运看《金瓶梅》对人性探析的主题立意 ‖

《金瓶梅》是小说史上第一部世情小说。鲁迅在《中国小说史略》中将其称为“世情书”“人情小说”，“世情小说”是后来的说法。“世情小说”在小说史上的出现，根本上改变了传统小说的创作方法。

《金瓶梅》之前的传统小说创作诸如历史演义、英雄传奇与神魔志怪小说，均以人物的超现实塑造与故事情节的人为设计取悦读者，其描写的对象与表现的视域与现实中多数普通人的生活相去甚远。世情小说的出现，为小说创作开辟出一方全新的广阔天地。鲁迅将世情小说的特点概括为："大率为离合悲欢及发迹变态之事，间杂因果报应，而不甚言灵怪，又缘描摹世态，见其炎凉。"[①] 世情小说专注于表现世态人情，对人物的着力描写自然而然地成了小说表现的核心。而《金瓶梅》正是这样一部描写了一大批现实世界中的普通人物，通过他们纷繁复杂的关系与琐碎细腻的生活来表现作家的创作主旨的作品。据中国社会科学院石昌渝先生统计，最早的刻本《金瓶梅词话》一书中所写到的人物有姓名者竟然达到了约 477 人！[②]

在《金瓶梅》所塑造的林林总总的人物形象之中，潘金莲、李瓶儿、庞春梅三位女性一起成为结构全书的主角。一直以来，有一种观点认为，全书的主角为男性主人公西门庆，因为书中所描写的从上到下大大小小的纷繁复杂的人物都是围绕他而组织起来的，但是一个明显的事实是，作品第七十九回西门庆贪欲丧命，这个男性主人公缺席了后面整整二十一回的文本描写。任何小说的主角，都是贯穿始终的，没有哪部小说的主角在故事还没讲完时便消失了。因此，将西门庆作为《金瓶梅》的主角其实是不符合实际的。《金瓶梅》一书的名称中分别涉及了全书所描写的三位女性：潘金莲、李瓶儿、庞春梅。这三位女性在全书中的活动几乎贯穿了故事始终，从西门庆热结十兄弟开始营构其淫邪放纵的人生，到其庞大的家庭四分五裂、走向瓦解结束，三位女性占据了小说描写的最大比重。同时作家刻意用三人一起来为作品命名，足可以见出三位女性在小说中的地位与分量。可以大胆地肯定，《金瓶梅》这部世情小说的开山之作，是以潘金莲、李瓶儿、庞春梅三位女性作为主角进行描写的。

《金瓶梅》以三位女性为主角进行的文学表现，在小说史以及文学史上是一个巨大的进步。中国古代早有男尊女卑的传统，女性在现实社会中的地位与权力远无法与男性相比，因此，女性走入作家的关注视野与表现范围，注定也是一件困难的事情。在《金瓶梅》出现以前，中国古代文学作品中鲜有女性形象，有女性形象出现的作品也多是以个体出现的。诗文中如《孔雀东南飞》《木兰诗》篇章属凤毛麟角。就是像唐传奇和元杂剧中出现的李娃、霍小玉、崔莺莺、窦娥、谭记儿、赵盼儿、燕燕、王瑞兰等女性形象，也是以个体为对象进行塑造的。章回

① 鲁迅. 中国小说史略［M］. 上海：上海古籍出版社，2006.

② 石昌渝，尹薛弘. 金瓶梅人物谱［M］. 南京：江苏古籍出版社，1988.

体长篇小说创作以来的作品《三国演义》《水浒传》《西游记》中，女性形象几乎没有占据多少篇幅，甚至像《水浒传》是作为负面形象来表现的。《金瓶梅》的出现，使这种局面发生了前所未有的改变。《金瓶梅》不仅花重笔墨描写了潘金莲、李瓶儿、庞春梅三位女性形象，而且以她们为中心，描写了妻妾、奴婢、下人、妓女、寡妇、神婆、尼姑等女性百余人。这些人物身份不同，性情有别，遭际各异，或念经发忏，或应招供唱，或迎奸卖俏，或争风吃醋，或保媒拉搪，或忍辱屈身。她们共处在一个大的社会环境中，发生着错综复杂、盘根错节的关系，共同营织出了现实的社会关系网。一部小说作品中女性人物数量出现如此之多，《金瓶梅》是史无前例的。《金瓶梅》的创作实践表明，古代文人对女性命运的思考与关注，已经第一次上升到了群体考察层面。而潘金莲、李瓶儿、庞春梅正是作家表达其女性命运思考的三个最具典型性的代表。

《金瓶梅》借助金、瓶、梅三位女性表达了怎样的哲学的或人性的思考？我们不妨逐一考察然后再概括而论。

1. 潘金莲形象的命运遭遇与悲剧人生

潘金莲是兰陵笑笑生从《水浒传》里借来暂缓死期的一个女性。在《水浒传》中，她与西门庆勾搭成奸合谋药鸩亲夫武大郎，之后武大郎之弟武松从开封出差回来，查清原委，把潘金莲一把抓过，一刀结束了她的生命。到《金瓶梅》里，潘金莲及时躲藏，西门庆虎口逃生，双双得以活命。之后，西门庆“金钱买得鬼推磨”，非但没有为武松所杀，反而私通官府，将其长期流放孟州道。由此，潘金莲入嫁西门府，作为西门庆的第五房妾，又“快活”了四年半。后来西门庆妻妾争宠，本人又淫欲无度，终至三十四岁官运财运盛极一时之际，油枯灯尽，一命呜呼。及至西门庆一死，潘金莲与西门庆女婿陈经济旧日奸情败露，被西门正妻吴月娘托王婆发卖，赶出了西门府，后来遇到流放归来的武松而被其杀害。

潘金莲的人生，有一个从人性压抑到人性觉醒，再到人性纵溺的过程。

在遇到西门庆之前，潘金莲的人性一直处于被压抑的状态。潘金莲自幼便是一个美丽出众的女子，《金瓶梅》写她的外貌是“黑鬒鬒赛鸦翎的鬓儿，翠湾湾的新月眉儿，清泠泠杏子眼儿，香喷喷樱桃口儿”。这样出色的姿容能让久惯风月的西门庆见了都“先自酥了半边”。然而正是这样一个绝色女子，却遭遇了正常人都无法承受的悲剧命运。她是南门外潘裁缝的女儿，后来父亲死了，母亲度日不过，九岁时便把她卖到了王招宣府里学做丫头，后来王招宣死了，十五六岁时,又被转卖给年近八旬的财主张大户。张大户年老好色,对潘金莲时怀觊觎之心,一次在其妻余氏外出时,终于趁机“收用”了潘金莲。后来事情终于败露,余氏便报复性地将潘金莲倒赔妆奁嫁与了卖炊饼的武大郎。武大郎个矮肤黑,形貌猥琐,人送绰号“三寸钉”。自此,潘金莲走入了人生第一段正式的婚姻。

潘金莲人生早期的遭遇极大地损害了其身心的正常发展。作为一个底层社会的孩子,她既无主宰自己命运的权力,也无独立的自我意识,在听命于别人安排的道路上,她屡屡遭受着外界的摧残。九岁始于王招宣府学艺,卑微畏缩地看贵人脸色,十五六岁即被老头张大户玷污了青春,继而又与身形猥琐的武大郎结婚。这一系列的遭遇远远超出了一个正常轨道上成长的女人所能承受的范围,而这一切却不折不扣地发生在一个貌美如花的青春女性身上。潘金莲所遭受的一切命运不公,不可能不影响到她的心理、意识的正常发展,更何况她有着出色的姿容,理应得到与之相匹配的需求。但在她生活的等级森严、法治不张的时代,人正常合理的需求都被社会剥夺了。如果说个体自由与权力的有限是封建时代人们生存的普遍生态的话,那么潘金莲年幼失贞、被迫接受极不相称的婚姻却是大大超越了旧时代一个女性命运承受的底线。可以肯定地说,潘金莲人生早期的遭遇,在她的心里造成了巨大的忧怨。这种长期积聚的心理能量在她生活的时代无法得到正常有效地释放,从而造成了她人性的压抑。潘金莲早期的人生,是没有光彩亮丽的人生,是扭曲、压抑的人生。

随着潘金莲身心的逐渐成长,与武大郎畸形的婚姻促使她的自我意识逐渐觉醒,作为一个女性,对于幸福家庭与正常生理需求的追求意识渐渐苏醒。她感到与武大郎极不相称的婚姻完全埋葬了自己的正常需求,她说:“普天世界断生了男子,何故将我嫁与这样个货!每日牵着不走,打着倒退的,只是一味吃酒。奴端的悄世里悔气,却嫁了他!是好苦也!”她对武大郎的抱怨不仅是女性对幸福婚姻追求的正常表达,也是人生早期悲惨遭遇所造成的长期心理积郁的释放。而其后潘金莲所唱的《山坡羊》又将这种忧怨表达得无以复加:

想当初,姻缘错配,奴把你当男儿汉看觑。不是奴自己夸奖,他乌鸦怎配鸾凤对!奴真金子埋在土里,他是块高号铜,怎与俺金色比!他本是块顽石,有甚福抱着我羊脂玉体!好似粪土上长出灵芝。奈何,随他怎样,到底奴心不美。听知:奴是块金砖,怎比泥土基!(《金瓶梅》崇祯本第一回)

这曲《山坡羊》唱出了潘金莲渴望得到一个与其自身条件相匹配的正常配

偶和拥有一个幸福家庭的心声，也唱出了她对既有婚姻状况的强烈怨愤与不满，她意识到了作为一个姿容出众的女性，她的正常需求以往被剥夺了。然而正因为如此，她对来自婚姻的幸福追求才更迫切、更强烈，这实在是再正常不过的心理了。所以潘金莲会“在帘子下磕瓜子儿，一径把那一对小金莲故意露出来，勾引浮浪子弟”，并唱：“一块好羊肉，如何落在狗嘴里？”才会见到打虎归来的威猛健壮的武松，心下思量：“想这段姻缘却在这里了。”潘金莲做出这样“越轨”的举动、“非分”的想法，源于一个正常人对幸福的“本能追求”。潘金莲强烈渴望拥有幸福美满婚姻的感情不自觉地表达与流露，终至见到高大威猛、可以用双拳打死老虎的武松时，情不自禁地“邪言钓武松”，又安排雪天与武松独处，捏肩、撮火、喝残酒，极尽表达爱意之能事。未想，武松谨守传统纲常理念，断然拒绝了潘金莲的示爱。潘金莲对爱情仅存的一丝幻想被掐灭了。她努力想找寻人世间一线光明，然而世界呈现给她的全部是黑暗。长久来身心遭遇的罪恶累积叠加，而内心渴慕的男子武松又不惜在她伤口上添上一刀，在心底的希望全部湮灭后，她的邪恶心理被彻底激发起来了。

潘金莲的人性邪恶被激发，从此走上了一条不归路。她沉溺于放纵人性罪恶带来的短暂感官享受之中，用自我毁灭的方式来换取卑微的欢乐与快感，终于为此付出了年轻的生命。潘金莲丧失了一切美好的希望，她变得面目狰狞。如果说王婆说风情介绍其与西门庆这样一个恶棍勾搭并毒杀亲夫时，她还带着战战兢兢的心理的话，那么她在入嫁西门府后的所作所为则完全显得心安理得。她施展心计、争机斗巧，为能在西门府一妻六妾中实现集专宠于一身的目标，趋奉西门庆，投其所好，卖乖邀宠，想方设法窝盘住西门庆。她勾结婢女，扳倒西门庆小妾孙雪娥；设计陷害仆人来旺，致使跟西门庆有私的其妻宋惠莲自缢；训养雪狮子，吓死官哥，气死李瓶儿；为一时快乐，她与仆人琴童、西门庆女婿陈经济私通。她良知泯灭、罪恶做绝。她用一种自暴自弃的方式来报复他人，追寻人生表层的快乐。她的价值观非常可怕，她说：“随他明日街死街埋，路死路埋，倒在洋沟里就是棺材，”又说：“人生在世，且风流了一日是一日。”在她的世界里，没有了正义、良知、光明，她纵溺于人性的堕落与沉沦，在肮脏、血腥、阴毒中津津有味地品尝着邪恶的快乐，而至浑然不觉地被杀。潘金莲放纵人性罪恶的表面之下，是对社会深深的绝望与无奈。

潘金莲的人生轨迹体现了人性被严重压抑、扭曲，而致使人性觉醒后以放纵人性之邪恶，来进行疯狂报复、畸形追求，最终走向灭亡的过程。她人生悲剧根源的种子由罪恶的社会不公、森严的等级秩序、男性的话语霸权早早种下。这些过早的伤害没有让她人性觉醒后及时防范与规避日后可能更大的侵害，及时警醒、立身向善，而是纵身一跃，跳入那罪恶的深潭，与黑暗与污浊一道，在其中一味地沉沦、堕落，然后消灭了自己。

人性的原始本能欲望中，兼有着善、恶两种不同的成分。社会的礼仪、道德、法律环境，会内化形成每一个社会个体自身制约人性邪恶的力量。这种制约原始邪恶的力量，在精神分析理论中被称为“自我”，它时时看守着“本我”，不让其外化为个体行为而形成外在的破坏力。因此，每一个人需要一个强大的“自我”，以使自己在集体中成为安全的存在，这样才可能在“自我”的层次上实现道德境界的提升，让外在的道德准则替代“本我”中邪恶的因子，从而实现“超我”。潘金莲的人性发展历程中，“自我”对“本我”的监督制约功能被外在的伤害过早地弱化与摧毁了。因此，“本我”的无节制张扬，终至形成巨大的破坏力，造成了人性的悲剧。

2. 李瓶儿形象的命运遭遇与悲剧人生

李瓶儿形象的出现，是《金瓶梅》对《水浒传》人物塑造与故事框架突破的重要标志。在《金瓶梅》文本中，李瓶儿这位女性的身世被浓缩成一小段文字展示出来：

原来花子虚浑家，娘家姓李，因正月十五日所生，那日人家送了一对鱼瓶儿来，就小字唤做瓶姐。先与大名府梁中书家为妾。梁中书乃东京蔡太师女婿。夫人性甚嫉妒，婢妾打死者多埋大后花园中。这李氏只在外边书房内住，有养娘伏侍。只因政和之年正月上元之夜，梁中书同夫人在翠云楼上，李逵杀了全家老小，梁中书与众人各自逃生。这李氏带了一百颗西洋大珠，二两重一对鸦青宝石，与养娘走上东京投亲。那时花太监由御前班直升广南镇守，因侄男花子虚没妻室，就使媒婆说亲，娶为正室。太监到广南去，也带他到广南。住了半年有余。不幸花太监有病，告老在家，因是清河县人，在本县住了。如今花太监死了，一分钱多在子虚手里。……（第十回）

这一段至关重要的文字，为我们准确解读李瓶儿形象的特点提供了清晰的依据。李瓶儿走上人生的婚姻道路之初，便是给梁中书作妾。从一个女性正常的人生轨迹来衡量，李瓶儿一开始就走偏了。作妾的卑微与屈辱撼动着她的灵魂与良知。然而更可怕的是，她每天得生活在杀人魔王梁中书妒妻的眼皮底下，作妾的卑微与屈辱还时时伴着生命受到威胁的恐惧，人之为人的正常心理完全被扭曲了，更遑论享受正常家庭的夫妻恩爱了。后来等到梁山好汉攻打大名府，李瓶儿得以出逃至东京，恢复了人身自由，嫁给花子虚为正室，似乎可以走上人生的正轨了。然而丈夫身为男人却是“子虚”乌有，无法使李瓶儿得到满足，导致他们的婚姻同床异梦。李瓶儿依然没有得到正常的人生需求。花子虚叔叔广南镇守花太监赴任，竟只带了李瓶儿一同去了半年。这半年的时间里，花太监与李瓶儿之间发生了超越纲常伦理的畸形关系。从李瓶儿入嫁西门府之后床榻上展示出来的《春意二十四解》和勉铃来看，花太监对李瓶儿的身体进行过虐待式的摧残。这样的生理摧残，使得她正常的伦理道德观念受到了极大的冲击，这对一个二十岁左右的青春女性来说，无疑是巨大的折磨。这就是书中主角李瓶儿在故事展开之前的出身际遇。可以说，她一登上《金瓶梅》的舞台便是一个被导引到非正常人生轨道的女性。她作为人的自由与权利、作为女性对婚姻家庭的幸福追求，被罪恶的社会制度深深地践踏了。嫁给西门庆之前，她的人生充满着恐惧与泪水。

邪恶社会与不幸人生会激起人本能的报复与反抗，这种潘金莲身上演绎的生动的人性规律在李瓶儿身上得以重演。我们惊讶地发现，这位在死亡线上挣扎的底层女性，被变态的花太监进行过身心严重摧残之后，居然能惊恐不安地逃出命运的夹缝，并且在人生的道路上一步步走向自我追求。花太监死后，李瓶儿守着巨额家财，与花子虚经营度日。按说李瓶儿的渴望与追求应该实现了，岂料花子虚“每日只在外边胡撞”,“在院中请婊子，整三五夜不归”。她美好的梦又一次破灭了，那种孤凄、痛苦，仍然笼罩着她。这时，她遇到早有意于她的西门庆，西门庆的风流、强壮、富贵全方位地满足了李瓶儿的身心。她把西门庆当作“医奴的药一般，一经你手，教奴没日没夜只是想你”。在李瓶儿看来，西门庆正是她梦寐以求的理想男子，他不仅有钱，有地位，有势力，而且懂得体贴、理解女人。长久遭受身心折磨的李瓶儿，遇到西门庆后，开始不顾一切地大胆追求。而花子虚的家庭财产纠纷案件，却又加速了她追求的步伐。当花子虚因被告独占家财抓去东京时，李瓶儿一边托西门庆解救，一边又把大量的金银财宝转移到了西门庆家，最后终于如愿地气死了花子虚。

《金瓶梅》的作者为了让读者更深刻地领会李瓶儿对充满权势、富贵与美满家庭生活的强烈渴望，在李瓶儿入嫁西门府之前，特意安排了招赘蒋竹山这一情节。李瓶儿正得意洋洋地准备与西门庆白首相守时，西门庆因杨陈党祸牵连，闭门不出，娶李瓶儿一事也被搁浅。李瓶儿即将到手的鸭子飞了，内心的极度失望可想而知，竟至大病一场，卧床不起。就在此时，“生的五短身材，人物飘逸”，“语言活动，一团谦恭”的蒋竹山走进了她的人生。她似乎没有多加考虑，急速地便与其结婚了。为了能建立一个安稳美好的家庭，结婚三天李瓶儿就“凑了三百两银子与竹山打开西间门面”，让其开起了药店。为了显示蒋竹山的地位，还买了一匹驴让他骑着“往人家看病”。可以看出，李瓶儿对建立一个体面家庭的渴望有多么强烈！然而李瓶儿的愿望最终却又落空了。蒋竹山不仅地位卑下，经济不能自立，而且软弱无能、受人挟制和欺辱。在店铺内不仅自己受辱挨打，还让李瓶儿白白赔出去三十两银子。李瓶儿终于明白，蒋竹山“原来是个中看不中吃，镴枪头，死王八”，“干事不称其意”，“修合了些戏药，买了些景东人事，美女相思套之类”的淫药淫具来戏弄李瓶儿。李瓶儿追求的理想家庭名实全无。再加上对西门庆的一门倾慕，终于让她使出了跟气死花子虚一样的凶狠手段，赶蒋竹山出门而致其惨死病中。李瓶儿害死花子虚与蒋竹山的经历，是她走向自我追求人生的开始，虽然跟潘金莲一样，她使用的手段是不道德的，然而没有人生早期遭遇的痛苦与不幸，她又何以会凶狠至此？况且在那样一个女性没有尊严与地位的时代，为了实现近在眼前的理想目标，又有多少空间留给李瓶儿？李瓶儿的破坏力彰显了其压抑之久与痛苦之深，她没有再选择逆来顺受，体现了她人性中自主、坚强的一面。她的罪恶形成的根源并不源于她自身。

与潘金莲不同的是，李瓶儿在罪恶的路上并没有一味地下滑，而是在嫁给西门庆后浪子回头，实现了灵魂的救赎。经历一番曲折后，李瓶儿终于如愿嫁给西门庆，之后她一改邪恶、凶悍的行为，而变得谦和、温顺、多情起来。她不仅处处讨得西门庆欢心，而且博得了西门府上下人等的一致好评。李瓶儿死后小厮玳安说:“说起俺这过世的六娘性格儿，这一家子都不如他，又谦让又和气，见人只是一面笑。俺每下人。自来也不曾呵俺们一呵，并没失口骂俺们一句奴才，要的誓也没赌一个。……”奶子如意也说:“娘可是好性儿，好也在心里，歹也在心里，姊妹之间，自来没有个面红面赤。”

李瓶儿嫁给西门庆前后的巨大变化在学界历来有很大争议，很多学者认为人物性格的突变缺乏过渡。事实上，李瓶儿的性格嬗变是有根据的，男女间的情爱满足，使得一个长期忍受情欲压抑的青年女性得到了解脱，这是李瓶儿性格转变的契机。李瓶儿为梁中书妾时，梁妻嫉妒成性，杀死妾婢无数，李瓶儿不可能有正常的家庭生活；嫁给花子虚后，实则成了阉寺的玩物，"常挨棍棒"的花子虚对此不可能不知，花太监死后，花子虚浪荡成性，整日在外眠花宿柳，夜不归宿，夫妻关系徒有其名；被骂做"中看不中吃的镴枪头"的蒋竹山，"腰中无力"，徒有其表。而西门庆则是"医奴"的"药一般"，给她以极大的满足。其次，从当时一些女性对婚姻的追求来看，西门庆实在是她最为理想的选择。西门庆身材魁梧，精力过人，财运亨通，蛮横霸道，是个可以托身的主儿。而作为一个外乡人，来到清河县，能够遇到这样一个男人，"实为不易"。李瓶儿嫁给西门庆，已经别无他求，因此，其性格的嬗变也便自然而然。

高尔基说过，"人是杂色的，没有纯粹黑色的，也没有纯粹白色的。在人的身上掺合着好的和坏的东西……"李瓶儿的性格转变是在一定条件下，人的向善一面被激发，而邪恶一面被抑制的现象。这也是《金瓶梅》在塑造人物上远超前代小说的一个重要方面。《金瓶梅》之前的小说，在人物塑造艺术上还不能做到立体地、多侧面地写出现实中人的多面性，以致鲁迅在评价《三国演义》写人的特点时说："欲显刘备之忠厚而近伪，状诸葛之多智而近妖。"《金瓶梅》对李瓶儿的塑造，对传统小说的写人艺术是一个极大的突破。当一个人所处的自然环境发生变化时，他与他人之间的关系发生变化时，其性格所呈现的面目也会各式各样。茅盾说："一个人他在卧室里对他的夫人是一种面目，在客厅里接见他的朋友亲戚又是一种面目，在写字间里见他的上司或下属又另有一种面目……"李瓶儿性格前后的变化，便是在不同环境与条件下不同面目呈现的典型表现。《金瓶梅》对李瓶儿的描写，体现了古代作家塑造人物时逐渐意识到了尊重现实与艺术辩证法的重要性，这对后来的《红楼梦》起了极大的启示作用。

3. 庞春梅的命运遭际与悲剧人生

庞春梅是《金瓶梅》里一个命运悲惨的下层女性。她本是官媒薛嫂用十六两银子买来与另外几个丫头一起学弹唱的，先在月娘房里使唤，西门庆娶潘金莲后，便派去伏侍潘金莲，地位和宋惠莲一样。春梅"性聪慧，喜谑浪，善应付，生的有几分颜色"，因此而受宠，在潘金莲的许可下，不久便被西门庆"收用"，从此更受主子的青睐，"不令他上锅抹灶，只收他在房中铺床叠被，递茶水；衣服首饰拣心爱的与他，缠的两只脚小小的。"作为一个聪慧美貌的下层女子，她同样也不安于为奴作婢的命运。第二十九回"吴神仙贵贱相人"，相出春梅能得贵夫生贵子，戴珠冠受封赠，吴月娘却不以为然，酸溜溜地说："就有珠冠，只怕轮不到他头上。”春梅对月娘的卑视颇为不满，愤愤地对西门庆说：“常言道：凡人不可貌相，海水不可斗量。从来旋的不圆砍的圆。各人裙带上衣食，怎么料得定？莫不长远只在你家做奴才罢！”表现出她心高志大，并对传统的主尊奴卑关系大胆质疑。春梅矜持自傲，没有一般奴婢的自轻自贱心理，对主子不是一味地巴结，有时连月娘也不放在眼里，甚至对西门庆也敢顶撞。与玉箫、迎春、兰香一起学弹唱，看不惯她们贪吃贪玩，更瞧不起她们与僮仆厮混。她出身低微而又不甘人下，具有独特的个性，显露出一种非凡的气质，在众婢女仆妇中鹤立鸡群，故而一眼便被吴神仙相中。

庞春梅头脑冷静，富于机心，讲求实际，善于自处。她能清醒地将自己在西门府中的身份准确定位，对周围环境与人事关系明察秋毫。虽也恃宠生骄，常夸口“你还不知道我是谁呢”，但在处理主子与奴才的利害关系上很有分寸，她的逞威丝毫也不会触犯潘金莲的利益。她也有强烈的情欲，但在西门家时表现得较为压抑与克制，甚至显得被动，总是把接近西门庆的机会主动让给潘金莲以博取女主人的欢心。她善于寻找机会抬高自己，得到优于其他女奴的地位。一个为奴作婢的女子，处在西门府这种龌龊的环境与复杂的人际关系中，能靠着自己的聪慧审时度势，或顺应利用，或忤逆抗争，以满足自己的尊严感，获取某些实际利益，似乎也不失为一种明智的生存手段。这是庞春梅从自身的生存状态与基本需要出发所寻求的一种体认自身存在意义和表现自我价值的独有方式。

或许因为庞春梅过于顺应环境，也习染了主子们的不少坏习气，丧失了自己许多宝贵的东西。自从被西门庆收用，又得到女主人的抬举拉拢后，庞春梅为了回报潘金莲，也为了向众人显示自己在西门府中的地位，与潘金莲沆瀣一气，胡作非为。她挑动西门庆痛打孙雪娥，让潘金莲十分感激，也使西门府上的人们知道她虽是一个丫头却与主人有着特殊关系，从而不敢小觑她；故意作态大骂乐工李铭以博得众人的赞许与西门庆的信任；又大耍威风赶走未及时奉承自己的盲歌女申二姐；敢于和刚受宠的如意儿拌嘴。尤其在潘金莲身边所受的耳熏目染，使她也学会了凶狠，对府中的丫环、小厮等下人大摆主人的架子，更帮同潘金莲虐待自己的同类秋菊，搬弄是非使不得宠的孙雪娥屡受辱骂。贵为守备夫人后她更毒辣残忍，肆意发泄往日的仇恨。她买来孙雪娥作厨娘，处处刁难，以“鸡尖汤”做得不好为借口，褪尽衣服打了三十大棍，发卖为娼。她也学会了淫荡，曾对潘金莲说：“人生在世，且风流一日是一日”，并且不仅与西门庆淫乐，更和潘金莲一起与西门庆的女婿陈经济通奸。她来到守备府贵为夫人后，压抑的情欲得到恶性膨胀，在淫乱的泥坑里越陷越深。当她得知旧情人陈经济流落街头的消息后，设计接入府中，以假姐弟奸宿厮守。陈经济被人杀死后，庞春梅毫无后怕之感，又苦心孤诣勾引李安、周义，淫情愈盛，淫欲无度，最后死在十九岁的周义身上，落得个"淫妇"的千古骂名。

纵观庞春梅一生的行事，可以看到她身上少有"美"的灵魂、"善"的良知，相反却有较多"恶"的成分。这种"恶"的成分是在"好货""好色"的时代思潮冲击下酝酿萌生的，更是在她生活的具体环境中发酵霉变的。孟超先生说："假使春梅能有例外，我倒以为反而不成其为西门家风中陶冶出来的传人了。"[①] 它与传统的封建伦理道德扞格不入，是一种畸形的反叛，是自然欲求在长期压抑后的物极必反和矫枉过正现象。

作者以其深邃的现实主义笔触，描写了这一时代中人性的普遍弱点和丑恶。作者又按照生活的本来样子去描摹人物，使人物性格更为丰富，人物形象更具立体感。读者在怒目于庞春梅的恶习淫行时，也不会漠视她思想行为的另一侧面。她与潘金莲的关系，不完全是利害关系，也有真情的一面。庞春梅为潘金莲收尸，上坟哀悼，游旧家池馆时问螺钿床留作记念，便是真情的流露。庞春梅在永福寺遇到穷途末路的吴月娘，不骄不矜，以礼相待，毫无小人得势的猖狂；在月娘遭逢官司时，不是落井下石趁机报复，而是伸出救助之手；游旧家池馆也表现得谦恭有礼，雍容大度。她有潘金莲的凶狠，却不像潘氏那样绝情，她的人性尚未丧失殆尽。由于作者立足于世俗生活中的"人"，因而写出了人性在这一社会状态中的复杂表现。"婢作夫人"的春梅终于走上了悲剧之路，不能算作"西门家中的第一个幸运人物"。[②] 畸形的社会污染扭曲了她的灵魂，西门府中争强斗胜、淫靡颓败的家风的熏染，最终导致一条年轻生命的毁灭。

4. 金、瓶、梅三女性的人性畸变与启示

人性是人的自然属性与社会属性结合的产物。人性的发展是一个历史过程，按照弗洛伊德和精神分析学家们的看法，社会文明的发展是以理性压抑感性为代价的，文明社会的秩序则是建立在对人的本能压抑的基础之上的，而人的本能是人的生命之源、创造之源。因此，"包含了本能解放的非压抑性现实原则的出现就是在文明的合理性已经达到的阶段上向后倒退。这种倒退既是精神的，又

① 孟超. 金瓶梅人物论[M]. 北京：光明日报出版社，1986.

② 同上。

是社会的。一方面,它将恢复在现实自我的发展中已被超越了的早期的阶段,另一方面,它将破坏现实自我所赖以存在的那个社会机构。对这些机构来说,本能的解放乃是向野蛮状态的倒退。但这样的解放,如果发生于文明之巅,导源于生存斗争的胜利而不是失败,并得力于一个自由社会,则很可能具有截然不同的结果。在这样的条件下,对一种非压抑性文明的可能性的预备,将根据的,不是进步之被阻抑,而是被解放……”①

5. 金、瓶、梅三位女性人性畸变的自然原因

如果从人性的自然性角度出发考虑,金、瓶、梅三位女性的人性本能在社会中都没有得到健康的发展,她们的自然本能被社会严重地压抑了。因此,超越自然本能的社会人性状态便会不可避免地倒退回原始自然的野蛮状态。在现实社会中没有能力改变现状,寻求本能正常释放的情况下,人性便会呈现出扭曲、畸变的状态。而根据能量守恒定律,人的内在积聚能量总是会寻找一个合适的渠道去释放,这样的驱动力便会使内在能量的释放造成巨大的破坏力。

潘金莲、李瓶儿、庞春梅三位女性的正常人性在她们人生发展的道路中均受到不同程度的迫害与挤压。潘金莲身为人妻,自身的合理情感欲望得不到满足,丈夫武大郎“牵着不走、打着倒退”,“着紧处锥钯也不动”。作为一个年轻的女性,潘金莲的正常本能需要没有得到满足,其人性始终处于一种压抑的状态。她以一种报复与偷欢的心态战战兢兢地走上与西门庆私通的道路时,却发现自己进入了一个更加恐怖与残酷的世界。身居西门府,她只能卑微地委身作妾,不仅作为家庭主妇正常的感情与欲望无法得到满足,而且随时有被卖掉丧失人身自由的可能。这是她无法改变的现实,几近于一种宿命!从来不甘于命运安排的潘金莲在人性极度被扭曲的状况下,心理能量疯狂地寻求释放,她以一种极具破坏力的方式来寻找心理的平衡与满足,从而上演了一幕幕不择手段、丧失人性的惨剧。这个过程中她丝毫没有内省与自控。

李瓶儿的人性发展从一开始就没有处在一个健康的环境中。在嫁给花子虚之前,她从来没有一个人妻的名分,后来又遭受了花子虚的摧残。因此,李瓶儿的正常感情与欲望一直处于一种被抑制的状态。她嫁给花子虚,好不容易有了人妻的名分,但是花子虚又偏偏是一个不着意家庭的人。因此,李瓶儿的正常人

① [美]赫伯特·马尔库塞.爱欲与文明——对弗洛伊德思想的哲学探讨[M].黄勇,薛民译.上海:上海译文出版社,1987.

性被严重地扭曲。与潘金莲不同的是，李瓶儿在嫁给西门庆作妾以后，她的正常需求得到了充分满足，被压抑的人性得以回归理性文明的状态，所以我们得以看到进入西门府后一个与之前截然不同的李瓶儿形象的出现，她温良顺善、淡泊无争。这其中有李瓶儿自身性格和自省能力的因素。李瓶儿的人性发展，体现出一个善良人性被压抑，转向人性邪恶后，通过自我内省与赎罪，又重新回到正常人性轨道上的过程。

庞春梅人性发展的早期一直处在一种被压抑的状态之中。她作为西门府的下层仆役，人之为人的尊严、地位甚至生命尚不能拥有，更遑论正常的情感与本能欲望。如果说潘金莲还能通过一种自我毁灭的方式来获得人性满足的话，庞春梅连这种可能性都不存在。因此，庞春梅在不甘于自我既有状态的情况下，对正常人性需求实现的动力要比潘金莲、李瓶儿强得多。庞春梅是一个没有接受过多少文明陶冶的女性，她对自我情感与欲望的控制能力也就要弱得多。在西门府第那样一个充满着邪恶与冰冷的世界中，她在面对邪恶的诱惑时，人性向恶的一面如烈火一样被点燃了。她完全失去了对善恶、美丑、真假的辨别能力，沉浸于罪恶的深渊，吮吸着黑恶的毒汁，直到把自己送上一条不归路，葬送在了里面。庞春梅人性的畸变与潘金莲、李瓶儿无异，她的不同在于自我人性遭到扭曲以后缺乏自我纠正的能力，在善恶不分的道路上一任地滑行，终至走向了灭亡。

潘金莲、李瓶儿、庞春梅三位女性的人性畸变都是因为人的自然本性受到伤害与压抑，人的正常个性、心理不能自然地表达，势必造成个性能量的反弹。这样的反弹可能是正面的，也可能是负面的。只可惜在晚明那样充满污浊、黑暗的负能量的环境里，人的正面追求会显得微不足道。而人的个性能量的负面反弹往往是具有破坏性的，它不仅对自身，而且对社会及他人都会造成报复性的伤害。正是在这种具有破坏性的报复行为之中，她们才找到了心理的平衡。

6. 金、瓶、梅三位女性人性畸变的社会原因

抛开社会生存环境谈人性显然是孤立而无力的。金、瓶、梅三位女性到底生活在一个什么样的社会环境里？这样的社会环境对她们的人性畸变在多大程度上起了作用？

金、瓶、梅三位女性生活的社会是一个吏治极其腐败的社会。官府卖官鬻爵，贿赂公行，用金钱购买权力，用权力攫取金钱。朝廷的用人制度在金钱面前形同虚设，封建等级被金钱彻底摧毁。西门庆乃一介平民，因为给当朝太师蔡京送上

了一份生日厚礼，就被蔡京安排在山东提刑所做了个理刑副千户，连西门庆的小舅子吴典恩也被安排做了清河县驿丞。在这样的社会风气中，下层人的人格受到金钱的腐蚀，也难保清白。西门庆因亲家陈洪卷入杨戬案受到牵连，派家人来保上京打点。来保来到太师府，用一两银子买得守门官吏予以通报，用十两银子买得小管家高安引见蔡京的儿子蔡攸，用五百两银子买得祥和殿学士兼礼部尚书蔡攸出面托李邦彦讲情，同样用五百两银子买得当朝右相、资政殿大学士兼礼部尚书李邦彦放过对西门庆的追查。

金、瓶、梅三位女性所处的是一个金钱严重摧毁社会秩序、人欲极度扩张的社会。这样的社会中金钱的力量摧毁了等级地位和道德荣誉。个体的独立意识和对物质利益的追求，使原本压抑的自然人性得到强烈释放，传统的伦理道德被无情践踏，人性的表演似乎只有个体的贪欲与享乐，人与人的关系除了赤裸裸的金钱交易和肉体满足外，几乎不再剩下什么。“在《金瓶梅》所描写的这个金钱主宰一切的社会里，人人都为自己的利益算计着，巧取豪夺，弱肉强食，以邻为壑，损人利己。父子之亲、夫妇之爱、朋友之义这些基本的伦理道德受到了严峻挑战。人性不是在展示善良，而是在表演丑恶。”[①] 在这样的环境里，男男女女们似乎已经没有了禁忌，有的甚至沉湎于肉欲的满足中不能自拔。西门庆与潘金莲的淫欲无度自不必说，陈经济与潘金莲、庞春梅的自我放纵也令人发指。庞春梅嫁给周守备极受宠爱，仍想方设法找回流落市井的陈经济“再续前缘”。上流社会的贵族妇女同样不耐寂寞，招宣府林太太也主动约了西门庆上门“解馋”。连仆人来保在西门庆死后，也打起了主母吴月娘的主意。

《金瓶梅》中的社会是一个黑暗的社会。这样的社会中，“人们对金钱的崇拜，对物质利益的关注，对情欲的歇斯底里的发泄，也看到了传统道德的崩溃，人的自我意识的觉醒和个性的张扬。在这里，人性的丑恶表演和人性的艰难复苏交织，人的恶劣的情欲与人的创造意识羼杂。”“《金瓶梅》所描写的社会不是一个理想的社会，甚至不是一个健康的社会，这样的社会里不可能产生具有健全人格的真正全面发展的人。”[②] 生活在这样的社会中，处于强势群体的男性人格尚不能自保，更何况处于弱势的金、瓶、梅三位女性呢？因此，可以确定不疑地说，金、瓶、梅三位女性的人性畸变有着直接而清晰的社会根源。

---

① 王齐洲.金瓶梅——社会转型时期的人性拷问［J］.天津社会科学，2003（1）:109.

② 同上，第 115 页。

《金瓶梅》通过三位女性潘金莲、李瓶儿、庞春梅人生的起落与人性的畸变揭示了人性发展的普遍规律。人性在成长过程的某阶段受到压抑或伤害，势必会造成破坏性的报复与反弹，这需要个人的道德修养去控制与克服。作为一直在底层生活的三位女性，她们对自我人性的理智监管便不存在任何意义。因而她们本能地追求心理的平衡便成了自然而然的事情。《金瓶梅》借三位女性的人性畸变，表达的也是对晚明失序的黑暗社会对人性的戕害。人性是自然性的，也是社会性的，人的向善与向恶很大程度上是被社会所左右的。金、瓶、梅三位女性正是罪恶社会残害美好人性的典型代表。从三位女性人生遭遇的种种不幸中，我们得以全方位地洞察黑暗的晚明社会的千疮百孔。在一个污浊的社会中要保全人格的清峻与独立，把这样的任务交给金、瓶、梅三位柔弱的女性，显然是贻笑大方的。

‖ 第三节　《金瓶梅》的出现对文学传统的突破 ‖

鲁迅先生在《中国小说史略》中说："总之，自有《红楼梦》出来以后，传统的思想和写法都打破了。"笔者认为，鲁迅先生独具慧眼，认识到了《红楼梦》作为中国古典小说巅峰之作的重要地位，但把《红楼梦》作为打破传统思想与写法的第一部作品来看，似乎稍有偏颇。众所周知，《红楼梦》作为中国古典小说中世情小说主题类别的巨著，其艺术成就首屈一指，但是世情小说题材类别的开山之作却是《金瓶梅》。在思想与写法上，《金瓶梅》对传统的颠覆力度实在要比《红楼梦》大得多，而且《金瓶梅》开创的小说审美观念、创作技法前所未有，《红楼梦》只是在其开创的道路上又进行了丰富发展而已。中国古典小说传统的思想和写法被打破，始于《金瓶梅》，这样的观点，才更符合事实。

《金瓶梅》如何打破了传统的思想与写法？笔者认为，主要体现在小说美学观念、文体观念、表现领域与叙事方式四个方面，下文且详加论述。

1. 对小说美学观念的突破

《金瓶梅》对中国古典小说美学观念的突破，首先表现在它第一次将琐碎细腻的市井生活纳入美学表现的范畴。《金瓶梅》的问世，意味着中国古典美学从体系上发生了最彻底、最典型的裂变。从之前的长篇小说看，《三国演义》《水浒传》《西游记》等书的作者，他们不必为从事小说的加工整理而担心受到正统文人攻击，所以能够坦然地署上自己的真名实姓。但《金瓶梅》的作者则不同，署名为“嘉靖间大名士”，他这样做，就是为了冲破古典美学的界域，他还不敢把自己的真名实姓公之于众。同时，从作品本身看，《三国演义》《水浒传》《西游记》等书，虽然与古典美学大异其趣，但也与《金瓶梅》截然不同。作为历史故事、英雄传奇、神魔小说，它们主要还是在某一具有永恒性的观念支配下，对现实进行充满理想意向、幻想色彩的演绎，不同于《金瓶梅》以日常市民生活为审美领域，以人性恶、生活丑的感情形式为审美对象的美学风貌。正是在这个意义上，可以说《金瓶梅》的问世，标志着古典美学发生了最具质变性质的拓展与突破。

《金瓶梅》对中国古典小说美学观念的突破，还表现在其反向的审美观念表达上。《金瓶梅》在美学史上的巨大功绩表现在将生活丑、人性恶的感性形式作为审美对象引入审美领域。它既意味着古典美学发生了最根本的裂变，更意味着中国审美实践活动走向成熟——不但审美，也审丑。在《金瓶梅》中，西门庆奸狡狠毒又风流倜傥，是个集地痞无赖、豪强恶霸于一身的人物，选定以他为中心的生活丑、人性恶作为审美对象。不仅如此，小说中其他人物诸如潘金莲、李瓶儿、庞春梅，以我们正常的道德标准与审美眼光来看，都是负面的形象，但是作者把她们作为小说的主人公来详细描写塑造。以丑来作为小说审美的对象，往往对读者更具冲击力，更能起到有震撼性的作用。

《金瓶梅》以生活丑、人性恶为其审美观照的对象，而古典美学所认为的丑，又几乎都含纳在生活丑、人性恶之中。《金瓶梅》的审美魅力，不在于作者对生活丑、人性恶所做的否定和批判，而在于那些丑与恶的感性形式活脱逼真。这也正是丑与恶的审美价值所在。车尔尼雪夫斯基曾经说过:“在整个感情世界里，人是最高级的存在物，所以人的性格是我们所能感觉到的世界上最高的美。”[①] 因此，只要不悖于现实生活的逻辑，一切生成在人物性格上的丑与恶，都可以直接成为审美观照对象。比如，西门庆本是无恶不作的地方一霸，潘金莲不过是一个为保全自己的地位而心狠手毒的纵欲妇人，应伯爵只是个高级帮闲，然而，《金瓶梅》所达到的艺术高度，所具有的审美价值，却全是由这些形象体现出来的。《金瓶梅》在我国美学发展史上所具有的里程碑般的意义，就在于它创造性地实现了化丑为美这一原则。

关于《金瓶梅》以丑为审美对象的写法，宁宗一说:“《金瓶梅》的色调是阴

---

① 朱光潜.西方美学史(下卷)[M].北京:人民文学出版社,1979.

暗的，结论也近乎悲观，令人颇感不快。这种不快所包含的感情是愤怒和不平。近乎悲观的结论居然是正确的，是因为它来源于环境和人物的真实性，而人物的真实在于环境的真实，环境的真实又取决于它赖以存在的历史背景的真实。”① 进一步说，对于一个研究者来说，面对一部小说，首先要尊重、承认它的作者审视生活的角度和审美判断的独立性，我们无权也不可能干预一位古代小说家对他生活的时代采取歌颂还是暴露的态度。事实是，歌颂其生活的时代，其作品未必伟大，暴露其生活的时代，其作品未必渺小。《金瓶梅》的作者所构筑的艺术世界之所以经常为人所误解，就在于他违背了大多数人们一种不成文的审美心理定式，违背了人们眼中看惯了的艺术世界，违背了常人的美学信念。而我们则认为笑笑生之所以伟大，正在于他没有以通用的目光、通用的感觉感知生活。《金瓶梅》的艺术世界之所以别具一格，就在于笑笑生为自己找到了一个不同于一般的审视生活和反思生活以及呈现生活的视点和叙事方式。

2. 对小说文体观念的突破

古典长篇白话小说从宋代的说话艺术“话本”发展而来，白话、口语是其显著特点。同时，小说形成之初，背负了话本俚俗而不登大雅之堂的很重的包袱，因而小说作者在创作之初就有意识地将雅文学的元素引入，以抬高其气质与身价。所以早期的长篇白话小说诸如《三国演义》《水浒传》《西游记》叙事文本里夹杂了大量的诗词，但是这时的诗词作品与白话主体文本剥离了，有有意为之的痕迹，其表意时而与整体行文脱节。而到了《金瓶梅》，诗词运用的艺术达到了新高度，作品中间夹杂的诗词作品不仅与白话文本达到了高度的溶合，而且有力地丰富与提高了文本的表意功能。这标志着长篇白话小说文体观念走向了自觉。

《金瓶梅》全书有诗词四百多首。这四百多首诗词，既着眼于主要人物，又照顾到反映广泛的社会生活层面，而且还能够体现作者的某些哲学、思想、伦理和道德的观念。作品中描写潘金莲的诗就有十六首，描写李瓶儿的诗八首，描写西门庆的诗多至三十首，庞春梅、吴月娘、陈经济等人皆有一定数量的诗言及。除此之外，描写帝王天子、钦差大臣、地方官吏、仆妇丫环、巫婆鸨母、妓女浪子、僧尼平民各色人物的诗皆有，较全面地反映出《金瓶梅》中的人物画廊。加上对这众多人物的性格及前后活动皆有介绍，故又能比较全面地反映出《金瓶梅》所描写的世态人情。

① 宁宗一.《金瓶梅》呼唤对它审美［J］.天津社会科学，1992(3)：69.

《金瓶梅》的语言采用接近普通百姓真实生活的市井语言，非常口语化，这标志着小说白话文体打破了以往的叙事语言传统，开始走向成熟。如果说《水浒传》是英雄化的语言，《三国演义》是帝王将相的语言，那么《金瓶梅》的语言则是一种充满市井气的语言。它是那么粗鄙、活泼，而显得离日常百姓的口头语言如此之近。人物语言不同于叙述语言，它要受作品中的人物以及人物所处的环境的制约，什么样的人物、环境决定着什么样的人物语言。《金瓶梅》中的不少人物是一群在市井习俗中浸润久了的市侩泼皮，他们的言谈恣肆、猥琐是极为自然的。整部作品中，我们可以看到有男女床笫间的语言，有闺阁中的私语，有打趣他人的淫词，有取乐调笑的淫事。如果说性格化特征体现了《金瓶梅》同一切成功的小说一样所具有的共性，也即在以人物语言塑造人物形象、揭示人物个性方面所取得的艺术成就，朴实、鲜活、生动的平民化特征体现了《金瓶梅》在非英雄传奇类小说人物语言如何从广大平民百姓的日常口语中汲取营养的探索中所取得的长足进步，那么粗鄙、淫邪、隐晦的市井特征则体现了作品在处理人物语言与人物环境以及表现题材等一系列问题上的重大思考。这种思考是突破性的，因为它第一次体现了作者对生活原生态的尊重，第一次实现了人物语言对作品艺术表现的巨大助益。

3. 对小说表现领域的突破

《三国演义》《水浒传》《西游记》问世以后，历史演义、英雄传奇、神魔类小说一方面满足了市民的审美需求，另一方面又与市民生活的距离太远。这样一来，如何走出旧有的小说表现领域，将反映市民及普通人的生活引入长篇小说的创作中，便成了小说家关心的议题。正是在这一背景下，兰陵笑笑生创作的关心现实、关心市民工商活动的长篇小说《金瓶梅》诞生了。《金瓶梅》所表现的审美观念和题材内容与以往传统小说截然不同，其男女主人公不再是远离世俗生活的帝王将相和英雄奇人，而是一个个生活于现实中的“真人”。他们独具个性，充满情欲，追求感性享乐，置“天理”“名教”于不顾，生活原生态的展示，给人带来耳目一新的感觉。与同时代的小说相比，《金瓶梅》不但改变了小说的叙述对象，而且还从艺术上进行了新的探索，取得了前所未有的成就。

《金瓶梅》是如何突破小说传统表现的领域的？《金瓶梅》塑造了西门庆这样一个市井无赖的形象，一是把西门庆纵欲身亡的故事放到市井环境中，对道德沦丧及人性弱点进行了痛快淋漓的解构；二是集中笔墨描绘了西门庆勾结官府实现财产增值以及在政治上投机钻营的情节。透过西门庆因行贿爬上了掌一省刑狱的理刑官的情节，似乎可以触摸到兰陵笑笑生的另一意图。当社会不再提供乱世英雄起四方的环境时，市井人物将如何通过商品增值挤进统治队伍的行列，也即如何借助金钱取得政治地位呢？尽管这一内容在小说中表现得较为隐晦，但毕竟从一个侧面诉说了市民阶层为谋取政治地位，利用经济杠杆的事实。鲁迅先生指出："《金瓶梅》作者之于世情，盖诚极洞达，凡所形容，或条畅，或曲折，或刻露而尽相，或幽伏而含讥，或一时并写两面，使之相形，变幻之情，随在显见，同时说部，无以上之。"① 在反拨历史演义、英雄传奇、神魔小说的过程中，兰陵笑笑生为反映市民的生活，通过暴露追求物质享受和感官享乐的世风，对日益窳败的社会风气进行了强有力的批判。长期以来，封建社会的正统思想浸透了文学的各个方面，甚至连不登大雅之堂的通俗文学也不能幸免。具体地讲，《三国演义》将歌颂明君贤相视为主要内容，表现出以儒家是非观评判人物行为的思想倾向。《水浒传》将"忠义"贯穿艺术形象塑造之中，在一定程度上肯定了封建社会的正统思想。《西游记》中的孙悟空虽然发出了"皇帝轮流坐，明年到我家"的呐喊，但作者又让他在取经的路上反复用孔老夫子的话来教训猪八戒。这些情况表明，作者在进行创作时均自觉或不自觉地接受了统治阶级的思想，从中亦可见儒家思想对人们头脑的禁锢。与元末明初的长篇小说相比，《金瓶梅》不但改变了题材选择的方向，而且还改变了小说家以正统思想关怀艺术形象的思维方式。在兰陵笑笑生的精心安排下，《金瓶梅》通过叙述一个商人从发迹到死亡的故事，借助于市井人物的言行，揭露了封建社会后期金钱腐蚀下的罪恶。它给我们提出的问题是：明代后期出现的《金瓶梅》为什么颠覆业已存在的小说传统，表现出与封建正统思想彻底决裂的价值取向呢？笔者以为，这种文化现象的出现，一是与市民阶层的空前壮大相关，二是与新出现的"异端"思想相关。这很好地说明了《金瓶梅》尊重生活真实的气质。

"如果说历史演义、英雄传奇、神魔小说大都带有浪漫主义的色彩的话，那么，《金瓶梅》则是中国古典长篇小说真正意义上的现实主义开端。"② 与《三国演义》《水浒传》和《西游记》等相比，兰陵笑笑生有意识地避开写刀光剑影和风餐露宿的场景，注意在平凡中组织故事，注意从感情变化中揭示人物的性格和精神

---

① 鲁迅．中国小说史略［M］．北京：人民文学出版社，1981.

② 张强．论《金瓶梅》艺术上的大突破［J］．学海，2008（3）：172.

风貌，从而使人物性格在平凡的小事中得到展示。通过细节描写人的喜怒哀怨，从日常生活中捕捉不平凡的内容，可以说是兰陵笑笑生的独特发现。正是有了这样的发现，《金瓶梅》才塑造出像西门庆这样的商人、恶棍和官员三位一体的人物，才塑造出像应伯爵这样的市井无赖，才刻画出潘金莲、李瓶儿、来旺媳妇等性格丰富的艺术典型。

《金瓶梅》突破了中国古典长篇白话小说的创作方法，把理想主义、浪漫主义的传统引到了表现普罗大众庸常生活的现实主义的道路上来，这一开创性的做法是具有标志性的历史意义的。

4. 对传统女性形象塑造的突破

《金瓶梅》以前，小说表现的主题以“忠、孝、节、义”为主，人物形象的塑造多冠以这样的传统道德符号，作为男权主导的社会下的女性更不例此外。明代晚期这样一个躁动不安的时代，促使人们对惯常的生活秩序提出疑问，对社会一直遵循的伦理道德进行反思。小说传统的理想精神也逐渐跌落，近在咫尺的现实要求小说像它本身一样喧嚣、真实与开阔，小说的潜能得到了前所未有的激发。人们不再满足庙堂之上的帝王将相的功绩或是不食人间烟火的才子佳人的传说，而是渴望能看到立足于日常生活的世俗化的形象。《金瓶梅》中所塑造的女性形象无疑彰显了这种社会的隐性需求。

《金瓶梅》第一次大量描写了世俗社会中的女性群体，冷酷而真实地还原了一个弱肉强食的女性世界。在这里，所有的女子为了自己的欲望而挣扎或苟活，她们张口就骂，伸手就打，为一件皮袄就可以挖空心思，恶言相向，剥去平日还算温情的面纱。《金瓶梅》的文本中找不到一个绝对纯洁、善良、高贵、典雅的女性。用传统的门第出身观念来衡量，西门庆周围的女子大都出身不正或身为“下贱”。林太太和李瓶儿虽是或曾经是王侯贵妇，但她们并未表现出应有的尊贵，而庞春梅作为一个侍女跻身于统制夫人之位的过程也表明，似乎当时的贵妇也不见得就一定得是端正、典雅的大家闺秀；吴月娘稍强些，不过是个千户的女儿；孟玉楼的前夫是布匹商人；其他人则不外是婢女、娼妓或是伙计奴仆的老婆等。这迥异于一般才子佳人小说中的大家闺秀、小家碧玉之类美好温婉的形象，更没有常见的才女们的锦心绣口。她们有的是无尽的活泼生动的市井语言、狡诈权变的人际“智慧”，人生的真实与虚伪、丑陋和欲望在文本中得到了淋漓尽致的表现。

《金瓶梅》中，卑微和低贱的女子在叙事过程中没有得到传统小说中常见的同情与怜悯，笨拙呆板、不善逢迎更是会遭到无情的戏弄与打击。同时，“德”不再是衡量女子的首要标准。在《金瓶梅》中“德”退居到了不为人知的角落。西门庆死后他的妻妾们被人趋之若鹜，男人们不在乎她们出自那样一个声名狼藉的家庭，不在乎她们的出身，不在乎她们曾改嫁了多少回，甚至没人有一丝她们是否“克夫”的顾忌；小说中的男人更多考虑的是她们的容貌、钱财以及是否有一双缠得小小的三寸金莲，似乎女子们只要有了姣好的容貌，就有了天然的资本。此外，书中多次出现“惧内”的现象。女子在实质上成为一家之主。庞春梅之于周守备，李瓶儿之于花子虚、蒋竹山，潘金莲之于武大，乃至张大户家里，王六儿与韩道国，这样的家庭中都不存在男女间绝对的权威。这在文学作品中都是第一次出现。

《金瓶梅》中的女子们生活在一个秩序混乱的世界，三纲五常之类的儒家法理被主人公们抛弃与颠覆。在一定程度上，奸臣当道、徇私枉法是对君君臣臣的颠覆；潘姥姥被潘金莲喝骂推搡，张四舅对孟玉楼的无力约束等，是对父父子子的封建家长制的颠覆；西门庆在小说中后部表现出来的对家庭纠纷的无能为力，是对夫为妻纲的颠覆。这种秩序弱化的结果使《金瓶梅》中的女子获得了一种夹缝中的自由，所以庞春梅有时对西门庆的话置若罔闻，装憨作痴；宋惠莲可以和主子们一起打秋千看灯，还可以当众和陈经济打情骂俏；潘金莲可以以一个妾的身份公然对吴月娘撒泼……这在封建社会是不可想象的。从文本中可以看到，礼法观念得到了最大限度的弱化，女性正是在这种“自由”的环境中使自己的个性得到了一种畸形的张扬。

“《金瓶梅》的成就远超出了此前描写‘房中术’等单纯反映淫靡生活的著述。它冲出了世情描写集中于情欲的狭小范围，拓展到世俗社会的各个层面，把异性之间的情欲与复杂的家庭、社会背景结合在一起，以恣肆的笔墨、写实的手法加以刻画渲染，从而展示出了一幅完整的世俗社会、情欲社会的画卷，展现了女子在这种错乱萌动的社会中张扬的性别意识和最终不幸的命运。”① 通过《金瓶梅》塑造的形形色色的下层女性形象，可以看出，女性的力量在文本中得到了极大的肯定。在情节发展中，女性在世俗生活中的本真意义得到了还原。女性们既不是脱离现实、虚构理想的完美仙子，也不是阴柔险恶的骷髅美女，而是正常而普通的有血有肉有情有欲的世俗女子。男性命运的盛衰也并不是由女人们

① 郭凌云. 试论《金瓶梅》对传统女性形象的颠覆与重构[J]. 科教文汇，2011(11)：48.

带来的，而是由其自身的行为方式和性格发展决定的。

《金瓶梅》对女性的描绘超越了当时一般小说的叙事层次，较真实地还原了女性本真的意义，包含了对女性困境的思考。《金瓶梅》并没有对这些矛盾的现象、混沌的问题给出一个完整的答案，但它呈现于读者面前的充满矛盾的世界本身就具备了优秀小说所具备的哲理性和思辨性。"《金瓶梅》跳出了传奇和历史的圈子，综合运用了隐喻、象征、反讽等手法，描绘了世俗女性的躁动、挣扎及人性的张扬与毁灭，在鄙俗与卑污中展现出一个丰富新鲜、有浓厚市井气与烟火气的世界。它对世俗女性形象的塑造大大超越了其前代的作品，即使在其之后，也鲜少能有作品与之匹敌。在这个意义上可以说，《金瓶梅》是小说发展史上一个重要的里程碑。"①

5. 对小说叙事模式的突破

《金瓶梅》对中国古典小说叙事模式的突破，首先表现在小说的整体框架结构上。《金瓶梅》这部大戏，虽然因成功地刻画了众多妇女形象而惹人注目，但无论是潘金莲、李瓶儿、庞春梅，还是吴月娘、孟玉楼、孙雪娥等，这些个角色的种种表演，又都是众星捧月般地环绕着西门庆而展开的。因此，毫无疑问，西门庆才是该部大书的第一主角。小说以西门庆的罪恶活动为中心，上自朝廷，下至市井，逼真地描画出明代中后期污浊不堪、腐朽至极的社会图景。从结构上论，小说自然是以"西门家世"为轴心的，但在这框架之中，又的的确确铺延着一条极其明显的结构主线，甚或可以说是作者构筑小说文本的主体图谱，它就是小说的因果报应意念！相对于外在体现的故事框架，我们不妨将它称作是具有内在驱动力的思想框架。因此，《金瓶梅》故事的框架结构实际上是借西门庆的一系列活动勾勒出他一生的作为，更借其死后陈经济、张二官、潘金莲、庞春梅、韩道国、汤来保等人对他的精神承继，昭示出西门庆的虽死犹生，以及西门庆所生活着的那个世界的依然存在和这个世界之间相同相类的一幕幕悲剧、喜剧、丑剧、闹剧、滑稽剧和荒唐剧的连续搬演，而所有这些归结起来，却恰恰正是一部长篇的连续剧与循环报应剧。西门庆贪人钱财、淫人妻女，陈经济、张二官、韩道国之徒仿而效之，甚至于更以其人之道还治其人之身，真正称得上是善恶轮回、现打不赊。因此，我们的结论是：整部《金瓶梅》的深层结构是因果报应的思想观念，外部体现的是一种充满佛教因果轮回报应式的"循环模式"。这与之前小说所开创的以大团

① 郭凌云.试论《金瓶梅》对传统女性形象的颠覆与重构[J].科教文汇，2011(11)：48.

圆为结局的团圆模式，倡扬善有善报、恶有恶报的惩恶扬善模式，以及主张正义终于战胜奸邪的复仇模式完全不同。《金瓶梅》对小说循环模式的开创，丰富了古典小说叙事模式的种类。

《金瓶梅》对小说叙事模式的突破，还表现在其叙事的方式上。作为历史小说，《三国演义》叙事文本的结构方式，“主要体现在两方面：一是时空交错的艺术，主线和副线贯穿整个叙事结构，二是在时空交错的历史网结中形成了以历史事件和历史人物性格有机组合的十六个单元结构。”① 作为小说艺术把握历史的叙事结构方式，它既是再现历史生活的载体，又有其独具的审美形态。这就是依据对历史生活中社会关系的深刻理解和把握，在历史人物的原型基础上进行的艺术虚构，使群体历史人物性格活脱脱地展现在读者的面前。《水浒传》的叙事方式是由十个单元结构和众多的小单元以及结合部组成的。《水浒传》的单元结构与单元结构之间、单元结构与小单元之间的组合，不是线性的连接，而是一种结构的吻合和转换。《水浒传》叙事结构转换和组合的机制，就是故事与故事之间的结合部。具体地说，便是在社会化性格系统中性格与性格撞击和咬合处，事件与事件交合的临界点，最后梁山好汉都在“义气”的情结下走到了一起，形成梁山大聚义。《金瓶梅》比《三国演义》《水浒传》更加接近近代小说的观念，它纯粹是文人的创作。美国学者浦安迪指出：“我们必须正视一个事实，也即《金瓶梅》除了曲演《水浒传》的一个插曲以外，文学史家始终找不到任何既存的先行说书传统可以与之相联。”② 换言之，《金瓶梅》的叙事方式完全是艺术虚构的产物。《金瓶梅》的叙事结构是由单元结构组合而成的，这些单元结构的故事一直沿着三条线索交互展开。一条是西门庆的商业活动和政治活动，钱和权形成其豪奢、享乐、奸淫的基础，并贯穿其暴发以至衰落的短暂的一生。这是前八十回的一条主线。辅之两条副线：一是妻妾争宠、明争暗斗直至败亡四散；另一条是陈经济的淫荡和败落，在前八十回中是一条副线，八十回以后上升为主线。整部书的叙事结构浑然一体，其整体性超过了《水浒传》。张竹坡评点《金瓶梅》说：“《金瓶梅》是一部《史记》。然而《史记》有独传，有合传，却是分开做的。《金瓶梅》却是一百回共成一传，而千百人总合一传，内却又断断续续，各人自有一传。

① 郑铁生. 明清小说评点对中国叙事学的意义[J]. 南开学报，1998(1)：65.

② [美]浦安迪. 中国叙事学[M]. 北京：北京大学出版社，1996.

固知作《金瓶梅》者必能作《史记》也。何则？既已为其难，又何难为其易。”①

《金瓶梅》对小说叙事模式的突破，还表现在其情节叙述联缀的方法上。《金瓶梅》在故事情节叙述联缀上，创造性地使用了网状结构的叙事方法。小说以西门庆为中心，描写了上自皇帝下至市井细民的各阶层人物，展示了情场、商场、官场广阔的社会生活画面，形成了由点及面、层层拓展的波浪态格局。波浪态的主次是极为分明的。作者的视角始终瞄准家庭，以西门庆为首的家庭群体是全书描写的重点，性爱生活线索是贯穿小说始终的主线，商业活动线索和官场活动线索穿插其间。在波浪型的总体布局中，三条线索发展运行的状态不是互不干涉地平行发展，而是相互交错，此起彼伏。

《金瓶梅》在小说史上开创了以一家为轴心波及社会各类家庭，以情爱故事为主线串连其他线索情节的波浪态网状结构。《金瓶梅》之前的长篇小说由于通过重大社会事件再现社会历史面貌，因而，空间多为室外大空间，且又极富于位置的变化，或随人物做逐点定向挪移，构成一组事件，如林冲逼上梁山、唐僧西天取经、关羽过关斩将。一组事件与另一组事件间的衔接，常常呈现为空间的大幅度跳跃，忽而西征马腾，忽而南下赤壁，忽而祝家庄，忽而曾头市。神魔小说的空间腾挪更具有臆想性和不定性。空间大幅度的腾跃显示出了小说情节的连接方式、布局状态。大小、动静、冷热、悲欢等对应性空间场景的交替，构成了情节的离奇巧合，跌宕起伏。“《金瓶梅》在人物、情节、时间、空间布局上的创新，在小说发展史上具有划时代的意义。波浪态环形网状结构的创立，于说书体长篇小说的单线纵向曲线类结构之外，又开辟了一个结构新模式，艺术表现的新天地，它为《红楼梦》的出现，为小说艺术的丰富、繁荣做了奠基性贡献。”②

《金瓶梅》对小说叙事模式的突破，还表现在其创造性地运用隐寓叙事符号上。隐寓叙事符号是《金瓶梅》惯用的笔法，张竹坡称为“犯笔”。张竹坡在《金瓶梅·读法》第四十五条中云：“《金瓶梅》妙在于善用犯笔而不犯也。”③比如作品中写到的宋惠莲，明显就是为了潘金莲的隐寓符号。张竹坡在第二十二回回

① 张竹坡.批评第一奇书·金瓶梅读法［M］.济南：齐鲁书社，1987.

② 许建平.论《金瓶梅》艺术结构在中国长篇小说发展史上的意义［J］.河北师范大学学报，1990（2）：11.

③ 朱一玄.金瓶梅资料汇编［M］.天津：南开大学出版社，2002.

评中曰："此回方写惠莲。夫写一金莲，已令观者发指，乃偏又写一似金莲。"[①] 小说处处把宋惠莲与潘金莲相互对照映衬着写，有意安排她们许多相同或相似处。宋惠莲与潘金莲有如此多相同或相似处，一看便知作者之有意用宋惠莲镜像潘金莲，明写宋惠莲，却意在潘金莲，"项庄舞剑，意在沛公"之谓。彰潘金莲之恶，实又是为彰显整部《金瓶梅》的核心价值观之一——罪"酒色财气"之"气"。小说以宋惠莲隐寓潘金莲，从建构《金瓶梅》的人物世界来看，出一宋惠莲，更丰富了《金瓶梅》的女人世界，以她们的相互隐寓，更见出《金瓶梅》世界的花团锦簇，热闹好看；从情节架构来看，宋惠莲之死，是潘金莲恶的开始，是李瓶儿的前车之鉴，以此推进小说情节的发展；小说以宋惠莲隐寓潘金莲，更是为传递出整部书的最重要的主旨——罪"酒色财气"之"气"。

除此之外，《金瓶梅》还运用了性符号叙事。性符号叙事是《金瓶梅》用以表现世情的最重要手段，也是最受人关注的部分。性符号叙事，最主要的是身体符号叙事，是对身体的还原性敞开。与《三国演义》《水浒传》等小说不同，《金瓶梅》关注的是家庭生活，其视角焦点集中在日常琐事乃至床笫之间。在西门大宅这样封闭的社会空间中，西门庆的六个妻妾与那一帮丫头、帮佣的生存竞争更多地以性的形式展示出来，实在是顺理成章的事。"性描写作为叙述动力，除了表现人物命运这个大框架中纵欲与死亡的必然因果关系的联结外，还具体在情节、人物关系与性格发展里，起着有力的推进作用，带动着叙事场景、内容、节奏的变化。可以说，《金瓶梅》的性描写具有一种形式上的'功能'，使情节、人物诸方面充满运动感——一种走向生命互毁与自毁的悲剧力量。从某种意义上看，《金瓶梅》的思想题旨与叙事形态，正是在这些力量下完成的。"[②]《金瓶梅》的情欲描写是渗透到作品肌理内部的叙事构成要素，具有无法分离的统一性与完整性，并对《金瓶梅》艺术风格的形成，产生了极大的影响。

综上所述，《金瓶梅》作为世情小说的开山之作，与之前的古典白话长篇小说相比，不仅把创作的视角引向了日常的市井领域，更重要的是，它树立了小说新的审美范式，创造了小说新的叙事模式，运用了现实主义的笔法，塑造了还原真实生活的女性形象；同时，为了达到其艺术表现的效果，引进了文本叙述不可

① 朱一玄.金瓶梅资料汇编[M].天津：南开大学出版社，2002.

② 王彪.作为叙述视角与叙述动力的性描写——《金瓶梅》性描写的叙事功能及审美评价[J].社会科学战线，1994(2)：217.

或缺的情爱叙事。《金瓶梅》的创新力度是空前的,在中国古典小说发展的历史上,有着重要而不可磨灭的地位与影响。

第六章
文言志怪的孤愤之作《聊斋志异》

《聊斋志异》在小说史上是很特别的，这不仅是因为在小说白话语言叙事高度成熟的清代前期，其标新立异地采用文言叙事描写的语言选择，更是因为其笔下描写的超现实的人鬼世界带来的巨大的审美想象与叙事张力，从而使其闪耀着瑰丽多姿的色彩，在小说史的长河中绽放出独特的光芒。

《聊斋志异》为蒲松龄“孤愤”之作，史迁发愤著书的传统与韩愈“不平则鸣”的理论，在《聊斋志异》中得到了淋漓尽致的诠释。蒲松龄科举不第的苦闷，生活境遇的清苦，现实处境的无奈，都寄寓在“字字看来皆似血”的文字之中，故而能成就“写鬼写妖高人一等，刺贪刺虐入骨三分”的煌著。

‖ 第一节 《聊斋志异》的作者、成书与版本 ‖

相较明清其他几部经典长篇章回小说，《聊斋志异》的作者与成书没有太多的谜团与争议。现存文献对于蒲松龄的生平编年，以及《聊斋志异》的成书，可以大致无误地勾勒出其面貌。

蒲松龄（1640—1715 年），字留仙，号剑臣，别号柳泉居士。生于山东省淄川县蒲家庄（今淄博市淄川区）。据张稔穰先生研究，蒲松龄先祖蒲鲁浑、蒲居仁为元朝初年般阳路总管，管辖淄川、掖、福山等县。[①]蒲家家世显赫，且世代为书香门第。

蒲家家世于蒲松龄父亲蒲槃时始败落。蒲槃青年时，多次应举不第，后弃学

① 张稔穰．蒲松龄和《聊斋志异》[M]．沈阳：春风文艺出版社，1999.

经商，家境渐臻富裕。蒲槃四十余岁时，不复经商，闭门读书，先后得四子，蒲松龄为第三子。蒲槃生性乐善好施，晚年家境陷入困顿。

蒲松龄幼年随父亲读书便表现出过人的才华，闻名于学子间。据张元《柳泉蒲先生墓表》：蒲松龄十九岁时，“先生初应童子试，即以县、府、道三第一补博士第子员，文名籍籍诸生间。”① 之后蒲松龄与同乡诸友相互激励，更加发奋读书。二十八岁时，因与其兄弟分家产中，所得寥寥，近于生计，只好去本县王村教书。三十一岁时，蒲松龄随淄川举人孙蕙赴江苏宝应县、高邮州协办书案，次年又返回淄川县西铺村毕家、丰泉乡王家等处坐馆教书。四十岁起在西铺村毕际有家坐馆，长达三十余年，直至七十一岁时方告老归家。四十余年的坐馆教书生涯中，蒲松龄一直不忘科举仕进，直至六十六岁。这期间，他多次参加乡试，无一中举，屡受挫折，但始终对科举抱有幻想。晚年终于看透科场黑暗，不再赴试应举。他在为其亡妻刘氏所写的《述刘氏行实》中说：“松龄年七十，遂归老，不复他游。先是，五十余，犹不忘进取，孺人止之曰：‘君勿须复尔。徜命应通显，今已台阁矣。山林自有乐地，何必以肉鼓吹为快哉？’松龄善其言。”② 足以见出，蒲松龄晚年在其妻的开导下，终于将曾经对科举的热望浇灭。

除《聊斋志异》外，蒲松龄一生著述颇为丰富。据路大荒《蒲松龄集编订后记》中研究统计，现留存蒲松龄文290余篇，诗929首，词76阙，杂著2种，戏3出，通俗俚曲 13 种。③

首先说《聊斋志异》的成书时间。关于《聊斋志异》写成于何年，目前学界尚未达成统一认识。较为普遍的观点是，康熙己未年（1679 年），蒲松龄完成了《聊斋志异》的创作，其证据是，这一年蒲松龄写了《聊斋自志》，其时年龄为四十岁，蒲松龄的好友高珩也为《聊斋志异》作了一篇序。另有一种说法是，《聊斋志异》的成书时间应该是蒲五十岁时。1987 年，王枝忠认真研究了以上两种说法，认为均不可靠。他认为“蒲松龄写作《聊斋志异》，至少持续了四十年左右”。④

---

① 张元．柳泉蒲先生墓表［M］// 朱一玄．聊斋志异研究资料汇编．作者编．郑州：中州古籍出版社，1985：344．

② 蒲松龄．述刘氏行实［M］// 朱一玄．聊斋志异研究资料汇编．作者编．郑州：中州古籍出版社，1985：334–335．

③ 路大荒．蒲松龄集编订后记［M］// 朱一玄．聊斋志异研究资料汇编．作者编．郑州：中州古籍出版社，1985：373–376．

④ 王枝忠．关于《聊斋志异》的成书年代［J］．齐鲁学刊，1987（5）：115．

《聊斋志异》的成书，应该是一个历时弥久的过程。按照蒲松龄康熙九年（1670年）创作的诗作和第二年所写的《感愤》，其诗云："漫向风尘试壮游，天涯浪迹一孤舟。新闻总入《夷坚志》，斗酒难消磊块愁。尚有孙阳怜瘦骨，欲从玄石葬荒丘。北邙芳草年年绿，碧血青磷恨不休！"这一年，蒲松龄满怀遗憾、失望、悲愤，带着攻治举业仍冀得第的"消磨未尽"的"雄心"回到故乡，将每种复杂心境下所产生的"新闻""总入"《夷坚志》，即后来问世的《聊斋志异》。由此可知，蒲松龄从三十一岁时，便开始了《聊斋志异》的写作，这一点广为学者们所接受。蒲松龄是什么时候完成《聊斋志异》的写作的呢？康熙二十六年（1687年）春，蒲的一位好友张笃庆赴乡试时作诗相赠，其中有"此后还期俱努力，聊斋且莫况谈空"。由此可知，此时蒲正处于《聊斋志异》的写作之中。这一年，蒲松龄四十八岁。康熙四十年（1701年），蒲的另一位好友张历友为蒲作诗，说："说鬼谈空计尚违，惊人遥念谢玄晖"，说明蒲仍在写作《聊斋志异》，而这时蒲已经六十一岁。如果从《聊斋志异》中所描写故事的本事原型来考查，可以发现，其中部分篇章如《夏雪》，是康熙四十六年（1707年）发生的事情，而这时蒲已经近七十岁。由此可知，蒲四十岁前就完成了《聊斋志异》的写作，显然是经不起推敲的论断。

《聊斋志异》独立短章的成书结构，决定了其成书并非是一时一地的写作过程。《聊斋志异》今存近五百篇作品。王枝忠认为，"大约一半左右的作品是蒲松龄五十岁以后所作"，全部作品完成于"蒲松龄六十岁以后"。[①] 同样，王庆云也认为，《聊斋志异》的成书，经历了六次过程，第一次为二十五至三十岁之间，第二次为四十岁时，第三次为四十三岁时，第四次为五十岁时，第五次为六十岁左右，第六次为七十岁左右。[②] 王氏的观点显得琐碎，而流于臆测，但他对《聊斋志异》历经多次而成书的主张却极大地接近了蒲松龄的创作实际。我们从《聊斋志异》所写的众多人鬼故事的现实原型来看，有些可能源于蒲坐馆听闻而来，有些却真切地源于蒲个人的见闻，还有些可能是亲身的经历，因而这些短章故事的来源便该是一个历时长久的过程。另据蒲松龄在行文中所表现出来的思想与认识水平来看，明显有着层次不同的区分。因而《聊斋志异》的成书，是一个前后持续四十年之久的过程，当是确定的事实。

---

① 王枝忠．关于《聊斋志异》的成书年代［J］．齐鲁学刊，1987(5)：115–118.

② 王庆云．蒲松龄《聊斋志异》六次成书过程蠡测［J］．青岛海洋大学学报：社会科学版，1995(4)：54–56.

《聊斋志异》的版本较为繁多。20世纪60年代，张友鹤先生对《聊斋志异》做了会校、会评、会注，按张先和的考据，《聊斋志异》的版本分为抄本与刻本两个系统。《聊斋志异》的抄本最早出现在雍正癸卯年(1723年)前，其依据是清前期殿春亭主人在《聊斋志异抄本跋》中写道："余家旧蒲聊斋先生《志异》抄本，亦不知其从何得。后为人借云传看，竟失所在。一日，偶语张仲明世兄，仲明与蒲俱淄人，亲串朋好，稔相浃，遂许为乞原本借抄，当不吝。仲明自淄携稿来，累累巨册，视向所失去数当倍。"① 可知，1723年之前，殿春亭主人手头已有一部手抄本的《聊斋志异》，但是篇幅有限，不是全本，这是《聊斋志异》的第一个抄本。而1723年，他从蒲松龄同乡张仲明手中得来的抄本，篇幅较之前为数倍，这是《聊斋志异》的第二个抄本。乾隆丙戌年(1766年)，赵起杲在《聊斋志异弁言》中写道："丙寅冬(1746年)，吾友周子济自济南解馆归，以手录淄川蒲留仙先生《聊斋志异》二册相贻。"② 可知，乾隆二十九年(1764年)，赵起杲从友人周子济处获得另外一个《聊斋志异》的抄本。乾隆丙戌年，由赵起杲友人鲍以文出资，余蓉裳、郁佩先、赵皋亭校雠，将赵获得的抄本刊刻出印，是为《聊斋志异》最早的刻本。在此刻本的例言中，赵起杲还透露出：《聊斋志异》初稿名《鬼狐传》，后改名为《志异》；清代著名文人王士禛曾"以百千市其稿。先生坚不与，因加评骘而还之"。因此，《聊斋志异》最早的赵起杲刻本是带有王士禛评语的。道光四年(1824年)，段栗玉将其从济南朱氏处获得的一个抄本付梓刊刻，是为《聊斋志异》第二个刻本。清道光十五年(1835年)，杨慎修重新刊刻《聊斋志异》，是为天德堂刊本，是《聊斋志异》的第三个刻本。道光二十二年(1842年)，但明伦评点《聊斋志异》，"取是书随笔加点，载以臆说，置行箧中"，并重新刊刻，是为《聊斋志异》第四个刻本。光绪十二年(1886年)，何镛为广百宋主人《聊斋志异图咏》作序，并付梓刊刻，此为《聊斋志异》第五个刻本。光绪十七年(1891年)，喻焜将冯远村、但明伦评点本合为《聊斋志异冯但合评》，此为《聊斋志异》第六个刻本。其后，民国时及1949年后又陆续有《聊斋志异》印本刊出，如《申报馆丛书》本、上海古籍出版社印本。在《聊斋志异》的版本史上，一般认为赵起杲本为古本，但明伦评点本与何镛评点本是较为被推重的版本。

---

① 殿春亭主人.《聊斋志异》跋[M]// 朱一玄.聊斋志异研究资料汇编.作者编.郑州：中州古籍出版社，1985：379.

② 赵起杲.《聊斋志异》弁言[M]// 朱一玄.聊斋志异研究资料汇编.作者编.郑州：中州古籍出版社，1985：380.

‖ 第二节　身世际遇与悲愤寄寓 ‖

《聊斋志异》是一部巨著。“聊斋”是蒲松龄书斋的名字；“志异”，也即记述狐鬼妖魅以及其他各种具有怪异、奇异特点的人和事。全书共四百九十余篇作品，其中有二百多篇篇幅较长，叙事宛转，属于传奇小说笔法；另有大约一半作品，沿用六朝以来志怪小说的传统，篇幅较短，情节单纯，属于杂记各种怪异之事的笔记小说或散文小品。清代前期，山东籍文人王士禛评曰：“小说家谈狐说鬼之书，以《聊斋》为第一。”清代张曜等修《山东通志》赞其：“以文章风节著一时。弱冠，应童子试，受知于学使施闰章，文名藉甚。屡踬场屋，乃决然舍去，一肆力于诗、古文辞，悲愤感慨，自成一家言。”[①] 完成这样一部耗时四十年之久的沤心沥血之作，不仅缘于蒲松龄家乡山野多狐兔，且神鬼传说大量流行的生活环境，更与他自身的命运遭际密切相关。

1. 蒲松龄的身世际遇

蒲松龄自幼对神鬼故事有着异于常人的偏爱。他在《聊斋自志》中说：“才非干宝，雅爱搜神；情类黄州，喜人谈鬼。”然而，兴趣爱好毕竟不足以促成《聊斋志异》的诞生，蒲松龄著《聊斋志异》，与本人身世际遇有着密切的关系。

明崇祯十三年（1640 年），蒲松龄诞生于故宅之北房。这一年是灾荒之年，据《淄川县志》载：“五月大旱，饥，树皮皆尽，发瘗肉以食。”据路大荒《蒲松龄年谱》考证，蒲松龄出生的当年，同邑友人高珩已二十九岁，孙惠已九岁，唐梦赉已十三岁，毕际友已十八岁。[②] 蒲松龄十一岁时，与从兄弟随父亲读书，读经史过目不忘，深得父亲喜爱。蒲十一岁前，明清嬗代，国家经历沧海桑田巨变，先是二岁时，李自成占河南，杀福王朱常洵，张献忠占襄阳，杀襄王朱翊铭。五岁时，崇祯帝自缢而亡，后吴三桂引清兵入关，清世祖福临入北京称帝。八岁时，高苑义民抗清领袖谢迁，聚众千人，破新城、长山诸县；后入淄川据之，称号置官署，后兵败。童年时期国家形势的激烈动荡，不能不在蒲松龄心理上投射下影子。这对他后来写

---

① 张曜，孙葆田，等. 山东通志·人物志（卷十一）“国朝人物”[M]// 朱一玄. 聊斋志异研究资料汇编. 作者编. 郑州：中州古籍出版社，1985：348-349.

② 路大荒. 蒲松龄年谱 [M]. 济南：齐鲁书社，1980.

作《聊斋志异》时表达的思想与认识形成了决定性的影响。

蒲松龄十二岁时，父亲蒲槃去世，生活开始拮据。清顺治十三年(1656年)，蒲松龄十七岁。这一年十月，施闰章抵历下，任山东学道。同乡友人毕际有任山西稷山知县。十八岁时，蒲松龄与刘孺人结婚，刘氏去世后，蒲为之作《述刘氏行实》，以表一生困顿相守的感念之情。十九岁时，蒲松龄以县、府、道试第一，表现出了过人的才华，补博士弟子员，受知于施闰章，大为施所称赏。顺治十六年(1659年)，蒲松龄二十岁时，与同邑友人王鹿瞻、李希梅、张笃庆结为"郢中诗社"，以风雅道义相劘切，各逞诗才，标举一时。蒲松龄《郢中诗社序》对当时结社因由解释道："因思良朋聚首，不可以清谈了之，约以宴集之余晷，作寄兴之生涯，聚不可以时限，诗亦不可以格拘，成时共载一卷，遂以郢中名社。或疑名之大而近于夸矣，而非然也。嘉宾宴会，把盏吟思，胜地忽逢，撚髭相对，此皆燕朋豪客所叹为罪不至此者也。其有闻风而兴起者乎？无之矣。此社也，只可有一不可有二，调既不高，和亦云寡，下里巴人，亦可为阳春白雪矣。抑且由此学问可以相长，躁志可以潜消，于文业亦百无补。"[①] 从蒲的解释可以看出，郢中诗社是蒲与同乡同龄友人切磋学问而结成的文人集团，几个才华横溢的青年，借此挥洒才情，名闻乡里，不得不说，这是蒲松龄年轻时代的一个壮举。

蒲松龄三十一岁时，同乡孙蕙任江苏宝应县知县，聘蒲为幕宾。次年，孙蕙调任高邮，蒲于当年三月随同前往。在外漂泊一年多的时间里，蒲松龄因孤独、寂寞、思念家人而伤感，他写诗道："每缘故内忧妻子，岂不怀归畏友朋"，将当时孤身在外，心系故里，但却担忧未立功名畏惧归乡的矛盾、复杂的心情表现得很形象。官场勾心斗角的生活终不是使蒲松龄感到快意的，他另一首诗又道："年年踪迹如萍梗，回首相看心事违。"终于在这一年，他带着落寞失望的心情经由故道，重新返回故里。

三十三岁时，蒲松龄初馆于同乡名人毕际有家，开启了长达近四十年之久的坐馆生涯。毕际有于顺治乙酉拔贡，曾任江南扬州府通州知州，为明代尚书毕自严之子。毕家世代显贵，拥有石隐园、绰然堂、傚樊堂等名胜。毕际有好收藏，又好结交文人才子，喜校雠，精鉴赏，待蒲松龄甚厚。蒲初入毕家时，写有七律一首，诗云："白云绿树隔红尘，湖海飘零物外身。花落一溪人卧病，家无四壁妇愁贫。生涯聊复读书老，事业无劳看镜频。何日得钱十万贯，烟波深处买芳邻。"我们从

① 蒲松龄. 郢中诗社序[M]// 路大荒. 蒲松龄年谱. 济南：齐鲁书社，1980：11.

这首诗中，可以感受到蒲松龄迫于生计依附于世家大族时心情的无奈，同时对自己功业无成、年华渐老的境况充满焦灼与感叹。三十八岁时，蒲松龄第四子出生，生活压力进一步加剧。康熙十九年(1680 年)，蒲四十一岁，母亲董氏卒。坐馆于毕际有家期间，每逢有客造访毕家，蒲均凝神于其传述自家故事，并裁剪摭拾，写于自己的《志异》故事之中。据考证，《聊斋志异》中《祝翁》一篇的原型即为毕际有家济阳籍祝姓妇佣。四十四岁时，蒲松龄补廪膳生，得以经官府资助为生计，生活境遇稍微好转。由于蒲松龄笔耕不辍，五十岁时，《聊斋志异》已颇具规模，王士禛亲题一诗赞之，云："姑妄言之姑听之，豆棚瓜架雨如丝。料应厌作人间语，爱听秋坟鬼唱时。"蒲松龄亦作一诗和之，云："志异书成共笑之，布袍萧索鬓如丝。十年颇得黄州意，冷雨寒灯夜话时。"这首诗表达了《聊斋志异》书成时蒲松龄的快意心情，同时也对十年著书呕心沥血的艰苦岁月而感慨不已。我们从前文可以得知，事实上其时蒲只完成了《聊斋志异》全书的一半左右，但当时已有告竣的想法。后来篇目的增补，是生活阅历不断丰富以后才产生的后续写作行为。

科举考试失利的沉重打击是蒲松龄一生难以抚平的创伤。五十一岁时，蒲松龄赴济南参加乡试，二场抱病不获终试，主司深为惋惜，自此决意不再参加科举考试。我们可以从中体味到数十年寒窗苦读，治学谨严却屡受挫折，从而带来的无尽的压抑与失望。踽踽苦求的蒲松龄在长久的苦闷之后，尝试着走出精神的困境，开始专注于治学与现实人生，他把无尽的苦痛消解于与地方官员与友人的诗酒酬唱之中。时任山东布政使喻成龙叹赏蒲的才华，"饬邑令尽礼敦请""馆之幕中者数日"，他作诗相赠。友人唐梦赉七十岁寿辰，他赋诗相贺。五十八岁时，自建斗室落成，欣喜不禁，作诗纪之，诗云："斗室颜作面壁居，一床两几地无余。频煨榾拙云窟似，半架蘅茅茧室如。搦管儿曹呈近艺，涂鸦童子著新书。几时能买田百亩，及尔科头栖旧庐。"蒲松龄用自我解嘲的方式，将半世功名蹭蹬的无奈、生活窘困的辛酸、蜗居斗室的困顿谑笑苦吟地表现出来。可以看出，人生遭遇的不公对他才华的压抑与心理的伤害。

科场失意的不公造成的长期心理压抑，并未使蒲松龄形成反社会的人格。相反，广泛交游使他与社会形成良好的互动，他能以正常、健康的心理与眼光看待外界。康熙三十八年(1699 年)，皇帝南巡，蒲拟《上南巡视河工，赐督、府、藩、臬大臣御书御选古文渊鉴及御制耕织图诗，群臣谢表》《上亲巡河工，凡经过地方，恩赦罪犯，群臣谢表》等三篇。这一年冬天，他又为章丘境内长申地庄之浆水庙撰写《创修五圣祠碑记》。次年，邑令赵锡仁谋建西关大桥，请蒲松龄作募捐序。

科举的创痛至人生晚年逐渐淡化，然对功名渴望的焰火仍不时燃起。六十一岁时，蒲松龄作诗自嘲："皤然六十一衰翁，飘骚鬓发如枯蓬。骥老伏枥壮心死，帖耳嗒丧拼终穷。余子纷纷向南宫，吾徒蹶落仍阘茸。眼中驽才策不进，坟起五岳填满胸。傍倪憋憋为热中，击卓努色开方瞳。长茅束巷置高阁，重将解结挥尘蒙。余息尚存眼底空，攘臂直欲追裴公！白头见猎犹心喜，起望长安笑向东。"六十一年来科场屡次受挫，人生大半美好光阴沉抑于失望与苦痛之中，但他却老骥伏枥，壮心不已，意欲追随裴度，幻想大器晚成，仍能重振精神，再战场屋。顽强的意志与进取的精神，体现出其坚毅的人格与伟岸的胸襟，读之不禁让人肃然起敬。蒲松龄治学勤奋，六十五岁时，写成《日用俗字》一书。六十七岁时，尚与族兄、儿子登黉山，并写成《药祟书》一书。此外，他的治学著作尚有《农桑经》《婚嫁全书》等，悉以研精覃思而成之。

蒲松龄纵然可以通过辛勤不辍的治学，来消解科举失意的创痛，然而对于视举业为人生终极目标的男性来说，科举屡次不第所造成的挫败感，是刻骨铭心而根本无法消除的。康熙四十七年(1708 年)，蒲松龄六十九岁，去济南游玩，正好赶上山东试士，多年心理积压的情绪，通过一首五言古体《钝寨行》而迸发出来："试期听唱名，攒弁类堵墙。黑鞭鞭人背，跛扈何飞扬！轻者绝冠缨，重者身夷伤。退后迟嗷应，逐出如群羊。践踞喜嫚骂，俚媟甚俳倡。视士如草芥，而不齿人行。帖耳俱忍受，阶此要宠光。此中求伊周，亦复可恻怆。羁留几两月，拆名尚未确。看囊无一钱，萧然剩空橐。盎粟储正供，竭赀悉枭却。缶中蛇不存，皮骨尽剥削……"[①] 学子远离家乡赴试，倾尽家中积蓄，至省城人地两生的困顿、焦虑，榜单发布时的焦灼，考官的跋扈，唱名之后有人欢喜有人痛苦的人间闹剧，所有这些都是蒲松龄再为熟悉不过的痛楚体验，以致在他人生的晚年依然能剜心痛恻地描绘出来。这既说明举业无成的心理创痛依然无法一时消除，又说明他多年来致力于学术只是暂时的自我麻醉与选择性的遗忘罢了。

2.《聊斋志异》的悲愤寄寓

《聊斋志异》是一部寄寓悲愤的作品。蒲松龄七十六年人生的复杂心理体验，通过人鬼交杂的世界隐诲地表达而出。清代张元为蒲松龄作墓表云："而其生平之侘傺失志，濩落郁塞，俯仰时事，悲愤感慨，又有以激发其志气，故其文章颖发苕竖，诡恢魁垒，用能绝去町畦，自成一家。而蕴结未尽，则又搜抉奇怪，著

① 蒲松龄.钝寨行[M]// 路大荒.蒲松龄年谱.济南：齐鲁书社，1980：54.

有《志异》一书。”[1]张元认为蒲松龄的“侘傺失志，濩落郁塞”，主要源于一生科举不第。对于封建社会的读书人来说，这样的人生无疑是有极大缺憾甚至是失败的。举业屡次不第的巨大心理落差蕴积的情绪，通过文学创作而得到宣泄，因而《聊斋志异》的文字深含寄寓。而民国时方作霖修著的《淄川县志》在“续贡生”一卷里也评价蒲松龄“悲愤感慨，自成一家言”；“重续文学”一卷评其“积日砥砺，当濩落郁塞，有以激发其志气，故其文踔厉迅速，自成一家”。[2]《聊斋志异》为悲愤感慨之作，是几乎所有后人的一致评价。那么非写实的鬼魅狐仙的描写便绝不仅仅是游戏玄幻之笔，而是作家胸臆的寄寓。

举凡《聊斋志异》杂糅民间故事与文人情怀为一体的叙述，其中所寄寓的主题有如下几个方面。

第一，对八股科举的批判。作为盛世时代落魄的文人，蒲松龄人生的痛苦主要源于科举的屡次失利，这是给他心理深层最为刻骨的投影。明清两朝盛行八股取士，将许多才华横溢的学子挡在了仕途政治的门外，而蒲松龄显然是最为典型的不幸者。这个时代，为科举所毒害而发愤笔诛的，除了《聊斋志异》之外，还有《儒林外史》与《红楼梦》。

八股科举取士制度颠倒黑白，评价不公，造成文人命运天地悬殊，《聊斋志异》描绘了一幅幅这样的人间闹剧。最为典型的如《司文郎》，写一瞎和尚鼻子有特异功能，可以从焚过稿子后的灰烬中嗅出文章的优劣。这个瞎和尚虽前世浪费过太多纸，此生就仕途不顺，但他时常能说出一些清醒的话来。榜单揭晓以后，王生落第，而余杭生高中。瞎和尚感叹道：“丫仆虽盲于目，而不盲于鼻，帘中人并鼻盲矣。”而原来主考官就是余杭生的恩师。盲僧所说的“帘中人并鼻盲矣”，一句话把科举制度的虚伪面纱大胆揭穿了。盲僧显然是作者的代言人，他对科举的批判当然也是作者的诛伐科举的间接宣泄。苦于现实的顾忌，作者只能借他人或鬼魅代言，而在鬼魅的世界中，作者的批判的力度显然要大胆有力得多。在《三生》中，写兴于唐与千百个被黜落而死的鬼魂，聚散成群，大闹阴司，要求阎罗拘摄考官，“抉其双眼，以为不识文之报”。结果以剖腹挖心了案，“众始大快”。这样极端残酷血淋淋的复仇式描写，无疑是作者对科举制度切齿痛恨而

① 张元．柳泉蒲先生墓表［M］// 朱一玄．聊斋志异研究资料汇编．作者编．郑州：中州古籍出版社，1985：344.

② 方作霖．淄川县志（卷五）“续贡生”、（卷六）“重续文学”［M］// 朱一玄．聊斋志异研究资料汇编．作者编．郑州：中州古籍出版社，1985：347.

决意复仇心理的寄寓。科举制度的迫害,给蒲松龄心理造成的伤害,由此可见一斑。

蒲松龄是个正直、良心自觉、不愿苟从世俗污浊的人。他的落魄不但源于社会制度的不公,而且源于他耿介高峻的人格,这一点反映在《贾奉雉》中。贾奉雉才名颇盛,但是屡试不中。秋闱落榜后,黯然神伤。后来他听人说“于落卷中,集其杂冗泛滥,不可告人之句,连缀成文”,三年后的科举考场上他如法炮制,没想到“竟中经魁”。瞠目结舌后,他再阅试稿,不禁冷汗淋漓,脸红耳赤,叹息“以金盆玉碗贮狗矢,真无颜出见同人”。他于是幡然悔悟,羞见同仁,从此绝弃红尘,遁迹山林。蒲松龄借这个故事,以戏谑的方式毫不留情地调侃了科举考试的虚伪,同样也表达了自己不苟从世俗、迎合污浊的高峻、独立、傲然不群的品格。

除《王生》《兴于唐》《贾奉雉》以外,《聊斋志异》还以大量笔墨痛斥了科举给知识分子精神带来的极大摧残。于去恶、俞询九、王子安等书生同样长期科举不第,而导致心理被极大扭曲,头脑中除了“功名”二字别无其他,成为十足的变态狂。“在那个时代,科举考试是把双刃剑,它在给无数文人编织瑰丽幻梦的同时,也扭曲了他们的人性与灵魂,最终把他们推入万劫不复的深渊。”①

蒲松龄深受科举之害,通过塑造一个个文人形象来表现自己饱受摧残、风霜累累的内心,但与之形成矛盾对立的是,他一生从未对科举放弃幻想,以致人生晚年仍热衷于功名。艺术延伸了文人现实困境中的幻想,也宣泄和放大了文人潜意识里爱恨情仇等极端的感情成分,但在人生存的现实层面,思想还是必须与生活保持着协调与统一。这是世俗中的文人永远无法逃脱的牢笼,也反证出艺术的摹写并不完全反映作者真实心理这一规律。

第二,对爱情主题的高扬。据刘文金统计,《聊斋志异》所包括的近五百篇小说中,男女爱情主题的作品有一百二十多篇。② 蒲松龄对爱情主题的开掘,是在元代婚恋主题的戏曲诸如王实甫《西厢记》、白朴《墙头马上》等所开拓的新型爱情观的前提下,经由明代后期传奇如汤显祖《牡丹亭》、清代初期传奇如孔尚任《桃花扇》、才子佳人小说如《平山冷燕》不断阐发男女爱情这个古老而时尚主题的基础上,对爱情主题的进一步倡扬。然而,《聊斋志异》对爱情主题的诠释,既不同于杂剧一类作品所倡导的主题“愿天下有情的都成了眷属”,也不同于才子

① 何继恒.绘文人色彩,揭科举弊端[J].安徽文学,2008(8):183.

② 刘文金.蒲松龄对爱情主题的发掘[J].信阳师范学院学报:哲学社会科学版,1982(3):58.

佳人小说郎才女貌、好色不淫的刻板模式，而是大量描写书生与美女的爱情，其中的价值观念与思想倾向也极具个人特色。

《聊斋志异》对爱情主题的描写，主要局限于以落魄或未发迹的书生为中心的文人，女性主角或为仙女，或为鬼女，或为狐女。这些故事中的男女爱情模式也分为种种不同的情况。有的只限于超脱世俗的情爱，而与性爱无涉，如《乔女》《宦娘》《乐仲》《娇娜》。这些故事中，男女之间只是出于彼此灵犀相通的感情之爱，而不牵扯任何世俗功利的内容。这一类爱情显示出高贵、圣洁的品格，读来令人心驰神往。通过对男女纯粹情爱的描写，蒲松龄向我们展示了情爱的伟大。如《娇娜》一篇篇尾，蒲松龄由衷地赞美孔生与娇娜纯洁的情爱道："余于孔生，不羡其得艳妻，而羡其得腻友也。观其容可以忘饥，听其声可以解颐。得此良友，时一谈宴，则'色授魂与'，尤胜于'颠倒衣裳'矣。"[①] 在蒲松龄看来，男女之间的"色授魂与"的情爱是胜于"颠倒衣裳"的性爱的。

《聊斋志异》中的小说，有的描绘的是男女露水式的爱情。此类故事中的男女主人公只图一时肉体之快，并没有感情交流层面的期待。此例最为典型的是《荷花三娘子》。故事中宗湘若巡视田垄，见男女野合。男子去后，宗"略近拂拭曰：'桑中之游乐乎？'女笑不语。宗近身启衣，肤腻如脂。于是挼莎上下几遍，女笑曰：'腐秀才，要如何，便如何耳，狂探何为？'诘其姓氏。曰：'春风一度，即别东西，何劳审究？岂将留名字作贞坊耶？'"[②] 该故事中女子"春风一度"式的爱情完全颠覆了传统的道德与爱情观，只追求肉体一时之快，没有对心灵与感情交流与共鸣的期望。他如《胡四姐》中的尚生，独居清斋，秋天的一个夜晚，"忽一女子逾垣来"，"生就视，容华若仙。惊喜拥入，穷极狎昵"。[③] 男女一见面不久便进入性爱，感情的交流无立锥之地，大多是这类爱情所具有的特点。

占《聊斋志异》男女爱情模式绝大多数的，是才华横溢但未发达的书生与狐女或鬼女的爱情。在这样的爱情模式里，男子多饱读诗书，才华卓绝，女子多温柔、多情、貌美，郎才女貌，夫贵妻荣，天然佳配，珠联璧合，不失为理想浪漫的爱情。在描绘这类爱情时，蒲松龄往往配以富有诗意的画面，如与王子服相恋的婴宁，所居住的环境是"门前皆丝柳，墙内桃杏尤繁，间以修竹；野鸟格磔其中"，婴

① 蒲松龄.聊斋志异［M］.北京：人民文学出版社，1989.

② 同上。

③ 同上。

宁美丽、纯洁、超凡脱俗的形象跃然纸上。又如《连城》所描写的连城与穷书生乔生之间的爱情，连城之父讲史孝廉以征诗方式择婿，乔生应征献诗，连城对其一见钟情，之后他们引为知己、倾心相爱。后来连城之父横加阻挠，将连城许给商人之子，但是俩人据理抗争，先后离世，在阴间结为夫妻，后还魂回到阳世，又与官府争执，几番生死，终于结为伉俪，书写了一则可歌可泣惊天动地的爱情史诗。又如《瑞云》中的贺生与妓女瑞云的爱情。瑞云貌美时贺生无力为之赎身，后来瑞云形貌丑陋、状如厉鬼时，贺生却将其赎身并结为夫妇，并说："天下唯真才人为能多情，不以妍媸易念也。"贺生与瑞云的爱情，冲破了世俗讲究门第、等级、金钱的传统樊篱，表现出真情为主的爱情观念。对于这一类摆脱世俗、以两情相悦为基础的爱情婚姻，蒲松龄给予高度肯定与赞扬，表现出重真情的爱情观念。

需要看到的是，《聊斋志异》中的爱情模式均以男性书生为中心而构建，"是作者自视甚高与不能实现人生目标的失落心理表现，是以作者为代表的寒士阶层既自卑又自尊、自傲的心理意识下的产物"。[①] 蒲松龄笔下的爱情，代表了寒门出身或身处底层的文人对爱情的幻想与渴望，也是蒲松龄对他生活的那个时代的女性在爱情中被道德束缚与压迫现实的反制。从这个意义上说，蒲松龄对爱情的大力高扬，实则为现实人生困境的一种悲愤寄寓。

第三，对社会不公的控诉。《聊斋志异》中有相当数量反映社会不公的作品，虽然用以表现的方法是非写实的怪诞手法。书宅的幽闭并没有局限蒲松龄的眼光。这些作品中，蒲松龄以独特的方式，深刻揭露了社会的黑暗与不公，用批判的笔法，直指社会各个阴暗角落、各级官僚乃至最高统治者。

《聊斋志异》真实反映了社会上层对底层的残酷压迫与剥削。蒲松龄的笔下，官僚巧取豪夺，草菅人命，横征暴敛，嘴脸丑恶。如《红玉》中罢官的冯御史看上冯相如之妻卫氏女，不但公然抢去，还使冯家祖孙三代罹遭大祸。冯相如抱着孩子一路申诉至省督抚衙门，均无果而终。又如《商三官》中的女主人公，其父被豪绅唆使人打死，她的两个哥哥打官司却始终难以告赢。如《促织》中的成名，由于皇帝爱好斗蟋蟀，地方便以贡蟋蟀代赋税，成名费尽九牛二虎之力，终于捕得一健壮蟋蟀，却被儿子失手弄死了。后来孩子惧于压力，自杀身亡。这一类故事生动反映了上层社会对底层民众的压迫与剥削，昭示了法制的不公与社会

---

① 侯学智.《聊斋志异》情爱故事中的文人中心意识 [J]. 潍坊学院学报,2008(3):38.

的黑暗，具有冷峻的社会思考与明显的进步意义。

《聊斋志异》中的官僚是负面的存在，他们高高在上，作威作福，恶事做尽，欺压百姓，横行不法。如在唐传奇《枕中记》基础上改写而来的《续黄粱》，男主人公曾孝廉梦中做了宰相，却恃权为恶，贪赃枉法，迫害忠良，霸人妻女，最后被各地弹劾，才被皇帝削职充军。又如《向杲》中的庄公子，强夺他人妻子为妾，又指使歹徒打死无辜百姓向晟，后又买通官府，让向家人有冤无处申。《张鸿渐》中贪婪残暴的卢龙赵县令，无故打死范秀才。范秀才的同窗好友们代为鸣冤，告到郡里的府衙，揭发赵的罪行。赵出巨资贿赂法官，最终诸秀才却被强加以结党营私的罪名而受到收监迫害。就连没有直接去告状的张鸿渐，也因为他们写过状子，被官府逼得抛家别妻流亡他乡。作为服务于皇权的官僚，明目张胆地强加不公于普通人头上，兆示着社会走向衰落的命运不可挽回。蒲松龄在清代盛世对社会的观察，显然具有超前预见的眼光。

《聊斋志异》对社会不公的控诉，有着封建时代社会体制所具有弊病的共同性，也有着蒲松龄生活时代社会所具有的个性。官僚阶层的不作为与以上欺下的社会现实，体现出法制的孱弱无力与人性的丑恶变质，只是迫于时代语境，蒲松龄只能以怪诞之语曲笔书写出来。怪诞艺术的运用，使《聊斋志异》产生了独特的审美价值。这种审美价值主要表现为浪漫主义的美学效果，但其对现实形成的讽刺效果，却毫不逊色于任何现实主义文学作品。用浪漫主义与现实主义相结合的创作方法，蒲松龄有意识地通过否定现实来表达对理想世界的追求。

对社会不公的控诉是蒲松龄寄寓“孤愤”的重要内容。在《聊斋自志》中，蒲松龄说：“集腋为裘，妄续《幽冥》之录；浮白载笔，仅成孤愤之书：寄托如此，亦足悲矣！”[①] 蒲松龄的“孤愤”，概括地说就是对当时黑暗社会不公的深恶痛绝，源自于长期感同身受的切肤体验与冷峻犀利的社会观察。《聊斋志异》不是一部专门的法制文学作品，但其中对法治不张、社会不公的控诉，涉及了相当广的社会生活面。在这些作品中，作者以怪诞的艺术方式，深刻揭露了丑恶、黑暗的社会现实。

---

① 蒲松龄．聊斋自志［M］// 朱一玄．聊斋志异研究资料汇．作者编．郑州：中州古籍出版社，1985：332.

‖ 第三节　文人理想的曲折诉求 ‖

《聊斋志异》表达了文人在现实中受到压抑的理想,并且以幻想的方式书写出来,从而实现了心理的平衡。侯学智认为:“科场失意使蒲松龄像一切失意文人一样在心灵上形成难以抑制的激荡或终生无法平复的创痕。那么靠什么来消解这种苦闷与不平呢?那就是靠幻想中的丽人对书生的垂慕辅助、相知相悦,使书生实现他们的所有人生追求和现实目标,进而使自己得到心灵上的慰藉与满足。”① 事实上,作者消解苦闷,曲折而隐晦地张扬理想的又何止是丽人相助这一项内容呢?

1. 蒲松龄的理想世界

借助《聊斋志异》在现实与幻想间穿梭跳跃的写法,蒲松龄在人鬼仙狐的叙写中,按照自我的设计,隐晦曲折地描画了自己理想中的世界。在他的笔下,对现实世界的批判与对理想世界的重构,是在同一个故事的时空叙述中先后完成的。这里面,有一个寒窗苦读却落寞失意的文人对现实世界中爱情、亲情、生老病死、道德、法制、伦理等诸多层面的解读,由此完整地构成了属于蒲松龄个人所有的心灵世界。

按蒲松龄的设计,他的理想世界中,有才华的文人是应该拥有功名富贵的。我们从《续黄粱》中可以看到,曾孝廉做梦也要高中科举,然后出将入相,尽享荣华。如果说文人以举业为目标是千百年来这一群体的共同道路的话,那么屡次科举失意显然强化了蒲松龄对科举入仕这一目标的心理动力,而随着年龄的增长,机会逐渐趋于渺茫,这样的心理会出现畸形扭曲的趋势。《聊斋志异》中的书生,绝大多数位卑而才高,且无一例外地对功名充满了热望,其中作者赞赏与肯定的书生,最终都高中科举,达官显贵,并拥有美满爱情,子孙成龙。比如《凤仙》的主人公刘赤水,自幼聪明颖悟,十五岁即入郡庠,因父母早亡,遂四方游荡,后来遇到凤仙,励以苦读,两年以后即在考场上一战而霸,富贵显达。同样,广平冯生在困厄中为辛十四娘所救,因此顿大充裕。又如陵阳书生朱尔旦,“性豪放,然素钝,学虽笃,尚未知名”,后经陆判官更换慧心,从此文思大进,过目不忘,当年

① 侯学智.《聊斋志异》情爱故事中的文人中心意识[J].潍坊学院学报,2008(3):38.

科试即中经元。类似的故事在《聊斋志异》中比比皆是，落魄书生在现实生活中苦心追求却难以实现的目标，借助花妖狐魅的帮助却轻松地得以实现。蒲松龄借异史氏代言感慨："呜呼！显荣富贵，当于蜃楼海市求之耳！"这不仅是蒲松龄的感慨和企盼，也是所有落魄书生、穷愁文人的感慨和企盼。狐仙鬼魅的相助固然实现了功名富贵的理想，然而那只是存在于虚构中，这样的叙写反衬了现实的残酷与无情。

蒲松龄的理想世界中，爱情的模式是贫寒多才的书生须配天姿飘逸的丽人。书生丽人相配的爱情模式源于古人的传统观念，汉代卓文君与司马相如的爱情令无数青年男女为之憧憬，至唐传奇时，小说始将其作为一种故事模式而大量使用。唐传奇作品中，《柳毅传》中的柳毅与龙女，《李娃传》中的荥阳生与李娃，《霍小玉传》中的李益与霍小玉，无一例外均为才子佳人的构建模式，后经由元明戏曲传承，至于《聊斋志异》而再放异彩，充分说明文人对于得配佳偶这一传统观念生命力的强大。《聊斋志异》所写书生多孤寂、落寞、穷愁，这符合久困书屋的文人实际形象。这些书生位卑运蹇，功名无着，受着生活的压迫和心灵孤寂感的煎熬，清夜静坐之际，孤独无聊之时，难免蠢蠢欲动、想入非非，而美丽佳人往往于此时投怀送抱，书生们无不会表现出超常的主动，将道德礼法的束缚抛之脑后，或放纵狂为，或朝暮痴想，或自荐为婿，或直接私合。"透过那些近世人俗而又颇具称羡迷醉的话语，我们不仅看到书生主人公那种被压抑感和孤寂感得以抒发、释放的迷乱、肆意和颠狂，而且也看到了作者作为和书生一样身份、一样遭际、一样境况的落魄文人那种对世俗享乐生活的渴慕，那种'科场失意情场得意'的浪漫补偿心理，那种对'才子佳人'结缘的梦想以及寻求精神、心理彻底松弛的目的。"[①] 而用蒲松龄的话说，"倘得佳人，鬼且不惧，而况于狐"(《青梅》)，我们从中读到了寂寞的文人对于佳丽的强烈渴望，这种渴望在不受现实约束的鬼狐世界中露出变态峥嵘的面目而让人不寒而慄。但最需要阐明的是，《聊斋志异》中对于书生丽人爱情的大量叙写，是蒲松龄理想世界中文人生活至为重要的状态。

蒲松龄的理想世界中，文人是能坚守人格，宁移不屈，才德兼备的。《聊斋志异》中写到的书生，无不才华横溢，如叶生"文章词赋，冠绝当时"，王子服"绝慧，十四入泮"，褚生"甚慧，过目辄了"等。作者一方面赋予了书生过人的才学，另

---

① 侯学智，王仲岳．掩不住的士子文人情结——《聊斋志异》话语倾向的文化心理探寻[J]．昌潍师专学报，2001(4)：40-41．

一方面又设计了他们与自己同样悲剧的命运。他笔下的书生，很多屡试不第，对科举灰心丧气，有的从此不再赴试，但他们的身上都具有清高自洁的人格精神。他们不巴结权贵，也不向主考官行贿。如《神女》中的米生，因被诬告而失去了秀才资格，后来他两次在路上遇到一位神女。第一次神女赠予他一朵“可每百金”的珠花，并告诉他“今日学使署中，非白首可以出入者”，但他并不为之所动，而是甘守贫困，坚持读书，下定决心正大光明地去考取功名。米生第二次去参加童子试时，又一次遇到神女，神女又“赠白金二百”，让他用作“进取之资”，而米生却始终不肯用金钱去换取成功之路，坚持靠自己的真才实学，终于进登科第。又如《贾奉雉》中的贾奉雉，他才高名远，但屡试不中。有一位仙人指点他，让他迎合世俗文风，向向来为自己鄙夷不屑的文章学习。贾不情愿委曲求全，于是不出意料地又一次落榜了。下一次临近考试时，仙人又来面聆教导，可是他仍然坚持自己的写作风格，仙人对其作品不满意，让他重写，于是贾奉雉“集其茸冗泛滥，不可告人之句，连缀成文”，没想到仙人却说“得之矣！”贾奉雉拒绝将此类文章带去应考。最后仙人巧施法术，竟然让他在考场上写出了那些“戏缀之文”，让他高中经魁。但贾奉雄却为此大为汗颜，以致“重衣尽湿”，终因无颜见同行而遁迹山林。米生与贾奉雉宁愿委身下尘而不愿苟从世俗的做法，体现了自古以来文人清高自守的气节与品格。蒲松龄对以二人为代表的书生形象的塑造，显然寄托着自己对文人理想人格的期待。

蒲松龄的理想世界中，邪恶、欺凌与不公最终都得到了正义力量的报复。复仇是《聊斋志异》一类鲜明的主题。这类主题中，有的是善良的受害者对残酷的施暴者的复仇。如少女商三官向殴杀其父的乡绅复仇；侠女向诬陷其父的仇主复仇；少妇庚娘向杀害公婆丈夫的江洋大盗王十八复仇；向果向杀害其兄长的庄公子复仇；田七郎替朋友向仗势欺人的恶霸和县令复仇等。除此之外，还有人、鬼、妖之间的复仇，如席方平为其父遭害愤而至阴间告状复仇。又如十岁的贾儿见母亲被狐妖所祟，用刀剁伤狐妖，用毒药酒毒死狐妖，为母亲报仇；《鸦头》中的王孜向残害母亲的亲属进行复仇等。这类复仇故事中寄寓了作者对社会不公解决之道的幻想，且模式多为弱者向强者复仇，复仇者所面对的仇主多为凶豪、恶霸、贪官，并且在复仇过程中表现出高度的智慧与胆识。“《聊斋志异》中众多复仇篇章，反映了作者对不公平世道的抗争精神，表达了作者铲除恃强凌弱、欺压良善的恶人的强烈愿望。”①

① 关兀.《聊斋志异》复仇主题浅论[J].十堰大学学报，1996(4):44.

2. 蒲松龄理想世界的曲折诉求

古代文人人生追求和生活目标尽管有霄壤之别，但综其要，不外爱情与功名。这就造成了他们时而幻想娇妻美妾、神仙眷侣般的生活，时而又抱有兼济天下、青史留名的雄心。“洞房花烛夜，金榜题名时”的理想生活，往往成为文人孜孜以求的人生。《聊斋志异》作品中，文人自诩才华横溢、风流倜傥，但理想中的佳人与仕途却遥不可及。理想与现实的矛盾交织碰撞，折射出文人现实人生的困境与尴尬，也反映出文人极为矛盾复杂的心理世界。

借助《聊斋志异》，蒲松龄曲折地表达了文人在现实世界中无法实现的理想，这其中既有对功名的渴望，也有对佳人艳遇的期待，还有对社会不公的报复与惩罚。以文人为中心视角观照社会，表现文人群体的心理诉求，《聊斋志异》的叙写，烛照出了蒲松龄的时代具有共性或个性的文人心理世界。只是，文人理想的表达，因现实话语环境、伦理道德等的限制，采用了或写实或幻笔的方式，体现出明显的曲折性。

如前文所述，《聊斋志异》以书生为中心，大量叙写丽人艳遇的故事背后，反映出的不仅仅是文人希求佳偶的爱情理想，内蕴更深层次的是，蒲松龄期遇知己的心理诉求。吴冬红认为，“蒲松龄对知己之情的迷恋、推崇，是他在现实生活中屡经磨难、心灵屡遭创伤后而发出的焦渴呼唤，是对以自身为代表的普天下所有落拓文人自我价值的肯定。”[①] 蒲松龄少负才学，十九岁时即在县、府、道三级考试中取得第一，因此，在地方上树立了声名，并且得到了山东学道施闰章的赏识。但是早期的风光与人生大半光阴屡次落第形成的对比反差，实在过于强烈，因而给他的心灵造成巨大的创伤，这是一般人无法体会，也无法理解的。在漫长的仕进无门的孤独、失意的人生岁月里，蒲松龄伴着青灯，独自消解着科场失意功名无着的巨痛，那是何等凄凉的景象！他在《聊斋志异》自序里描绘其时的场景为：“门庭之凄寂，则冷淡如僧；笔墨之耕耘，则萧斋似钵……独是子夜荧荧，灯昏欲蕊；萧条瑟瑟，案冷凝冰。……凉霜寒雀，抱树无温；吊月秋虫，偎阑自热知我者，其在青林黑塞间乎！”[②] 人生的失意带来的人情的冷暖，夹杂着自然的温寒，

① 吴冬红.文人的自我疗救——从《聊斋志异》情爱故事看蒲松龄的创作心理[J].浙江师范大学学报,2002(4):16.

② 蒲松龄.聊斋自志[M]//朱一玄.聊斋志异研究资料汇编.作者编.郑州:中州古籍出版社,1985:332.

凝聚为刻骨铭心的体验。这种体验的迸发与外化，饱含着作者对理解、同情自我的知己的期待。清高自许的蒲松龄，在科场角逐中却屡次名落孙山，这种自我估价与社会的否定所形成的尖锐矛盾冲突，使得现实中无法宣泄的悲愤转化为自己苦心经营的内心幻境，以达到泄导郁懑、求取知己的目的。他要通过这些书生偶遇佳人的故事，使自己不被现实认可的价值在红颜知己身上得以确认。而这就是《聊斋志异》中大量书生红颜偶遇故事产生的根本动因。"《聊斋志异》中的情爱故事，对知己之情加以颂赞，让失意文人的价值缺失、情感缺憾得到疗救。它的成功之处不单在于作者融合了自我的经历与情感体验，也道出了中国古代下层知识分子的普遍心声，从而表达了一个超越个人身世之感的具有永恒意义的普遍主题，百代之下足以引同调共鸣。"①

《聊斋志异》的创作，本身即是蒲松龄个人理想遭遇现实困境以后所发生的转向表达。蒲松龄长期身陷科举考试不能自拔，他的人生选择是，要么忘记"学者立言，贵在不朽"的观念去做不堪卒读的陈旧八股文章，以博取功名利禄，要么就写自己喜爱的孤愤之书流传后世。很显然蒲松龄选择了后者，他在写作《聊斋志异》时，已有"为经典而作"的写作意识，他的自序中即流露出这样的思想。他罗列了前代历史人物，包括屈原、李贺、干宝、苏轼等，这些人物不仅在"立言"方面达到了很高成就，而且长期能坚守自我，甘守清贫寂寞，最终名垂青史。蒲松龄引他们为同道，本身即有追随效仿的动机。蒲松龄将过去的这些文人写入其"孤愤之书"的序言当中，"正代表了蒲松龄时代一些以风雅自许的文人生态，他们纠结于文人自我定位上的迷惑，既想以文章垂名后世，又不甘潦倒终生，但实在不愿以'一字一汗'的八股文字去博取功名利禄，这就是写作上的'实用'与'审美'之间的冲突，实际牵涉到文人的价值实现问题。"② 蒲松龄所追寻的文人价值，阐述了宋代梅尧臣、欧阳修"诗穷而后工"理论的正确。以蒲松龄为代表的落魄失志的文人发愤著书，其实是自我独特存在方式的被发现。

蒲松龄一类的底层文人，无力摆脱世俗社会对他们蹂躏迫害的命运，因而不得不在污浊的世界中随波逐流。孤芳自赏的才能，无法博取现实人生的物质利益，因而显得于事无补，了无价值。在对现实的无力与无奈中，只能以神话似

① 吴冬红．文人的自我疗救——从《聊斋志异》情爱故事看蒲松龄的创作心理［J］．浙江师大学报，2002(4)：17.

② 李彦东．文人生态的存在与发现［J］．浙江师大学报，2001(4)：8.

的思维来借助幻想虚构出一些能荡尽世间不平事的救世主："三十年一巡阴曹，三十五年一巡阳世，两间之不平，待此老而一消。"这是陷于绝望的文人对幻想的精神支柱所寄予的深深厚望，反映了文人应付生存困境的心力交瘁。即使《聊斋志异》中那些功成名就的文人，也大都是得到官僚、王公、阎王或龙君等当权者的照顾与帮助，才得以成功。"这种文人既痛恨权力人情，又企盼皇恩浩荡的两难心理，大都因为爱之深而恨之切。他们痛恨，不是因为觉得体制的不公平，而是觉得自己处在了不公平体制中的不利位置；他们不是想消灭这种不公平的体制，而是想在其中谋得一个得天独厚的位置。所以说，这是一种极其复杂的心态，当这种心态发展到一定的程度就会走向极端，成为一种歇斯底里的怒吼了。"①

蒲松龄及其笔下的下层文人，他们大多终生对功名与爱情痴迷不悟，现实的势利婚俗却冷漠地摧毁了他们对佳人的无限幻想，钱权浸染的黑暗官场又无情地浇灭了他们对仕途的狂热激情。理想与现实之间难以逾越的鸿沟，透露出失意下层文人的幻梦与悲伤，而这种情怀与忧愤也只能寄托于狐鬼花妖世界中，曲折委婉地抒发了。

第四节 文言叙事的超凡境界

小说使用文言写作，是宋代以前的传统。从初具小说形态的魏晋志人小说《世说新语》与志怪小说《搜神记》开始，即使用文言叙事。至唐代传奇出现以后，诸如《李娃传》《柳毅传》《南柯太守传》，无一例外地与古文写作的语言相一致，承继了文言的传统。宋前的小说主要是文人案头的作品，所面对的消费群体仅限于文人内部，因而语言的效果追求的是雅而不俗。

宋代话本小说开始打破文言的传统。宋话本首次采用白话叙事，使用妇孺皆知的词汇，通俗流畅，明白易懂。除此之外，宋话本组织叙事注重情节的巧合、精彩，场面的刺激、惊险，结构的呼应、缓急，形成了全新的小说语言风格。宋话本语言的别开生面，源于小说叙事功能的转变与作家创作目的的转移。从叙事功能上看，宋前小说主要流传于文人学子内部，是供人茶余饭后消遣谈论的读物，其影响范围有限。宋代话本是供说书人于瓦舍、勾栏一类老百姓精神娱乐消

① 石琳. 亦幻"情""名"，亦幻了——《聊斋志异》中文人理想的矛盾性[J]. 名作欣赏，2013(27)：10.

费的场所讲说的本子，因而决定了其语言必须是适合普通群众文化水平的、大家耳熟能详的语言。其次，从作家写作的目的看，宋前小说写作是无功利性的文人消遣之作，而宋代开始，话本写作成为一种以赢利为目的的商业行为。写作的性质发生了根本性的变化，决定了其语言的叙事风格也必然随之发生变化。

宋代话本所开创的白话叙事传统，在之后的小说创作领域一直占据着主流的地位。元代的平话、明代的短篇小说集、章回小说几乎都采用了白话的方式。白话被小说写作的广泛使用，大大压缩了文言的空间，使得即使后来回归案头阅读的章回小说，也抛弃了文言的传统。白话的高歌猛进，大有惊涛骇浪、一往无前、势不可挡的趋势。需要珍视的是，即使在这样白话语言叙事呈现一边倒的形势下，仍然出现了明代"三灯丛话"与清代《聊斋志异》这样"逆潮流而动"的优秀的文言小说作品。从这个角度来说，《聊斋志异》对文言传统的承继，是极富勇气且成就不朽的。

1. 叙事策略

首先看《聊斋志异》在叙事时间上的选择。"（小说）叙事的基本功能是讲故事。而在故事的讲述过程中，存在着两个不同的时间序列，其一是故事自身的自然时间序列，其二是故事在文本叙述话语中的时间序列。"[①] 在古典小说的叙事当中，故事自身的自然时间序列与叙述话语中的时间序列，绝大多数存在并不重合的趋势。对故事本身的自然时间能够产生改变作用的，是预叙、倒叙与插叙，也即打乱故事发生发展的正常时序，而将过去的已经发生过的放在后面叙述，或者将后面发生的事提前进行叙述，或者将另外跟故事相关的事件插入到正常的故事叙述序列中来。

《聊斋志异》中的作品大体上是按照故事的自然时间顺序来进行叙述的，但倒错叙事现象也普遍存在，尤其是在那些神鬼仙侠的故事中，倒叙、插叙、预叙被大量使用。神鬼仙侠故事本身的超现实性，使之具有玄幻的艺术效果，再加之时间倒错的存在，就使得其文言短篇的体制虽在一定程度上限定了叙事以纷繁复杂取胜，但《聊斋志异》作品的生动性、曲折性要明显超过其他同类小说。《聊斋志异》中的插叙多以"初"或"先是"作为时间倒错的标志。如《仇大娘》中对仇大娘身世的介绍："先是，仲有前室女大娘，嫁于远郡，性刚猛，每归宁，馈赠不满其志，辄连父母，往往以愤去，仲以是怒恶之。"这一对仇大娘来历与性格的补充

① 罗小东.《聊斋志异》的叙事艺术分析 [J]. 人文丛刊，2006（1）：184.

介绍，丰富了读者对其形象的认识，突出了仇大娘的大义凛然。《聊斋志异》中的预叙多以相者、医人、道士的预言出现，如《陈云栖》："真毓生，楚夷陵人，孝廉之子，美丰姿，弱冠知名。儿时，相者曰：'后当娶女道士为妻。'父母共以为笑。"结果，后来故事的发展就是，孝廉之子果然娶了女道士为妻。但明伦在此篇末评曰："于百忙中带写云眠，在有意无意间。文情既不寂寞，至后亦不至另起炉灶，且不嫌鹘突也。"《聊斋志异》在故事叙述上对顺叙、倒叙、插叙等时间策略的运用，使得行文显得摇曳多姿，波澜起伏，摆脱了平铺直叙带来的呆板、单调的艺术效果。

其次，从《聊斋志异》叙事空间选择来看，幽冥世界的介入，大大拓展与延伸了现实叙事空间的局限。中国古代小说作家素来重视小说内在叙事空间的拓展。唐传奇与宋话本即做过有益的尝试，"他们用叙事时间的延续性来弥补叙事空间的单一性，突破了以往事件片段的实录与连缀的叙事思维，解决了人物性格与情节延伸的同步问题以及人物性格发展的因果问题。"① 到了清代，蒲松龄把死亡叙事作为拓展叙事空间的有效手段，创造出空前的幽冥叙事空间。

《聊斋志异》中的人物形象，超越了生死的界限，叙事空间得以大大拓展。这些人物包括聂小倩、小谢、秋容、阿宝、章阿端、孙子楚等，他们都是已经死去或者曾经死过的人，而这些鬼魂却突破了形神分离的死亡意义，超越了生死两忘的叙事限制，使得人物形象的死去与活着并无本质区别。死者系冥世之鬼，生者属阳间之人，且鬼与人身份难辨。在蒲松龄的笔下，死去的人也像生前一样要食人间烟火，要有男欢女爱以及精神需求，而且还能以生命的本质活着，能繁衍后代，能创造出新的生命。死亡并不意味着生命的结束，而是意味着从灵魂到肉体的新生。小说的幽冥世界中不但有房屋、村落，而且还有宅邸、闹市，同俗世人间毫无二致。如《爱奴》中，爱奴死后的住所宛然人世间的世家大院；《公孙九娘》中所描绘的村落、房屋、灯光、庭院、居室，亦与阳世无别。更令人称奇的是《伍秋月》对阴间闹市场景的描绘细致而逼真，让人不禁大饱耳目。《聊斋》对幽冥叙事空间的构建与拓展，开辟了新的小说叙事视角，为人物形象的刻画提供了灵活自如的叙述角度。

第三，从叙事视角看，《聊斋志异》采取了全知全能的叙事策略。叙事视角是叙述者与故事之间一种最本质的关系，是作者展示一个叙事世界时叙事策略的具体体现，是一部作品看待世界的特殊眼光或角度。叙事视角的选择，在整个复

---

① 刘尚云.《聊斋志异》叙事手法的选择策略 [J]. 长城，2009(3)：83.

杂的小说写作技巧中,起着决定性的作用。叙事视角有全知视角、限知视角、外视角、内视角之分。其中全知视角亦系外视角,不受时空及其他任何条件的限制,可超然地俯瞰故事全局并牢牢掌控情节的进展,故而为中国古代小说所常用。

《聊斋》大部分篇章采用了全知视角,在具体运用过程中,其叙事角度呈现出不断腾挪转移的局面,使之显得异采纷呈。蒲松龄将神鬼恐怖故事中的叙述焦点更为合理地转移与内置,给读者带来了身临其境般的感觉,制造了极为逼真的叙事效果。以《尸变》与《喷水》为例,它们均采用全知叙述方式,但在展现恐怖场景时,作者并未作为全知全能的叙述者向读者直接讲述,而是机智地将叙述焦点立即内移于作品之中,由主人公担当叙述者。如《喷水》中不寒而栗的可怖场面,即是凭借主人公之眼,临窗窥视而得。这种非常的恐怖的效果正是由于叙述视角巧妙转换而产生的结果。又如《细柳》中的视角转换,频繁而迅速。有时叙述者置身于故事之外,以旁观者的身份全知叙事。如开篇对于细柳的介绍、婚后其料理家务、其先知之明以及丈夫早逝后对两个儿子的教育过程等内容的叙述;有时部分采用限知视角,从某一人物的视角出发进行讲述。如全文由外视角转为内视角时,由细柳而其父母,而其丈夫,而其前室遗孤长福,而其子长祜;有时甚至可以自由议论,表达爱憎之情,如针对细柳先见之明的"里中始共服细柳娘智",里人同情长福的"里人见而怜之,纳继室者,皆引柳娘为戒,啧有烦言"。

《聊斋》叙事视角的丰富和变化,及其不以一个人物行踪贯穿整篇的叙事章法,完全打破了史传之线性模式及此前小说的单一线索结构,为文本的多种叙述方式的出现和更加丰富的生活内容的表达提供了极大的便利和可能。其高超的视角转换艺术极大地赋予了小说叙事的现代概念。

2. 叙事手法

《聊斋志异》在文言叙事过程中采用了反讽、复合叙事、异史氏介入等叙事手法,从而丰富与增强了文言的表意功能,在有限的空间里实现了文言表意的最大张力。

首先,《聊斋志异》采用了反讽叙事的手法,增强了文言小说的表意功能与审美功能。反讽是叙事文学作品中常用的修辞格,具有表层意义与深层意义双重功能。这两层意义相反对立,于是产生了反讽的效果。反讽来自于叙述文本的字面意义和读者所认识到的深层意义之间的差异。为了达到反讽效果,作者必须考虑到读者会按照字面意义去理解,否则字面意义与读者所理解意义之间便无法形成差异，反讽的效果也就无法达成。明清时期，反讽的修辞方法被小说大量使用，令人印象最为深刻的就是以批判科举制度为主的讽刺小说《儒林外史》。

《聊斋志异》对反讽的使用，表现为种种不同的形式。有的用人物的行为方式与行为结果之间的反差构成反讽。如《叶生》中的叶生，生前汲汲于功名，所遇不偶，科举考试屡战屡败，死后仍不觉悟，魂魄继续参加考试，以证明自己的失败并非源于才力不够。叶生的行为说明了许多寒窗苦读的学子，其中很大一部分人并非出于兴趣与自我意愿而奔走于科考场屋，从而导致了在取士这道似鬼门关的制度上一幕幕不幸的人间悲剧，其间的付出与回报的失调，人生境遇的尴尬，个中凄凉，不言自喻。又如《金世成》中的主角金世成，行为历来不检点，出家为僧以后，仍习惯于“啖不洁”，又好观看羊排泄的粪便。然而，就是这样一个僧人，善男信女们仍争相募金捐物。金世成在俗众面前道貌岸然的庄严与神圣，善男信女们风动影从的顶礼膜拜，跟他内心的污浊与龌龊形成了强烈的对比反差，读来不禁令人喷饭，同时也对以金世成为代表的虚伪、骗取钱财的丑恶的人心生憎恨，对愚昧无知的信徒们心生怜悯。

《聊斋志异》中的人物语言，多有运用话语交流错位来形成反讽效果。话语交流错位，指的是说话者所表达的意思与听话者所理解的意思具有明显反差，从而形成强烈的讽刺与喜剧效果。如《驱怪》一篇，写到某邑一有地位的人派人带财物邀请会驱魔辟邪的徐远公，并不言明所为何事。作者不断以“礼遇甚恭，然终不道其所以致”“言辞闪烁”“仆人仓皇撤肴器”等话语描述情状，暗示出“必有难为而不可言之事”。其实，为了何事，邀请人心中有数，而徐远公则一无所知，想亦未想便在懵懵懂懂之间行了一次驱怪的法术。正是这样的交流错位，带来了徐远公驱怪行为的莽撞、紧张和悬念。又如《婴宁》中，王子服与婴宁在瓜果园的一番对话，婴宁见王子服持着自己初次见面时遗落的花，不解地问他“何以留此花？”王子服说：“以示相爱之意。”婴宁回道：“园中花折一巨捆负送之。”在这里，婴宁的天真烂漫与情窦未开，与王子服的大胆表白、用心甚深形成了明显的错位，读来令人忍俊不禁。

《聊斋志异》中，蒲松龄还常利用所塑造人物表里不一的对比，形成强烈的讽刺效果。使用这种手法时，蒲松龄常常通过小说中的人物自身的言与行之间的对比反差，建构意义落差带来张力，以此来表现人物自身的可笑之处，含蓄而又有力地表达对人物的批判。如《佟客》中“好击剑”、常慷慨自负的董生在谈吐豪迈的佟客面前以忠臣孝子自许，佟客用幻术假作强盗殴打其父，对他稍加考验，董生竟“皇然不知所主”。在佟生假意宽慰和妻子牵衣哭泣的劝阻下，董生“壮念顿消”，将父亲安危置于不顾，缩在家中不敢出头。作者将董生豪言壮语与他的怯懦行径做对比构成反讽，嘲讽了董生言过其实、大言自夸的弱点。

蒲松龄对反讽辞格的发扬与创造，在《聊斋志异》中得到了广泛而全面的运用。反讽的运用，增强了文言小说的表意与审美功能，并在一定程度上使读者拥有部分话语权与解读权，能够使作者的叙事意图始终保持在适当的尺度之内，在拉开作者与叙事的距离同时，增强了读者对小说的信任度。“《聊斋志异》反讽修辞还构建了作品意义与作者意图的差别机制，使作品意义存在着意蕴丰厚的‘多解现象’，透过文字表层可以品味到曲折复杂的内涵，细读下去可以深切感受到作者‘曲径通幽处’的匠心，从而使部分作品中寄托的‘孤愤’被抒发得愈加深沉厚重。”①

其次，《聊斋志异》叙事的一个明显特点是，故事文本中大量使用“异史氏曰”这一形式。“异史氏”实际上是作者自我的代言，作者以旁观者的身份介入故事叙述，对人物与事件直接发表评论，对于读者正确而深入理解文本具有重要的导向作用。当然，其负面作用就是，作者的主观评论限制了读者主观解读的空间。在《聊斋志异》近五百则小说故事中，文末使用“异史氏曰”的有近二百篇。“异史氏曰”的使用是继承史家的传统，发端于《左传》中的“君子曰”与《史记》中的“太史公曰”。后世史家修史，大多效仿此种写法，相沿以成传统。但小说家鲜有采用此种写法者，《聊斋志异》是为特例。从形式上看，与《史记》的“太史公曰”一样，“异史氏曰”也多置于篇末，间或于篇首篇中。短则三五句，长则洋洋数百言。在内容上更是深得司马迁之神髓，语言鲜活，立论精辟，或针贬社会时弊，或昭示人情冷暖，或揭露贪官污吏的丑行，或抒发抑郁“孤愤”的情怀。无不言近旨远，肯綮入微，发人深思。

《聊斋志异》使用“异史氏曰”的史传笔法，提升了文言小说的地位。从叙事内容上，蒲松龄将无限感慨寄托于其中，将平生夙愿、忧愤孤愁借神仙狐魅的故事曲折地表达出来，展示了文学叙事的本质特征及其与历史叙事的显著区别，又继承了汉唐以来“发愤著述”的优秀传统，更重要的是作者借助“异史氏曰”的论赞，把文言小说提升到抒写人生理想抱负、感慨命运际遇、寄托情志、针贬时

① 尚继武.《聊斋志异》反讽叙事修辞简析［J］. 前沿，2008（1）：228.

弊的高度。这是此前文言小说所无法企及的一个突破。刘尚云认为,"《聊斋》里的'异史氏曰'虽脱胎于史传,但却完全摆脱了史传文学的论赞色彩,这是对史传文学评论方式的成功借鉴和运用,是叙事主体高度自觉的表现,是叙事主体为了打破叙事的限制,直接介入作品,激于情感、愤于现实、抒于笔端、一泄胸中块磊之气的最佳叙事方式,大大弘扬了叙事主体的创作意识,形成了自己鲜明的抒情特点。"①

第三,《聊斋志异》叙事过程中非常注重设置悬念。悬念设置是小说创作中一个重要的表现技法,其目的在于增强故事的可读性,抓住听众或读者的兴趣,使之产生进一步阅读和欣赏的兴趣。悬念本身不是生活中的实体存在,而只是源于作家的主体创造。悬念的设置,使故事情节推进的节奏变得紧凑而张驰有致。古代小说作家在情节的安排中巧设悬念,是大量出现在宋话本时代的事情。听说艺术的现场的即时实景状况,决定了故事是否吸引听众必须在瞬间实现的紧迫性。当小说从瓦舍勾栏的会场转向文人的案头或俗众的卧榻时,小说家依然将悬念创设的传统完好地保留了下来。《聊斋志异》无疑就是一个很好的典型。

《聊斋志异》的故事叙述中,悬念的设置是在叙事视角的转换中完成的。如《画皮》中,作者叙述的主要事件是狰狞恐怖的女鬼吃人心的过程,这同一事件的叙事视角有三:道士、王生、王妻陈氏。王生与女鬼相遇并寝合后,在集市上偶遇道士。道士说王生邪气萦绕,"有死将临而不悟",这是"简而隐"的叙述。这种"简而隐"的叙述便制造了悬念。读者想知道王生究竟怎样"邪气萦绕",面临着怎么样死去而不醒悟,于是便产生了迫不及待读下去的想法。后面的王生与陈氏所见的场面,便都是这个悬念之谜的逐步揭开。王生这个叙事视角所见的是道士"邪气萦绕"的再现,是女鬼狰狞恐怖的再现。陈氏的叙事视角所见,则复现了道士"有死将临"的叙述。她看见了女鬼吃王生之心的整个过程。我们从道士预言式的简短言词统摄了后面复杂而纷繁的情节来看,这样的悬念设置所产生的艺术效果令人叫绝,它使得行文跌宕起伏、摇曳多姿,用极简极省的文字最大程度地实现了表意的功能。

《聊斋志异》在叙事上表现出来的特征,既有对小说叙事传统的继承,也有个人的天才创造。杨义认为:"传统文学的丰富养分是通过蒲松龄心灵的过滤、

① 刘尚云.《聊斋志异》"异史氏曰"叙事艺术论略[J].山东师范大学学报:人文社会科学版,2009(6):95.

融合和转化，才能发生作用的。《聊斋》多写人与花妖狐魅的爱情，体现了作者不苟同于宋明理学的伦理态度……其间折射着作者的心灵阴影，这或隐或显地牵制着审美灵感的释放。”[①]《聊斋志异》用文言所表现出来的叙事策略与技巧，是古典小说创作中不可多得的一笔宝贵财富，即使对于后世的文学创作，也有着重要的启示价值。

① 杨义.《聊斋志异》的叙事特征［J］. 江淮论坛，1992（3）：99.

第七章
讽世刺时之作《儒林外史》

自《金瓶梅》将古典小说的审美引向写实的道路上来以后，描摹世情、讥讽时弊成为小说审美表现的另一种形态，明清病态百出的社会状况无疑为小说对这一领域的开拓提供了广阔的空间。清代前期鲁迅所称的"以公心讽世之书"的《儒林外史》出现，成为世情小说中讽刺艺术运用最为成熟的一部，从而确立了其作为白话讽刺小说与四部古典小说名著同样经典的地位。

‖ 第一节 《儒林外史》的作者、成书与版本 ‖

《儒林外史》为清代前期文人吴敬梓所著。关于吴敬梓，现存文献资料对其有详细的记述。吴敬梓（1710—1754 年），字敏轩，又字文木，安徽全椒人，著作有《儒林外史》和《文木山房集》等。吴敬梓出身名门望族，祖父吴旦是个监生，伯叔祖吴晟、吴昺均进士及第，当时的名公巨卿多有拜其门下学习的。吴敬梓十三岁丧母，十四岁随父至赣榆任所。他年少时即表现出了过人的才华，"读书才过目，辄能背诵"，他学习认真刻苦，头脑聪颖，从小打下了扎实的学业根基。自幼失去母爱，对他的心灵损伤极大。从此，他再也"不随群儿作嬉戏"，而是"屏居一室如僧庵"，沉浸到诗词歌赋中去，"从兹便堕绮语障，吐丝自缚真如蚕"。吴敬梓十八岁时，他的生父吴雯延病故，二十三岁时，嗣父吴霖起病故。从少年到青年的十年中，他接二连三地失去母亲、生父和嗣父，这对他的刺激是极为激烈的。但还不止于此，隔了没几年，也就是吴敬梓二十八九岁时，他的妻子陶氏又病故。

吴敬梓的个人遭遇极为不幸，在家族中也没有任何温暖，甚至还不断地遇到不愉快的事。在那些不愉快的事件中，最大的问题就是财产的再分配，也就是瓜分遗产问题。从他的一生来看，早年析产，中年夺产，晚年产尽，由富实之家降为小康，再坠入贫困。吴敬梓童年时代一直生活在“析产”的阴影中。特别是在他出嗣给吴旦的独子霖起为子后，就成为长房长孙即大宗的宗子。在他的生父雯延、嗣父霖起相继谢世以后，遗产之争爆发。在这场争夺遗产的纠纷中，叔伯和族兄弟的步步进逼，引起了吴敬梓极大的愤慨。经过这次遗产之争，吴敬梓的财产果然被族人侵夺去不少，但他仍然保留了相当可观的一份，“袭父祖业，有二万余金”。但是，由于他“素不习治生”，又“遇贫即施”，再加上“偕文士辈往还”，过着“倾酒歌呼穷日夜”的生活，“不数年而产尽矣”。到了晚年，就坠入极为困顿的境地，以致“人不知故向者贵公子也”（顾云《盋山志》卷四）。

在科举考试上，吴敬梓的遭遇也极为不幸。康熙五十七年（1718 年）十八岁时吴敬梓进学成为秀才，此后却屡试不中。雍正七年（1729 年）五月，二十九岁的吴敬梓又在滁州参加秀才的科考，由于“文章大好人大怪”，险未被录取，后及时反省，被录为第一名。但之后参加乡试，又再次失利。对十几年来的老秀才生涯，他感到极大的厌倦。乾隆元年（1736 年）再次举行博学鸿辞科试，江宁训导唐时琳将吴敬梓推荐给上江督学郑江，再由郑江推荐给安徽巡抚赵国麟。吴敬梓也就怀着感激的心情参加了学院、抚院、督院的三级考试。归来后，“消渴”病再次发作，无法赴京参加廷试，

吴敬梓中年时期，由于家产的日益消蚀，也由于对族人的厌恶与日俱增，他离开故乡，移居南京。三十三岁时，吴敬梓怀着决绝感情离开了全椒，正式移居南京秦淮河畔的“秦淮水亭”，后来还自称为“秦淮寓客”。在南京，他与友人诗酒唱酬，赴安庆参加考试，修复先贤祠，更把他的财产大部分花去，因而到了晚年，生活极为困顿，有时甚至无米下锅，他就卖书来买米；冬天屋里寒冷，他就邀约朋友一起绕城散步，称之为“暖足”。在如此困顿的境遇下，他有时不得不出门作客，寄人篱下。

吴敬梓移家南京以后，广泛交游，与当时的江宁府知府卢见曾相处较好。卢身为吴敬梓的父母官，非常赏识吴敬梓的才华与品德，所以对他十分友好。吴敬梓晚年一再出游真州、扬州、淮安，主要就是去投靠卢见曾。乾隆十九年十月二十八日（1754 年 12 月 11 日），吴烺（吴敬梓长子）的同年、诗人王又曾从北京南下，舟停扬州，上岸拜会吴敬梓。当天黄昏，吴敬梓又去舟中回拜，两人畅谈，极

为相得。归来之后，吴敬梓还自己解衣上床，但不到一顿饭时间，痰涌不绝，家人连药物也来不及投用，一代文豪就与世长辞！吴敬梓死时，家无余资，好友卢见曾慨然承担一切丧葬费用。

《儒林外史》成书的时间，据吴敬梓好友程晋芳写于戊辰、庚午间的《怀人诗》记述，大约在1748至1750年间。吴敬梓为什么要创作这样一部讽刺自身所处的知识分子阶层的作品？这固然与其个人的科举遭遇密切相关，但其深层的创作动因，恐怕与他反对宋代以来流行的理学的个性有关。

吴敬梓出身于科举世家，本人也是八股制艺的高手、程朱理学的尊奉者。至少在其移家南京之前，他还是沉浸在理学之中，极力走科举仕途之路，甚至为了博取功名，不惜跪地乞录。在吴敬梓移家南京之前，他并没有明确的反理学思想。吴敬梓反理学思想的形成是一个过程，主要缘于自身生活的变化。三十三岁时，家庭的败落和科举仕途的失意，使吴敬梓具有了一些挫败感，再加上乡人对其败家的歧视和指责，吴敬梓举家迁到南京。南京是当时南方的学术中心，思想极其活跃，又远离北京政治中心，文化环境相对宽松，反理学思想相对浓厚。在这里，吴敬梓接受了顾炎武、黄宗羲等人的经世致用思想，并逐渐受其影响。新旧思想的碰撞，使吴敬梓对自己以往的生活和思想有了一个反思的参照。他对科举制度和程朱理学进行了深入思考并有了新的认识，自己的思想也逐渐改变，最后脱离了程朱理学的桎梏，走上了政治批判的道路。

吴敬梓移家南京后，随着生活环境的改变，交游范围的扩大，特别是通过和程廷祚的交往，使他了解并接受了颜李学派的思想，继承了颜李学派的反理学精神。吴敬梓和当时许多学者一样，自觉扛起了反理学的大旗。在这种历史使命感的驱使之下，除了以"治经"这种方式批判理学以外，吴敬梓还开始了《儒林外史》的创作，试图通过文学创作形式，也即以传统的文以载道形式来表述自己的反理学思想。因此，他借助于自己所熟悉的素材，用反理学这一条明确的思想线索统摄全篇，构成了《儒林外史》那种严谨、独特而又和谐统一的连环短篇结构，在中国古代小说史上描下了浓重的一笔。

现所见最早刻本是三种嘉庆本：嘉庆八年(1803年)的卧闲草堂本、嘉庆二十一年(1816年)的艺古堂本和清江浦注礼阁本，都是五十六回，北京图书馆均收藏。经仔细校勘后研究，此三本实同源于一版，称为"卧版"，它们只是卧版的不同版次而已，版框、行格、页码都完全相同，连卷首闲斋老人序的字迹、行款都一模一样，仅仅是内封上的版主和刊刻年代经修补做了更动。

据金和《儒林外史跋》中记述:“全椒金棕亭杨先生官扬州府教授时梓以行世,自后扬州书肆刻本非一。”卧本之前,最早的刻本当为金本,只惜此本未能保存下来。

嘉庆、咸丰年间,出现封面剪贴有“文恭公阅本儒林外史”大字题签的手抄本。“文恭公”是潘世恩的谥号,世恩字槐堂,号芝轩,江苏吴县人,乾隆进士,授修撰,累官体仁阁大学士,太子太保晋太傅,历事乾隆、嘉庆、道光、咸丰四朝,直枢廷几三十年,好刻书,有《潘刻五种》等行世,咸丰四年(1854 年)卒,终年八十六岁。该本抄本回目、评语与卧版三本全同,卧版所缺第四十二至四十四、五十三至五十五各回评语,抄本亦缺。从一些明显迹象看出,抄本所依据的是卧版。

同治八年(1869 年)出现“群玉斋活字板”摆印本,书后附有金和于同年十月写的跋。在《儒林外史评》里,天目山樵光绪三年识语也说:“此书乱后传本颇寥寥,苏州书局用聚珍板印行,薛慰农观察复属金亚匏文学为之跋。”这个版本字大清晰,是当时很流行的版本。

光绪七年(1881 年)出现刊印本“天目山樵评语本”。天目山樵是张文虎的笔名,他是《儒林外史》的爱好者和著名评点者。他评点《儒林外史》从同治年间就开始了,光绪三年嘉平小寒写的识语说:“予评是书凡四脱稿矣。”此后,光绪五年至七年又几次写了识语,真可谓乐此而不疲。天目山樵评语的特点,同时代人黄安谨序言曾指出是“旁见侧出,杂以诙谐”。张文虎也颇以此自得,说自己的批语“凿破混沌,添了许多刻薄”。这样的评语风格同《儒林外史》的讽刺艺术是相适应的。

同治十三年(1874 年)十月,齐省堂刊行《增订儒林外史》,五十六回,卷首增惺园退士手书的序言和“齐省堂增订儒林外史例言”五则。除沿印卧版的回评外又增加了大量评语:一方面在各回的书眉加了许多眉批;另一方面增添了回评,卧版原缺的部分回评都得以补全,小说的文字也做了大量的改订。此本的翻印本很多,如光绪三十一年(1905 年)上海慎记书店石印本、民国初期上海进步书局石印本、1914 年上海育文书局石印本、1922 年上海二思堂石印本、1924 年上海大一统书局石印本和上洋海左书局石印本、1927 年上洋受古书店石印本、1930 年上海沈鹤记书局石印本等,流行相当广泛。①

① 李汉秋.《儒林外史》版本源流考 [J]. 文学遗产,1982 (4):117-123.

第二节　对传统与现实的强力批判

《儒林外史》是我国第一部长篇讽刺小说，产生于清代乾隆初年，也即18世纪40年代。这个时期，维系了中国社会近两千年的封建体系，已经走向了末日，作为这一制度重要组成部分的思想、文化、制度均显出难以为继的迹象。《儒林外史》的作者以敏锐的眼光，捕捉到了社会发展的这一动态，通过塑造一系列栩栩如生的儒士的形象，全面而深刻地分析了导致社会变化的内在原因，并对传统与现实进行了犀利的批判。

《儒林外史》对于传统与现实的批判，是对作品由来已久解读而形成的认识。吴敬梓友人程晋芳，在吴敬梓身后所写的《文木先生传》中说这部小说“穷极文士情态”，在《怀人诗》中亦说：“《外史》纪儒林，刻画何工妍。”[①]天目山樵在识语中对程说还有进一步阐述：“是书特为名士下针砭，即其写官场、僧道、隶役、娼优及王太太辈，皆是烘云托月，旁敲侧击。”而民国时期鲁迅在论及《儒林外史》时也评价作者：“秉持公心，指谪时弊，机锋所向，尤在士林。”“书中攻难制艺及以制艺出身者亦甚烈。”[②]《儒林外史》对传统与现实的关照，其讽刺与批判是其主调，这一点，当是确定无疑的。

如果我们进一步来分析，《儒林外史》是如何对传统与现实社会进行批判的，它的着眼点在哪儿，它又是在多大程度和范围上实现了其讽刺与批判的目的，这就需要对作品进行细致分析后分层来论述了。作为以儒生群体为刻画对象的小说作品，首先可以肯定地说，《儒林外史》对延续一千余年的八股取士的科举制度进行了反思与批判。与八股取士的科举制度相关联的，是被日渐歪曲了的儒学。吴敬梓对于正统儒学经宋代而发展为程朱理学，进而成为束缚文人仕进的枷锁，痛心疾首，作品也对此现象进行了有力的批判。与科举僵化的体制相伴随的，是儒林人士人性与品德的堕落，传统的儒家礼教业已成为口头的虚伪教条，这也同样引起了作者的思考与批判。所以我们试从以上三个方面来进行分析。

---

① 程晋芳.文木先生传［M］//程晋芳.勉行堂文集.合肥：黄山书社，2012：162.

② 鲁迅.中国小说史略［M］.上海：上海古籍出版社，2006.

1.《儒林外史》对八股取士科举制度的批判

《儒林外史》对八股取士的科举制度的批判，是开宗明义的。在作品一开头，作者就借王冕之口批评明太祖用“《五经》《四书》八股文”取士的制度：“这个法却定的不好：将来读书人既有此一条荣身之路，把那文行出处都看得轻了。”

这里我们需要解释清楚一个问题，什么是当时科举制度奉行的“八股文”？

八股取士制度是中国从隋唐以来建立的选拔人才的机制，发展到明清时期的特殊产物。在隋唐以前，古代中国选拔人才也多有创举。先秦时期，社会已经提出了“用人唯贤”的主张，但没有制度来加以保证。汉代开始的“选举”制度，是由公卿及郡太守选拔可任官吏的人才，向皇帝举荐，以备任用，所以称为“选举”。汉代选拔人才，有方正、贤良、孝廉、孝弟力田、文学、明经、秀才等科，有时皇帝也对这些人进行“策问”，含有考试的作用，被问的人所作“对策”也相当于答卷。但因由高级官吏荐举考试不严格，以致弊病丛生。直到隋唐时代，才开始了分科考试的科举制度。据《新唐书·选举志》记载：唐代取士科日，“有秀才，有明经，有俊士，有进士，有明法，有明字，有明算，有一史，有三史，有开元礼，有道举，有童子……”唐代进士考试以诗赋为主，因为诗赋是文化课，学习诗赋，必须博览群书，创作诗赋需要创造性思维，考生不得不博览群书，也直接促进了文化和文学的发达。宋代变“诗赋取士”为“经义取士”，《宋史·选举志》记载：“于是改法，罢诗赋……士各专治《易》《诗》《书》《礼记》一经兼《论语》《孟子》。”宋金对峙时，经义取士的政策加上程朱理学的配合，使得文人知识分子从幼年就束缚在程朱理学的教条里面，导致文化日趋衰落。元朝建立以后，很长时间里取消了科举制度，到元仁宗时方恢复。当时的科举政策据《元史·选举志》记载：“举少宜以德行为首，试艺则以经术为先，词章次之，浮华过实，朕所不取。”规定必须在“《大学》《论语》《孟子》《中庸》内出题，并用朱氏章句、集注”。可见，元代的科举政策进一步限制了考试的范围，强化了程朱理学对社会的主导与控制。明朝继续采取了元代的文化专制政策。据《明史·选举志》记载：“科目者，沿唐、宋之旧，而稍变其试士之法，专取‘四子书’及《易》《书》《诗》《春秋》《礼记》五经命题试士，盖太祖与刘基所定。其文略仿宋经义，然代古人语气为之，体用排偶，谓之‘八股’，通谓之制义。”① “八股”是就其文章格式而言，亦即把试卷固定为八段，以便评阅时省力；其解经标准则为程朱注释，以便把知识分子的思维束缚

① 秦川.《儒林外史》对八股取士制度的批判[J].重庆师范大学学报，1992(1)：72-76.

在更加狭小的圈子里面。对于八股制艺的结构方式,清人说过:“昔人论布局,有原、反、正、推四法:原以引题端,反此作题势,正以还题位,推以阐题蕴。”[①]

八股取士的科举制度背离了封建社会倚重的儒家文化。孔子的儒家教育思想是“文行”并重,讲究知识与实践并重。宋朝“经义取士”,是从儒家经典中选出一段文字,让考生解释其意义,这已经把知识分子的思想束缚在狭窄的儒家思想里去了。而八股文在经典中断章取义,摘取一句、两句来出题,甚至还出截搭题,全不是经典原来面目,让考生挖空心思去做文字游戏,与儒家经典毫无关系,完全没有了“文行”并重的内容。八股文标榜解释经典,“代圣贤立言”,实际上是肢解儒家经典语言,抽去儒家“文行”并重的核心思想,败坏了真正的儒家文化。在八股取士的制度下,明清的知识分子只能读“八股文”而不问其他。如果读“八股”以外的书籍,就会被认为是“杂览”而遭到训斥。明清的很多文人,从童生直到进士,甚至通过获得进士身份而做了朝中高官的人们,他们无“文”无“行”,都是八股取士制度使然。因为八股文本身既不是真正的文章,又不是“文行”并重的儒家文化本来面目,而仅仅是读书人进入仕途的敲门砖。要谋求功名富贵者都必须精研八股,放弃其他方面的学习。

《儒林外史》的作者吴敬梓清醒地认识到了八股取士制度对社会的危害与对人心灵的摧残。他通过塑造大批儒林中的文人形象对明清以来奉行的八股取士制度进行了深刻的批判。首先,受前清经世致用学术思想的影响,吴敬梓反对无益于现实政治的八股教育。在吴敬梓笔下,文人通过八股取士制度一旦取得功名,当朝执政以后,则只知网罗党羽,扩大势力,排挤异己,谋固权位。如作品中所写的大学士太保公要庄绍光拜他为师,否则不能重用,庄绍光不同意,就被放归故里。他们守卫地方“全不肯讲究一个弭盗安民的良法”,“件件都是虚应故事”。从作者这样的描绘中,可以看出,吴敬梓认识到八股取士不能造就有益于封建政治的人才,只是培养了一批败坏政事的官僚。

对八股科举的教育和考试内容“四书”“五经”“八股文”,吴敬梓进行了严厉的批判。当时的大学者顾炎武就曾在《日知录》中认为八股文“既非经传,复非子史,展转相承,皆杜撰无根之语”。吴敬梓通过迟衡山这个人物之口对八股举业加以全盘否定,说:“这‘举业’二字原是无凭的。”作品里所写的广东学道大人周进初看范进考卷时的情状很好地为此做了注脚,这位大人初看后不知“说的

---

① 刘熙载. 艺概·经义概 [M]. 上海:上海古籍出版社,1978.

是些什么话”，及至看到第三遍，居然推许为“天地间之至文”，真是滑天下之大稽！“着实在举业上讲究”的马二先生，学习多年也没有“揣摩”出八股文的“法则”。但当时士人却终生钻研这个“无凭”的东西，把“揣摩”二字当作“举业的金针”。

对于八股科举考试繁琐的考试程序与腐败的考风，吴敬梓进行了深刻的揭露和批判。作品描写从府县试到乡院试，考场一片糟乱，向鼎主持安庆府七学童生之试，考场中“也有代笔的，也有传递的，大家丢纸团，掠砖头，挤眉弄眼，无所不为”。周进主持广东院试时，试卷尚未收齐即将魏好古取为秀才第二十名。范进主持山东院试，只因梅玖冒认是周进门生，虽然成绩低劣应“照例责罚”，但由于周进也是范进的恩师，就因而循情饶过。乡试的情况也同样乌烟瘴气，南京乡试时摇旗放炮、焚纸烧钱、呼冤唤鬼，但贡院明远楼上高悬的楹联说什么“矩令若霜严，看多士俯伏低徊，群嚣尽息；襟期同月朗，喜此地江山人物，一览无遗”，这真是极大的讽刺。

对考生和主考官员的众生态，吴敬梓进行了详细的描绘，从而更深层地揭露了八股取士制度的种种弊端与黑暗。作品写考生考前猜测“今年该是个什么表题”，应考时，即使“解怀脱脚，认真搜检”，依然有人携夹带；甚至“一字不通”的金跃，花了五百两银子请人代考。这对于官方所吹嘘的“隆学校以端士习”，真是意味无穷的讽刺。而那些主考官们标榜自己敦品积学、课吏荐贤，实则买卖关节，拘私录取。安徽学道主考庐州，三百两银子卖一名秀才科名。范进参加会试前，他的座师周进替他“在当道大老面前荐扬”，及至范进中了进士，做了山东学道，周进就要他提携自己过去的学生荀玖，他们就是这样进行利益交换、“互利互惠”地谋取利禄的。

总而言之，吴敬梓在《儒林外史》中通过他所塑造的栩栩如生的人物形象、他所描绘的千奇百怪的科场怪象，对八股科举进行了各个侧面的解剖、嘲讽和抨击，同时暴露和谴责了它的隐秘的黑暗。虽然明代以来已有一些小说作品触及到这一制度的病态，如略早于吴敬梓的蒲松岭的《聊斋志异》中的某些篇章，但是它们都是短篇作品，它们所揭露的八股科举的某一侧面，虽然也不乏精彩的描写和深刻的批判，然而都不及吴敬梓以他的长篇巨制《儒林外史》对那个时代的重大的“时弊”之一的八股科举制度，做出如此全面而深刻的揭露和批判。

2.《儒林外史》对程朱理学的批判

程朱理学是儒学到宋代出现的特殊形态，程、朱用格物致知之天理来阐释儒家经义，对“天理”的存在与合理性予以肯定，对“人欲”加以否定。这样的理论对维护社会统治阶层的地位起到了积极作用，但对普通大众的行为造成了极大的束缚。程朱理学渗透到“八股”取士的制度之中，对社会造成了极大的危害。《儒林外史》作者吴敬梓亲眼所见，并感同身受程朱理学之积害，熔铸“自所闻见”，“秉持公心，指擿时弊”，用泼辣幽默的文笔绘声绘色地描写了没落封建社会黑暗势力的丑恶鬼脸。全书“机锋所向，尤在士林”，穷形尽相地通过描写数十名形形色色的知识分子形象，对程朱理学进行了深刻有力的批判。

程朱理学的本质是通过提倡传统儒家的“三纲五常”来巩固、维护封建统治秩序。早在西汉前期，董仲舒已经提出“三纲五常”之说，但宋代至明代以来，“三纲五常”进一步教条化，并被理学家定为“天理”。理学家提倡的“天理”不出传统的“仁、义、礼、智、信”与“君臣、父子、兄弟、夫妻、朋友”范围。吴敬梓在《儒林外史》里，用犀利的文笔，赤裸裸地戳穿了程朱理学的虚伪性，揭露了理学“以理杀人”的残酷性。

《儒林外史》对程朱理学提倡的“尽忠守节”的妇德进行了严厉的批判。由于程朱理学强调“饿死事小，失节事大”，导致宋代以后，倒在“守节死义”下的妇女数目较之前代大增。《儒林外史》针对这种畸形的道德现象进行了形象的揭露与深刻的批判。作品中描写的富翁、盐商、暴发户“阳为道学，阴为富贵，被服儒雅，行若狗兔”，他们利用金钱与地位的优势，肆意作践妇女。暴发户大盐商万雪斋、宋为富都娶妾七八人。风流名士杜慎卿，一边约媒寻妾，一边扬言：“小弟性情是和妇人隔着三间屋就闻见他的臭气！”以八股文选家自居的季苇萧、匡超人等人，趋炎附势，停妻再娶，季还恬颜无耻地宣扬：“我们风流人物，只要才子佳人会合，一房两房何足为奇！”可见就连整天满口仁义道德的文人都虚伪至极，不守道德，更毋论社会其他阶层。而那些死守妇德观念的文人，却只能用堂而皇之的腐朽教条来掩饰内心的巨大悲恸。老秀才王玉辉执迷不悟，当女儿要绝食殉夫时，他却鼓励女儿“这样做吧”。女儿饿死了，他却仰天大笑，高叫“死得好！死得好！”说她死得“一个好题目”，可以“青史上留名”。地方上的一些道学家也纷纷聚集起来，大事张扬，别有用心地鼓吹“这样的好女儿，为伦纪生色”。这个事例生动而深刻地揭露了程朱理学所宣扬的“饿死事小，失节事大”的残酷性，形象地描绘了妇女们在残酷的教条下所受到的迫害。

理学家重视男权，强调“男尊女卑”，吴敬梓却塑造了沈琼枝这样一个女性形象，大胆地对理学所标榜的妇德进行了批判。作品写宋为富骗买沈琼枝为妾时，她敢于怒吼于宋家大厅，使一向横行无忌蹂躏妇女的“暴发户”一家狐群狗党“都吓了一跳，甚觉诧异”。沈琼枝敢于挣断枷锁，只身逃往南京，公然在南京街头挂出牌来，“精工顾绣，写扇作诗”。时人当她作“倚门之娼”，甚至疑她为“江湖之盗”，但是杜少卿却赞佩她能把“富贵奢华”视为草芥。再如作者写杜少卿在光天化日之下，大庭广众之中携着娘子的手同游清凉山，使“两边看的人目眩神摇，不敢仰视”。假道学高翰林和假名士伊昭交口骂他“最没有品行”，作者却通过笔下人物赞扬他“风流文雅”，是“自古及今难得的奇人”。

儒家“仁、义、礼、智、信”的教条被理学家说成是永恒不变的绝对精神，这是一种明目张胆的欺骗宣传，吴敬梓以犀利的笔触戳穿了理学的这种虚伪性。小说描写的严贡生横行乡里，在金钱财物的维系下，尚能保存一息兄弟情谊，但是当他的弟弟严监生一死，便开始占其房屋夺其财产。自吹“全在纲常上做功夫”的廪生王德、王仁兄弟，因得了妹丈几百两银子，还在自己妹妹垂危之际，便支持妹丈张乐设宴立继室。朋友之间也充满尔虞我诈，毛二胡子同陈正公同伙贩丝，毛便想尽办法骗取陈的信任，最后拐去二千两银子逃走。作者借余特之口形象地表达出：“我们县里，礼义廉耻一总都灭绝了！”作者用细腻、犀利的文笔形象而深刻地勾勒出理学教条禁锢下虚伪、残酷的社会百态，剥去了理学神圣的外衣，暴露了其凶残、恐怖的面目。

理学家鼓吹八股文而贬斥诗词歌赋，把诗词歌赋斥为“杂览”，避之唯恐不及。《儒林外史》却对此不屑一顾，大胆地对诗词歌赋表示肯定。作品中描写的鲁小姐对诗词歌赋严加斥责，马二先生指出了其中原由，因为诗词歌赋是抒发个人性情的，是表现“人欲”的，而八股文发挥“天理”，不允许表现“人欲”。因此，马二先生批文章决不用那些“风花雪月的字样”，他怕青年人由此起兴，“坏了心术”，这同理学家宣扬的“去人欲，存天理”的说教是完全一致的。而那些信奉理学经义、排斥人欲、尊奉天理的八股文士，其实百无一用，一无所能。南京街头修理乐器的倪霜峰，五十多岁了，读了一辈子书，当了三十七年穷秀才，落得卖儿养老。他老年才觉悟道：“就坏在读了这几句死书，拿不得轻，负不得重，一日穷似一日。”被上司论为“江西第一能员”的南昌太守王惠，一上任就想到“三年清知府，十万雪花银”，他的衙门里充满板子声、戥子声、算盘声。每年至少贪污一万两银子的高要知县汤奉，为抬高自己声名，听信举人张静斋的诡计，枷死送他牛肉的回民师傅，激起回民暴动。而这些人，都是走学习程朱理学的道路出来的文人，他们人生的悲苦、贪婪、丧失人性的行为也正是理学给他们带来的。吴敬梓深刻地认识到了理学之于社会的无用，淋漓尽致地进行了揭露与批判。

《儒林外史》以极其鄙夷的笔调嘲弄了堕落文人们不配写什么四书、五经之类的著作，针锋相对地通过正面人物杜少卿讲《诗经》，猛烈抨击程朱理学对《诗经》的歪曲。吴敬梓认识到了理学对传统儒家体系的扭曲与破坏，寄以“礼乐兵农”的理想来进行纠正与改造。书中描写的萧云仙征番拓边、兴水利、重农桑、办学校，汤奏征苗擒贼、安定边疆等事，表达了作者注重兵农、有意改革的思想。“吴敬梓用‘礼乐’来矫正社会现实中反动理学的荒谬、堕落、虚妄，只能是缘木求鱼。重视‘耕战’是法家思想传统，同程朱理学鄙视农桑、反对富国强兵是对立的，反映了吴敬梓的尊法反儒倾向。吴敬梓改革腐败不堪的社会、改革被理学歪曲了的人心的愿望，因为‘无法找到一种万应灵药可以医治社会弊病’，也难免落空。作者终于陷入徘徊艰进，以至于悲观失望。他想从批判旧世界中发现新世界的企图只好落入渺茫。”①我们不能强求生活于封建社会环境中的作者有超越阶级与时代的思想，但作者对于社会改良理想的探索与构建，具有初步民主主义思想的进步倾向，这一点是必须肯定的。

3.《儒林外史》对儒林士子人性的批判

《儒林外史》对儒林士子的批判是显而易见的。一部作品刻画了形形色色的文人形象，其立意便是要勾勒出文人的群丑图。闲斋老人在《儒林外史序》中说：“其书以功名富贵为一篇之骨。”小说也正是围绕功名富贵心理主宰下的文人群描绘了一幅五彩缤纷的儒林图画。在封建社会里，功名富贵历来是统治者笼络人心、招纳人才、组织统治机构、维护巩固统治的一块金字招牌，具有很大的诱惑性和欺骗性。明清之际，随着资本主义生产关系的萌芽，金钱对人心的腐蚀进一步加剧，一直把读书科举奉为人生道路的文人自然也不能逃此例外。《儒林外史》以锐利的眼光，描绘了资本主义生产关系下金钱导致的文人心灵畸变。传统的道德大多已成口头虚伪的标榜，道貌岸然仁义君子的背后，是人性的扭曲与堕落。在名利的诱惑下，传统的礼仪与道德已然失去了维系人心的力量。

《儒林外史》以藐视名利的淡泊精神，通过儒林士子对功名富贵的不同心理

---

① 黄秉泽.《儒林外史》对程朱理学的批判[J].安徽师范大学学报，1976(4):64.

来揭露与批判他们在八股科举中形成的扭曲人生观。一些在科举考场上屡遭败北而至死不悟的腐儒，他们对功名富贵崇拜得五体投地，贪婪得落魂失魄。如周进、范进就是如此。他们在中举和中进士之前饱尝了科举考试所带来的精神上、生活上的种种痛苦，思想滞钝而贪欲不止。周进为了弄碗饭吃，在薛家集当私塾先生，先是遭到秀才梅玖的挖苦嘲笑，羞得脸上红一块紫一块；后是受到举人王惠的蔑视，将他吃尽的堆在桌上的鸡鸭骨头、鱼刺瓜壳昏头昏脑地扫了半个早晨，连一声气也不敢出。然而，当王惠同他谈起自己考八股文鬼神相助的鬼话时，他又听得如痴如迷，羡慕不已。失去了教书的饭碗后给商人记账，来到贡院，竟一头撞在号板上不省人事，待众商人救醒，他又哭哭啼啼，遍地打滚，口吐鲜血。众商人见他可怜愿意出钱帮他买个监生，他感激得趴在地上磕头，称他们为再生父母，来世变驴变马也要报答他们。范进为了参加科举考试，多次受到岳父胡屠父的辱骂。他来到考场，穿着一身破烂的麻布衣，冻得直打哆嗦。中举的消息传来后，他高兴得疯了。撕开这二人的外表，便会发现他们内心深处隐藏着一种强烈的功名占有欲。是这种欲望驱使他们去拼搏考场，去承受种种耻辱和痛苦。在他们的人生观中，只有中了举人、进士，才能有出头之日，才能扬眉吐气地做人，大块吃鸡，大把吃鱼，才能得到别人的尊重，自身的人格、自我的价值才能得到闪现发光。荣与辱、富与穷、苦与乐，皆由它维系着，决定着。所以，即使年再老，家再穷，也要拼命一搏。而当这些不能得到，或得到太突然的时候，长期积储在胸的压抑、悲伤便潮水般涌来，使他们丧魂落魄，演出了发疯的悲剧。这就告诉我们，以功名富贵为诱饵的八股取士，其害人之深，比起秦始皇的坑儒来，实在是有过之而无不及。

《儒林外史》对那些科场失意但仍旧念念不忘功名的虚伪文人的丑恶嘴脸进行了生动的刻画，对他们变相索取名利的行为进行了深刻批判。一些在科举考试中败下阵的斗方之士、墨选之客，虽然不再举业，参与科场争名逐利，但骨子里对这两种东西还是艳羡不已。这些人有闲居乡下者，有盘旋城镇者，有竹帐、行医、开头巾店、在盐务上担任职务者。然而他们一无经营之才，二无守己之操，从不想干点正经事，每日手拿书本或斗方子，四处闲游，入茶馆，上酒楼，或互相吹捧，或拟题限韵做诗，显得志满意得，心胸淡然。但当他们讨论做进士、名士谁好时，便暴露了他们隐藏的内心世界。浦墨清说："读书毕竟中进士是个了局，这样各样好了，到底差一个进士；不但我们说，就是他（指赵雪斋）自己心里不快活的是差一个进士。"他们对科场一直眷念不忘，对功名富贵一直铭刻心骨，表面上无忧无虑，逍遥自在，其心里终因差一个进士而不能快活开来。于是，他们把希望寄托于后代。然而，当这些终不能得到时，只好装出一副清高的模样，以作诗来猎取名望，以吹捧来抬高身价，企望得到权贵的赏识，讨点残羹残饭来弥补科场失意所造成的精神物质上的损失。这是对名利的变相索取。吴敬梓的刻画，准确地捕捉到了他们传统道德操守的丧失，他们的精神世界是名利充斥的世界，他们的人生方式是一种功利化的方式。

透过八股科举对文人的毒害，《儒林外史》看到了这一制度对社会的破坏性，犀利地描绘出儒士生存的负面价值，批判了他们对社会的危害。吴敬梓以自己仁政爱民的思想，通过儒林士子在仕途或社会上的所作所为来揭露他们的丑恶嘴脸，指责八股取士最终造就的是一群害政害民的社会蠡贼。小说描写了一批在科举考试中爬上去的官吏或在乡下做乡绅的士子的种种劣迹。万青云系已革生员，是浙江都察院通缉在逃的要犯，又是一位招摇撞骗的假中书。来到南京，成了高翰林、秦中书、施御史家中的座上宾，后来被江宁县差一根链子锁了去。为了不牵连自己，让万青云蒙混过关，这三个朝官勾结在一起，或出钱，或串联，或经手操办，竟把万青云弄成了真中书。王惠晚年中进士，由工部主事补授南昌知府。他念念不忘“三年清知府，十万雪花银”的贪婪之训，一上任就查账打人，搜索金银，衙役百姓一个个被他打得魂飞魄散，没有不怕他的。上司对此不但不追究，还说他是“江西第一能人”，把他升为道台。吴敬梓以他的仁政德治的儒学思想对此进行了深刻的批判和谴责。他清醒地看到八股考试对儒林的毒害，这样的制度使一大批爬上去的士子失去了为人的根本德行与品性，他们拼命往上爬的目的就是为了功名富贵，所以一旦爬上去后就不择手段地大干伤天害理之事，以保住自己的地位、声望、利益与生命，他们是一群真正利欲熏心的小人。由于他们是怀着这种强烈的功利目的参加科举考试的，所以对《四书》《五经》所讲的礼乐教化、仁政德治、人伦品德根本无法领会和接受。考场上替圣贤立言，实是诳世之谈，欺人之论，内心根本不懂圣人旨意，不明礼乐教化、仁政德治在治国安邦中的作用，不懂人伦品德在安身立命中的好处。因此，他们日常读圣贤之书，全是为了应付考试，不是为了改造自我，修养品行。八股取士将这样一些小人选拔录用来管理朝务或地方政事，或让他们回到乡下当乡绅，只能使他们成为乱政害民的魔鬼。

《儒林外史》通过现世儒生丧失儒家“文行出处”的涵养来揭露他们精神世界的空洞与人性的失却，深刻批判了八股科举对文人的戕害。作为一种文化现象，八股科举文化实际是一种势利文化。在这种文化的熏染下，儒林士子沾上了恶劣的势利气息。他们审察人世，断定荣辱，神经中枢只充斥着“势利”二字。因此，他们一面拼命抬高八股举业的地位，如高翰林吹嘘的那样：“我朝二百年来，只有这棒事是丝毫不走的，摩元得元，摩魁得魁。”于是，大家削尖脑袋往里钻；一面对那些中了进士获得高官的权势之士更是羡慕之至。如季苇萧奉厉公之命到五河县调查一件事，因替杜慎卿捎信给虞华轩，便最先来到虞家。对此，乡绅唐二棒椎先是极力否认来者是厉公府的人，其理由是：“太尊同虞华轩不密迩，同太尊密迩的是彭老三、方老六。若他是太尊府的人，先该到彭方二家，绝不会先到虞家。”后虞华轩告诉来者是季苇萧，他又马上否定，理由又是：“他既是名士，京里一定在翰林院衙里走动，况且天长杜慎老同彭老四是一个人，岂有他出京来，带了杜慎老的书信给你，不带彭老四的书子给他家的？”唐二棒椎如此吹捧彭家，就是因为彭家出了几个进士，选了两个翰林，所以他便把这作为推论的前提，推出了一个极为荒唐可笑的结论。可见，“势利”二字在这类乡绅心目中占据了显赫的位置，他们戴上这副有色眼镜去判断事物，是非、善恶、美丑、荣辱都混淆莫辨。他们恬不知耻地为彭方二家鸣噪鼓吹，其结果是抬高了二家的地位，使一些势利小民尾随其后，摇旗呐喊，形成一种恶劣的世风。又如虞华轩是个经史子集无一不知，兵、农、礼、乐无一不晓，既会写古文，又会作诗赋的大学问家，然因他不慕举业，所以五河的人总不许他开口。在他们眼里，中进士、入翰林才是人世最值得尊奉的事。至于什么品行、学问都是嗤之以鼻的。只有彭乡绅才是五河之秀，值得奉承吹捧。五河势利熏心是八股科举文化严重熏染玷污的结果，反映了当时整个社会风气的败坏。儒林士子身居其中深受其害而不知醒悟自解。

吴敬梓以儒家的“文行出处”作为一种参照，一根准绳，对儒林士子的种种文化劣迹进行了严格的审核透视，毫不留情地揭露了他们猥琐浅薄的原形，以昭示天下，警戒世人：八股取士实行的是一种愚昧无知的文化毒害，它会导致人丧失人性，价值观扭曲，是一种反动的、腐朽的制度，是与我们的传统价值观与思想精神背道而驰的。

《儒林外史》的作者吴敬梓，作为18世纪进步的思想家，通过不与制度合作、不与传统合流的方式深刻揭露了明季以来八股科举制度的反动与畸形。这样的制度助长了程朱理学对人心的毒害，深深地玷污了文人的灵魂，对维系社会文化的文道士的品行造成了严重腐蚀。除了暴露与批判以外，吴敬梓还用理想化的笔触为即将倾颓的社会开出了药方，虽然今天看来，还显得较为稚嫩，但作为敢于担当，有社会责任感，而又身处其时代的文人来说，已经是一种巨大进步了。《儒林外史》诞生在前清，它对于传统文化的反思与批判，对于晚清民主思想的启蒙，都有着功不可没的历史意义。

第三节　新奇独特、高超妙绝的叙事策略

在中国小说的叙事艺术史上，不得不说《儒林外史》是朵奇葩。因为这部以“史”命名的小说，不仅在结构上打破了《史记》以来史传文学以历史人物的活动为经，以相关的人物和事件为纬，从而形成一个沟通天人、贯通古今的结构框架，而且在叙事时间、空间与角度上不循常例，打破陈规，表现出独树一帜的全新风貌。《儒林外史》的高超叙事艺术水准，被誉为“似乎是中国最伟大的几部古典长篇小说中至为清澈透明的一部了”。[①]

1. 百年瞬间的历史涵括与反思

小说是叙事的艺术，小说主要依靠表现时间流中的人生经验，或者说侧重在时间流中展现人生的履历。因此，一部小说文本可以把它看成是一个充满动态的过程，亦即人生许多经验的拼接。对《儒林外史》而言，由于其本身缺乏贯穿始终的核心情节与核心人物，因此，它对于叙事时间的把握也就自然而然成为演绎和推进作品人事、情节发展的重要手段之一。吴敬梓正是通过运用这种叙事手段，最终联结成《儒林外史》。

《儒林外史》在叙事时间上跨度长达百年之久，在百年时空里构建出巨大的时空涵括与深刻的历史反思。《儒林外史》既然以“史”名篇，自然在叙事时间上体现其“慕史”的倾向。具体而言，《儒林外史》的作者比照以帝王年号纪年的历史时间为次序，煞有介事地标明了故事发生的具体时间，也就是说从第一回的元朝末年写起，随后是第二回的明代成化末年（1487 年），接下来是第二十四回的嘉靖十六年（1531 年）十月，再到第三十五回的嘉靖三十五年（1550 年）十月，最后以第五十五回的万历二十三年（1596 年）收束作结。如果将小说开头部分借助王冕故事“敷陈大义”“隐括全文”的内容去掉，整个故事叙事时间恰好是 108 年。

---

① 杨义.《儒林外史》的时空操作与叙事谋略［J］. 江淮论坛，1995（1）：75.

在这段叙事时间内，作者以其严密的时间逻辑思维，巧妙推进作品的主体叙事时间的纵深发展，深刻地表现出一种世事时运兴衰交替、人物命运沉浮更变的人世历程。他“把一大群秀才（还有少量进士、翰林）和名士放逐到百年流浪的旷野上。《儒林外史》主体部分，描写了明朝成化末年（1487 年）到嘉靖末年（1566 年）这八十年间的四代儒林士人。第一代是生活在成化末年的周进、范进，以及年岁略小的严贡生、严监生，他们是八股取士制度的热衷者和社会基础，爬上去的精神已被蛀空，没有爬上去的精神也塞满了贪婪、势利、悭吝。第二代是活动在正德末年和嘉靖前期的相国公子娄捧、娄攒，以及制艺选家马纯上。贵介公子已对八股举业满腹牢骚，借礼遇假名士来表示他们的离心倾回；寒酸的选家还要靠举业谋取饭碗，甚至歪解孔夫子来阐明文统；但是比他们年轻得多的匡超人、牛浦郎已经借举业和名士头衔进行坑蒙拐骗，宣告这些行当的道德破产了。第三代是生活于嘉靖后期的杜慎卿、杜少卿，以及余特、余持兄弟。他们是这几代士人中最有声色的一代，或者在梨园选美胜会中抒发名士风流，或者与年纪略大的虞博士、庄绍光祭祀古贤，追求与八股取士制度相对立的礼乐理想，但是他们中的多数都在势利的风俗中离乡别井了。第四代是生活在嘉靖末年的陈木南，以及比他略早的汤由、汤实。他们实在是一蟹不如一蟹，已用仪征丰家巷妓院和南京十二楼教坊取代了杜少卿们的先贤祠，向妓女谈论科场和名士风流了。”[①] 吴敬梓通过对四代人的人生整体观照，来表现一代文人的厄运。这样的时空建构方式，具有广阔的涵概性。这样观照人生而得出来的结论，无疑具有极强的说服力。

在这“百年”的时间构架下，抒发着作者对社会人生深沉的理性思考。楔子部分借王冕之口写出了八股取士制度给士人带来的危害：“将来读书人既有此一条荣身之路，把那文行出处看得轻了。”也就是说，“一代文人有厄”的沉痛话题是通过王冕之口以预叙的叙事方式体现出来的。随之而来的是以儒士为核心的世界里，到处充满了生存危机，每个人似乎都“痰”迷心窍，竞相奔走在“功名富贵”的不归之路上，接连传递出有关死亡的信息。

百年反思的长篇结构体制，是我国古典小说发展史上的一个创造。它从丰富的层面和角度，展示了八股取士制度造成的社会情境压迫和内在心理驱力，亦刚亦柔地迫使数代士人不顾“文行出处”而追逐“功名富贵”，从而导致了精神荒谬和荒芜的人间悲喜剧。由于这种精神的荒谬和荒芜遍及士林的各个层面以及

① 杨义.《儒林外史》的时空操作与叙事谋略 [J]. 江淮论坛，1995（1）：76.

文史的各个领域，若采用几个主要人物贯串始终的结构方式，势必造成某种箭垛式的笑料集成。这里采用八十年间四代士人的结构，就显得嘲讽的层面和角度丰富，而且错落有致，分寸感非常得体了。

2. 空间倏忽转换中的社会思考

《儒林外史》通过不同地域空间的转换，勾勒出社会的世情百态。《儒林外史》叙事时间的大跨度移位，为大幅度的叙事空间建构提供了便利。从地域空间来看，叙事中出现两大地域空间的转移，也即从帝都北京到旧都南京。除此之外，《儒林外史》还创造了极为广袤的故事空间，在北至北京、南到广东、西至川贵、东到江浙的广大地区中都有作者笔力驰骋的痕迹。《儒林外史》的故事地点转换之频繁也是中国小说所罕见的，它的每一回都很难停留在一个固定的地方。而作者更注重对这些地方的人文景观的描绘。如江浙地区是大批文人的集散地：湖州名上多虚妄，杭州名士多酸气，南京则有一股不同凡响的大气度，接纳来自各方的各色人物。而远离江浙的地方，环境则相当险恶：郭孝子寻亲路经的川陕地区，不是出现猛虎，就是出现恶人，汤镇台镇守的贵州有苗民"闹事"，就连山东也让庄绍光经历了有惊无险的磨难，北京则充满了复杂多变的政治斗争，给人以"旦夕祸福"之感。

《儒林外史》通过人物的空间移动，表现人生在时空中匆匆过客的独特体验。《儒林外史》中人物多带漂泊感，仿佛他们是时间和空间的双重旋转中的匆匆过客。这种空间转换以江淮地区为中心而及于东西南北。文本没有在一个城市或县份逗留三回以上不作转移的，四十三回的主体部分空间转移达到四十次之多。空间转移的中心明显地分为两个阶段：北京阶段和南京阶段，中间还存在一个小小的过渡，临时中心在嘉兴和杭州。在如此频繁的空间转换中，《儒林外史》中人物总是在"离乡"与"归乡"之间徘徊，故乡成为这些人物心中既向往又逃离的空间，他们呈现出一种矛盾的心态。比如，杜少卿所在的天长县，有许多人在时时刻刻算计着如何侵吞他的财产，王胡子、张俊民、臧荼甚至包括远道慕名而来的鲍廷玺等这些人，在算计完他的财产之后，一个个作鸟兽散，只留下昔日热闹如今冷清的杜府。杜少卿只得把自己住的房子并与本家，要到南京去住。此亦为吴敬梓本人遭际之再现。杜少卿匆匆逃离故乡，来到精神故乡的南京。在那里杜少卿可以率性而为，夫妇游山，交结朋友，闲适自在地生活，但这只不过是昙花一现，"礼仪之邦"也是鱼龙混杂，真儒名贤与"戏子""名士"并存，道士和尚与侠客武夫齐在的处所了。

《儒林外史》在空间叙事上，针对不同的地域，寄寓了不同的文化涵义。全书两大地域中心北京和南京，各自承担了不同的象征意蕴。北京当时是官场的中心，小说里承担着腐败与衰退的意味。小说第三十五回“圣天子求贤问道，庄征君辞爵还家”写到的事情，就可以看出作者选择南京和北京两地展开情节的良苦用心，对于庄绍光作者是持肯定态度的。庄绍光的行为和话语其实代表了儒道合一知识分子的“穷则独善其身，达则兼济天下”思想。鉴于当时形势，聪明的他已预见自己将“独善其身”。在北京，庄绍光遇上了大学士太保公，而一旦庄绍光拒绝太保的“美意”，太保则向皇帝进谗言，诋毁庄绍光。小人当道，在封建社会里是司空见惯的现象，皇帝也只不过“叹息了一番”，便放弃了一个王佐之才。庄绍光的失意，象征着国家的衰败，真正有才华的人不被赏识，这是一个文人遭厄运的时代。在吴敬梓的设计中，文人荟萃的南京则是真假儒生、真假名士的精神家园和表演的舞台。南京作为全书叙事空间的焦点，是通过一系列的铺垫而推至前台的。作者极写元武湖的优美景色，和南京的壮观气势，暗含了作者对作为官场权力中心的北京的否定。对南京景色，作者是用正面的眼光去展示它的旧都气派和六朝风流的。可见，南京作为一个斯文旧都，还是有人讲究文行出处的，与北京作为一个八股取士的帝都互相对峙而存在，从而构成小说叙事空间的南北互异的双焦点。

《儒林外史》在叙事空间构建上，巧妙地安排不同地点组织起庞大的叙事。小说存在三处富有代表性的叙事空间节点，也即莺脰湖、莫愁湖、泰伯祠。作者紧紧围绕这三处叙事空间中发生的大宴名士、高会以及祭主这三件事情，不仅巧妙合理地将一批又一批儒林人物的出场安排穿插在其叙事当中，还将聚散离合于这三处叙事空间的诸多人物所经历的其他事情一同串联起来，共同构成整部作品的故事情节发展的主体。虽然贵公子娄三、娄四对“帝都情结”主导下的八股取士带有叛逆性思考，但二位娄公子并没有找到精神归依。第十三回写到其主持的莺脰湖大会，简直就充满讽刺性的意味。看看聚会上的人，有所谓的侠客张铁臂，实则是会行坑蒙拐骗的贼盗；有古风古貌的杨执中，但也有小人嘴脸、怪模怪样的权勿用；有潇洒翩翩的书生公子，但也有愚蠢至极、混吃混喝的陈和甫等人。这样一群人聚在一起，可谓鱼龙混杂，再加以胜会的美名，实在可见当时儒林人事的衰朽不堪，极具讽刺意义。到了第三十回写到“爱少俊访友神乐观，逞风流高会莫愁湖”，又以杜慎卿为中心，塑造出了一大批新的名士，如季苇萧、郭铁笔、萧金铉，他们是数批儒林士人中最有声色的一代，他们在胜会中尽情抒发名士风流，而南京俨然成了他们展现名士风雅精神的绝佳舞台。在某种程度上说，这些人物当中有些人最终还是找到了可依靠的精神故乡。此后的第三十七回便是泰伯祠大祭了，这是全书的最大事件和高潮，是俯瞰全书的高峰，几乎所有儒林人物在其中均得以出场表现。这个情节“是掌握全书艺术构思的枢纽，也是在这里，把全书的主导思想——原始儒家的思想表现得最显豁”①。从虞育德主祭泰伯祠到“诸贤”纷纷离去再到王玉辉前来“瞻拜”，先前修建得齐整伟岸的泰伯祠已经积满灰尘，这暗示作者的“礼乐”理想幻灭。

《儒林外史》独特的叙事结构，是对传统章回小说结构的重要突破，而这种突破当归功于运用了严密而有意味的叙事时空建构艺术。当然，在叙事时空的巧妙构建下，作品中时世人事的盛衰兴亡、悲喜沉浮也得到史诗式、全景式地展现，这恰契合着《儒林外史》的“慕史”倾向，令人惊叹。

3. “礼”为原理的隐性叙事结构

关于《儒林外史》的叙事结构，前人颇多微词。1918 年蒋瑞藻编辑的《小说考证·拾遗》中，摘录了一段时人的评论：“《儒林外史》之布局，不免松懈。盖作者初未决定写至几何人几何事而止也。故其书处处可住，亦处处不可住。处处可住者，事因人起，人随事灭故也。”② 民国时期鲁迅也说：“惟全书无主干，仅驱使各种人物，行列而来，事与其来俱起，亦与其去俱讫，虽云长篇，颇同短制；但如集诸碎锦，合为帖子，虽非巨幅，而时见珍异，因亦娱心，使人刮目矣。”③ 同时期的胡适则说得更明白：“《儒林外史》的坏处在于体裁结构太不紧严，全篇是杂凑起来的。”④ 民国时期的学者对《儒林外史》结构的偏见，大多源于他们受西方文学理论的影响，用西方的眼光来看待中国小说，没有真正认识到中国小说独特的艺术形式。而事实上，作为一部优秀的长篇白话讽刺小说，《儒林外史》在结构上不仅非常严谨，而且情节组织非常有序。

美国学者林顺夫认为，中国传统小说的结构具有一种插话式的不完整的情节特点，这跟中国人的世界观有关。因为“中国人把宇宙看作一种自持的、自生

---

① 李汉秋. 儒林外史研究 [M]. 上海：华东师范大学出版社，2001.

② 林顺夫.《儒林外史》的礼及其叙事体结构 [J]. 文献，1982（2）：68.

③ 鲁迅. 中国小说史略 [M]. 上海：上海古籍出版社，2006.

④ 胡适. 胡适文存 [M]. 北京：华文出版社，2013.

的、力学的过程，宇宙中的各部分都在一个和谐的、有机的整体里相互起作用。而人，被看成参与宇宙创造过程中的一个有机部分。这样，形成了天、地、人三位一体的哲学观点。这种以人为中心的，一个未经外力创造的宇宙的独特观念，对中国文化的各个方面都有着深远的影响。"[①]因此，中国人常常"把因果关系看作是形成一个庞大的、杂乱的网状的关系或过程，而不是把各种事件安排在直线的因果关系之中。事件不是按因果关系安排，而是并排地或者并列地被组织在一起，好像是同时发生似的。这样，这种因果关系的世俗关系就成为并列的具体'事件'的动力的模式。"[②]

《儒林外史》的结构正是这样，它的每一章节中都集中描写一两个主要人物和几个次要人物，构成一幅特定的社会景象。但是这些主要人物或次要人物在下一章节里就退居主要情节以外，或者从情景中消失了，读者只有看完整部小说以后，才能获得对《儒林外史》总的印象。此外，人物出现、消失、又出现，几乎极为随便，好像完全被偶然的机会所支配，并且是同时发生的。这些现象甚至在古代神话或白话短篇小说中也能常常见到。纵然在这些东西里只有一个中心人物，但故事仍然包括一系列现象创造出来的、奇迹般的事件。在中国古代文学作品中，经常运用"适"或"会""适遇""正值""却待"和"无巧不成书"等术语，作为联接各个事件的写作手法，很可以清楚地说明这一点。这种结构的模式是非常典型的中国传统小说的模式，不能说它是缺少对通盘计划的考虑。

《儒林外史》的内在结构是儒家所规定的"礼"教，全书的情节就是用这样一种思想贯穿起来的。礼仪在《儒林外史》中，将一连串分散的插曲组成一个较大的集中的部分；又将这些较大的部分组成一部优秀的完整的书。第一回的楔子阐明了本书的主题，同时也提供了一个包含本书主要轮廓的虚构的故事。这个虚构的故事是作为知识分子楷模的王冕的传记。王冕被刻划成一个理想的儒家士人，他是一位谨守儒家礼仪、学问渊博、道德高尚、多才多艺的正人君子。吴敬梓用王冕这样一个儒家礼仪的楷模来高标自己的道德理想，从而串起了小说的三个大部分。第一部分(第二回至第三十回)集中讽刺了两类知识分子。第一类知识分子企图通过科举考试制度以求富贵功名；第二类知识分子完全拒绝这种考试制度，而赞成隐居生活。这一部分里，作者描写了三个事件：八位名士莺

① 林顺夫.《儒林外史》的礼及其叙事体结构 [J]. 文献，1982(2)：68.

② 同上。

胆湖上出游，四位名士西湖上举行诗会，杜慎卿组织九位知识分子和一位和尚为梨园子弟举行比赛。这三个事件中每一件事都是以在知识分子中举行仪式来使他们友好取乐，尤其是借以获得名誉。第二部分（第三十一至第三十七回）主要描写泰伯祠祭祀。二十四位知识分子、十六个乐师和二十六个表演礼仪舞蹈的童子，总共七十六人参与了祭祀。这些人在那位贤德的虞博士的领导下，都融合在一个和谐的礼乐仪式中。泰伯祠的祭祀对社会没有带来几位领导人物所希望的积极效果。第三部分（第三十八至第五十五回）写了本书的中心人物所珍爱的完善道德理想的彻底失败。从第三十七回礼乐大典以后开始，可以看到葬礼、为虞博士送行的集会、节孝入祠、参观泰伯祠遗址等，所有这一切都预示了作者对于恢复传统儒家道德理想以拯救社会的理想是悲观的，王冕的高标在现实中疲软无力，庸俗社会的势力强大得不可阻挡。

《儒林外史》可以看成是吴敬梓对衰退了的传统中国社会的一种广泛的完整的幻想，也是他对一种悠久历史进程的叙述，一部书中纷杂的人与事，都围绕着对“礼”这个传统主题的思考来组织。尽管一些事件与人物的命运清晰地显示了作者作为知识分子阶层拯救社会的理想方法是行不通的，但是书中却暗示了一种乐观的态度——“礼失而求诸野”，从粗俗的市井小民中涌现出来的杰出人物有能力与修养，尤其是在他们的日常生活中都按照礼仪行事，因此，能把礼教继续开展下去。

4. 第三人称隐身人的客观叙事方式

《儒林外史》改变了传统小说中说书人的评述模式，采取了第三人称隐身人的客观观察的叙事方式，让读者直接与生活见面，大大缩短了小说形象与读者之间的距离。作者尽量不对人物做评论，而是给读者提供了一个观察的角度，由人物形象自己呈现在读者面前。例如，在薛家集观音庵，让读者亲见亲闻申祥甫、夏总甲的颐指气使，摆“大人物”架式，骄人欺人，较少对人物作内心剖白，只是客观地提供人物的言谈举止，让读者自己去想象和体味。又如作者只写“把周先生脸上羞的红一块白一块”，“昏头昏脑扫了一早晨”，并没有剖白周进内心活动，人们却可以想象到他当时的内心感受。作者已经能够把叙事角度从叙述者转换为小说中的人物，通过不同人物的不同视角和心理感受，写出他们对客观世界的看法，大大丰富了小说的叙事角度。如西湖边假名士的聚会，主要通过匡超人这个“外来者”的新鲜感受，看到这些斗方名士的名利之心和冒充风雅的丑态。

《儒林外史》的作者"摒弃了传统的叙事方法,他宁愿退居幕后,对作品人物只作旁观式的记录。他的镜头基本上只从一个角度对着作品人物,并随着主人公的动作和思维轨迹,作特写式的扫描。事件的起因和结局,人物的来龙去脉,全由主人公自己去完成,少由作者评说。一个明显的标志是'但见''原来''看官听说'之类引起评介文字的传统套语消失了,代之而起的是作品角色直接步入读者的视野,而不需要'说书人'作介绍。"① 如夏总甲的出场:"正说着,外边走进一个人来,两只红眼边,一付锅铁脸,几根黄胡子,歪戴着瓦楞帽,身上青布衣服就如油篓一般;手里拿着一根赶驴的鞭子……";严贡生的亮相:"吃了一回,外面走进一个人来,方巾阔服,粉底皂靴,蜜蜂眼,高鼻梁,落腮胡子。"同样是人物肖像描写,因为中间没夹着个"说书人",是由读者直接看出来的,所以便显得格外真实。《儒林外史》中的讽刺那么犀利而深刻,与作者第三人称隐身人的客观叙事方式是有直接关系的。

《儒林外史》第三人称的客观叙事方法,历来为评论家所激赏。第四回严贡生正向张静斋与范进吹嘘自己如何为人率真一段,卧评批曰:"张静斋劝堆牛肉一段,偏偏说出刘老先生一则故事,席间宾主三人侃侃而谈,毫无愧怍,阅者不问而如此三人为极不通之品。此是作者绘风绘水手段,所谓直书其事,不加断语,其是非自见也。"所谓"是非自见"就是让读者自己根据作品的客观描写去分辨美丑善恶,做出自己的价值判断,而不是由作者把自己的意图强加给读者。鲁迅先生曾评《儒林外史》:"无一贬词,而情伪毕露。"他指的也是这种笔法。中国古代小说由于受到"文以载道"及说书艺术的影响,作者不但时时以说书人身份介入故事,进行政治的、道德的说教,而且总是喜欢把自己的创作意图通过带倾向性的描写反映到作品人物的性格塑造之中。《儒林外史》的一大特点是作者能始终保持冷静客观的态度,对笔下的人物只以白描手法显示他们的所作所为,并不加以主观评论,也不在修辞上过分夸张而强化主观倾向。这种写作角度由主观向客观的转化,表面上看作者的责任似乎少了,实际上对作者的要求更高了。它不但要求作者有更深刻的思想和观察力,而且要求作者像哑剧演员那样能用无言的"声音"传达信息,感染读者,实际上它需要更高的技巧。《儒林外史》对第三人称隐身叙事方法的熟练运用,是小说创作在艺术上趋于成熟的重要标志。

《儒林外史》在文本叙事时间、空间、结构与视角方面创造性的发挥,为长篇

① 孟昭连.《儒林外史》的讽刺艺术与叙事特征[J].南开学报,1996(2):72.

白话小说树立了很高的规范。《儒林外史》对民国白话语体文运动亦产生了很大的影响。吴敬梓对传统思想文化的反思与批判，对近代民主主义思潮的兴起起了重要的作用。

第四节　戚而能谐，婉而多讽——讽刺艺术的巨大成就

《儒林外史》对于中国文学讽刺艺术的发展，做出了重要的贡献。鲁迅先生在《中国小说史略》中说："迨吴敬梓《儒林外史》出，乃秉持公心，指擿时弊，机锋所向，尤在士林；其文又戚而能谐，婉而多讽：于是说部中乃始有足称讽刺之书。"[①] 这样的评价非常中肯，指出了《儒林外史》作为长篇白话小说的特色，在于能以其别具一格的讽刺艺术而独树一帜。

1.《儒林外史》对文学讽刺传统的继承

讽刺，是中国传统儒家思想的一种精神，它主张以积极的态度对社会现实进行关注。孔子讲："《诗》可以兴、可以观、可以群、可以怨。"其中的"怨"就是"讽刺"的意思。在这里，他讲的是《诗经》的教化作用。孔子主张的对现实有所"怨"，包含在"怨而不怒，哀而不伤"的美学范畴中，要做到"含蓄蕴藉"。就是对现实可以有所怨讽，但是要保持适当的度，要在不破坏礼仪与和谐，大家都可以接受的范围内来进行。儒家侧重的是一个人的社会责任感与文学的教化作用。

讽刺的精神走入文学有着很久的源头。在先秦寓言中，讽刺就已经成为一种常见手法了，而且还表现为明确的创作意识。庄子寓言中就有很多的讽刺，原因何在呢？因为庄子自恃天下皆浊，独我为清，没有人可以与他自己同日而语，只好用一种变形的方式来表达他对世界的认识，所以他运用了讽刺。讽刺有真有假，既庄又谐，嬉笑怒骂，皆可成文，对表达庄子厌世混世、玩世不恭的人生观，起了很形象生动的作用。

讽刺走入小说创作始于魏晋的志人志怪小说。彼时，讽刺只是作为一种修辞手段而被使用，如在志怪志人小说中，就有着大量生动的运用。之后的唐代传奇、宋元话本中，讽刺作为一种文学手段时有运用。至明代，这种情况有所改变，文人开始有意识地将讽刺运用在小说创作中。在《西游记》里，我们发现吴承恩

---

① 鲁迅. 中国小说史略 [M]. 上海：上海古籍出版社，2006.

对猪八戒的好吃懒做、自作聪明，及唐僧的迂腐糊涂，总在不断地使用讽刺的笔法予以嘲笑和批判；即使对他喜欢的孙悟空，也常有诙谐滑稽之笔，让读者看了产生会心的微笑。这说明作者对待现实生活，对生活中的“阴暗面”或人性中的缺点，不再拘于传统的“严肃”表现方式，而宁愿以近于玩世不恭的态度戏之弄之，这就有点像庄子的态度。而在《金瓶梅》中，这种对待人生的态度及表现方式又有了进一步的发展。张竹坡称《金瓶梅》是“一部炎凉书”，廿公称其“曲尽人间丑态”。确实，《金瓶梅》不仅以极为锋利的写实笔法再现了那个社会各种丑恶的外部现象，也以冷峻严肃的态度剖开了世人的肮脏灵魂，以尖锐的讽刺写尽了那个时代的人情冷暖、世态炎凉。至此，讽刺不仅成了作者塑造人物的一种手段，而且成为贯穿全书的基调。

人们习惯于把《儒林外史》看作是中国讽刺小说的鼻祖。事实上，《儒林外史》之前，中国文学已经为讽刺这一艺术手段进行了无数积累与尝试，而到《金瓶梅》实则已经达到很高的水准。这些努力无疑为《儒林外史》提供了很好的借鉴。在此基础上，《儒林外史》进一步地把讽刺手法发展为一种讽刺意识。讽刺手法与讽刺意识的区别在于创作的意识、目的、表现手法的不同。讽刺手法追求的喜剧效果只是暂时的，只是为了博得观众一时的开心与快乐。而有意识的讽刺追求的效果不再是局部的，它是作品的全部内容，它造成的讽刺特殊气氛，决定了作品的特质。这样的区别归根结底，还是来源于作者对待人生的态度及其文学的观念。讽刺小说作品的作者无论是歌功颂德还是针贬时弊，他们都像是“入世者”，对生活还是充满希望，至少还没有绝望，所以在创作时还能保持着对生活的正常态度。所以真正具有艺术感染力的讽刺作品应该是“含泪的笑”，是讽刺作品后面隐含着的巨大的悲剧因素，是笑过之后的沉痛思索。

《儒林外史》深刻的现实主义眼光，决定了作品对讽刺的运用，其性质是批判性的、反省式的，而不是玩世不恭与嘲弄式的。关于《儒林外史》的创作态度，闲斋老人在《〈儒林外史〉序》中说：“其书以功名富贵为一篇之骨，有心艳功名富贵而媚人下人者，有倚仗功名富贵而骄人傲人者，有假托无意功名富贵自以为高被人看破耻笑者，终乃以辞却功名富贵品地最上一层，为中流砥柱。”功名富贵是个很严肃的题目，从古及今，受儒家实用主义哲学的影响，无数古人做着这样的美梦，不同的只是有人实现有人破灭而已。但更多的人则是仍在这个美丽的梦中沉浮，在为实现它而做着无用功，极少有人能做梦醒后的反思。吴敬梓就是极少数中的一个。他在书中塑造了几种人，分别表现出对功名富贵的不同态度，再现了世人在功名富贵面前的丑态。有人没有能力得到功名富贵，却对别人的功名富贵慕之羡之，而不惜媚人下人。也有人千方百计却得不到功名，便自标清高，装成名士，到处附庸风雅，蒙骗世人。作者的主要笔墨用在这些人物身上，写他们在功名富贵面前的种种自我表演。其中表演最充分者，又数形形色色的儒者。

吴敬梓剥去了传统儒者智慧与儒雅的外衣，真实地暴露了他们与世俗社会怀揣功名富贵理想之人本质的无异，揭露了他们既世俗却又伪装的可笑小丑行径。在这样的创作目的下，讽刺无疑起到了最有力的作用。例如，书中的马二先生就露骨地说："'举业'二字，是从古及今人人必要做的……就是夫子在而今，也要念文章，做举业，断不讲那'言寡尤，行寡悔'的话。何也？就日日讲究'言寡尤，行寡悔'，那个给你官做？'"他还教导匡超人："人生世上，除了这事，就没有第二件可以出头。"既然他们把举业看成通向功名富贵的唯一途径，就无怪乎穷经皓首，为举业而苦读终生了。但可悲的是，能如愿以偿的人少之又少，绝大多数人到头来就像倪霜峰，功名富贵没得到，却弄得"拿不得轻，负不得重，一日穷似一日"，连个谋生之道都没找到。即使像周进、范进磋砣半生，侥幸得到了功名富贵，也是心血耗尽，人格变形。范进中举而发疯不就是血淋淋的一幕吗？至于那些在举业上一帆风顺者，他们一旦由儒者上升为统治阶级的一员，转眼间便撕去了斯文儒雅的假面具，露出凶恶的本质，堕落成与封建统治者毫无二致的贪婪之徒。《儒林外史》中的汤知县、南昌太守王惠就是这一类人。其实，无论是穷愁潦倒的破落文人倪霜峰，还是终得"正果"的周进、范进，还是汤知县、王太守，他们并无区别，在功名富贵面前他们都表现出了同样的热情。问题仅仅在于，有人想得到的东西如愿以偿，有人则梦想落空。如果倪霜峰能有范进那样的命运，侥幸为周进所看中而成就了举业，他同样会受到富豪乡绅的尊敬，并被吹嘘为"文宿星下凡"，也同样会做出居丧期间打秋风、吃大虾元的事来。不论举业中的胜者还是败者，都无例外地成为吴敬梓的讽刺对象。既然大家在功名富贵和举业面前都是执迷不悟者，理所当然地都应该受到作者的批判，讽刺成了吴敬梓用来批判的最有力的武器。

总之，在中国古代一脉相承的儒家"温柔敦厚"的文学思想传统里，讽刺文学的发展是微弱、艰难的，即使偶然流露一点讽刺的光辉，那光辉也比较淡薄。吴敬梓以洞察社会的锐利透彻的眼力，嬉笑怒骂、酣畅淋漓的文章，向旧时代的制度、道德及各种醉心利禄、虚伪无耻的人们，做了普遍的嘲弄和鞭挞，在中国文学史上初次树起古典讽刺文学的丰碑。

2.《儒林外史》对讽刺手法的运用

《儒林外史》的讽刺对象主要是封建社会的知识阶层,同时旁及社会其他阶层。它的锋芒所向,不仅是那些坏透顶的人物,也包括那些人品庸劣的中间人物以及思想陈腐、行为荒唐的好人。凡是当时社会丑恶的、荒谬的人和事,它都要揭其“疮疤”。《儒林外史》对讽刺手法的运用,表现出高超的艺术水准。

《儒林外史》常常通过描摹一个人的神态来显示其荒唐可笑。如第三回写周进到贡院时看到科举考试的号房,就痛哭流涕头撞号板满地打滚;范进得知中举,就发神经病,笑着叫着到处乱跑。第四十八回写王玉辉听说女儿殉夫而死,就仰天大笑,说“死得好!死得好!”这些都是对人物行为荒唐的直接描写。鲁迅说:“‘讽刺’的生命是真实,不必是曾有的实事,但必须是会有的实情。”(《鲁迅全集》六卷)周进等人的变态行为虽然显得夸张,却是真实的。周进、范进吃尽了科举考试的苦,科举考试对他们的刺激也最大,所以一遇到刺激,就达到发狂的地步。王玉辉则被封建礼数的毒水漫透了每根神经,一听说女儿殉夫,就想到可进烈女祠,“青史留名”,所以也发出了那种不近人情的笑声。再如第十四回写马二先生游西湖,也荒唐得出奇。他不留意西湖的自然风光,也不看刻在石壁上的名人题咏,却看到许多卖吃的:“透肥的羊肉”“滚热的蹄子”“热汤汤的燕窝、海参”……可是吃不起,只好往“喉咙里咽唾沫”。于是,这里喝一碗茶,那里喝一碗茶,买些便宜的零食充饥。当他看到明朝皇帝的“御书”时,又仿佛自己成了贵官,就拿出扇子当笏板,恭恭敬敬地朝拜。看到有卖他选的八股文集的,就心花怒放,又问价钱,又问行销,神气十足。这些描写都惟妙惟肖地画出了这个人物的迂腐、寒酸、庸俗、可笑。在西湖明媚的湖光山色中,点缀了这样一个人物,确使人感到荒唐出奇。

还有如周进,此人从小参加科举,考到六十多岁还只是童生,因生活贫困去教馆谋生,却被年轻秀才梅玖奚落嘲笑。王举人更是大摆架子,举人进餐时吃的是鸡鸭鱼肉,而周进只是一碟老菜叶,且还要替举人扫一地的鸡骨头、瓜子壳。后来金有余让他进城帮商人算账,因为考了几十年不曾进学,去省城贡院参观时,悲从中来,一头撞在号板上,差点送了老命。后来周进中举做官,曾经奚落过他的梅玖竟毫不知耻地冒充他的学生,还把周进曾写的现已发白的对联揭下裱一裱。这些描写读来让人开始是同情,进而是大笑,最后是悲愤,把悲和喜交融在一起,并投以辛辣的嘲笑,暴露了这些知识分子可悲的命运和空虚的灵魂,深刻揭示了科举考试制度对封建士子身心的摧残和毒害，达到了批判现实的目的。

《儒林外史》常常通过描写人物前后言行的矛盾来揭露其虚伪可笑的特点。比如，范进中举后去汤知县那里打秋风，因丁忧不用镶银筷子，却毫不客气地大口大口地吃大虾丸子；匡超人吹牛说自己的选本如何好，畅销到全国的好多省，却马上揭露他连“先儒”都不知道是什么意思。再如第二回，写举人王惠到庙里向周进吹嘘，说自己在考场上打盹做梦，梦见个青脸人拿大笔在他头上点了一下，随后又来个戴纱帽的官拍着喊他“王公请起！”于是从梦中惊醒，作文下笔如有神，就这样中了举。他吹嘘说：“可见贡院里鬼神是有的。”又说梦见同榜的第三名叫荀玫。恰巧周进有个七岁的学生就名荀玫。他看了这个乳臭未干的幼童，却马上改口说：“可见梦作不得准，况且功名大事总以文章为主，那里有甚么鬼神！”当周进说做梦准，有个姓梅的梦见大红日头落在头上就考取秀才时，他又反驳说：“比如他进个学就有日头落在他头上，像我这发过的，不该连天都掉下来是俺顶着的了！”一会说做梦准，有鬼神，一会又说做梦不准，无鬼神，自己打自己嘴巴。更无聊的是，只许自己说梦，不许别人说梦。其实，他是借说梦来吹嘘自己的“功名”“文章”。可是，十多年后那个荀玫长大真的中了进士，他去贺喜又自打嘴巴，说当年做的梦准，“可见你我都是天榜有名。”作品通过这种人物前后言行矛盾、自打嘴巴的描写，真切地画出了他们的卑劣灵魂。

通过人物前后言行的对比，来揭露其真实嘴脸，这样的讽刺手法常为《儒林外史》所用。例如，第四回写严贡生向张乡绅吹嘘汤知县敬重他，张乡绅就恭维说：“总因你先生为人有品望，所以敝世叔相敬。”严贡生再吹嘘自己：“实不相瞒，小弟只是一个为人率真，在乡里之间，从不晓得占人半丝半粟便宜，所以历来的父母官都蒙相爱。”可是，就在他们相互吹嘘时，严家的小厮来报：“早上关的那口猪，那人来讨了，在家里吵哩！”于是，这位自称不占人半丝半粟便宜的“君子”顿时现露了原形。紧接着就描述他损人利己的卑劣行径，展现他的丑恶嘴脸，使人看到他的言论与行为背离得多么远。第五回写的王德、王仁兄弟，也是这种言行背离的伪君子。他们的亲妹妹在弥留之际，托他们做主在死后把妾立为正室，好抚养幼子。而这两位舅爷听着妹妹的哀诉，却“把脸本丧着，不则一声”。但是，当妹夫严监生送给他们每人一百两银子时，就马上换了一副面孔，“哭得眼红红的”。又来个反客为主，立逼着妹夫把妾扶正。王仁还拍着桌子说：“我们念书的人，全在纲常上做工夫，就是作文章代孔子说话，也不过是这个理。”又不等他们妹妹死，就主谋让妹夫和妾重行婚礼，再不管那快死的妹妹了。拿他们的行为与言论对照,也就看出了这两位讲“纲常”人的丑恶嘴脸。

通过细节描写来展现人物表里不一的虚伪性,常体现在《儒林外史》的描写中。如小说第二回通过对夏总甲“两只红眼边,一副锅铁脸,几根黄胡子,歪戴着瓦楞帽,身上青补布衣服就如油篓一般;手里拿着一根赶驴的鞭子,走进门来,和众人拱一拱手,一屁股就坐在上席”的细节描写,刻画讽刺了一个地方下层官吏摆架子耍威风的无赖形象。再如,描写范进因中举喜极而疯的精彩片段中,作者运用夸张的语言艺术表现手法,通过“一拍”“一笑”“一说”“一跌”几个动作描写,再现了范进喜极发狂的神态,描绘了范进疯癫狼狈、可悲可叹的丑态画面。还如第四回写范进中举后,同张乡绅到高要县“打秋风”,高要县的汤知县设宴招待他们。范进因母亲死了,就装作孝子的样子,要守孝尽礼。席上他不用镶银的筷子和酒杯,换了象牙筷子仍不用,弄得汤知县叫换了几次,又担心他忌荤酒,很为难,直看到他在燕窝碗里拣了个大虾丸子送进嘴里,才放心。这个细节绝妙地揭露了这个人物守孝的虚伪,说明他只是在表面上装模作样,并非真讲孝礼。第十二回写权勿用也是这样。他母亲死了,就穿着孝服到娄公子家去做客,显示自己俗遵孝道。在宴席上,他绝不用酒,但对鱼肉却大嚼不忌,还发了一通高论,说“五荤”是指葱韭芫姜之类,所以要戒;而鱼肉却排在“五荤”之外,所以大嚼。这一细节也揭露了这个人物讲孝道的虚伪。

《儒林外史》讽刺艺术的一个特色,就是常在喜剧氛围中流露悲剧的意识。这也就是鲁迅先生所称的“戚而能谐”。本质上讲,当《儒林外史》中那些吹牛匠、假名士、官迷的影子在我们面前晃动,开始感染我们的不能不是笑的刺激。只有当作者所揭露的反面的、污秽的事实引导读者更进一步地观照现实生活,来凝想美好事物时,才能发现这讽刺和笑的实质也是悲壮苍凉的。如范进身上有强烈的喜剧色彩,他高中后大喜而疯的精彩表演,把喜剧因素发挥到了极致,处处让人捧腹大笑,最后皆大欢喜,以一个喜剧性的结局收尾。从故事情节看,这是一个典型的喜剧故事,但从思想内容看又有浓厚的悲剧色彩,这正是作者讽刺手法的高明之处。从范进个人命运来看,虽然他最终功成名就,但却是以他穷困半生,将大好年华都葬送在科举考试上为代价,这岂不是人生的悲剧?从社会角度看,科举制度把知识分子束缚在它规定的框架内,扼杀他们独立的人格和自由的灵魂,这些被扭曲了灵魂的腐儒,只会作八股文,一个家都不能治理好,岂能清明政治,匡扶社稷?这岂不是社会的悲剧、国家民族的悲剧?所以说《儒林外史》的情节看似喜剧,实则悲剧。因此,大笑过后,我们应看到科举制度吃人的本质。

小说通过寓庄于谐、寓悲愤于嬉笑怒骂之中的亦悲亦喜的讽刺剧，我们可以具体而深切地体会到《儒林外史》“戚而能谐，婉而多讽”的艺术特色。

《儒林外史》常通过描写人物与景物不相称的场面来营造讽刺的效果。作品描写中的马二先生游西湖时，沿途经过的是金粉楼台、竹篱茅舍、桃李争妍、桑麻遍野。面对如此景致，他既无思古之幽情，亦无怀旧之蓄念，对美景毫无领略，却对湖沿酒店里的美味佳肴大咽唾沫；一船一船换衣裳的女客牵住了他的视线，走近了的女客他却又“低着头”，“不曾仰视”；看到御书楼，慌忙整一整头巾，理一理衣服，把扇子当笏板，恭恭敬敬，扬尘舞蹈，拜了五拜；看见书店就问自己的八股文选本的销路如何；遇到丁仙祠就想求签问吉凶。最后，对于西湖的水光山色，他心中感叹的只有“真乃‘载华岳而不重，振河海而不泄，万物载焉’”那句《中庸》里关于写“地”的话，这分明与眼前所看到的景色毫不相干。通过这一描写，使人们看到了一个八股选家、八股受害者迂腐、庸俗、可悲可笑的模样。在第四十七回中，五河县盐商送老太太入节孝祠，张灯结彩，鼓乐喧天，满街都是仕宦人家的牌杖，满堂有知县、学师、典史、把总、乡绅、秀才等官员和名士设祭悼念，整个场面一派庄严肃穆。但盐商方老六此时却正和一个卖花牙婆伏在栏杆上看这些仪仗。在方六老爷拿着手一宗一宗地指着说与牙婆听时，“牙婆一手扶着栏杆，一手拉开裤腰捉虱子，捉着一个，便一个一个往嘴里送。”通过这种对比，从而使人感到这所谓的崇高庄严的祭悼，就像卖花牙婆捉吃虱子一样，令人恶心可笑。另外，在第十回中，鲁编修招亲大办喜事，正在看戏庆贺时，管家端着一碗脍燕窝上在桌上。忽然，屋梁上掉下一件东西来，端端正正掉在燕窝碗里，众人“定睛看时，原来是一个老鼠从梁上走滑了脚，掉将下来，那老鼠掉在滚热的汤里，吓了一惊，把碗跳翻”。真可谓“一只老鼠搅坏了一场戏”，顿时让这场盛大热闹的婚礼充满了讽刺滑稽的意味。

《儒林外史》常通过描写人物装腔作势，欲炫其美反露其丑的方法来达到讽刺目的。对匡超人、牛浦郎的揭露就是如此。第二十回写匡超人向牛布衣吹嘘，说五省的书商都争销他的八股文选本，五省的读书人家都在香案上供着“先儒匡子之神位”的牌子，还说他的八股文选本“外国都有的”，却不知已经吹漏了气。牛布衣当场揭穿他说：“先生，你此言误矣，所谓‘先儒’者，乃已经去世之儒者，今先生尚在，何得如此称呼？”这就揭穿他连“先儒”是什么意思都未弄懂，还要吹嘘自己的学问，想往脸上涂擦脂粉，却涂了一层黑灰。同样，牛浦郎也是一位不高明的吹牛者，他窃冒诗人牛布衣之名，到处招摇撞骗。第二十三回写他向道士吹嘘，说安东知县敬重他，把自己的名帖送进县衙，知县就派两个差人出来请他坐轿。他不愿坐轿，就骑着毛驴走上县官大堂，“走到暖阁上，走的地板格登格登的一路响。”这种不高明的吹牛，无须别人揭露，一眼就能看穿：既到了县衙门前，送进名贴，还坐轿到哪里去？骑驴在县衙暖阁上走，更荒谬得出奇。这种浅薄的自我吹嘘，也是在往自己脸上抹灰。

《儒林外史》的讽刺艺术是卓越的。它的卓越就在于不动声色地给当时社会的各类人物画了漫画相，画出了一些人的虚伪、荒唐、卑鄙、庸劣，也画出了一些人的可悲、可叹、可怜、可笑。综合这些手法，就可以使我们看出18世纪中国知识阶层的形形色色。他们的畸形变态都是当时社会的投影，显出了当时社会的病症。因此说，《儒林外史》是一部伟大的批判现实主义小说。同时，它用寓庄于谐的讽刺手法，在儒家“温柔敦厚”美学原则的指导下，对自己所属阶层的人士在八股流毒迫害下的真实精神世界做了生动的描绘与犀利的讽刺。《儒林外史》对于中国文学讽刺传统的继承与发展，是文学史上光辉的一页。

第八章
世情小说的巅峰《红楼梦》

在中国古典长篇小说林林总总的著作中，《红楼梦》是占尽了风光的。这部诞生于18世纪的长篇小说，在至今为止的二百余年中所产生的影响力早已超出了文学本身。由一部小说作品引起中国社会不同阶层与不同领域的持久关注，并形成20世纪学术界与甲骨学、敦煌学并驾齐驱的三大显学之一——“红学”，这在小说发展史上是绝无仅有的。

第一节 “红学”及“红学”研究的基本状况

中国长篇章回小说创作肇始于元末明初的《三国演义》，之前宋元话本的创作已然为其在体制、叙事手法、形象塑造、语言、结构诸多方面做了有益的探索与积累。自《三国演义》出，长篇章回小说用宏大的叙事体制与语言取代了话本在小说领域的统领地位而开始独领风骚，形成了自明季以来近五百余年的创作风潮。章回小说创作的骤然出现与巨大成功，一如戏曲领域之元代杂剧，仿佛一夜之间冒出，而能迅速蹿红文坛，之后还能经久不衰。

从《三国演义》以来的章回小创作在其后的几百年里逐渐形成了几个叙事分支，也即传统所说的历史演义、英雄传奇、神魔志怪、世俗风情四个类别，而《三国演义》《水浒传》《西游记》《红楼梦》也分别为各类之巅峰巨著。相较其他三类作品，世俗风情类作品最为晚出，至明代中晚期《金瓶梅》出现方始尝试，而至清前期《红楼梦》出来，则一跃而成为各类作品之首。鲁迅先生在《中国小说史略》中说:“明季以来,世目《三国》《水浒》《西游记》《金瓶梅》为‘四大奇书’,居说部上首。比清乾隆中,《红楼梦》盛行,遂夺《三国》之席。”[①]

《红楼梦》所引发的研究热潮,是自作品问世以来即产生了的。从《红楼梦》诞生以来的18世纪下半叶到清王朝统治晚期的20世纪之前的一百多年中,《红楼梦》的研究被称为“旧红学”时代。“旧红学”时代对《红楼梦》的研究以感悟性的评点与评论为主,主要代表人物有戚蓼生、梦觉主人、王希廉、张新之等。“旧红学”的研究多不成系统,其存在形式多为散见于作品的回评、眉批、夹批、旁批等。“旧红学”零星的批评对后人解读《红楼梦》提供了很多帮助,其缘于人情物理的分析,对把握作者的创作心态与理解人物特定环境下的心理能起到灵光一现的提示作用。从20世纪开始,红学研究始走入“新红学”的时代。“新红学”的研究,当值西学东渐之时,大量西方实证的科学方法被引入国学研究,从而开创了红学研究焕然一新的局面。“新红学”的研究,由于研究方法各异,而形成了索隐、考证、批评三个分支,其中唯考证的成果最为学界所首肯。考证一派的研究多注重史料的发掘、整理与推论,研究结论的得出多依靠史实与历史资料的记载,研究的重点多侧重于《红楼梦》作品外围的问题,诸如作者的生平及家世、作品的版本与源流、评点家脂砚斋的身份。考证派发端于民国时期的胡适与俞平伯,其奠基性的作品分别为《红楼梦考证》与《红楼梦辨》。之后当代学者周汝昌、冯其庸、邓绍基诸人继其传统,亦各有建树。索隐派同样产生于民国时期,此派将小说作品中人物与事件跟历史实有人物与事件相比对,力求钩沉出创作的现实原型。该派最著名的观点是贾宝玉的原型为词人纳兰性德,宝黛爱情的原型为影射顺治皇帝与董鄂妃。索隐派代表人物为王梦阮、沈瓶庵与蔡元培,王梦阮、沈瓶庵的《红楼梦索隐》与蔡元培的《石头记索隐》为此派奠基之作。索隐派与考证派在民国时期的针锋相对为新红学的繁荣奠定了坚实基础。批评派红学以民国学者王国维1904年文章《红楼梦评论》而肇端,该派常从哲学、美学角度来探讨作品的主题、人物形象、思想意义与艺术价值,论证中不乏引用西方哲学、心理学理论的观点。“《红楼梦》问世后的评点式批评发展而来的小说批评派红学,其出现的时间比考证派红学和索隐派红学都早,它以研究《红楼梦》文本为主,所以是一种内敛的红学。”[②]民国时期开创的新红学三大派别的研究,确定了20

① 鲁迅.中国小说史略[M].上海:上海古籍出版社,2006.

② 张锦池.红楼梦研究百年回眸[J].文艺理论研究,2003(6):63.

世纪百年红学研究的基本方向，后世学者研究《红楼梦》的路径与方法大抵不出此三派的范围。

旧红学与新红学二百余年来对《红楼梦》所做的持续不懈的研究与所形成的汗牛充栋的论文著作，充分显示了《红楼梦》作品本身所具有的独特魅力。《红楼梦》之引人探究，源于作品有意无意地为后人所留下的巨大想象空间。首先是作品的著作权问题。曹雪芹是《红楼梦》的作者，“自胡适 1921 年发表《红楼梦考证》以来，《红楼梦》研究者绝大多数对这一结论都是肯定的”。[①] 但是因为文本中明言是曹雪芹仅是披阅增删十载而成《石头记》，所以引发无数学人猜测作者可能另有其人。直至今天，红学界关于作者的异说有戴不凡的“石兄”说，土默热的“洪昇、吴乔（玉峰）”说，刘润的“曹渊（颜）”说、“曹頫”“曹颀”说等。直至近年，仍有异说提出，如台湾省学者赵同在著作《红楼梦醒时》一书中就主张《红楼梦》的作者是曹雪芹之父。其次，后四十回是否为续书与后四十回的作者问题。1921 年胡适的《红楼梦考证》始提出“后四十回是高鹗补的”。之后，关于后四十回是否为续书以及其著作权问题，屡有不同观点提出。只是 20 世纪末期，随着新材料的发现与各学科研究手段的不断提高，人们用高科技手段来研究分析《红楼梦》后四十回的文本，逐渐验证了胡适观点的正确性。第三，评点者脂砚斋的身份问题。《红楼梦》之前，小说评点已蔚然成风，如毛批《三国演义》、金批《水浒传》、张批《金瓶梅》，但其特点都是后世与原著者无关的人所做的评点，且评点只针对文字本身。《红楼梦》评点者脂砚斋的特殊性在于，他与著书人生处同时。从他留下的数千条批语来看，他对著书人的家世背景、性格经历十分熟悉。脂砚斋为谁？红学界一直众说纷纭。直至今天，学界提出来的说法有脂砚斋是作者自己、长辈、妻子（前后两个）、畸笏叟等。关于脂砚斋的资料极少，学界的研究多属猜测。脂批中隐晦的至今使人不得要领，真可谓“奇文传后世，脂砚迷千古”。第四，版本问题。《红楼梦》问世后的三十年中，一直以手抄本形式流传。目前所发现的《红楼梦》版本有甲戌本、己卯本、庚辰本、蒙府（蒙古王府）本、戚（戚蓼生）序本、靖（杨州靖氏）藏本、梦稿本（扬继振所藏）、列（列宁格勒）藏本、舒（元炜）序本、郑（振铎）藏本、甲辰本（梦觉主人序）、卞藏本、程（程伟元、高鹗）甲本、程乙本，共十四个版本。其中除程甲本、程乙本外，其余皆为抄本。这十四个本子中，不仅文本回数不同（最残的甲戌本仅有十六回），而且文字在传抄

① 刘梦溪．红楼梦与百年中国［M］．北京：中央编译出版社，2005.

的过程中面貌各异，所以造成源流情况非常复杂，更勿论小说文字与批评的异同所造成的阅读差异了。红学界研究观点杂然纷呈，多数为研究者本身所依据的版本不同所造成。第五，关于《红楼梦》八十回后的探佚问题。《红楼梦》八十回残本留下许多悬而未示的情节，如宝黛爱情的结局、贾府的命运、十二钗及诸多副钗的归宿、贾宝玉的命运归宿。依据《红楼梦》前八十回具有伏线作用的正文及批语来推测八十回以后情节的研究，被称为探佚学。探佚学经红学大家周汝昌创立以来，作品中人物事件的走向结局已经大致可以窥见。

综合以上几个问题，一直为百年红学研究所关注的几个重大而基本的问题，由此形成了周汝昌先生所主张的，红学即“曹学、版本学、探佚学和脂学”。[①] 百年红学所走过的是一条通过红学外围性研究来试图解读文本的道路，文本本身的研究重视程度不足。此一现象已经引起红学界的普遍关注，近年来红学研究有向文本本体回归的迹象。

‖ 第二节　意淫——贾宝玉悲剧的根源 ‖

一部洋洋数十万言的《红楼梦》阐释了曹雪芹的色空哲学命题。“色”与“空”是佛教用语，本指有形的物质与幻灭后的虚空。《红楼梦》既大旨谈情，即以情为演绎色空哲理的个例，因而体现了一个“情－幻”的叙事程式，而小说之所以以“梦”命名，其要旨也正缘于此。

无疑，小说的主人公贾宝玉是作者这一命题的亲身实践者，他在花柳繁华地、温柔富贵乡与众女儿一番痴情热恋后，最终到头一梦、万境归空，纵然金榜及第、兰桂齐芳，终难改变万念俱灰、落拓出家的悲剧结局。

与《金瓶梅》对西门庆悲剧根源的揭示一样，《红楼梦》揭示了人性欲望无限扩张与有限现实容忍度之间矛盾冲突的悲剧。西门庆纵欲无度而死于欲，贾宝玉历劫悟幻落拓出家也正源于“情”，用作品中警幻仙姑的话说是“意淫”。

1. 贾宝玉之“意淫”

贾宝玉对女儿情有独钟是不争的事实。他在周岁时，“政老爹便要试他将来的志向，便将那世上所有之物摆了无数，与他抓取，谁知他一概不取，伸手只把些

---

① 周汝昌. 献芹集［M］. 太原：山西人民出版社，1985.

脂粉钗环抓来。”而在四五岁时更是发表了那番惊世骇俗的“奇谈怪论”:“女儿是水做的骨肉,男人是泥做的骨肉,我见了女儿便觉清爽,见了男人便觉浊臭逼人。”生来便对女儿偏爱的贾宝玉实则阐释了曹雪芹的女性观,其具体内涵不是本书论述的重点,论者只是从这种现象出发进行论证。

贾宝玉独钟女儿的原因用作品中的话语解释是:“原来天生女儿为万物之灵,凡山川日月之精秀,只钟于女儿,须眉男子不过是些渣滓浊沫而已。”本着这一思想,“天分中生成一段痴情”的贾宝玉表现出了大量钟情女儿的行为。大观园中日坐起居的小姐、丫环自不必说,就是仅有一面之缘、位卑下贱的,他都表现出了浓浓的痴情。第十五回为秦可卿送殡时,宝玉、秦钟遇到十七八岁的村庄姑娘二丫头,当她被老婆子叫去时,宝玉竟然感觉“怅然无趣”,“又见迎头二丫头同几个小女孩子说笑而去,恨不得下车跟了她去”。第十九回探望袭人时,见其两姨妹子,便对袭人说:“怎得他在咱们家就好了。”甚至对现实中不存在的女孩,贾宝玉也表现了钟爱。第四十一回刘姥姥胡诌一雪地抽柴的女孩,第二天一早宝玉便命茗烟去踏访祭拜。贾宝玉对女儿近乎无原则的偏爱,脂砚斋做了很好的概括:“宝玉之心,凡女子之前,不论贵贱,皆亲密之至。”

与对林黛玉的爱情不同,贾宝玉对女儿群体的钟爱具有广泛性的特点。爱情是专一而排他的,对其他女儿,贾宝玉的痴情显然没有显出达到这一高度的迹象。这种低于爱情却又高于一般意义上的友情的情感究竟应如何定性?脂砚斋评道:“按宝玉一生心性,只不过是‘体贴’二字。”后来的学者多有以“泛爱”“博爱”论之的。论者以为,以什么样的名称为之定性并不重要,重要的是不忽略贾宝玉对女儿的情有独钟具有广泛性的特点这一事实。贾宝玉对于女儿广泛钟情,可以用一个“淫”字来概括。“淫”字最早出现在《尚书·泰誓》中:

淫酗肆虐

淫,非女色故,以淫为过,言饮酒过多也。(唐孔颖达疏)

可见“淫”最初意思为“过度”。而深知贾宝玉性情及后事的警幻仙姑亦以淫论之。作品第五回有:

吾所爱汝,乃古今第一淫人也。淫虽一理,意则有别。如世之好淫者,不过悦其容貌,喜其歌舞,调笑无厌,云雨无时,恨不能尽天下美女供我片时之趣兴,此皆皮肤淫滥之蠢物耳。如尔则天分中生成一段痴情,吾辈推之为“意淫”。

警幻的评论不仅概括了贾宝玉“淫”的特点,而且就其性质做了解释,也即这种“淫”不是以“皮肤淫滥”为目的的性爱，而是以悦情愉性为目的的情爱，也即“意淫”。

贾宝玉既广泛钟情女儿，又不涉淫乱。“贾宝玉在两性关系上是随心所欲而不逾距的典范，他与每一个女孩子都近乎得不得了，却‘终不及乱’，几乎对每一个女孩子都那么有好感，心情激动，因而颇遭‘泛爱’之讥，却永远如柳下惠般冰清玉洁，他不是‘动心忍性’，而是根本‘杂念不生’，甚至‘清洁’到让人疑惑的地步。”[①] 就连香港学者余英时也认为作品之所以写贾宝玉与秦可卿梦中云雨以及梦醒后与袭人初试云雨是为了让读者明白贾宝玉“非不能，是不为也”。可见，用“意淫”一词来概括贾宝玉对待女性的态度是再恰当不过了。

2. “意淫”的人性悖论

对异性的爱慕以求得其认同与理解是人类基本的心理需要，按照皮亚杰的需要理论，个体在实现了生存与安全的需要之后，进一步就是爱与归属的需要。人类学的观点认为，人的各种需要与潜能构成了人的本性的动力系统。它是人的生命活动的根据和内驱力，是人的生命存在和发展的内存机制，它规定人的生命活动的性质方向和目标。正是由于它的内部作用和驱动，才促使人向外获取、扩张、占有和创造。[②]

贾宝玉对女儿的痴情体现了人类对自己本性的基本实现。作为一位男性，他有得到异性理解与认同、找到自己感情归属的需要。受这种需要驱使，贾宝玉一生不断寻找感情的满足，他与众女儿痴情热恋，简直生活在情天情海之中，情成了他生命的全部。因为他的这种行为至于“意淫”了，所以造成了他不可避免的悲剧结局。许多评论家对贾宝玉这种对女性的广泛的尊重与同情大加褒扬，并认为体现出作者女性观的提升与民主观的进步，须知正是这种对既往瓶颈的突破，形成了贾宝玉的悲剧的根源。

因为贾宝玉对女性的情感需要不是单一的，他固然对林黛玉有着深刻的、坚贞不渝的爱情，然而对众女儿的感情也不是肤浅的，他说，“就便为这些人死了，也是值得的”，可以看出其是何等地坚决与深刻！侄媳秦可卿死了后，他从梦中听说，“连忙翻身爬起来，只觉心中似戳了一刀的不忍，哇的一声直奔出一口血来”。王夫人逼死金钏后，宝玉愧疚至极，令白玉钏不顾礼约，亲尝莲叶羹。下雨

① 周义.红楼梦中的“意淫”解[J].红楼梦学刊，2001(3):71–79.

② 王江松.悲剧人性与悲剧人生[M].北京:中国社会科学出版社，1994.

天自己被雨淋着，却提醒龄官避雨。宝玉对女儿的这种广泛的情感需要含有占有的倾向，他不愿让她们旁落他人。贾蔷与龄官亲厚，宝玉长叹："昨夜说你们的眼泪单葬我，这就错了，我竟不能全了。"迎春出嫁时，"听得四个丫头过去，更又跌足叹道：'从今后这世上又少了五个清洁的人'"。甚至就是对品性不端的女性，他只表示出不可理解，夏金桂撒泼胡闹，令香菱受棒薛母蒙羞，宝玉竟想："举止形容也不怪历，一般是鲜花嫩柳，与众姊妹不差上下的人，焉得这样情性，可为奇之至极。"对异性情感需要在贾宝玉身上不仅具有广泛性，而且具有深刻性，并带有一种独霸、占有的倾向。

贾宝玉的一生就是受这种需要指导而不断寻找的一生。在爱情与钟情的世界里，他不是不能分明的，关键在于遭受那么多痛苦的讥刺，才会有"这颗心操碎了也没人能懂"的哭泣。一句话，意淫是他悲剧的根源。

"意淫"体现了贾宝玉对情欲的无限追求。情欲是人性的一个基本方面，追求情欲的满足是人的正常生命活动。清初著名的哲学家王夫之曾提出"饮食男女之大欲，人人之大共"。① 然而人性的原欲不能过度地扩张，否则只能导致悲剧性的结果。在人与现实的关系中，二者始终是对立的。按照弗洛伊德的观点，人类的文明是在超我（社会的道德、法律等外在约束的内化）对本我（人的原始欲望）的压抑基础上发展起来的。② 也就是说，人要在社会中生存并发展，必须适度地抑制原始欲望的表达。换句话说，现实社会提供给个人的生存空间总是有限的，超越了这个范围，只能走向灭亡。贾宝玉的悲剧正是他无限扩张的人性欲望与有限的现实空间矛盾冲突的结果。

意淫的观念在贾宝玉本身来说就是一个悖论。贾宝玉钟情的女儿群体是未婚的女子，他说："女儿未出嫁，是颗无价之宝珠；出了嫁，不知怎么就变出许多毛病来，虽是颗珠子，却没有光彩宝色，是死珠了；再老了，更变得不是珠子，竟是鱼眼睛了。"而社会奉行"男大当婚，女大当嫁"的规范，所以他的意淫需要注定不能得到满足。当他沉湎于对众女儿美好心灵的欣赏与叹漾的时候，她们却各自想着自己的终身归属，因而也就不难理解贾宝玉为什么会有那么多的苦痛与烦恼，不能理解迎春出嫁后他会说"我想人到了大的时候，为什么要嫁"这样的"疯话"。他深爱着林黛玉，但并不以婚姻为目的，因为出嫁意味着要失色贬值，既渴

① 端木蕻良．曹雪芹的情欲观［J］．红楼梦学刊，1993（1）：77–83．

② ［美］里卡多·奥斯本文．弗洛伊德入门［M］．慕伟译．北京：东方出版社，1998．

望得到又不愿得到,这个无法解决的悖论贯穿并困扰着贾宝玉一生。

贾宝玉意淫的行为必然为社会所不容。女孩到一定年龄要出嫁,贾宝玉的钟情只能是短暂的,他无法改变人类社会几千年延续下来的生存模式。即使他钟情的女儿们出嫁后仍能保持原来的“光彩宝色”,社会道德也不会允许他与她们一如既往地保持以往那种亲密的关系。

尽管痴痴地钟爱,贾宝玉的情欲最终没有得到满足,他是一位孤独的歌者,在有限的生存空间,他的行为时时受到来自外界的贬斥,警幻预言“在闺阁中固可为良友,然于世道中未免迂阔怪诞,百口嘲谤,万目睚眦”;冷子兴斥为“色鬼”;其母王夫人认为“一时甜言蜜语,一时有天无日,一时又疯疯傻傻”;其父贾政骂他“酒色之徒”“不肖的孽障”,动辄棍棒相加,气极之时还要拿绳索来勒死他;就连他亲厚的女儿袭人也说:“姊妹们和气,也有个分寸礼节,也没个黑天白日闹的。”因而可以肯定地说,即使是宝黛结合,贾宝玉的悲剧也是必然的。他为自我热烈地追求,然而他无法超越人类道德与社会礼教,所以他的一生只能是“到头一梦,万境归空”。

贾宝玉痴情纵爱,结果悟幻出家,钟于情而毁于情,体现了《红楼梦》揭示人性悲剧的深刻性,体现了人性无限扩张与有限的现实空间矛盾冲突的复杂性。这一点无论在过去、现在还是未来,对人类都具有普遍意义。至此,我们不得不叹服身处 18 世纪的曹雪芹深邃的思想与天才的见识,直到今天依然能让我们感到震撼心肺并与之同鸣共振!

第三节 “情”本位的哲理建构与人世演绎

代表中国小说创作巅峰的《红楼梦》一直以其高度现实主义创作的成就而著称于世,然而其文本精深细致的写实主体之上,却笼罩的是一个神话的光环。《红楼梦》有着完整的神话体系建构。笼罩于繁富的写实主体之上的,是青埂顽石痴而不悟下世历劫、到头一梦重返大荒的神话,神瑛绛珠甘露之惠前世结盟、下凡还泪魂归离恨的神话与警幻仙子纵放孽鬼布散相思、花落水流回归太虚的神话。三个神话故事相对独立、各有终始,成为与写实主体部分风格特色相异而又精神内蕴贯通交融的部分,体现出作者在小说创作中完整构建神话的叙事观念。

不难发现,《红楼梦》文本的三个神话故事在叙事形式上表现出相同的轨迹：均以首尾关合的叙事形式创造了文本巨大的叙事时空，形成了对写实主体的框架包围，同时为文本外围增添了神秘离奇的美学色彩。正是这一与文本写实风格相异的神话光环，在为《红楼梦》增添了无限灵光秀气的同时，形成了破解作者真实表意的玄秘屏障。

在《三国志平话》《水浒传》等小说已成功运用神话结构首尾之后，《红楼梦》对神话叙事的采用显然不属新创行为。但“石头”故事、“绛珠还泪”“太虚幻境”三个与文本整体啮合交融而又相对独立的神话故事组成的神秘玄渺的神话世界所体现出来的表意上的超拔、博杂、深邃，使我们在欣叹作者卓而不群的创造力的同时又引发我们好奇的追索：作为一部写实的巨著，《红楼梦》作者为什么要在作品中掺入非写实的神话成份？非写实的神话成分究竟表达了何义而形成了对作品整体表意的助益？这种创作行为在艺术上又有多大的借鉴价值？

循此思路去研究，论者首先将文本中的神话成分作为一个整体看待，在此基础上将其一分为二，一部分阐释神话成分中离析出来的三个神话故事各自在文本中表达的本体意义与象征喻义，然后综合考虑其整体意义，探究其与作品写实主体的表意关系，从而得出神话运用与主题的关系。论者认为，经此一番研究，《红楼梦》神话叙事的创作行为才会得到完满的说明。

《红楼梦》在首尾关合的三个神话即“石头”神话、“绛珠还泪”“太虚幻境”中寄予了什么样的含义？作为整部作品的叙事外壳，它所表达的意义与叙事结构上所包含的浩繁富丽的写实主体表达的意旨也像形式上的关系是包含，抑或是顺接而承的一致、对等？又抑或二者之间本毫无关联？欲明乎此，须一方面对神话的寓意进行合理的阐发，另一方面对作品的主题要有正确的理解。

1.“石头”神话

女娲神话是我国史前时期的创世神话。作为“创世”女神，女娲的功绩主要在两个方面：一为炼石补天，一为抟土造人。《淮南子·览冥训》记载了女娲补天的神话[①]，主要反映的是原始初民对人类生存环境灾异变迁的一种幼稚理解，以及抗灾救世的一种天真愿望。而在《红楼梦》第一回开头的“石头”神话中，女娲炼石补天只是作为故事背景或故事缘起，重心则落在一块无材补天、不堪入选、幻形入世、历尽尘缘的顽石上。“石头”故事，作为一种属于文学创作范畴的亚神话或仿神话建构，把女娲神话原有的阐释功能转化为艺术的表现功能或审

① 刘安.淮南子[M].延边：延边大学出版社，2002.

美功能，纯粹成了作者表意或作品寓意的一种载体或手段。

《红楼梦》中，“石头”神话的表现功能比较直接明显的有两个方面：一是叙述功能，二是代言功能。就叙述功能而言，“石头”神话作为作品的超故事叙述层，既借“通灵”之说叙述了作品的来历及其成书过程，又引出主体故事叙述，并为其提供了叙述人——石头。就代言功能而言，“石头”故事中石头与空空道人的一段对话，实际上是代作者立言，近于作者以对话体形式写的一篇创作谈，其内容不仅涉及《红楼梦》的题材、风格和创作原则、创作方法，还涉及作者的美学思想、文学主张及其对当时某些文学现象创作流弊的批评。

“石头”神话更深层的表现功能，是它的象征寓意功能。“石头”故事以近于神话的形式出现，具有超越故事本体的诸多层面的象征寓意。

“石头”神话有隐指作者自己的意味。鲁迅说，“曹雪芹实生于荣华，终于零落，半生经历，绝似‘石头’”。[①] 脂评甲戌本在“无材补天、幻形入世”一句侧批云：“八字便是作者一生惭恨”；在偈语“枉入红尘若许年”句侧也批“惭愧之言，呜咽如闻”。正因为作者“惭恨”于自己“半生潦倒”“一事无成”，他才情不自禁地以石头自况，借石头抒愤。又从《红楼梦》之外的有关文字中可以得知：曹雪芹不仅“半生经历，绝似‘石头’”，并常以石头入诗入画，如敦敏《题芹圃画石》一诗云：“傲骨如君世已奇，嶙峋更见此支离。醉余奋扫如椽笔，写出胸中块垒时。”[②]

“石头”故事中的石头，隐指小说中的人物贾宝玉。石头作为一个物象即“通灵”宝玉，不仅从贾宝玉降生时的口衔之物变成贾宝玉一生的佩带之物，而且是贾宝玉性命攸关、不可须臾离失的“命根子”。“‘石’代表自然无为，‘玉’代表世俗欲求”[③]，“石头”作为一种意象，又成为主人公贾宝玉性格内涵的深刻寄寓，“石头”的自然特性对应着贾宝玉天性中疏离世俗社会、趋近自然、率性尚真的成分。“石头”坚硬的特性又与贾宝玉性格中那种与世俗、传统决不苟合、妥协的因素正好对应。

“石头”故事作为一个神话式的象征性寓言，还隐指着更为深层而抽象的哲理寓意。作者通过石头“无材补天、幻形入世”到历尽尘缘、“复还本质”的故事，

---

① 鲁迅．中国小说史略[M]．太原：山西古籍出版社，2001．

② 一粟．古典文学研究资料汇编·红楼梦卷[M]．北京：中华书局，1985．

③ 梅新林．红楼梦哲学精神[M]．上海：学林出版社，1995．

寄寓了自己对人生、对生命的哲理感悟。作者借空空道人之口说出，人生总是“静极思动，无中生有”，最后又“动”归于“静”，“有”归于“无”。“石头”下世为人、尘世历劫、返归大荒的生命历程，也即“石－玉－石”的轨迹构成了一个生命循环的圆圈。在这一人生体验中，生命活动被解释为“到头一梦，万境归空”，带有浓重的感伤情调和虚无色彩。但这种体验并不是对人生与生命价值的根本否定，“云空未必空”，说“无”未必“无”，“空”或“无”只是人生的归宿、生命的尽头，并不能代表人生或生命的存在过程和存在价值。正因为如此，石头明知自己“劫终之日，复还本质”的归宿，还是心慕“那人世间荣耀繁华”，执意要求茫茫大士、渺渺真人携带他“得入红尘，在那富贵场中、温柔乡里受享几年”。这恰好曲折反映了作者思想深处的矛盾，一方面他从人生无常、生命短暂中流露出感伤的情调、虚无的体验，一方面在内心深处又充满了对人生的眷恋、对生命的执着。

“石头”神话隐含的作者人生体验的哲理，由于其置于作品的大框架位置，从而成为作品表意的最高抽象，也正因如此，使得作品在具体人生写实的基础上具有了深刻性。“整部《红楼梦》是以远古石头神话为根基，以石头及其世俗幻像贾宝玉为主角，以‘石头’的‘石－玉－石’生命循环的三部曲展开故事情节的。”①“石头”及其世俗幻像贾宝玉的生命历程不仅起着贯穿全篇的作用，而且有着统摄的意义。

需要指出，石头神话中框定的石头生命轨迹的圆圈之中，最动人、最具光彩的还是其尘世历劫的部分，也就是贾宝玉红尘生活的部分。这是因为“在‘石头’故事里，‘色空’不仅被赋予了新意，还在‘色’与‘空’之间，加了一个‘情’字。”空空道人关于“色”“空”“情”的一番感悟，皆是因“检阅”“抄录”《石头记》而来，实即作者从“石头”故事或石头经历中抽象出来的人生哲理。石头因“堕落情根，故无补天之用”（甲戌本脂批语），才“动了凡心”“幻形入世”，在“富贵场中”“温柔乡里”历尽欲海情波、悲欢离合（“因空见色，由色生情”）；最后，“乐极生悲，人非物换”，华筵散场，“究竟是到头一梦，万境归空”。在“色”“空”转化中，“情”至关重要，它既是“因空见色”的根由，又是“自色悟空”的中介。可见，“石头”神话所隐含的人生哲理的真正价值，在于其对于“情”的命题的引入。

2.“绛珠还泪”神话

对《红楼梦》中的“绛珠还泪”神话，有主张源于上古时期炎帝季女瑶姬精

---

① 冯其庸．八家评批红楼梦［M］．北京：文化艺术出版社，1991．

魂化草者，也有主张并无原型可探纯属作者杜撰者，然无论是否有渊源，此则神话为宝黛爱情的神界预设无疑。因为故事的主角神瑛与绛珠显然对应着作品写实主体的主人公贾宝玉与林黛玉，神瑛与绛珠之间灌溉还泪恩情也显然是宝黛爱情的“前世预演”。

然而，“绛珠还泪”神话的设置用意远非如此单纯。《红楼梦》把宝黛爱情故事用神话象征的手法书写，并放到全书开首的地位，显然可以见出作者的创作取向与选择，具言之，可作如下阐释：

首先，“绛珠还泪”神话象征着“木石前盟”的宝黛现实爱情故事，体现了作者对性灵爱情的向往与选择、肯定与赞赏。神瑛侍者与顽石二位一体，瑛为“似玉美石”，神瑛与绛珠的灌溉之情便成了“木石前盟”的宝黛爱情的绝妙象征，它与“金玉良缘”的玉钗爱情形成了明显的对比与对立。“宝玉之于黛玉，木石缘也；其于宝钗，金玉缘也。木石之于金玉，岂可同日语哉？”[①]评点家独到的见解指出了作者的态度，而“一草一石为书之主，一金一玉为书之宾，千头万绪，不外乎此”[②]，更指明了作者构思时的艺术倾向。而主人公贾宝玉连梦中都在叫喊：“和尚道士的话如何信得？什么金玉姻缘，我偏说是木石姻缘！”

贾宝玉对“木石姻缘”的选择，经了“还泪”神话的象征与暗示，体现了作者对爱情的观念与理想，质言之，就是对真情至性，也即“性灵”爱情的向往。神瑛侍者前身乃是青埂顽石，绛珠仙子的前身乃是绛珠草，与生俱来的自然特性寓含了“木石前盟”的宝黛爱情是以纯情至性的性灵为基础的。而“金玉良缘”的姻缘以世俗性的物质条件为基础，“在《红楼梦》书中并没有宝钗和宝玉恋爱的史实”[③]。贾宝玉对真情至性为基础的“木石姻缘”的趋向选择表达了作者对真情至性为基础的爱情理想的追求，这种追求是以人性的自然、自由、纯真、脱俗为核心的。

其次，“绛珠还泪”神话寓含、对应着“木石姻缘”的悲剧爱情故事，体现了作者对男女爱情表达与传统社会礼法制度约束，也即“情”与“礼”矛盾冲突的哲学思索。“绛珠还泪”神话在作品开首即已预示“木石姻缘”的悲剧性质。脂评“‘绛珠’二字，岂非血泪乎？”揭示了作者赋予形象的悲剧特性；又绛珠草“终日游于离恨天外”“渴则饮灌愁海水为汤”，将形象的悲剧性质层层复加；又有绛

① 一粟．古典文学研究资料汇编·红楼梦卷［M］．北京：中华书局，1985.

② 冯其庸．八家评批红楼梦［M］．北京：文化艺术出版社，1991.

③ 王昆仑．红楼梦人物论［M］．北京：三联书店，1985.

珠仙子下凡乃为偿还神瑛侍者灌溉之恩，愿将“一生所有的眼泪还他”，“还泪”二字又提示出“木石姻缘”的悲剧性质与悲剧结局。与此相对应，心灵相契的宝黛爱情始终带有悲剧的色彩。甲戌本脂评有：“以顽石草木为偶，实历尽风月波澜，尝遍情缘滋味至无可如何，始结此木石因果，以泄胸中悒郁。”①

宝黛悲剧爱情故事体现了真情至性与封建世俗礼教的悲剧冲突，体现了作者对“情”与“理”矛盾冲突的哲学反思。宝黛爱情的悲剧结局体现了作者创作思想的深刻性，这种深刻性在于他写出了心灵相契的爱情，又写出了爱情的毁灭。这也正符合鲁迅先生对悲剧的定义：悲剧将有价值的东西毁灭给人看。宝黛爱情悲剧体现出作者对社会制度，包括政治、思想上层建筑的深刻反思。这种结局表面上源于宝黛追求性灵、自由，重视真情、至性的爱情观念与贾府人重视现实功利、等级门第的世俗婚姻观念的冲突，实质上反映的是传统的文化意识形态对人性在现世社会自由表达的抑制与束缚。因此，宝黛爱情悲剧便有了历史的纵深感与深刻性，它体现出作者对婚恋问题认识的深邃，上升到哲学的高度，即作者对“情”与“理”的冲突这个由来已久的哲学问题进行了深刻反思，并用鲜活的文本实例进行了文学的表达。

明中叶以来，在思想文化领域，出现了被美学家称为“反抗的浪漫主义思潮”。曹雪芹生活在18世纪中叶，已远离了这一浪漫思潮的高昂期，文艺思想也“由浪漫主义一变而为感伤主义。”② 但清代反理学的思潮并未低落。明末清初灿若群星的启蒙思潮的代表人物固不必说，就以曹雪芹同时代人来说，著名理学思想家戴震也强调“理存乎欲中”。百多年来的绵绵不断的反理学思潮，一直在文艺史上留下它深深的足迹。“如果说汤显祖的《牡丹亭》是以‘情’为创作根本的开山之作，那么曹雪芹自称‘大旨谈情’的《红楼梦》，却是在新的历史形势下，在更广阔的社会背景、更深远的现实意义上描绘了‘情’对‘理’的抗争。”“曹雪芹所要‘发泄’的‘儿女之真情’，实际上就是李贽‘童心说’的更深刻的开掘和体现。它也是以赞美人的天然本性，来与封建纲常名教的‘天理’对立的。”③

3. “太虚幻境”神话

《红楼梦》第五回描写了一个“太虚幻境”的神奇境界。“太虚”一词，源于

---

① 曹雪芹，脂砚斋. 脂砚斋重评石头记甲戌校本 [M]. 北京：作家出版社，2000.

② 李泽厚. 美学三书 [M]. 天津：社会科学院出版社，2003.

③ 李希凡. 说“情”——红楼艺境探微 [M]. 北京：人民日报出版社，1989.

《庄子·知北游》:“不游乎太虚。”[①] 孙绰《游天台山赋》:“太虚辽廓而无阂。”李善注:“太虚,谓天也。”又《庄子·天地》:“主之以太一。”成玄英疏:“太者,广大之名”,“言大道旷荡,无不制围,囊括万有,通而为一。”[②] 按照道家的造想,太虚幻境就是广大虚空的天堂境界。话石主人《红楼梦精义》:“开场演说,笼起全部大纲,以下逐段出题,至游幻起一波,总摄全书,筋节了如指掌,”[③] 最早指出“太虚幻境”神话在文本构建上的提纲挈领作用,又指出此则神话意蕴的丰富与对全书表意的统摄。

与人间的大观园相对的“太虚幻境”是一个非凡的女性世界。这个世界“画栋雕檐,珠帘绣幕,仙花馥郁,异草芬芳”,“朱栏玉砌,绿树清溪,真是人迹不逢,飞尘罕到”。往来其间的人物警幻仙姑、钟情大士、引愁金女等“娇若春花,媚如秋月”。贾宝玉神游至此,“喜悦非常”,“自是羡慕”。

“太虚幻境”是一个警情的世界,充满着强烈的宿命、先验的色彩。“太虚幻境”中的名物处处无不警情。主人警幻仙姑即“警情之幻”之意,警幻所居之处“离恨天”“灌愁海”“放春山”“遣香洞”皆为作者杜撰,喻其愁情如海。仙茗“千红一窟”“万艳同悲”“群芳髓”喻女儿悲情可叹。所有之司名、仙姑之名无不从“情”字着眼,极尽悲惨种种情状。即连其境中对联“厚地高天,堪叹古今情不尽;痴男怨女,可怜风月债难偿”“春恨秋悲皆自惹,花容月貌为谁妍”亦标明对“情”的感叹。太虚幻境是一个“孽海情天”,“情”在这里成了罪恶、不幸的象征。然而这一切从贾宝玉眼中写出,目的正在于警诫他沉溺于“情”。“太虚幻境”是女儿前生后世的先验之地,贾宝玉所阅的“金陵十二钗诸册”中各金钗的判词也无不与其对应的大观园中诸女子后来的命运相符(秦可卿除外)。“太虚幻境”似乎成了一个事先经验洞察人生命运的世界,一个注定为“情”而遭受不幸的女性宿命的天地。

“太虚幻境”为痴情女儿的宿命、先验之地,大观园是一个“情”的世界。“大观园是《红楼梦》中主要人物生息活动的现实环境,相对于它周围的污浊黑暗而言,它已是一块富于理想色彩的净土。在这花柳繁华之地,有美和青春在闪光。”[④]“在书中主角贾宝玉的心中,它更可以说是唯一有意义的世界。对宝玉和

① 商务印书馆编辑部.辞源(修订本)[Z].上海:商务印书馆,1998.

② 上海市红楼梦学会.红楼梦之谜[M].上海:上海古籍出版社,1994.

③ 一粟.古典文学研究资料汇编·红楼梦卷[M].北京:中华书局,1985.

④ 朱淡文.红楼梦论源[M].南京:江苏古籍出版社,1992.

他周围的一群女孩子来说，大观园外面的世界是等于不存在的，或即使偶然存在，也只有负面的意义，因为大观园以外的世界只代表肮脏和堕落。”① 大观园是作者理想化的“干净的世界”，“大观园的秩序则可以说是以情为主，所以全书以情榜结尾。”② “在主观愿望上，他们所企求的是理想世界的永恒，是精神生命的清澈。”③

不论大观园是否是“太虚幻境”的“人间投影”，不可否认，大观园这个作者理想中“情”的世界终究是在现实世界力量的不断摧残下，宿命式地按照“太虚幻境”预言走向了崩溃。理想的“情”的世界破灭了，故而要“太虚幻境”先验地“警情”。一方面苦心经营理想的世界，一方面又不遗余力地淡化理想的光色，大观园与“太虚幻境”悖谬性的二元对立，显示出作者在“情”的问题上的矛盾心理。

创作与构思上的矛盾反映了作者认识上的矛盾。这种矛盾通过“太虚幻境”之主警幻仙姑表现出来。勿庸置疑，警幻的职责就是警诫陷入“情”之空幻。她导引贾宝玉游览“太虚幻境”各司、阅十二钗册子、听“红楼梦曲子”、饮仙醪的目的就是要“警其痴顽”，“使彼跳出迷人圈子，然后入于正路。”但警幻在戒情的同时，也在扮演导情的角色。警幻一方面警诫贾宝玉皮肤淫滥，反对“好色不淫”“情而不淫”的假道学，一方面又对其大加赞赏，“吾所爱汝者，乃天下古今第一淫人也。”“汝今得此二字，在闺阁中固可为良友。”更有甚者，警幻将其妹兼美许配宝玉，指望其“今后万万解释，改悟前情，留意于孔孟之间，委身于经济之道”。由此可见，警幻仙子对于情的态度是矛盾的，她一方面将情从色淫中区分出来，确定情的规范并大加赞赏，另一方面对情的态度又是充满着警示和劝诫，认为情缘皆幻。在确立情的规范的基础上对情进行反驳和否定，警幻仙子对于情的态度就不自觉地表现为一种导情与戒情的辩证统一。

“太虚幻境”神话体现了作者对“情”认识的矛盾态度，具有丰富的内涵。首先，“太虚幻境”体现了作者新的女性观念。太虚幻境的宫门对联是“厚地高天，堪叹古今情不尽；痴男怨女，可怜风月债难偿”，“太虚幻境”各司中“皆贮的是普天下所有的女子过去未来的簿册”，警幻仙姑“司人间之风情月债，掌尘世之女怨男痴”。凡此种种说明作者构建“太虚幻境”这个“情缘皆幻”的世界有着更为

---

① 邝建行，吴淑钿．中国古典文学研究论文选粹［C］．南京：江苏古籍出版社，2002：132.

② 同①，139。

③ 同①，138。

深广的着眼点，那就是对普天下古今儿女之至情的一种深刻的悲悯，对人的命运的哲理反思。如果说大观园的构建意在表达作者对儿女之真情在现实环境中的遭际命运的思考的话，那么“太虚幻境”的构建则更为抽象与超拔，它以先验的态度和哲学的思考对人性与人的命运做了宏观的把握与理性的总结，那就是“盛宴必散”“情缘皆幻”这一作者世界观中的人生普遍的规律，其中体现了无可奈何、空幻的真实心理。

从文本叙述角度而言，“太虚幻境”的设置相当于在宝玉未入情网之前提供的一个体味情缘空幻的超现实世界，大观园相当于贾宝玉体悟情缘空幻的现实世界。从“太虚幻境”的逃逸到大观园的投入，体现了贾宝玉对“情”的执著与对宿命的背逆。“宝玉之情，人情也，为天地古今男女共有之情，为天地古今男女所不能尽之情。”[①] 贾宝玉痴情钟情、不轨循传统的情节也正是《红楼梦》的核心内容。

4. 神话意蕴与作品主题

出现在《红楼梦》作品首尾的神话对作品形成了框架性的结构包围，有的学者称之为“神话楔子”。楔子是元杂剧的术语，元杂剧的体制一般是四折加一个楔子，楔子或置于全剧的开场，或置于折与折之间作过场。楔子的作用为或交代剧情的起因，或介绍全剧的主要人物。[②] 但杂剧楔子跟全剧内容的联系只是故事层面上的。章回小说的楔子显然更复杂，也更成熟。事实上，它的形成有一个更早的源头，那就是话本小说的“得胜头回”。

从体制的起源看，话本小说的得胜头回源于宋人之“说话”。“说话”中小说科的讲史开篇开始都有导入正文的一段闲文。如宋人小说《错斩崔宁》正文之前，先写了一个魏鹏胜的故事，所谓“这回书单说一个客人，只因酒后一时戏笑之言，遂至杀身破家，陷了几条性命。且先引下一个故事来，权做个得胜头回”。而《五代史平话》只是从开天辟地，概述历代的王朝兴废，再引入五代的故事。至于《三国志平话》开头，以司马仲相去阴间断狱，判刘邦陷害的韩信、彭越、英布三人投生为曹操、刘备和孙权，以三分汉家的天下完成了果报。这一开头，为全书的展开定下了主题和总的框架。后期的章回小说从体制来说，是讲史科的延伸和发展，也吸纳了小说科的颇多经验，而不论是哪一科，其作为开场白的体例特点

① 一粟. 古典文学研究资料汇编·红楼梦卷［M］. 北京：中华书局，1985.

② 詹丹. 红楼梦与中国古代小说研究［M］. 上海：东华大学出版社，2003.

也被许多章回小说所遵循，并综合杂剧的开场体制，使之起到概括、预示的作用并以此引入正文。金圣叹批改《水浒传》，将原来的第一回“张天师祈禳瘟疫，洪太尉误走妖魔”从正文中分离出来称为“楔子”，使之足以概括全文内容。这一楔子的寓意也成了数百年来判断作者立场倾向的有力证据。《儒林外史》第一回“说楔子敷陈大义，借名流隐括全文”，是以鄙视功名富贵的王冕之高洁来反照正文中醉心于功名的文人举子之丑恶。总之，至《红楼梦》时代，章回小说创作中的开场体制已相当成熟，其楔子的作用已不仅仅是故事层面上的关照后文，而是有着综览全书、敷陈大意、预示中心的作用。

《红楼梦》的神话楔子是否也具有这样的功能？综合楔子中描写的两大神话世界三个主要神话故事的蕴意可以发现，不同神话故事的建构有着一致的思想基础。如前所论，“石头”神话隐喻着贾宝玉红尘历劫、悬崖撒手、遁入空门的故事情节，表达了作者超验的人生哲理体验；“绛珠还泪”神话隐括了《红楼梦》文本中“木石姻缘”的宝黛爱情故事情节，表达了作者对性灵爱情的理想与追求，寄寓着作者对“情”与“理”冲突的哲学命题的思索。“太虚幻境”神话以先验的方式总览照应了作品的主要情节——贾宝玉以情悟道与十二钗的命运结局，表达了作者对“情”的肯定与否定的二难认识，体现了作者对人性与人的命运的哲学关怀。比较三者，可以看出，神话故事都是基于作者对“情”的认识而构建起来的。神话故事无一例外地表达了作者对真情的向往与肯定、对真情之悲剧结局的悲叹与感伤，其中隐含着对现实的批判。

楔子中包含的三个神话故事隐括了文本主体最关键、最重要的故事情节。神话楔子中隐示了无材补天的石头灵性已通，意欲下世历劫，与神瑛跟绛珠悲剧性的木石前盟；贾宝玉神游“太虚幻境”目睹了众女子判词，他不信宿命、自陷迷津的神话，照应了他从神奇诞生至与黛玉“木石姻缘”的爱情历程，以及贾宝玉在贾府大观园与众女儿的柔情密意，直至黛玉泪尽而亡、魂归离恨、大观园诸芳凋零、自己落拓出家的情节。这些情节虽然并不能覆盖全书，但无疑是全书最主要的部分，而且在叙述上贯穿首尾，跨度最大。

《红楼梦》神话楔子蕴含了作者对“情”的哲理认识与哲学观念，隐括了作品的全部主要情节，而作者自称此书“大旨谈情”。因此，神话楔子对全书表意有着统摄、预示的作用，更进一步言，神话寓意关涉作品主题。对《红楼梦》为“情”书的性质，前人早有精见，汪大可曰：“《红楼》以前无情书，旷观古今，《红楼》其矫矫独立矣。”[①] 洪秋蕃曰:“言情之书盈籤满架,《红楼》独得其正。”更有花月痴人在《红楼幻梦自序》中说:“同人默菴问余曰:‘《红楼》何书也?’余答曰:‘情书也。’默菴曰:‘情之谓何?’余曰:‘本乎心者之谓性,发乎心者之为情;作是书者,善生于情,发于情;……凡一言一事,一举一动,无在而不用其情,此之谓情书。’”[②] 而对神话楔子的统摄、预示作用,丁维忠先生的论述尤为精辟:“开卷一篇神话楔子,于全书尤为重要。尽管作者出于难言的苦衷,在这里故意借助神话,写得真真假假,虚虚实实,运用‘烟云模糊之法’。但它恰恰提示着读者:本书为何而写,写什么和怎么写。”[③]

神话楔子寓示作品主题,可从具象与抽象两个层面来理解:从具象层面讲,它寓含着贾宝玉“以情悟道”的人生历程,文本用贾宝玉在贵族大家贾府的现实活动来演绎;从抽象层面讲,它寓含着作者对“情”的形而上的哲学认识,那就是真情至性与既存社会规范的不可避免的矛盾冲突,以及冲突不可避免地以悲剧结局。《红楼梦》浩繁的、高度艺术化的人生写实正是作为具体、鲜活的个例来论证、表达作者这一深玄的哲学认识的。

综上所论,类似杂剧“楔子”的《红楼梦》神话叙事框架中所包含的三个神话故事无一不以作者“情”为本位的哲学认识而构建,而戏剧文本的楔子与小说话本的“得胜头回”对长篇叙事文学的主题形成了包蕴与揭示的传统,作为叙事文学巅峰之作的《红楼梦》当然也不例外。又作者本人在文本叙事初始即已做过“本书大旨谈情”的明示,因而《红楼梦》的主题即是作者对“情”这一关乎人性与人生超验的哲学命题的阐释,其写实主体中对人生繁富精丽的铺写不啻是对这一哲学命题的人世演绎。

‖ 第四节　漫说钗黛孰优孰劣 ‖

钗黛孰优孰劣,是一个读者长期争论不休却至今无解的话题,以至于刘梦溪先生在写《红楼梦与百年中国》时,将此一争论列为红学史上一桩公案[④],可谓百

① 一粟.古典文学研究资料汇编·红楼梦卷[M].北京:中华书局,1985.

② 同①。

③ 丁维忠.红楼梦——历史与美学的沉思[M].哈尔滨:黑龙江教育出版社,2002.

④ 刘梦溪.红楼梦与百年中国[M].北京:中央编译出版社,2005.

代稀有之事。

《红楼梦》中两个女性人物薛宝钗与林黛玉何以引起后人无休止的对比争论？首先，与两人在小说作品中所处的地位有关。《红楼梦》林林总总写了数百位人物，唯薛宝钗与林黛玉二人为此前文学作品中极少有之女性形象。在讲究女子无才便是德的封建社会，薛宝钗与林黛玉就像两朵奇葩，在庞大的高门贵族贾府显得卓然不群。又薛宝钗为作品中贾宝玉的姨表姐，林黛玉为贾宝玉的姑表妹，更重要的是二人同为贾宝玉未来择偶人选。为贾府掌上明珠宝二爷择偶，是贾府上下极为重要之事，贾府长辈人物自然要对候选人薛宝钗与林黛玉进行详细品评。读者在阅读过程中移神入境，代书中人物为之也是自然而然之事。其次，与作家塑造二人形象各有千秋、不相上下有关。林黛玉、薛宝钗，如果作家像许多才子佳人小说那样，塑造得泾渭分明、高下立判，估计后人对此二人还要品评争论纯属无事生非。而问题就在于作家把二人写得出神入化，各自有其风神意蕴，就连贾府上下对其二人评价都仁者见仁、智者见智。因此，普通读者的争论也就在所难免。

钗黛孰优孰劣是个老话题，但笔者今天不妨旧话重提，一展拙见。

1. 历史上的钗黛优劣之争

旧红学时代，最早记录钗黛之争的是清人邹弢的《三借庐笔谈》，“已卯春，余与伯谦论此书，一言不和，遂相龃龉，几挥老拳，而毓仙排解之，于是两人誓不共谈《红楼》。”[①] 可见，钗黛之争在清代就是一个争论的话题，以至于朋友间意见不合而差点动手。最早表达对钗黛二人优劣立场的是护花主人王希廉，他在《红楼梦总评》中说：“黛玉一味痴情，心地偏窄，德固不美，只有文墨之才；宝钗却是有德有才。”[②] 可以看出，王对薛宝钗表现出明显的偏爱，认为薛宝钗是一个德才兼备之人，而林黛玉有才无德。不过，不久之后，“读花人”涂瀛表达了自己对林黛玉的支持，他在《红楼梦论赞》中说：“林黛玉人品才情，为《红楼梦》最，物色有在矣。”“宝钗善柔，黛玉善刚；宝钗用屈，黛玉用直；宝钗徇情，黛玉任性；宝钗做面子，黛玉绝尘埃；宝钗收人心，黛玉信天命，不知其他。”其后，著名的“评委”陈其泰、哈斯宝等都支持涂瀛的观点。肇始于旧红学时代的钗黛之争，即是一个公说公有理、婆说婆有理的纠缠不清的问题。

---

① 朱一玄．红楼梦资料汇编［M］．天津：南开大学出版社，1985.

② 同上。

新红学时代的钗黛之争更为激烈，许多著名学人“不甘寂寞”，争相在这一桩公案中“凑把热闹”。除钗优或黛优之外，新红学时代的学者还提出了第三种不同的观点来——钗黛合一论。这一论点为俞平伯先生1922年在《红楼梦辨》中首次提出。此一论点虽然在1954年遭到李希凡、蓝翎的批评，但后来舒芜先生在《谁解其中味？》一文中明确表达了对这种观点的支持。一时，钗黛优劣之争的结论纷然杂陈。

抛开前人观点不论，从一个普通读者最朴素的直觉出发，笔者力求从文本中找出作者原文，再现与还原钗黛二人形象，并做一层层对比，在此基础上形成钗黛孰优孰劣的世俗判断。

2. 钗黛优劣之争的世俗解读

（1）年龄与生日

薛宝钗：十四岁进的贾府，其生日为正月二十一。（公元1704年2月25日，《红楼梦》二十二回，凤姐说：“二十一是薛妹妹的生日，你到底是怎么样呢？”）

林黛玉：六岁进的贾府，其生日（第六十二回写道，探春和袭人谈论起每个月里的生日，袭人说：“二月十二是林姑娘”）为1707年丁亥年二月十二日（乙未日，公历3月15日）。

薛宝钗大林黛玉三岁。

（2）容貌

林黛玉：“两弯似蹙非蹙罥烟眉，一双似喜非喜含情目。态生两靥之愁，娇袭一身之病。泪光点点，娇喘微微。闲静时如姣花照水，行动处似弱柳扶风。心较比干多一窍，病如西子胜三分。”（第三回）

薛宝钗：“不想如今忽然来了一个薛宝钗，年岁虽大不多，然品格端方，容貌丰美，人多谓黛玉所不及。而且宝钗行为豁达，随分从时，不比黛玉孤高自许，目无下尘，故比黛玉大得下人之心。”（第五回）“看去不见奢华，惟觉雅淡。罕言寡语，人谓装愚；安分随时，自云守拙。”（第八回）

作者在描写林黛玉姿容时，用一首极为传神的词来细致地描述了她的神态、容貌，而描写薛宝钗时，只用“容貌丰美”寥寥四字，足以见出，在作者眼里薛宝钗容貌之美不及林黛玉。如果说容貌之美是女性一种优势的话，此一方面黛玉胜出。

（3）进贾府的目的

林黛玉为何入住贾府？林黛玉五岁时死了娘，其父又不善家计，因此，送黛玉去姥娘舅舅家，寻求照顾。《红楼梦》第三回写黛玉六岁时入贾府的情形，“那女学生原不忍离亲而去，无奈他外祖母必欲其往，且兼如海说：‘汝父年已半百，再无续室之意，且汝多病，年又极小，上无亲母教养，下无姊妹扶持。今去依傍外祖母及舅氏姊妹，正好减我内顾之忧，如何不去？’黛玉听了，方洒泪拜别，随了奶娘及荣府中几个老妇登舟而去。”可以看出，林黛玉入贾府目的单纯，只为丧母之后找个依傍，寻求亲人照顾，而且临行前表现得极不情愿，对高门贵族无任何向往之意。

薛宝钗进贾府的目的非常复杂，大致归结有四个方面：第一，薛宝钗进京待选公主郡主的入学陪侍；第二，薛蟠为了抢香菱打死了人，贾雨村给了了案子，但是避避风头也好；第三，京里店铺伙计欺负薛蟠年少，不好好做生意，顺便进京查账；第四，薛姨妈与王夫人是亲姐妹，王夫人早就去信想让他们来探亲。从谋职、避风、查账、探亲四方面的原因来综合分析，没有一个原因能成为薛家长期驻留贾府的理由。

与薛宝钗不同，黛玉十三岁又死了父亲，孑然一身，了无依傍，长期寄居贾府的姥姥舅舅家实在是在情理之中。而薛宝钗一家，虽然薛公也早亡，但是家有男丁，且薛姨妈也健在，更何况家产丰厚，如此一家人长期也寄居贾府，实在让人心生疑问：薛家滞留京城贾府究竟为哪般？其实读者大概都非常明白个中缘由，那就是薛家冲着薛宝钗做宝二奶奶这个极为世俗极为功利的目的去的。黛玉与宝钗的做人方式，由此可见一斑。

（4）家世背景

林黛玉出生在林家。林家虽系钟鼎之族、书香门第，但不在“四大家族”之列。父亲林如海，出身科第，中过探花，官至兰台寺大夫，被皇帝钦点为巡盐御史，四十多岁便去世了。母亲贾敏是贾政的妹妹，早丧。林黛玉的舅舅贾政，也只是一个工部员外郎，地位远远不及王子腾。再者，贾政闲时只爱与清客相公们吃酒、下棋，不屑管理家中琐事，家中事务管理权被王夫人牢牢掌控在手中。父母双亡后，林黛玉无依无靠，寄居在贾府，吃穿用度全指望着贾府，言行上处处小心翼翼，生怕被别人耻笑了去，全不象薛家那般在贾府泰然处之。

薛宝钗所在的薛家，名列“四大家族”之中，是紫薇舍人薛公之后，现领内府帑银行商。母亲是贾府当家人王夫人的妹妹。薛宝钗的舅舅王子腾，曾任京营节度使，掌握着京城一带的军队，是一位名副其实的军政要员，后来升任九省统制。薛家是皇商，薛宝钗父亲虽然亡，但是留下了一大笔财产，还开有当铺，经济条件优越。难怪薛姨妈进贾府时说："一应日费供给一概免却，方是处常之法。"

从家世背景看，林黛玉出身清寒的书香门第，家世单薄，亲友稀少；薛宝钗出身位高权重的商贾世家，家族富裕，门庭显赫。两人家世背景之高下，一目了然。

（5）家庭教养

《红楼梦》第二回写林黛玉幼时教养的情形，"只嫡妻贾氏生得一女，乳名黛玉，年方五岁，夫妻爱之如掌上明珠。见他生得聪明俊秀，也欲使他识几个字，不过假充养子，聊解膝下荒凉之叹。"从这段话可以看出，林黛玉为父母老来得子，所以从小受父母娇宠，这与黛玉成人后好使小性子、较为自我的性格特点不无关系。同时可以看出，黛玉父母对黛玉从小的教育是没有任何功利性的，只是为了摆脱人生的荒凉景况而教她识字读书，黛玉也未从小背负家庭的使命与责任。

《红楼梦》第四回写薛宝钗幼时的教养："（薛家）还有一女，比薛蟠小两岁，乳名宝钗，生得肌骨莹润，举止娴雅。当时他父亲在日极爱此女，令其读书识字，较之乃兄竟高十倍。自父亲死后，见哥哥不能安慰母心，他便不以书字为念，只留心针黹家计等事，好为母亲分忧代劳。"这段话可以见出，薛宝钗从小虽然也受父母宠爱，但并不娇养，且她本人经历丧父之痛后，较早懂得体贴帮助母亲，留心女工针黹，且不以读书识字为重。

（6）居室环境

林黛玉在大观园中居住于潇湘馆。作品第十七回描写潇湘馆的文字为："（贾政）暗暗忖思：'这一处倒还好，若能月夜至此窗下读书，也不枉虚生一世。"由此可以见出，潇湘馆是读书的理想场所。又第二十三回写当宝玉询问黛玉住哪一处好时，黛玉笑道："我心里想着潇湘馆好，我爱那几竿竹子，隐着一道曲栏，比别处幽静。"潇湘馆为林黛玉所喜爱，是因为"那几杆竹子"。第二十六回也写道："（贾宝玉）便顺脚一径来至一个院门前，看那凤尾森森，龙吟细细。"读书、竹子作为林黛玉生命不可或缺的部分，与潇湘馆共同映衬着林黛玉作为一个文人的孤高自许、傲岸不屈的品格。潇湘馆的景物特征与林黛玉的品格互相照应，景为人而设，人与景共存。

薛宝钗在大观园中居住于蘅芜苑。蘅芜苑的景致："一树花木也无，只见许多异草，或有牵藤的，或有引蔓的，或垂山岭，或穿石脚，甚至垂檐绕柱，萦砌盘阶，或如翠带飘摇，或如金绳蟠屈，或实若丹砂，或花如金桂，味香气馥，非凡花之可比。”（第十七回）蘅芜苑中无寻常花木，只有些异草，非凡花可比，可以见出薛宝钗心胸志向的非同寻常，其后来在海棠诗社集会咏柳絮时作“好风凭借力，送我上青云”，这样气度非凡的诗句充分说明薛宝钗具有远大的抱负与胸襟。薛宝钗蘅芜苑的居室：“及进了房屋，雪洞一般，一色玩器全无，案上只有一个土定瓶中供着数枝菊花，并两部书、茶奁、茶杯而已。床上只吊着青纱帐幔，衾褥也十分朴素。”（第四十回）居室的简单朴素充分提示了薛宝钗作为一个女孩子性情的寡淡。论年龄，她正处在感情丰富、风花雪月的时期，然而皇商世家的出身与自幼追求立功立名的理想过早地剥蚀了她身上作为一个女孩子该有的烂漫与纯情。人性的热情活泼与功利理想的冷酷刻板从来都是一组对立的矛盾，在这一点上，薛宝钗与林黛玉正好站在了对立的两极。

（7）才情

林黛玉的才情概括讲，体现在四个方面：第一，博览群书，学识渊博。《红楼梦》第二十三回写：“黛玉听了这两句，不觉心动神摇。又听道‘你在幽闺自怜’等句，越发如醉如痴，站立不住，便一蹲身坐在一块山子石上，细嚼‘如花美眷，似水流年’八个字的滋味。忽又想起前日见古人诗中，有‘水流花谢两无情’之句；再词中又有‘流水落花春去也，天上人间’之句；又兼方才所见《西厢记》中‘花落水流红，闲愁万种’之句：都一时想起来，凑聚在一处。仔细忖度，不觉心痛神驰，眼中落泪。”黛玉能从演员唱戏的《牡丹亭》中一句唱词联想到唐代诗人崔涂《春夕》中的诗句，转而又联想到五代词人李煜《浪淘沙》中的词句，又进而联想到《西厢记》中的词句，足见其读书广泛，学识渊博。第二，诗思敏捷，出口成章。《红楼梦》第三十七回写：“侍书一样预备下四分纸笔，便都悄然各自思索起来。独黛玉或抚弄梧桐，或看秋色，或又和丫鬟们嘲笑……（宝玉）向黛玉道：‘香要完了，只管蹲在那潮地下做什么？’黛玉也不理……黛玉道：‘你们都有了？’说着，提笔一挥而就，掷与众人。”林黛玉是个优秀的诗人，不仅诗作得好，而且速度极快，大观园中其他人需要一炷香的时间来作诗，黛玉只消一会儿即可挥笔而就，足以见出其诗思敏捷。第三，伶牙利齿，聪明过人。《红楼梦》第四十二回写大观园众小姐们形容刘姥姥时，“黛玉忙笑接道：‘可是呢，都是他一句话。他是那一门子的姥姥？直叫他是个‘母蝗虫’就是了。’说着，大家都笑起来。宝钗笑道：‘世上的话，到了二嫂子嘴里也就尽了，幸而二嫂子不认得字，不大通，不过一概是市俗取笑儿。更有颦儿这促狭嘴，他用《春秋》的法子，把市俗粗话撮其要，删其繁，再加润色，比方出来，一句是一句。这‘母蝗虫’三字，把昨儿那些形景都画出来了。亏他想的倒也快！'"薛宝钗被公认为大观园中极会说话之人，林黛玉对刘姥姥的一番形容让薛宝钗都佩服得五体投地，夸林黛玉不仅想得快，而且形容得准确、恰当，足以见出林黛玉的口才与睿智。第四，善鼓琴，且亦识谱。《红楼梦》第八十六回宝玉见乐谱而头疼时，黛玉不仅能为他读谱，且为其解琴书道："琴者禁也。古人制下，原以治身，涵养性情，抑其淫荡，去其奢侈。若要抚琴，必择静室高斋，或在层楼的上头，在林石的里面或是山颠上，或是水涯上。再遇着那天地清和的时候，风清月朗，焚香静坐，心不外想，气血和平，才能与神合灵，与道合妙。所以古人说：'知音难遇。'若无知音，宁可独对着那清风明月苍松怪石野猿老鹤抚弄一番，以寄兴趣，方为不负了这琴。还有一层，又要指法好，取音好。若必要抚琴，先须衣冠整齐，或鹤氅或深衣，要如古人的象表，那才能称圣人之器。然后盥了手，焚了香，方才将身就在榻边，把琴放在案上，坐在第五徽的地方儿，对着自己的当心，两手方从容抬起：这才心身俱正。还要知道轻重疾徐、卷舒自若、体态尊重方好。"这一番论琴之道极为高妙，脱离了视琴仅为乐器的初级层次，而是从身、心、琴合一的角度来论琴，极富于见地，显示出了黛玉过人的才华。

跟林黛玉一样，薛宝钗也是公认的才女。薛宝钗的才华体现在以下几个方面。第一，天资聪颖，才学过人。第十八回，贾宝玉在游大观园时遇到一句对联不知出处时，"宝玉道：''绿蜡'可有出处？'宝钗悄悄的咂嘴点头笑道：'亏你今夜不过如此，将来金殿对策，你大约连'赵钱孙李'都忘了呢！唐朝韩翊咏芭蕉诗头一句：'冷烛无烟绿蜡干'都忘了么？'宝玉听了，不觉洞开心意，笑道：'该死，该死！眼前现成的句子竟想不到。姐姐真是'一字师'了！从此只叫你师傅，再不叫姐姐了。'"薛宝钗熟谙唐诗，能立即想出诗句出处，被读书甚多才学过人的贾宝玉尊为"一字师"，足以见出其突出的才华。第二，学识渊博，精通画理。《红楼梦》第四十二回，贾惜春为了画大观园的景致而向李纨请假一个月，林黛玉打趣道一个月太少，需请一年。这时，对绘画极内行的宝钗建议半年为宜，且又发表了一番惊人的画论："……如今画这园子，非离了肚子里头有些丘壑的，如何成画？这园子却是象画儿一般，山石树木，楼阁房屋，远近疏密，也不多，也不少，恰恰的是这样。你若照样儿往纸上一画，是必不能讨好的。这要看纸的地步远近，该多该少，分主分宾，该添的要添，该藏该减的要藏要减，该露的要露，这一起了稿子，再端详斟酌，方成一幅图样。第二件：这些楼台房舍，是必要界划的。一点儿不留神，栏杆也歪了，柱子也塌了，门窗也倒竖过来，阶砌也离了缝，甚至桌子挤到墙里头去，花盆放在帘子上来，岂不倒成了一张笑话儿了！第三：要安插人物，也要有疏密，有高低。衣褶裙带，指手足步，最是要紧；一笔不细，不是肿了手，就是瘸了脚，染脸撕发倒是小事。依我看来，竟难的很……”宝钗这一番关于绘画的理论，非常符合现代绘画学散点透视的原理，足以见出其对绘画的精深钻研。同时，薛宝钗还精于药理，第四十五回写薛宝钗去看黛玉时，宝钗道：“昨儿我看你那药方上，人参肉桂觉得太多了，虽说益气补神，也不宜太热。依我说：先以平肝养胃为要。肝火一平，不能克土，胃气无病，饮食就可以养人了。每日早起，拿上等燕窝一两、冰糖五钱，用银铞子熬出粥来，要吃惯了，比药还强，最是滋阴补气的。”第三，精于管理，长于理家。第五十六回“敏探春兴利除宿弊，时宝钗小惠全大体”，王熙凤因病辞去大观园财务总监职务后，薛宝钗、李纨、贾探春是后王熙凤时代高层管理者的“三驾马车”。贾府之所以信任薛宝钗这样的外戚来担当此一重任，主要在于薛宝钗过人的理家能力。

（8）性格、处世方式

林黛玉的性格与处世方式，概括起来有三个方面。第一，敏感、多疑、含酸。《红楼梦》第八回写林黛玉去看薛宝钗，适逢贾宝玉也在薛宝钗屋里，“一语未了，忽听外面人说：‘林姑娘来了。’话犹未完，黛玉已摇摇摆摆的进来，一见宝玉，便笑道：‘哎哟！我来的不巧了。’宝玉等忙起身让坐。宝钗笑道：‘这是怎么说？’黛玉道：‘早知他来，我就不来了。’”黛玉见贾宝玉与薛宝钗在一起，本能地便产生了猜疑，言语也便明显带着醋意。第七回薛宝钗托周瑞家的给大观园中众姐妹送宫花，“周瑞家的进来，笑道：‘林姑娘，姨太太叫我送花儿来了。’宝玉听说，便说：‘什么花儿？拿来我瞧瞧。’一面便伸手接过匣子来看时，原来是两枝宫制堆纱新巧的假花。黛玉只就宝玉手中看了一看，便问道：‘还是单送我一个人的，还是别的姑娘们都有呢？’周瑞家的道：‘各位都有了，这两枝是姑娘的。’黛玉冷笑道：‘我就知道么！别人不挑剩下的也不给我呀。’”黛玉得赠宫花，不仅没表示感激，却对宝钗一视同仁的做法产生了看法。长期以来，黛玉对威胁到自己爱情的宝钗一直心存防范，由此而产生对她的偏见也便在所难免。黛玉长期寄居贾府，因此，一直怀有黍离之悲，在贾府稍遇挫折，便会引发身世凄凉之感。第二十六回，林黛玉过了沁芳桥去怡红院时：

“黛玉素知丫头们的性情，他们彼此玩耍惯了，恐怕院内的丫头没听见是他的声音，只当别的丫头们了，所以不开门；因而又高声说道：‘是我，还不开门么？’晴雯偏偏还没听见，便使性子说道：‘凭你是谁，二爷吩咐的，一概不许放进人来呢！’黛玉听了这话，不觉气怔在门外。待要高声问他，逗起气来，自己又回思一番：‘虽说是舅母家如同自己家一样，到底是客边。如今父母双亡，无依无靠，现在他家依栖，若是认真怄气，也觉没趣。’一面想，一面又滚下泪珠来了。真是回去不是，站着不是。正没主意，只听里面一阵笑语之声，细听一听，竟是宝玉宝钗二人。黛玉心中越发动了气，左思右想，忽然想起早起的事来：‘必竟是宝玉恼我告他的原故。但只我何尝告你去了？你也不打听打听，就恼我到这步田地！你今儿不叫我进来，难道明儿就不见面了？’越想越觉伤感，便也不顾苍苔露冷，花径风寒，独立墙角边花阴之下，悲悲切切，呜咽起来。原来这黛玉秉绝代之姿容，具稀世之俊美，不期这一哭，把那附近的柳枝花朵上宿鸟栖鸦，一闻此声，俱忒楞楞飞起远避，不忍再听。”

林黛玉一番酸楚皆由自己心重多疑而生，没有人厌烦冷落她，但她的心灵实在是太敏感了，心思实在是太重太丰富了，所以才会产生出那么多的情绪。第二，多愁善感。林黛玉的感情非常丰富，大自然的一草一木都能引发她内心的悸动，第二十七回中，林黛玉看到暮春的片片落花时，大为感伤，作了《葬花词》，“……尔今死去侬收葬，未卜侬身何日丧？侬今葬花人笑痴，他年葬侬知是谁？试看春残花渐落，便是红颜老死时。一朝春尽红颜老，花落人亡两不知！”第三，目无凡尘，自视清高。黛玉的人格是与世俗相龃龉的，她在钟鸣鼎食、富丽堂皇的贾府居然感受到“风刀霜剑严相逼”，就表明其与世俗的格格不入。黛玉才华卓绝，目无凡尘，鄙视世间一切俗物，讽刘姥姥为“母蝗虫”，又第十六回宝玉将北静王所赠鹡苓香串珍重取出来转送黛玉。黛玉说：“什么臭男人拿过的，我不要这东西。”林黛玉住在潇湘馆，竹子与她终日为伴，而在传统文化中，竹正暗示着文人品格，北宋苏东坡就“宁可食无肉，不可居无竹”。黛玉的人格承继的正是千百年来傲岸不屈的文人品格。第四，处世谨小慎微。黛玉身处高门贵族贾府，且又寄人篱下，注定了她处事谨小慎微的作风。第三回写黛玉初进贾府时，贾母对她是倍加疼爱，问黛玉读了什么书，黛玉回答说：“只刚念了四书。”他又问贾母：“姐妹们都读了什么书？”贾母说：“读的是什么书，不过是认得几个字，不是睁眼瞎罢了。”黛玉一听心想：“啊呀，自己也太大意了。”于是在宝玉问她时，她接着就改口了，她说：“不曾读，只上了一年学，些许认得几个字。”黛玉后来的改口，完全出于在贾府生存自我保护的需要。第五，争强好胜，特立独行，且出言尖刻，入木三分。黛玉心直口快，与人谈话沟通时，常直言相向，而很少顾及交流对象的感受。《红楼梦》第三十一回写史湘云送戒指到府时，林黛玉不理解史湘云的做法：

“黛玉笑道：‘你们瞧瞧他这个人，前日一般的打发人给我们送来，你就把他的也带了来，岂不省事？今日巴巴儿的自己带了来，我打量又是什么新奇东西呢，原来还是他！真真你是个糊涂人。’湘云笑道：‘你才糊涂呢！我把这理说出来，大家评评谁糊涂：给你们送东西，就是使来的人不用说话，拿进去一看，自然就知道是送姑娘们的；要带了他们的来，须得我告诉来人，这是那一个女孩儿的，那是那一个女孩儿的。那使来的人明白还好，再糊涂些，他们的名字多了，记不清楚，混闹胡说的，反倒连你们的都搅混了。要是打发个女人来还好，偏前日又打发小子来，可怎么说女孩儿们的名字呢？还是我来给他们带了来，岂不清白。’说着，把戒指放下，说道：‘袭人姐姐一个，鸳鸯姐姐一个，金钏儿姐姐一个，平儿姐姐一个：这倒是四个人的，难道小子们也记得这么清楚？’众人听了，都笑道：‘果然明白。’宝玉笑道：‘还是这么会说话，不让人。’黛玉听了，冷笑道：‘他不会说话，就配带‘金麒麟’了！’一面说着，便起身走了。”

黛玉与之说玩笑话，没想到史湘云与黛玉分辨较真，黛玉觉得面子上过不去了，在众人面前难堪了，便连贾宝玉的圆场都没理睬，索性生起气来。生气也罢，还偏提到“金麒麟”这个关系爱情命运的物件上来，足见黛玉心小性窄，人前出言尖刻，常致局面尴尬，而给自己带来不必要的伤害。

薛宝钗的性格与处世方式与林黛玉截然不同，主要有三个方面：第一，行为豁达，随分从时。薛宝钗做事往往善于从大局考虑、注重人际关系的和谐，与人交往言谈不计较、不争辩，因家境富裕，她常赠送贾府小姐丫环、长辈晚辈小礼物，赢得贾府上下一片赞叹。史湘云叹道：“我只当林姐姐送你的，原来是宝姐姐给了你。我天天在家里想着，这些姐姐们，再没一个比宝姐姐好的。可惜我们不是一个娘养的。我但凡有这么个亲姐姐，就是没了父母，也没妨碍的！”（第三十二回）第二，优雅淡定。薛宝钗出身富贵，但从不炫耀财富；作为一个青春期的女性，她也很少浓装艳抹。她像一个早已洞穿世事人情的先知圣人，在人生的波涛浪涌中显得静如止水。“薛姨妈道：‘姨娘不知道宝丫头古怪着呢，他从不爱这些花儿粉儿的。’”（第七回）她的居室，“及进了房屋，雪洞一般，一色玩器全无；案上只有一个土定瓶中供着数枝菊花，并两部书、茶奁、茶杯而已。床上只吊着青纱帐幔，衾褥也十分朴素。”（第四十回）第三，心计颇深，富于城府。与人交往富于心计与城府，按说不该是女性该有的作风，但出身于商人世家的薛宝钗，长期的家风感染，处世与当时的男性一样世故而圆滑。第五十五回王熙凤对薛宝钗做事风格的评价为“不干己事不张口，一问摇头三不知”。在贾府那样一个充满势利嘴脸的世界中生存，不妨可以把圆滑世故看成一种生存的方式。薛宝钗有时会为了讨好长辈而故意违背自己的意愿说话。第三十二回中，王夫人的贴身丫环金钏因与贾宝玉调笑而被王夫人打骂，不久羞愧自杀。这一件事让王夫人心下内疚不已，这时

“宝钗笑道：‘姨娘是慈善人，固然是这么想。据我看来，他并不是赌气投井，多半他下去住着，或是在井傍边儿玩，失了脚掉下去的。他在上头拘束惯了，这一出去自然要到各处去玩玩逛逛儿，岂有这样大气的理？纵然有这样大气也不过是个糊涂人，也不为可惜。’王夫人点头叹道：‘虽然如此，到底我心里不安！’宝钗笑道：‘姨娘也不劳关心。十分过不去，不过多赏他几两银子发送他，也就尽了主仆之情了。’”

在同龄少女金钏的死亡面前，薛宝钗丝毫没有表现出对她的同情与惋惜来，这样做的目的仅仅是为了求得长辈心理的宽慰。

(9) 爱情观

在《红楼梦》描写的人物中，林黛玉是为爱活着的一位痴情女性。“没有恋爱生活，就没有林黛玉的存在。”“林黛玉似乎不知道除恋爱以外，人生还有其他更重要的生活内容，也看不到恋爱以外还存在着一个客观的世界。她把全部自我沉浸在感情的深海中，呼吸着咀嚼着这里边的一切，从这里面酿造出她自己的思想、性格、情绪、嗜好以及她精巧的语言与幽美的诗歌；以后，就在这里面消灭了她自己。”[①] 宝黛初恋时，作者写当时的情形是“书则同行同坐，夜则同止同息，真是言和意顺，似胶如漆”。宝玉对待黛玉“凭我爱的，姑娘要，就拿了去；我爱吃的，听见姑娘也爱吃，连收拾得干干净净，收着等姑娘到来。……丫头们想不到的，我怕姑娘生气，我替丫头们想到”。宝黛热恋时，一方面他们爱的火焰非常炽烈，一方面爱的情绪又无法交流，导致爱情的路上他们总是走得磕磕碰碰。《红楼梦》第二十九回详细地描绘了他们二人热恋时惊涛骇浪式的矛盾冲突：

黛玉因说道：“你只管听你的戏去罢，在家里做什么？”宝玉因昨日张道士提亲之事，心中大不受用，今听见黛玉如此说，心里因想道：“别人不知道我的心还

① 王昆仑. 红楼梦人物论 [M]. 北京：北京出版社，2004.

可恕,连他也奚落起我来。”因此心中更比往日的烦恼加了百倍。说道:“我白认得你了!罢了,罢了!”黛玉听说,冷笑了两声道:“你白认得了我吗?我那里能够象人家有什么配的上你的呢!”……宝玉的心内想的是:“别人不知我的心还可恕,难道你就不想我的心里眼里只有你?你不能为我解烦恼,反来拿这个话堵噎我,可见我心里时时刻刻白有你,你心里竟没我了。”宝玉是这个意思,只口里说不出来。那黛玉心里想着:“你心里自然有我,虽有‘金玉相对’之说,你岂是重这邪说不重人的呢?我就时常提这‘金玉’,你只管了然无闻的,方见的是待我重,无毫发私心了。怎么我只一提‘金玉’的事,你就着急呢?可知你心里时时有这个‘金玉’的念头。我一提,你怕我多心,故意儿着急,安心哄我。”那宝玉心中又想着:“我不管怎么样都好,只要你随意,我就立刻因你死了,也是情愿的。你知也罢,不知也罢,只由我的心,那才是你和我近,不和我远。”黛玉心里又想着:“你只管你就是了。你好,我自然好。你要把自己丢开,只管周旋我,是你不叫我近你,竟叫我远了。”……便赌气向颈上摘下通灵玉来,咬咬牙,狠命往地下一摔,道:“什么劳什子!我砸了你,就完了事了!”宝玉见不破,便回身找东西来砸。黛玉见他如此,早已哭起来,说道:“何苦来你砸那哑吧东西?有砸他的,不如来砸我!”

贾宝玉与林黛玉这一对热恋中的青年,他们的矛盾不在于互不在乎对方,相反却是互相太爱对方了,而找不到一种合适的语言或方式把它表达出来,或传达到对方那里让对方知晓,因此,因爱而生怨的种种闹剧便轮番上演,爱而无法交流,这或许也是至爱的另一种存在方式吧。林黛玉短暂而壮丽的人生就是浸泡在这种爱的方式中的。

薛宝钗的世界中没有爱情。惯于服用冷香丸的宝钗身上很少表现出同龄女子的万种风情来,爱情在她的眼里更像一种虚幻而幼稚的游戏,她的人生是需要许多丰功伟业来填充,爱情只是男女无聊的消遣。贾宝玉这样评价薛宝钗:“好好的一个清净洁白女子,也学的钓名沽誉,入了国贼禄鬼之流。这总是前人无故生事,立意造言,原为引导后世的须眉浊物。不想我生不幸,亦且琼闺绣阁中亦染此风,真真有负天地钟灵毓秀之德了!”(第三十六回)是贾宝玉太贪恋于嬉戏了,还是薛宝钗太过于世俗无情了,知人论世的依据不同,见仁见智也便在所难免。

3. 对钗黛之争的学理解读

从世俗的角度看待钗黛之争,尽可以带着主观的色彩,凭个人的好恶去知人论世，从而得出自己的结论，所谓一千个读者便有一千个哈姆雷特。然而，越是偏于主观的鉴赏，离作者表意的初衷背离得便越远。文学的鉴赏须是忠于文本，然后方可得出较为中肯的结论。

（1）钗黛之争实无必要

读者的钗黛之争是没必要的，因为作者在创作立意的时候，并没有对其二人塑造的高下之别。若论钗黛诗才，第三十七回咏白海棠，黛玉居第二，但李纨评论说："若论风流别致，自是这首；若论含蓄浑厚，终让蘅稿。"似乎也难分轩轾。而第三十八回接着又写"林潇湘魁夺菊花诗"，黛玉分明又在宝钗之上。可是同回又有薛宝钗"讽和螃蟹咏"，被众人推为"食螃蟹绝唱"，两人又一次平分秋色。容貌：自然黛玉长得好看，《红楼梦》的读者一般都这么看，可是第六十三回群芳开夜宴，偏说宝钗"艳冠群芳"。第五回中对贾府众钗的判词，林黛玉与薛宝钗共享一首，这是极特殊的，"［枉凝眉］一个是阆苑仙葩，一个是美玉无瑕。若说没奇缘，今生偏又遇着他；若说有奇缘，如何心事终虚话？一个枉自嗟呀，一个空劳牵挂。一个是水中月，一个是镜中花。想眼中能有多少泪珠儿，怎禁得秋流到冬，春流到夏！"由此足可以见出，作家的本意，也并非要呈现给读者孰高孰下、孰优孰劣的印象来，而后来的读者为争其高下而大伤脑筋，实在是酒饱饭足之余庸人自扰的做法了。人本来就是一个复杂构成，既有优点，亦有缺点，况且仅从一个考量标准出发去评价，难免有失偏颇。因此，钗黛之争实在是没有意义的无用功。如果说在黛优于钗、钗优于黛、钗黛合一之外还有第四种答案的话，那这种答案就是没有答案。

（2）钗黛人格的文化意义

钗黛的形象塑造并非是空穴来风，二人形象的生成有深厚的传统文化土壤。从传统中国文化来看，二人的人格特点均可找到其渊源。

薛宝钗的人格特点可以概括为：会做人。会做人几乎贯穿于薛宝钗形象的始终。《红楼梦》第五回写薛宝钗初到荣府的时候，人们对她最初的印象就是："年纪虽大不多，然品格端方，容貌丰美，人多谓黛玉不及。室钗行为豁达，随分从时，不比黛玉孤高自许，目下无尘。故比黛玉大得下人之心，便是那些小丫头们亦多喜与宝钗去顽。"在中国传统社会中，一个人只有会做人，才会赢得群体的认同，这在客观上形成了对人生存能力考量的一个严苛的标准。薛宝钗的会做人是非常出众的，就连贾府中人际关系极为孤立的赵姨娘，也不由得对她衷心称赞："怨不得别人都说宝丫头好，很大方，会做人。如今看起来，果然不错。"（第六十七回）

薛宝钗总能不失时机地抓住机会赢得人心。《红楼梦》第二十二回薛宝钗过生日,“到晚上,众人都在贾母前,定省之馀,大家娘儿们说笑时,贾母因问宝钗爱听何戏,爱吃何物。宝钗深知贾母年老之人,喜热闹戏文,爱吃甜烂之物,便总依贾母素喜者说了一遍。贾母更加喜欢。”薛宝钗懂得人的心理,而又往往能投其所好,因此,在贾府,薛宝钗总活得如鱼得水。《红楼梦》第三十七回薛宝钗替史湘云安排螃蟹宴,曾一语道破了自己的处世之方:“……又要自己便宜,又要不得罪了人,然后方大家有趣……”总之,在薛宝钗身上,无论是她的自甘淡泊,宽以待人,善解人意,还是大智若愚,大巧若拙,以退为进,可退可进,都可以概括为“会做人”。

薛宝钗身上所表现出来的上述为人处世之道,已经不是封建正统规范所能概括得了的。薛宝钗这一人物自身的复杂性,在于她凝聚着传统文化的深厚积淀。在传统的儒家文化中,其伦理人格模式,是一个以“仁”为核心,以礼为规范的独特的结构体系。“居处恭,执事敬,与人忠”,“恭则不侮,宽则得从,信则人任焉,敏则有功,惠则足以使人”。在传统的儒家学说体系中,个体的修养是整个社会安定和谐最根本的保证。只有达到个人的“诚意”“正心”“修身”,才能“齐家”“治国”“平天下”。对薛宝钗来说,伦理原则永远比真实的生命更为重要,而这正是宝钗一生的悲剧根源。

林黛玉的人格特点可以概括为:恣情任性,孤标傲世。在林黛玉所处的时代,她并不是什么深刻的思想家,更不是一个有意识的造反者。她只是崇尚自然,要求个性得到发展,厌恶封建势力和一切虚伪的东西,她的良知与她所生活的封建环境格格不入。也正是在这一点上,她和宝玉产生了心灵的共鸣,达到了一种精神上的契合。在大观园中,她虽然在物质上享受着主子的待遇,但她的心却是孤独的。“一年三百六十日,风刀霜剑严相逼。”(第二十七回《葬花词》)孤独像一片难以驱散的乌云,始终笼罩在她的心头。“无事闷坐,不是愁眉,便是长叹,且好端端的,不知为着什么,常常便自泪不干的。先时还有人解劝,或怕她思父母,想家乡,受委屈,用话来宽慰。谁知后来一年一月的,竟是常常如此,把这个样儿看惯了,也都不理论了。”(第二十七回)“有时闷了,又盼个姐妹来说些闲话排遣;及至宝钗等来望候他,说不得三五句话,又厌烦了。”(第四十五回)

曹雪芹所描写的林黛玉的孤独,并不是封建时代常见的小女伤春的孤独;而是一种青春的孤独,一种生命的孤独,一种人的存在的孤独。“侬今葬花人笑痴,他年葬侬知是谁”,“一朝春尽红颜老,花落人亡两不知”。《葬花词》所表现的正是一种生命孤独的深沉感叹。这种植根于人物心灵深处的深刻的孤独之感，正是个体的存在与他的生存环境严重脱节或对立的结果。曹雪芹的深刻之处在于，他没有让黛玉的孤独消融在儿女痴情中，而是在宝黛爱情的发展过程中来展示黛玉的孤独感，其目的正在于显现出人与人之间、人与社会之间的深刻隔膜，揭示出自主人格与封建礼教的尖锐对立，表现一种人的普遍的生存悲剧。

曹雪芹笔下的林黛玉形象，实质上象征着中国古代文人士大夫的文化传统及与之相适应的生存方式。其人格修为体现出典型的名士型文化人格特征。传统名士文人注重出于自然风神飘逸的好容止美风姿，而林黛玉的气质就在于出于自然。《红楼梦》第一回在叙林黛玉身世时就说："灵河岸上三生石畔有棵绛珠仙草，十分娇娜可爱，遂日以甘露灌溉，这绛珠草始得久延岁月。后来既受天地精华，复得甘露滋养，遂脱了草木之胎，幻化人形，仅仅修成女体，终日游于离恨天外，饥餐秘情果，渴饮灌愁水。"林黛玉性情中出于自然的成分在此也打下了伏笔。而第二十八回中也写道："黛玉昨日所恼宝玉的心事，早又丢开，只顾今日的事了，因说道：'我没这么大福气禁受，比不得宝姑娘，什么'金'哪'玉'的，我们不过是个草木人儿罢了！'"林黛玉的人格出于天然，其居所也映称出这一特色。《红楼梦》第十七回中，贾宝玉就稻香村与潇湘馆对比后言："分明是人力造作而成，远无邻村，近不附郭，背山山无脉，临水水无源，高无隐寺之塔，下无通市之桥，峭然孤出，似非大观……古人云：'天然图画'四字，正畏非其地而强为其地，非其山而强为其山，即百般精巧，终不相宜。"宝玉以自然为最美，反对矫饰人性；隐喻了黛玉不失草木天情天性，随春葳蕤，入秋皎洁，生意欣欣，自成佳景。传统名士讲究要天性淳厚，天怀待人，即不存机心。林黛玉的人格即是这一人格的最好诠释。《红楼梦》第四十五回，林黛玉与薛宝钗金兰契互剖金兰语，黛玉叹道："你素日待人，固然是极好的，然我最是个多心的人，只当你有心藏奸。从前日你说看杂书不好，又劝我那些好话，竟大感激你。往日竟是我错了，实在误到如今……"林黛玉始终是没觉察出薛宝钗的机心来，以致把自己的心思全盘托出，全然不存一点防范之心。然而正是这样痴情用世，天怀待人，才会在冰冷世故的世俗社会中备受折磨、情尽而亡。《红楼梦》写黛玉在病息奄奄时闻知宝玉与宝钗成婚，旧日用情顷间溃散，"黛玉日间听见的话，都似宝玉娶亲的话；看见怡红院中的人，无论上下，也像宝玉娶亲的光景。薛姨妈来看，黛玉不见宝钗，越发起疑心，索性不要人来看望，也不肯吃药，只要速死。睡梦之中，常听见有人叫'宝二奶奶'的。一片疑心，竟成蛇影。一日竟是绝粒，粥也不喝，恹恹一息，垂毙殆尽。”天性淳厚的林黛玉，用情的时候爱得轰轰烈烈，情尽而亡的时候，也走得凄美壮烈。中国古代文人名士认为“情之所钟，正在我辈”，大胆肯定“情”对于主体生命的意义。林黛玉便是情的化身，她那见花落泪、望月伤怀、忆旧惆怅的生活，无不诠释着丰富的情感意义。脂砚斋评其为“情情”，也即对一切有生命的物事都充满着满腔的情感。与贾宝玉火热的恋爱过程更显出其情感的浓烈。《红楼梦》第二十回写林黛玉与贾宝玉热恋中的矛盾，“黛玉啐道：‘我难道叫你远他？我成了什么人了呢？我为的是我的心！’宝玉道：‘我也为的是我的心。你难道就知道你的心，不知道我的心不成？’”恋爱中生怕对方不明白自己的无限关爱，竟至于想掏心出来给对方看，黛玉感情的丰富由此可见。宝黛的爱情是人类至美至善感情的碰撞交融，源于自然天性真情的宝玉黛玉，爱得那么动人、那么纯洁。《红楼梦》第五十七回紫娟与宝玉开玩笑说黛玉要回苏州，宝玉“眼也直了，手脚也冷了，话也不说了，李妈妈掐着也不疼了，已死了大半个了！”听说宝玉不中用时，“黛玉伏枕喘息了半晌，推紫鹃道：‘你不用捶！你竟拿绳子来勒死我，是正经！’”第三十四回“情中情因情感妹妹　错里错以错劝哥哥”宝玉挨打后，黛玉来看宝玉，“只见他两个眼睛肿得桃儿一般，满面泪光”，“此时黛玉虽不是嚎啕大哭，然越是这等无声之泣，气噎喉堵，更觉利害。听了宝玉这些话，心中提起万句言词，要说时却不能说得半句。半天，方抽抽噎噎的道：‘你可都改了罢！’”贾宝玉与林黛玉之间，就是这样地心灵相契，他们的爱情不带任何世俗的色彩，在到处弥漫着功利色彩的传统社会中，他们显得卓然不群、弥足珍贵。林黛玉的形象代表着千百年来古代文化中文人的品格与性情，坚贞不屈、孤高自许、淳厚正直，她那感情丰富的内心世界，体现着人类诞生以来美好人性的鲜活存在。

要言之，林黛玉这一形象的独特的审美价值在于，她不仅是封建时代名门闺秀悲剧命运的历史缩影，同时也是中国古代士大夫文人执着于个体内心自觉与自主人格精神的写照。中国早期传统儒家与道家哲学中，都不约而同地有着通过积极修身而追求自主人格完善的因子，古代社会中处乱世或窘境而能坚守人格的文人正是践行着中国传统文化中的这一精神，林黛玉的形象形成，亦是这丰厚的文化土壤孕育的奇葩之一。

几个世纪以来的钗黛之争，耗费了《红楼梦》读者大量的口水与笔墨，无论得出黛优于钗或钗优于黛或钗黛合一的不同结论，在笔者看来都是形而下、有失偏颇的。可以断定，“在可预见的将来，看不出有调和的余地。只要《红楼梦》还有读者，'黛钗优劣之争'此一公案便会永远聚讼下去。"[①]笔者认为，从作者创作命意的高度、从几千年传统文化人格塑造的角度来看黛钗形象，就会发现所谓的钗黛之争在很大程度上贬低了作家精神境界的高度。抛开优劣高下的先行的观念，从《红楼梦》文本与语境出发，我们会发现钗黛二位女性都在不同侧面诠释着女性之美与人性之美，都在不同方向上诠释着传统文化赋予人的品格。当我们从这样的认识出发时，就会觉得争论钗黛优劣实在是一种幼稚的可笑之举。

① 刘梦溪.红楼梦与百年中国[M].北京：中央编译出版社，2005.

后　记

这部书稿的编写源于十年前的一个想法，那时入职不久，而真正动手写作却晚至2013年，当时我在西非加纳首都阿克拉的威斯康辛大学（Wisconsin International University College）做国家公派汉语教师。有国内从事对外汉语教学的经验保底，国外的工作并不算太困难，然而生活环境艰苦，天气燥热，我独自一人居住在一个叫Agbogba的首都近郊村落，深居简出，与周围土著居民言语交流仅限于日常问候。每次外出，除了去学校工作，只是去市场买些生活必需品。其余时间，便都是在自己公寓式的别墅住宅里度过。寂寞之余，必须要找事情来填充，那时想着手头要紧的和久延未毕的事情，这部书稿便首当其冲。于是终于在一个平淡的日子，开始动手进行这项在当时看来庞大的工程。

非洲的网费高昂，网速又极慢，查找资料极为不便，而手头的书籍又派不上用场，严重影响了写作进度。无奈只好趁暑假回国休假期间，从知网上一口气下载了两千余篇论文，并数十部著作，然后带回加纳以供写作之用。2014年圣诞假期，我在恩科鲁玛科技大学（Kuame Nkrumah University of Science and Technology）校园的公寓里，足不出户，伴着孤灯，日以继夜地赶稿，忘记了异国他乡的外部世界，把自己完全沉浸于古典小说之中。那些日子，脑海中全是贾宝玉、潘金莲、范进、关羽……那个假期，除《聊斋志异》一章外，全部的章节都完成了。

2015年8月底回国后，没有了完整的时间，先是备战考博，后又去济南读博，书稿仅剩的一章迟迟未能补全。每每想起这项被搁置的"烂尾工程"，总感到做了亏心事一样心虚。好在上个月，博士论文开题完成，又修满了在读课程的所有学分。回到滨州后，即将开始新的工作之前，难得有一个假期的闲暇，便赶紧将之前剩下的《聊斋志异》一章完成，补齐整部书稿的最后一个缺口。从动笔初算起，完成这部书稿，前后用了五年。怠惰慵懒，拖沓延滞，竟至于此！

感谢我的家人能在我缺位的情况下,维持着家庭的正常运转,得以使我有机会完成海外的工作。

感谢几年来写作过程中给我以帮助和指导的朋友们!

武建雄

2017 年 7 月 25 日

于滨州望海花园